소문의 벽

이청준 전집 4 중단편집
소문의 벽

초판 1쇄 발행 2011년 8월 18일
초판 15쇄 발행 2025년 11월 25일

지은이 이청준
펴낸이 이광호
펴낸곳 ㈜문학과지성사
등록번호 제1993-000098호
주소 04034 서울 마포구 잔다리로7길 18(서교동 377-20)
전화 02)338-7224
팩스 02)323-4180(편집) 02)338-7221(영업)
전자우편 moonji@moonji.com
홈페이지 www.moonji.com

ⓒ 이청준, 2011. Printed in Seoul, Korea

ISBN 978-89-320-2084-6 04810
ISBN 978-89-320-2080-8(세트)

이 책의 판권은 지은이와 ㈜문학과지성사에 있습니다.
양측의 서면 동의 없는 무단 전재 및 복제를 금합니다.

이청준 전집 4

소문의 벽

문학과지성사
2011

일러두기

1. 문학과지성사판 『이청준 전집』에는 장편소설, 중단편소설, 그리고 작가가 연재를 마쳤으나 단행본으로 발간되지 않은 작품과 미완성작 등을 모두 수록했다.
2. 전집의 권별 번호는 개별 작품이 발표된 순서를 따르되, 장편소설의 경우 연재 종료 시점을, 중단편소설의 경우 게재지에 처음 발표된 시점을 기준으로 삼았다. 단, 연재 미완결작의 경우 최초 단행본 출간 시점을 그 기준으로 삼았다. 중단편집에 묶인 작품들 역시 발표된 순서대로 수록하였으며, 각 작품 말미에 발표 연도를 밝혀놓았다.
3. 전집의 본문은 『이청준 문학전집』(열림원) 발간 이후 작가가 새롭게 교정, 보완한 내용을 충실히 반영하여 확정하였다. 특히 미발표작의 경우 작가가 남긴 관련 자료에 근거하여 수록하였음을 밝힌다.
4. 전집의 각 권에는 작품들을 수록하고 새롭게 씌어진 해설을 붙였으며 여기에 각 작품 텍스트의 변모 과정과 이청준 작품들의 상호 관계를 밝히는 글을 실었다. 이 글은 현재의 문학과지성사판 전집의 확정 텍스트에 이르기까지 주요한 특징적 변모를 잘 보여준다.
5. 이 책의 맞춤법은 국립국어연구원의 '한글 맞춤법'에 따르는 것을 원칙으로 하되, 띄어쓰기의 경우 본사의 내부 규정을 따랐다. 단, 작품의 분위기에 영향을 준다고 판단되는 방언이나 구어체 표현·의성어·의태어 등은 작가의 집필 의도를 살려 그대로 두었다(괄호 안: 현행 맞춤법 표기).
  예) ① 방언 및 의성어·의태어: 뺀뺀하다(반반하다) 희멀끄럼하다(희멀겋다) 달겨들다(달려들다) 드키(듯이) 뚤레뚤레(둘레둘레) 뎅강(댕강) 까장까장(꼬장꼬장)
  ② 작가의 고유한 표현:
  ─그닥(그다지) 범상찮다(범상치 않다) 들춰업다(둘러업다)
  ─입물개 개었고 아심찮게도 목짓 편뜻 사양키
  ③ 기타: 앞엣사람 옆엣녀석 먼젓사람 천릿길 뱃손님 뒷번 그리고 나서(그러고 나서) 그리고는(그러고는)
6. 이 책의 외래어 표기는 국립국어연구원의 '외래어 표기법'에 따라 바꾸었다. 단, 작품의 제목이나 중요한 어휘로 등장하는 경우에는 원본을 그대로 살렸다.
  예) ① 맘모스(매머드) 세느(센) 댓씽(대생) ② 레지('종업원'으로 순화)
7. 이 책에 쓰인 문장부호의 경우 단편, 논문, 예술 작품(영화, 그림, 음악)은 「 」으로, 단행본 및 잡지, 시리즈 명 등은 『 』으로 표시하였다. 대화나 직접 인용은 큰따옴표(" ")와 줄표(─)로, 강조나 간접 인용의 경우 작은따옴표(' ')로 묶었다.

차례

가학성 훈련 7
전쟁과 악기 44
그림자 76
미친 사과나무 118
소문과 두려움 124
소문의 벽 133
목포행 262
문단속 좀 해주세요 290
들어보면 아시겠지만 327

해설 진술의 불가능성과 소설의 가능성/이광호 356
자료 텍스트의 변모와 상호 관계/이윤옥 369

가학성 훈련

따르릉—

안방에서 전화벨이 울렸다.

방바닥에 널브러져 뒹굴고 있던 현수는 그 소리에 번쩍 긴장한 얼굴로 몸을 일으켰다. 그러나 미처 몸을 다 일으키지도 못한 채 엉거주춤 다음 동정을 기다렸다.

따르릉, 따르릉—

세번째 신호가 울리고 나서야 누군가 수화기를 집어 드는 모양이었다.

아, 여보세요.

이내 주인 사내의 윤기 있는 목소리가 마루를 건너왔다.

네, 네. 아 자네로군. 나야. ……응 자네도 복 많이 받게…… 뭘…… 하긴 정월 초하루 덕분에 이렇게 집에서 쉬고 있지 않나……

사내의 이야기를 엿듣고 있던 현수는 그제서야 다시 긴장을 풀며 아랫목으로 벌떡 쓰러져 누웠다. 그가 기다리고 있는 전화가 아니었다.

젊은 친구가 집칸이나 지니고 살면서 세배 갈 데두 없나? 초하루 아침부터 집구석에만 틀어박혀 있게?

현수는 멀거니 천장을 쳐다보고 누워서 신호에 속은 화풀이를 엉뚱한 사내에게 돌렸다. 그러나 그는 문득 콧잔등 근처가 가려운 듯 얼굴을 묘하게 쫑긋거렸다.

하긴 현수 자신도 같은 꼴이기는 하다. 아침부터 내내 그쪽 전화벨 소리에만 신경을 세우고 있는 참이었다. 꼭 무슨 전화가 오기로 되어 있는 것은 아니었다. 와야 할 전화도 아니었다. 오히려 그를 귀찮게 할 전화들이었다. 그는 이를테면 전화가 걸려오는 쪽이 아니라, 걸려오지 않기를 기다리는 셈이었다. 그리고 그렇게 열심히 기다리다 보니 이젠 벨 소리만 울려도 결국 올 게 오고 말았구나 싶어 깜짝깜짝 긴장이 되곤 하는 것이다. 그럴 일이 있었다.

하지만 현수가 화를 낸 것은 그 전화 때문만은 아니었다. 실상 그는 아까부터 안방 주인 내외에게 비위가 몹시 상해 있는 참이었다. 지금 그 주인네 방에 가 있는 선희 년 때문이었다.

선희는 새해 들어 막 네 살이 된 현수네의 외톨박이 딸아이다. 그런데 아까 그의 아내가 막 집을 나가고 난 뒤였다. 현수가 한창 선희 년의 재롱을 받아주고 있는데 안방 여자가 살그머니 그의 방문을 두들기고 들어와서는,

애 선희야, 오늘은 설날이니까 우리 방에 가서 놀지 않을래? 맛

있는 것도 먹구……
어쩌고 하면서 선희를 꼬여 가고 만 것이다. 대수로운 일은 아니었다. 그러나 막상 아이를 보내놓고 나서 현수는 아차 싶었다. 뒤미처 생각난 일이 있었다.
주인 내외에겐 해괴한 버릇이 한 가지 있었다. 아니 버릇으로 말하면 애초 그 내외의 어린것 쪽이 더 해괴했다. 주인네라곤 하지만 부모 잘 둔 덕에 집칸이나 지니고 살아 그렇지 결혼한 지 아직 3년도 채 못 된 풋내기 부부였다. 이 친구들에게 어린애가 하나 있었다. 선희보다 한 살 아래인 같은 계집아이였다. 그런데 요게 별난 버릇을 가진 아이였다.
작년 8월, 방을 옮겨오고 나서 채 한 주일도 되지 않았을 때의 일이다. 하루는 현수가 밤늦게 돌아와 보니 아내가 전에 없이 속이 상해 있었다. 셋방을 얻어 다니다 보니 별일을 다 당한다는 푸념이었다. 방세가 좀 싼 듯하더니 아무래도 이사를 잘못 온 것 같다며 하는 소리가, 선희 년이 하루 종일 주인집 딸아이에게 머리끄덩일 끄들리며 지냈다는 거였다.
글쎄, 이상한 아이두 다 있지요. 웬 놈의 아이가 목청이 떨어지게 울어대다가도 우리 선희만 갖다 놓으면 울음을 딱 그치는 거예요. 그리곤 선희 년 머리끄덩일 마구 끄들어대면서 논단 말예요. 하다가도 선희를 빼앗아버리면 또 마구 악을 써대구.
그래서 선희 년은 온종일 아이에게 머리끄덩일 끄들려줘야 했다는 사연이었다. 잠든 선희의 머리를 쓰다듬으면서 아내는 여간 분해하질 않았다. 그러나 현수는 그냥 웃어넘기고 말았다. 도리어 그깟 아이들 일로 속상해하고 있는 아내를 나무랐다. 하지만 그날 이후로도 아내는 선희의 일로 자주 속이 상한 모양이었다.
아무리 철없는 젊은것들이라고 남 싫어하는 눈치도 모르나.
저녁이면 자주 현수에게 푸념을 늘어놓았다.
제 새끼 귀한 줄은 알면서 남의 자식은 뭐 머리끄덩이나 끄들리러 난 아인 줄 아나.
이젠 아이가 울라치면 안방 여자가 제법 선희 년을 빌리러 오기까지 한다는 것이었다. 아내는 그러는 주인댁이 더 얄밉다고 했다.
그렇게 속이 상하면 선힐 못 가게 하면 되잖우……
날마다 새벽같이 집을 나갔다 밤 12시를 한정하고 돌아오게 마련인 현수는(자가용 운전수라는 그의 직업이 그랬다) 한 번도 그 꼴을 자기 눈으로 직접 본 일이 없었다. 그래 그런지 그는 아직도 아내만을 나무랐다. 아내는 현수의 그런 태도를 더욱 못마땅해했다.
누군 뭐 보내고 싶어서 보내나요? 아이가 울면 아예 달랠 생각도 않고 제 에미란 여자가 앙금앙금 건너와서는 선희를 살살 꼬여 가니깐 그렇죠.
선희 년이 이젠 과자 같은 것을 얻어먹는 데 맛이 들어 가끔 제 발로 안방으로 가는 일까지 생긴다는 것이었다. 한번은 아내가 밖엘 나갔다 돌아와 보니 선희 년이 엉거주춤 엎드린 채 아기에게 머리칼을 마구 끄들리면서도 입으로는 연신 과자 부스러기를 우물거리고 있더라고요.
어린 게 어찌나 손힘이 세던지 선힐 그걸 참느라 얼굴이 다 뻘개지지 않겠어요?

어린아이니까……

과자 부스러기 따위로 어린것을 꾀어낸다는 데에는 괘씸한 생각도 들었지만 현수는 여전히 대범하려고 했다.

과자 같은 건 가끔 당신이 사주도록 하구료.

그런 현수가 끝내는 아내보다 먼저 변을 내고 말았다. 선희의 머리칼을 사내아이처럼 빡빡 잘라버린 것이었다.

현수가 그날따라 용케 일찍 집으로 돌아온 날이었다. 그런데 하필 그날은 현수가 집에 들어설 때부터 선희 년이 통 눈에 뜨이질 않았다. 어디 갔느냐니까 아내가 또 안방에서 년을 데려갔다는 거였다. 그러려니 했다. 한데 조금 후에 현수는 그 안방 쪽에서 들려오는 괴상한 소리에 귀가 쏠렸다.

이려이려…… 오옳지! 그래 거길 잡고 요렇게 잡아당기면서…… 이려이려…… 그래그래 오옳지…… 이려……

주인 사내의 목소리였다. 선희의 머리칼을 잡아당기는 시늉을 해 보이며 딸애를 달래고 있는 게 분명했다. 사내 녀석까지 신이 나 있었다.

소리를 듣고 있던 현수의 얼굴이 갑자기 벌겋게 달아오르기 시작했다. 머리칼을 끄들리며 과자를 우물거리고 있을 선희 년의 얼굴이 괴상한 모습으로 떠올랐다. 현수는 문득 그 선희 년의 얼굴에서 오랫동안 자신 속에 간직되어온 어떤 기묘한 얼굴을 보고 있는 듯했다. 그날 저녁 현수는 아이가 안방에서 돌아오는 길로 머리털을 한 오라기도 남기지 않고 잘라버렸다. 그의 갑작스런 행동에 겁을 집어먹은 것은 오히려 아내였다. 아내가 말리려 해도 현수는 소용이 없었다.
 소용이 없게 되어 있었다. 현수가 흥분을 한 것은 선희 년이 가없거나 주인 사내 녀석이 괘씸해서만이 아니었다. 이려이려— 소모는 시늉을 하는 사내의 목소리를 듣고 있다가 현수는 느닷없이 옛날 아버지가 떠오른 것이었다. 아내는 현수가 그때 무슨 소리를 듣고 있었는지, 그 소리에서 무엇이 떠올랐는지 짐작할 도리가 없었다. 하긴 현수 자신도 처음에는 어째서 그렇듯 갑자기 아버지가 떠오르며 흥분을 하고 말았는지, 또 어째서 선희 년의 얼굴이 그처럼 괴상한 모습으로 떠올랐는지를 따져 생각해볼 틈이 없었다. 그는 안방에서 들려오는 소리에 불현듯 옛날 아버지의 음성이 들려왔고, 그러자 가슴부터 뜨거워지기 시작한 것이었다. 선희 년의 얼굴이 그 괴상한 모습으로 떠오른 것도 거의 같은 순간이었다.
 그런데 어쨌든 그 일은 일단 효과가 있었다. 눈치를 챘든지 어쨌든지 그 후부터 안방에선 다시 아이를 데리러 오지 않았다. 어쩌다 선희 년이 제 발로 안방엘 가도 이젠 끄들 머리칼이 없으니 곤욕을 당하지 않는다는 아내의 말이었다. 하다 보니 현수로서도 노상 그 일을 기억하고 있을 수는 없었다. 그리고 한두 달 뒤에는 어째서 선희의 머리칼이 그처럼 짧아져 있는지, 그 짧은 머리칼에 조차 관심을 갖는 일이 없어져버렸다.
 한데 오늘 아침 현수는 여자를 따라 나가는 그 선희 년의 머리가 새삼스럽게 눈에 들어왔다. 년의 머리는 어느새 다박솔처럼 소복이 자라나 있었다. 갑자기 불길한 예감이 들었다. 그러나 그 예감은 이미 때가 늦은 뒤였다. 이미 문을 빠져나가버린 녀석을 다시 빼앗아올 수는 없었다. 오래 잊고 지내던 일이라 생각이 빨리 떠오르지 않았던 게 허물이었다. 여자의 꾐에 선희 년이 너무 쉽게 따라나선 탓도 있었다.

—하지만 설마…… 현수는 이제 자신의 생각이 기우이기를 바랄 수밖에 없었다. 게다가 오늘은 초하루 아침— 어린애라곤 하지만 하필 초하루부터 머리끄덩일 끄들어대랴. 은근히 안심을 해보려고도 했다. 그러나 그것은 현수의 무력한 바람일 뿐이었다. 오래지 않아 안방에서 소리가 들려왔다.

이려이려! 오옳지…… 이려……

제법 소복이 자라오른 년의 머리털을 보고 부녀는 얼씨구나 싶은 모양이었다. 사내까지 함께 열을 올리고 있었다. 아내가 들어오면 당장 선희 년을 데려오고 말리라.

한데 그 아내는 좀처럼 돌아올 기미가 안 보였다. 일이 어떻게 되어가는지 가부간에 우선 전화조차도 없었다. 그러다가 그 신호가 울려온 것이었다.

이려이려! 이려……

통화가 끝난 안방에선 다시 아이의 머리칼 끄들음질이 시작되고 있었다.

현수는 여전히 콧잔등이 가려운 듯 그곳을 중심으로 찡긋찡긋 얼굴 근육을 모으곤 했다. 그러면서 아내만을 기다리고 있었다. 그가 지금 기다리고 있는(사실은 오지 않기를 기다리고 있는 것이지만) 전화 역시 하나는 그 아내로부터였다.

가학성 훈련 13

아내는 매우 딱한 버릇이 한 가지 있었다. 셋방을 자주 옮겨 다니는 버릇이었다. 결혼을 한 날부터 줄곧 셋방살이인 데다, 그 셋방의 기본 계약 기간이 딱 6개월씩이었다. 한때는 1년도 좋고 2년도 좋던 것이 그 복덕방쟁이들의 농간으로 어느새 6개월로 줄어들어버린 것이다. 6개월이 지나도 집을 옮겨가야 한다는 법은 없었지만, 그때가 되면 대개는 계약 조건이 달라지게 마련이었다. 복덕방쟁이들이 찾아와 더 비싼 세로 방을 들고 싶어 하는 사람이 있노라 주인을 충동질해대기 때문이었다. 현수는 그때마다 집을 옮겨 다녔다. 월급이 방세처럼 올라주지 않았기 때문이다. 한 번 정해지면 1년도 좋고 2년도 좋은 자가용 운전사 월급으로는 그달 그달 생활을 꾸려나가기에도 힘이 들었다. 아이가 생기고부터는 그게 더 벅찼다. 천상 계약금을 찾아내어 그 금액 안에서 다른 방을 골라보는 수밖에 도리가 없었다. 방이 자꾸만 초라해져갔다.

아내의 버릇은 거기서 생겨난 것이었다. 6개월이 지나면 어김없이 방을 새로 알아보고 짐을 꾸리고 하는 일을 두세 차례 겪고 난 아내는 숫제 다음부터는 이사를 하고 나서도 한 달이 채 되기 전부터 다음번 방 걱정을 시작하곤 하였다. 그러다 여섯 달 기한이 차오면 주인집에서 말을 꺼내기도 전에 미리 방을 정해놓고 이사를 서두르는 것이었다.

이번에도 그렇게 얻어 든 방이었다. 먼젓번 이사를 하고 나서 꼭 넉 달 반 만의 일이었다.

젊은 부부에 아이가 꼭 하나뿐인데, 뭐 방세를 뜯어 쓰자는 사람이 아닙니다. 그저 한집에서 같이 동무나 하면서 집을 지켜줄 착실한 분을 원합지요. 어떻습니까. 글쎄, 이런 공짜배기나 다름 없는 방은 서울 천지를 다 뒤져도 찾지 못할 겝니다.

복덕방 영감의 허풍이 금세 아내의 구미를 끌었다. 하긴 영감의 말이 모두 거짓말은 아니었다. 공짜배기일 수는 없었지만 다른 데 보다는 부담이 썩 적었다. 방도 지금까지 것들보다 훨씬 넓고 깨끗한 편이었다.

한데 아내는 이번에도 그 딱한 버릇이 어김없이 도지고 말았다. 12월로 들어서자마자 걱정이 시작되었다. 1월엔 6개월 계약이 끝날 테니 그전에 서둘러야 한다는 것이었다. 처음 한 번은 미처 방세 받아먹는 재미를 몰라 그랬지만, 이 젊은 주인네 역시 다음번에는 돈을 더 내랄 게 틀림없다는 것이다. 말이 나온 다음에 늘어난 부담을 감당 못하고 쫓겨 나가기보다 미리 방을 정해 옮겨야 한다는 것이었다.

아내가 이젠 아주 방을 옮겨 다니는 데 취미를 붙여버린 것 같았다. 현수로서는 아직 그렇게 서둘러댈 이유는 발견할 수 없었다. 주인네가 방세 따위로 궁색을 떨 것 같지도 않았고, 현수네를 특히 싫어해 사람을 갈아 넣고 싶어 하는 눈치도 없었다. 선희 년 일로 좀 언짢은 생각이 들기도 했지만 언짢았던 것은 오히려 이쪽이었고, 저쪽은 눈치를 챘는지 못 챘는지 그런 건 전혀 염두에도 두고 있지 않은 것 같았다. 오늘 다시 선희를 데려가는 것만 봐도 그 점은 거의 분명해 보였다. 뿐만 아니라 주인 사내는 어쩌다 시간이 들어맞는 날이면 출근길에 현수의 차를 신세지는 일이 있었는데, 그걸 몹시 대견스럽게 여기는 눈치가 아니던가. 그러나 한번 좀이 쑤시기 시작한 아내는 며칠이 안 가 기어코 다시 방을 찾아 나서기 시작했다.

오늘도 실은 그 일 때문에 아내가 집을 나간 거였다. 방을 하나 보아둔 게 있는데, 셋방이나 돌아다니는 주제에 초하루고 뭐고 가릴 게 있느냐는 것이었다.

그럭저럭 지낼 수 있는 것 같아서 방세만 좀 내리자고 했더니 해나 바뀌고 나서 아무 때고 한번 와보랬어요. 오늘이 벌써 새해 아녜요? 기왕이면 하루라도 빨리 가봐야죠. 다른 사람에게 나가버리기 전에.

이쪽에서 원하는 대로만 세를 내려주겠다면 현수도 한 번쯤 가보고 곧 짐을 옮겨버리자는 다짐까지 주어가면서였다.

일이 잘되면 전활 걸겠어요. 전화가 오면 즉시 나오세요. 전화가 없으면 그럴 필요가 없는 줄 아시구…… 신호는 두 번.

현수가 지금 기다리고 있는 것이 바로 그 전화였다. 반가울 리가 없는 전화였다. 다행히 아직까진 아무런 소식이 없었다. 그러나 만약 전화가 오면 그는 곧 버스를 타고 약수동 고개로 나가야 했다. 일이 제대로 되면 아내가 그 버스 정류소 앞 복덕방에서 기다리마 했으니까. 그렇게 되면 며칠 안으로 영락없이 또 이삿짐을 꾸려야 했다. 현수는 그게 더 한심스러웠다. 제발 전화가 오지 말아줬으면. 전화가 오는 경우에는 다시 사정을 변경시킬 수가 없었다. 아내의 마음을 돌려볼 기회가 없었다. 전화 약속이 그렇게 되어 있었다. 오늘뿐이 아니라 그 약속은 언제나 그렇게 되어 있었다. 전화가 일방적으로 저쪽의 의사만 전해 받게 되어 있었다. 그것도 직접 통화가 아니라 두 사람만 아는 신호 소리의 횟수로. 뭐 주인네가 전화를 사용하지 말라는 건 아니었다. 쓸 일이 있으면 조금도 어려워 말고 맘대로 사용하라고 했다. 하지만 전화를 그렇게 맘대로 사용하기에는 안방 내외가 여간 거북하지 않았다. 현수가 전화를 좀 쓰겠노라면 안방 댁은 꼭 전화기를 마루로 밀어 내주었다. 기다란 줄을 늘여대면서 전화통을 내주고 나면 그 줄 때문에 문도 닫을 수 없었다. 현수는 엉거주춤 그 반쯤 열린 문 앞에 구부리고 서서 통화를 해야 했다. 그리고 부리나케 용건을 끝내야 했다. 여자가 굳이 그러는 이유를 알 수 없었다. 하지만 문밖으로 꺼내준 전화통을 다시 남의 안방으로 떠메고 들어갈 수는 없었다. 전화통이 나오기 전에 미리 그 방 안으로 뛰어들 수도 없었다. 게다가 그 전화통을 문밖으로 꺼내주는 버릇은 사내까지 마찬가지였다. 뿐만 아니라 주인 내외는 웬 외출까지 잦았다. 문을 꼭꼭 잠가 놓고 외출을 해버리고 나면 현수네는 모처럼 요긴한 전화를 놓치고 마는 수마저 있었다. 현수네는 결국 그 안방 전화를 사용하지 않게 되었다. 쓰지 않으리라 잘라 작정한 것은 아니었지만, 몇 번 그런 식으로 전화를 쓰고 나니 자연 웬만한 용건은 다음 날을 기다려 밖에서 연락을 하게 되곤 했다. 아는 사람에게도 전화번호를 알리지 않았다. 그러다가 끝내는 안방 전화를 사용하는 일이 거의 없어지게 된 것이었다.

　그러나 그것으로 현수네가 그 안방 전화와 아주 인연을 끊은 것은 아니었다. 현수네는 아직도 그 전화를 이용하고 있었다. 그러나 이번에는 주인 내외에게 전화통 내주는 수고를 끼치지 않았다.

이제 그 주인네 안방에선 현수네가 아직도 그 전화를 이용하고 있는 눈치조차 알아챌 수 없는 은밀한 방법이었으니까. 그 안방 전화기가 이용되는 것은 현수가 출근한 다음에 집에 있는 아내에게 전해야 할 용건이 있다거나, 오늘처럼 거꾸로 그가 집에 남고 아내가 밖에 나가 전할 말이 생겼을 때였다. 그런 때 두 사람은 미리 신호 소리 약속을 해두었다. 신호를 한 번 울리고 전화를 끊으면 일이 이렇게 되었으니 이렇게 하라는 뜻이고, 신호를 두 번 울리면 일이 저렇게 되었으니 저렇게 하라는 뜻이다— 그런 식이었다. 현수네 방에서는 그 신호가 몇 번 울리는지만 듣고 있으면 되었다. 예상치 못한 일이 생겨 이런저런 신호의 약속이 되어 있지 않을 때는 신호 소리를 무작정 여러 번 울려대는 따위의 비상 대책도 마련되어 있었다. 그런 비상 신호가 울릴 때는 그의 아내가 밖으로 나가 현수네 회사 쪽에다 다시 전화를 걸게 되어 있었다. 그런 경우 현수는 자신이 어디에 가 있든 아내에게서 전화가 오거든 이렇게 저렇게 말을 전하라 회사에 미리 부탁을 해놓는 식이었다.

그러나 현수네는 그런 신호법 때문에 뜻밖의 낭패를 본 일이 잦았다. 주인 내외가 전화기를 가만 놔두기만 하면 신호 방식은 그런대로 썩 쓸 만했다. 안방이 모두 외출이라도 해버린 때는 신호에 전혀 차질이 안 생겼다. 그런데 가끔은 누가 전화기 곁에 있다가 첫 신호가 울리자마자 수화기를 냉큼 집어 들어버리는 수가 있었다. 신호의 횟수를 많이 잡을 때도 약속한 횟수를 울리기 전에 어디선가 안댁이 달려와선 그걸 방해하고 마는 수가 있었다. 외출 중이거니 싶어 안심을 하고 있는데 뜻하지 않게 한쪽이 일찍 들어

와선 전화기에 손을 대버리는 수도 있었다. 그런 때는 물론 뜻이 제대로 전달될 수가 없었다. 뜻이 전달되지 못하기만 해도 좋겠는데 종종 엉뚱한 오해까지 야기시켰다.

결국 현수네는 신호법에 수정을 가하지 않을 수 없었다. 신호 한 번을 1회로 칠 것이 아니라, 연속 신호는 몇 번이 울리든지 수화기를 아주 내려놓는 것으로 1회를 삼자는 것이었다. 그렇게 되면 도중에 누가 수화기를 들어 올려도 상관이 없었다. 끊었다가 다시 번호를 돌리면 그것이 앞서 것을 합해서 2회가 되는 것이었다. 이 방법은 신호가 뜸뜸이 길어지기 때문에 현수네 방에서 그 소리를 놓칠 염려도 없었다. 다만 신호가 울릴 때마다 영문을 알 리 없는 주인네가 애꿎은 전화통에 퍼붓는 푸념을 숨어 들어야 했지만.

오늘도 현수는 아내의 그런 전화를 기다리고 있는 것이다. 아내가 말한 신호 두 번이 바로 그것이었다.

하긴 지금 현수는 아내로부터의 신호 전화 한 가지만 기다리고 있는 건 아니었다. 말이 나온 김에 마저 이야길 털어놓자면 그는 지금 또 하나 다른 전화를 기다리고 있는 꼴이었다. 그 역시 그가 진심에서 기다리는 전화는 아니었다. 하지만 어쩌면 오늘 안으로 기어코 걸려오고 말 것 같은 조마조마한 전화였다. 뿐더러 이것만은 그 신호 전화가 아니었다. 그렇다고 그가 직접 받게 되어 있는 전화도 아니었다. 이것만은 예외적으로 안방 사내나 누가 대신 받아주기로 되어 있는 전화였다. 차주(정 사장)의 전화가 그것이었다. 사장에게, 차를 가지고 오라는 말까지는 차마 신호로 하랄 수가 없었다. 그래서 정 사장에게, 퇴근 뒤에 다시 차를 부를 때는 일부러 그를 바꿀 필요 없이 아무에게나 전화를 받는 사람에게 말을 전하라 해두고 있었다. 사장의 전화를 직접 받아봐야 어차피 어디로 차를 가지고 나오라는 지시뿐이었다. 현수 쪽에서도 다른 할 말이 있을 리 없었다. 사장 역시도 딴은 그게 무방하겠다 싶어진 모양이었다. 사장은 별로 이상해하지도 않고 그렇게 약속해주었다. 안방 식구들도 전화통을 내주는 수고보다는 그게 한결 간편했으리라. 출퇴근이 아닌 비상 호출 전화가 있을 때마다,
애 아빠 나오시라고 사장님 전화 왔어요.
안방 사람들은 그리 싫지 않은 목소리로 마루 건너로 한마디를 건네주곤 하였다. 그러니까 말하자면 사장으로부터의 전화는 주인댁이 알고 있는 한 현수에게로 오는 유일한 전화였고, 현수네에게는 자신들이 주인댁 전화를 이용하는 방법의 단 하나 예외에 속하는 것이었다.
그런데 어젯밤—사실은 바로 오늘 새벽이라 해야 옳지만—사장은 송년연이 끝나고 새벽 1시쯤에야 겨우 집으로 돌아간 다음 현수를 놓아주면서,
내일은 출근 말고 집에서 푹 쉬게. 하지만 혹 선친 산소엘 가야 할지도 모르니 아주 맘을 놓아버리지는 말구.
기어코 한마디 어중간한 당부를 남겼었다.
지프 한 대로 회사 업무와 자가용을 겸하고 있는 궁색한 사장을 모시자면 애초 연시 휴가 같은 건 생각조차 할 수 없는 처지였다. 출근하지 말고 집에서 대기하라는 것만도 고마운 일이었다. 이날

따라 차를 차고에 넣고 가라는 걸 보면 밝은 날 산소까진 가지 않더라도 필시 차를 쓰기는 할 눈치였다. 아마 아이들이 끌고 다니겠지. 그 아이들을 현수에게 맡기지 않은 것만도 다행이었다. 하긴 하루쯤 맘 푹 놓아버리고 쉬었으면 더 좋겠지만, 사장의 그 성묘 길이라는 것이 아무래도 아직 안심이 되질 않았다. 만에 하나라도 사장이 성묘 길을 나설 경우, 그는 고용 운전사인 현수 이외에 누구에게도 핸들을 맡기려질 않을 테니까.

결국 그래서 현수는 지금 그 아내와 사장으로부터의 두 전화를 (겁을 먹고) 함께 기다리고 있는 셈이었다. 한데 아직까진 그 두 곳에서 다 아무 전갈이 없었다.

안방에서는 여전히 사내와 아낙이 얼려 선희 년의 머리끄덩질 놀이에 신이 나 있었다.

이려이려!

허, 그래, 이려!

현수는 다시 콧잔등이 쫑깃거려졌다. 이번에는 그 콧잔등으로 손까지 가져갔다. 그것은 현수의 근래의 버릇이었다. 아니 좀더 정확히 말하면 선희 년의 머리칼을 잘라버린 날 아버지의 목소리를 들은 바로 그 무렵부터 시작된 버릇이었다.

아버지는 옛날, 마을에서 송아지 코를 잘 뚫어 매기로 소문이 난 사람이었다. 송아지의 코를 잘 뚫어줄 뿐 아니라 그는 그 송아지에 굴레를 씌워 쟁기질 길을 들이는 솜씨도 대단했다. 그는 산이나 들에서 느릅나무 가지를 보는 족족 잘라다 곱게 가지를 다듬고 껍질을 벗겨 그것을 코뚜레 모양으로 휘어잡은 다음 처마 끝 그늘에다 줄줄이 매달아 말려두었다. 그러다가 마을에 달이 찬 목매기가 생기면 그 느릅나무 코뚜레를 하나 골라 들고 나가 솜씨 좋게 송아지의 코를 뚫어 매주었다. 그리고 한동안 그 코뚜레가 송아지에게 익숙해지도록 내버려두었다가 한가한 날이 생기면 마을 공터에서 놈에게 굴레를 씌우고, 마지막으론 쟁기질 길까지 박아주었다. 그런데 그가 그 송아지 길들이는 방법이 또한 기이했다. 아버지는 튼튼한 나무 썰매를 구해다 송아지에게 채우고는 그 나무 썰매 위에 동네 조무래기들을 한두 놈씩 올려 태웠다. 그리고 자신은 한 손에 소 고삐를, 다른 한 손엔 회초리를 쥐고 놈을 사정없이 몰아대는 것이었다.

이려, 이려—

그는 땀을 뻘뻘 흘리며 매질을 계속했고, 썰매에 실린 조무래기들은 공짜 썰매질에 더없이 신바람들이 났다. 그러다가 송아지가 웬만큼 무게를 견뎌내는가 싶으면 아버지는 매질을 잠시 멈추고 놈에게 여물을 한차례 먹였다. 그리고는 아직 차례를 못 얻어 안타까워하고 있는 조무래기들을 한두 놈 더 썰매 위로 올려 앉히고 다시 송아지를 몰아대기 시작했다.

이려, 이려—

송아지는 숨을 헐떡거리며 다시 그 무게를 견딜 때까지 공터의 먼지 속을 왔다 갔다 했다. 코에서는 질질 희붉은 핏물을 흘리면서. 그리고 틈틈이 가쁜 숨결 속에 마른 풀 여물을 씹으면서. 현수 역시 그 아버지의 썰매에 올라앉아 소를 몰고 다닌 일이 여러 번 있었다. 그리고 그만큼 아버지가 송아지를 길들이는 모습도 자세히 기억할 수 있었다.

현수가 그날 주인 사내의 이려이려 소리에 곧 아버지의 음성을 듣게 된 것도 그 때문이었으리라. 그러나 현수는 그 당장은 그런 아버지의 기억이 어째서 그를 그렇듯 화가 나게 하는질 알 수가 없었다. 그 시절 현수는 그런 아버지를 별로 못마땅해하거나 언짢아한 일이 없었기 때문이었다. 그러나 바로 다음 날 현수는 그 까닭을 알았다. 그날 현수는 저녁 일찍부터 사장을 정릉 산골짜기의 한 요정으로 들여보내고 나서 자신은 차에 남아 사장이 나오기만을 기다리고 있었다. 자가용 고용 운전수들에게 그런 일은 항용 있어온 일이었다. 그러나 사장은 두 시간이 넘도록 나타날 기색이 없었고, 현수는 이날따라 이상하게 기분이 언짢았다. 그런 때 어떤 자가용 운전수들은 저녁을 먹으러 나간다든지 이런저런 구실로 손님을 실어 나르기도 하는 모양이었지만, 현수는 여직 그런 짓은 엄두조차 내본 일이 없었다. 있으라는 곳에서 충직스럽게 주인을 기다렸다. 함부로 저녁을 먹으러 나다니지도 않았다. 원래 성격이 잘 견디고 적응력이 강한 면도 있었지만 딴은 그래야 할 이유가 있어서였다. 그의 처지가 조금 위태로워 보였기 때문이었다. 하기야 나서기만 하면 운전사 일자리 하나쯤 다른 데서 구해내는 게 어려울 것도 없었지만 그래 봐야 또 어차피 고용살이— 새로 사람을 익히고 새 버릇에 젖어 들자면 번거롭기만 했다. 그럴 바엔 익혀둔 사람 익혀둔 버릇 속에서 견디는 편이 편하리라는 생각이었다.

그러나 이날만은 생각이 좀 달랐다. 물론 일자리를 바꿔보자는 따위의 무모한 생각은 아니었다. 그저 그렇게 기다리고 앉았자니 어딘지 몸이 근질근질해왔고 맘껏 늑장을 부리고 있는 사장이나 그 사장을 무한정 기다리고 앉아 있는 자신이 함께 짜증스러워졌다. 현수 역시 차를 몰고 있을 때라야 자신이 제법 제구실을 하고 있는 느낌이 드는 것은 다른 운전사들과 마찬가지였다. 그래서 그는 버릇처럼 늘 차를 몰고 싶어 했다. 차를 몰고 있을 때라야 마음이 편했다. 차 안에 앉아 기다리는 일이 좋을 리가 없었다. 그는 하릴없이 그냥 한번 차를 맘껏 달리다 돌아오고 싶었다. 몸이 근질근질해서 견딜 수가 없었다. 그러나 현수는 끝내 차를 몰고 나가질 못했다. 근질근질한 것을 견디고만 있었다. 그러다가 드디어 사장이 나왔다. 거나하게 술이 취해 나온 사장은 그런 현수에게 걱정 말 한마디 건네지 않았다. 풀썩 자리로 틀어박혀 앉으며,

가자!

간단히 한마딜 명령할 뿐이었다. 그리고는 기분이 썩 좋은 듯 혼자 유행가 가락 같은 걸 흥얼거리기 시작했다. 현수는 우선 시내 쪽으로 차를 몰기 시작했다. 회사냐 집이냐는 시내로 들어와서 물을 참이었다. 그런데 차가 막 시내로 들어서려고 할 때쯤이었다. 노랫가락을 흥얼거리고 있던 사장이 무슨 생각을 했던지,

가만있자······ 차를 북악 스카이웨이로 돌려!

불쑥 차를 거꾸로 돌리라 했다. 그쪽으로 길을 잡으면 회사나 집하고는 전혀 반대쪽이었다. 그러나 현수는 말없이 그쪽으로 차를 돌렸다. 스카이웨이를 달려보지 않은 것도 아니겠고, 아마 들를 데가 있는 모양이라 생각했다. 그리고 자신으로 말하면 아까부

터 한번 거침없이 차를 달려보고 싶던 참이었다. 그런데 사장에 대한 현수의 그런 추리는 전혀 엉터리였다. 아니 그때 현수는 그 자신에 대해서까지도 오해를 하고 있었다. 산길로 들어서면서 그는 처음부터 제한 속도를 다 뽑아냈다. 마침 사장 쪽에서도 속력을 더 내라 법석이었다. 그는 무슨 용무 때문이 아니라 술김에 그저 경쾌한 자동차의 속력이나 한번 즐기고 싶어진 모양이었다. 유리창을 열어젖히고는 정신없이 마구 현수를 몰아댔다.

좀더 속력을 내! 좀더.

주마가편이라던가. 얼굴까지 벌겋게 붉히고 있었다. 현수는 이미 제한 속도를 훨씬 넘기고 있었다. 이상한 일이었다. 아무리 속력을 내어도 현수는 차를 몰고 싶어 근질근질하던 것이 사라지지를 않았다. 사장이 그를 몰아쳐댈수록, 그리고 그가 엑셀을 더욱 더 세게 밟아댈수록 그는 몸 어느 부분인지가 그만큼 더 못 견디게 근질거려왔다. 그러다 그는 끝내 그 근질거리는 곳을, 그 가려움의 정체를 찾아내고 말았다.

차가 자하문 쪽 입구를 빠져나올 때였다. 사장이 느닷없이 다시 소리를 질렀다.

정지!

사장은 마치 무슨 경기를 끝내려는 심판처럼 큰 소리로 악을 썼다.

차를 돌려!

숨을 씨근거리며 그가 다시 명령을 해왔다. 놀란 현수는 즉시 차를 급정거시켰다. 그리곤 계속 창문 앞을 향한 채 의아해서 물었다.

어디로 가시려구요?

다시…… 거꾸로 달리는 거야. 스카이웨일 왔다 갔다…… 알겠나?

사장의 대답은 기상천외였다.

그건 무엇 하시려구요?

무얼 하건 참견 말구 시키는 대로 차나 돌려!

숨 돌릴 여유도 주지 않았다. 그러나 현수는 아직 차를 돌리려 하지 않았다. 전날 밤 일이 있었기 때문일까. 느닷없이 그는 전날 밤 선희 년의 그 괴상망측한 모습이 떠올랐다. 그리고 아버지의 음성이 들려왔다. 이려이려……! 그러자 그는 지금껏 그를 괴롭히고 있던 가려움증이 그의 몸 어디에서부터 시작되고 있는지를 확연히 깨달았다. 그것은 바로 그의 콧잔등이었다. 아니 좀더 구체적으로 말하면 그 콧잔등의 굴레 자국이었다. 헐렁헐렁한 굴레가 그의 콧잔등을 못 견디게 간지럽혀대고 있는 것이었다. 굴레─ 그렇다. 얼굴의 가려움증은 바로 그 거북스런 굴레 때문이었다.

이쯤에서 그만 돌아가시지요.

그러나 현수는 모처럼 자신의 굴레를 의식한 순간에 그 굴레의 윤리를 거역하고 말았다. 그 순간 아버지의 얼굴이 어느 때보다 처참한 모습으로 떠올랐기 때문이었다.

실상인즉 현수는 아버지가 그 목매기들에게 씌워준 수많은 굴레들이 바로 아버지 자신의 굴레였으리라는 사실을 옛날부터 알고 있었다. 뿐더러 아버지는 그 자신의 굴레를 누구보다도 사랑했음이 분명했다. 어째서 아버지가 그 송아지들에게 씌워준 굴레가 바로 당신 자신의 것일 수 있는가. 또 당신이 그것을 사랑했다는 것은 무슨 뜻인가. 그것은 아무래도 좀 괴이한 소리일 수밖에 없었다. 하지만 현수는 알고 있었다. 그것은 현수가 최초로 자신의 굴레를 의식하는 순간에 떠오른 그 아버지의 처참한 얼굴 속에 해답이 있었다.

현수는 어느 날 아버지의 얼굴에서 그 모든 것을 한꺼번에 깨달은 것이었다. 우선 아버지는 느릅나무 코뚜레로 송아지의 코를 꿰고 굴레를 씌우는 따위의 일을 무척도 자랑스럽게 여겼었다. 열심히 느릅나무 가지를 모아들이는 일 하며 그것들을 처마 끝에 매달아두고 이따금 곰곰이 쳐다보는 눈빛에서부터 당신이 얼마나 자신의 일을 자랑스러워하는가를 알 수 있었다. 그런 남편을 늘 못마땅해하는 어머니의 푸념에도 그는,

흠―, 그래도 이 마을 송아지들은 모두 내게서 코를 꿰고 싶어 하거든.

당신의 존재가 마을 송아지들에겐 얼마나 고맙고 다행스런 것인지 모른다고 자신만만해했다. 그리고 사실은 누구보다 그 자신이 마을 송아지들을 아끼노라는 장담이었다.

―기술이 있어야 해. 어린 쇠짐승이 놀라지 않도록. 놀랄 틈도 없이 번쩍하는 사이에 꿰어버릴 수 있는 기술이 말여. 어차피 소새끼는 자라면 코가 꿰뚫리고 굴레를 쓰게 마련이거든. 뚫리게 마련인 코는 고통이 덜하게 두려워할 틈을 주지 않고 슬쩍 뚫어주는 것이 도리인 게야.

쟁기질 길을 박으면서 송아지를 가혹하게 다루는 데도 비슷한

구실이 있었다.

—도살장에나 끌어다 팔 양이면 모르되 어떤 놈의 집에서 쟁기질 안 시키고 모셔둘 쇠새끼가 있나. 기왕 쟁기질을 팔자로 태어난 짐승인 터엔 처음부터 쟁기 끄는 법을 잘 배워줘야 하는 게다……

처음에 길을 잘못 박아놓으면 부리는 사람도 애를 먹지만 쇠짐승까지 두고두고 고생을 하게 된다고 했다. 하긴 길을 잘못 박아 제 명을 다 채우지 못하고 도살장 일거리가 되어버리는 놈도 있었다. 뒤가 간 소는 다시 일을 부릴 수 없다고들 했다. 그래서 한번 뒤가 간 소는 장터로 끌어내다 다른 고을 사람에게 슬쩍 팔아치우거나 마을에서 잡아 없애는 것이 관례였다. 뒤가 간다는 말은 뒷힘이 빠져나간다는 말이었다. 소가 쟁기를 끌다가 그 쟁기를 이기지 못하고 뒤로 주저앉아버리는 것을 말했다. 처음부터 단단히 길을 박아주지 못한 소는 그러기 십상이라고, 그리고 한번 그런 일이 있고 난 소는 버릇이 되어 쟁기를 채울 때마다 자주 그런 일이 생긴다고. 그래서 소를 잘 부리려면 처음에 길을 잘 박아줘야 하고, 길을 똑똑히 박아주자면 처음 길을 박을 때 모질게 다뤄야 한다는 것이었다. 그게 차라리 짐승을 아끼는 편이라 단언했다.

하지만 그런 모든 이야기를 아버지가 요령을 따져 말한 일은 없었다. 어머니의 핀잔에 대한 대꾸에서, 당신의 자신 있는 일솜씨에서, 혹은 코를 꿰면서 곁에 선 사람에게 자랑 삼아 한 말들에서 현수는 어슴푸레 그런 것을 느끼고 있었을 뿐이었다. 그러니까 그때까지도 현수는 아직 그 굴레들이 바로 아버지 자신의 것이며,

아버지가 그걸 몹시 사랑하고 있다는 사실까진 미처 깨닫지 못한 셈이었다. 멀쩡한 쇠코를 나무 막대기로 꿰뚫어 피를 흘리게 하거나 무서운 매질로 송아지를 몰아대는 따위도 그 어린 짐승을 정말 아끼는 짓이라고는 아직 잘 믿어지지가 않았다. 그러나 어느 날 현수는 아버지의 얼굴에서 결국 그 모든 것이 확실하다는 것을 알았다.

  그날도 아버지는, 동네 공터에서 아이들을 모아놓고 송아지 한 마리에게 쟁기질 길을 박아주고 있었다. 현수는 이날 그 어린 소가 몇 번짼가 공터를 왔다 갔다 하고 난 다음에야 간신히 그 나무 썰매 위에 올라앉을 수 있었다. 한데 차례가 재수가 없었다. 이날따라 아버지가 송아지의 힘을 잘못 헤아렸던 것일까. 혹은 그 송아지 놈이 정말 무슨 변고가 있던 놈이었는지 모른다. 현수가 썰매 위로 올라앉자마자 녀석이 바로 사고를 빚고 말았다. 썰매를 끌고 앞으로 나아가야 할 녀석이 이번엔 힘이 몹시 부친 듯 몇 차례 뒷발길질만 허위적대다 그 자리에 풀썩 주저앉고 만 것이었다.

  이려! 아, 이려!

  앞쪽에서 녀석의 고삐를 바투 말아 쥐고 회초리를 마구 휘둘러대던 아버지의 땀투성이 얼굴이 하얗게 일그러져갔다. 하더니 아버지는 그 질린 듯한 얼굴로 이내 쇠고삐를 내던지고 썰매 쪽으로 다가왔다. 그리곤 마지막으로 썰매에 올라앉은 현수를 냉큼 집어올려 땅바닥에다 사정없이 동댕이쳐버렸다. 그와 동시에 공터 한쪽에 나와 일판을 구경하고 있던 쇠 주인 쪽을 한번 흘긋 훔쳐보았다. 그러나 그 주인도 이미 변을 목격한 다음이었다. 아버지는 그러자 뭔가 체념을 한 얼굴로 다시 앞으로 나갔다. 그리곤 맥없이 주저앉은 그 송아지의 고삐를 다시 거머쥐고 녀석을 일으켜보려 애를 쓰기 시작했다.

이려! 이려! 이려!

그러나 한 번 힘을 잃고 주저앉고 만 녀석은 다시 일어날 생각을 안 했다. 아버지의 매질에 못 이긴 녀석은 두 콧구멍으로 가쁜 숨을 몰아쉬며 옆으로 쭉 뻗어버린 뒷다리 하나를 간헐적으로 힘없이 허위적댈 뿐이었다. 그럴 때마다 아버지의 고삐 끝은 녀석의 엉덩이며 등패기로 더욱 세차게 내려 찍혔다.

이려이려! 이려……

아버지의 목소리는 거의 짐승처럼 울부짖고 있었다. 그럴수록 얼굴은 더욱 처참하게 일그러져갔다.

현수는 흙 위에 나동그라진 채 아픈 줄도 모르고 가슴을 떨면서 그 모든 아버지의 동태를 엿보고 있었다. 그리고 바로 그때 아버지의 그 처참한 얼굴과 절망적인 목소리에서 모든 것을 똑똑히 보았다. 아, 아버지는 그런 식으로 정말 짐승들을 사랑하고 있었다! 뿐만이 아니었다. 그는 그때 불현듯 지금까지 아버지가 송아지들에게 씌워온 그 수많은 굴레들이 사실은 바로 아버지 자신의 굴레였다는 느낌이 확연해진 것이었다.

─굴레 안 쓸 쇠새끼가 있나. 굴레 안 씌운 쇠짐승을 봐라. 그게 어디 쇠새끼 꼴인가. 쇠짐승이란 어쨌든 굴레를 씌워놔야 제 얼굴을 지니게 되는 게다.

하지만 그 굴레는 절대로 헐렁헐렁해서는 안 되는 것이었다. 단단하게 잘 매인 굴레라야 한다고 했다.

— 굴레가 헐렁하면 소가 일을 잘 못할뿐더러, 녀석을 괴롭히기만 한다. 굴레란 꼭꼭 잘 잡아매줘야 일을 하기도 쉽고 아프기도 덜한 법이다. 소를 부릴 줄 안다는 것은 그만큼 소를 아낀다는 뜻이다.

굴레란 사람이 씌워주는 물건이 아니라 쇠짐승이 태어날 때부터 지니고 나온 신체의 한 부분이나 마찬가지라고. 그래 그렇게 되도록 해줘야 한다고.

그런 굴레에 대한 아버지의 사랑은 그러니까 바로 아버지 자신의 굴레에 대한 사랑이었다. 그리고 그 처참한 얼굴은 자신의 굴레에 대한 사랑이 무너져 내리는 절망과 공포의 모습이었다.

선희 년의 머리칼을 잘라내버린 다음 날 현수가 사장을 태우고 북악 스카이웨이를 달리다 문득 깨달은 가려움증의 정체는 바로 그 굴레의 자국이었다. 유전이었을까. 어느새 그 아버지의 굴레가 이번에는 현수의 콧잔등 위에서 헐떡거리고 있었다. 그리고 한번 시작된 가려움의 증세는 그 원인이 확인됨으로써 좀처럼 사라지려고 하질 않았다. 그 전날 선희의 머리를 깎아버린 일이나 사내의 이려이려 소리까지도 차츰 잊어가고 있었지만, 콧잔등이 근질근질해오는 그 가려움증만은 아버지의 기억과 함께 더욱 생생하게 느껴져오고, 요즘 들어선 그게 아예 신경질적인 병벽이 되어가고 있었다.

선희 년은 점심때가 넘도록 돌아오지 않았다. 안방에선 이따금 젊은 내외의 덜떨어진 장난 소리가 들려올 뿐 전화벨 소리도 자주 들리지 않았다. 하긴 그사이 전화벨이 두어 번 울리기는 했지만, 그건 모두 주인 사내에게 온 것이었다.

  현수는 콧잔등의 가려움증만 점점 더해갔다. 이려이려, 그 우라질 놈의 소리가 귀에 들어오거나 전화벨이 울릴 때마다 그는 자신도 모르게 긴장하면서 안면 근육을 심하게 실룩거리곤 했다. 슬그머니 콧잔등을 만져보기도 했다. 하다 보면 이따금은 그 콧잔등이 다른 사람보다 깊게 패어 들어간 듯싶기도 했다.

  ─빌어먹을! 선희 년을 데려오고 말아야 할 텐데.

  그러나 현수는 차마 자신이 아이를 데리러 가진 못했다. 아내가 어서 돌아오기만을 기다렸다. 한데 아내는 아직도 전혀 돌아올 기미가 없었다. 전화조차 없었다.

  ─다른 일이 생긴 건 아닐까.

  기다리다 보니 지루하기도 하고, 어차피 하고 말 이사라면 아내 생각대로 이참에 아주 결말이 나버렸으면 하는 생각도 들었다. 이번엔 그렇게 되지 않는다 해도 제 집을 지니기 전에는, 아니 우선 몇 달간이라도 더 이 집에 눌러앉을 보장이 서지 않는 한에는 방 때문에 계속 시달림을 받을 게 뻔한 일이었다. 미심쩍고 불안해서 견딜 수가 없었다.

  선희가 안방에서 돌아온 것은 오후, 해도 반나절이 훨씬 기운 다음이었다. 년은 얼굴이 벌겋게 상기된 채 입에 비스켓 조각을 물고 있었다.

  현수는 곧 그 아이의 머리통부터 살폈다. 소복이 자란 머리털을 헤집고 보니 예상대로 머리통이 온통 벌겋게 부어 있었다.
― 무던히도 참아냈구나.
현수는 가슴이 갑자기 찡해왔다. 어린것이 그토록 참을성 좋게 견디어낸 것이 과자 부스러기 같은 것에 홀려서라기보다 벌써부터 뭔가 제 깜냥을 깨달은 조짐만 같았다. 그러나 그는 곧 쓰디쓰게 웃었다. 불안하기 때문이었다. 불안하다 못해 이젠 사뭇 지쳐버린 꼴이었다. 공연한 감상이리라― 한데도 현수는 그 감상을 쉽사리 물리칠 수가 없었다.
오후가 되어서도 두 곳에서 다 전화가 걸려오지 않았다. 사장에게서도 계속 아무 소식이 없었다. 그 사장 쪽이 실은 더 문제였다. 그러나 현수는 오지 말아주십사, 제발 말아주십사, 속으로 빌어대던 오전과는 달리, 이젠 차라리 그놈의 전화가 걸려와버리기나 했으면 싶었다. 은근히 신호가 기다려졌다. 그러나 여전히 소식이 없었다. 하다 보니 이번에는 이쪽이 거꾸로 초조해져 콧잔등을 자주 실룩이며 지레 불안해하고 있는 꼴이었다.
무엇보다 그는 자신의 굴레를 사랑할 수가 없었다. 아버지의 말마따나 굴레란 역시 다부지게 씌워져야 그걸 사랑할 수 있게 되는 모양이었다. 그의 굴레는 그렇지를 못했다. 너무 헐렁한 구석이 있었다. 그의 잘못 때문은 아니었다. 잘못이 있다면 요량 없이 덥석 결혼을 해버리고 나선 것이라고나 할까. 결혼 전에는 그렇듯 자신의 굴레가 의식된 일이 거의 없었다. 그런 걸 불편해해본 적도 별로 없었다. 언제나 차를 사장네 차고에다 넣고 잠도 사장네 골방에서 잤다. 그러다 누가 부르기만 하면 어느 때라도 즉시 차를 대령하여 불편이 없게 해주었다. 그런데 결혼을 하고 나서는 사정이 달라졌다. 아무리 늦어도 밤에만은 그의 셋방으로 돌아와 아내와 함께 지내야 했다. 밤늦게 들어왔다가 다음 날 아침 일찍 출근을 하자면 자연 차를 셋집 근방으로 끌고 들어와야 했다. 그 사이에는 사장이 차를 사용할 수 없었다. 급할 때는 안집으로 전화를 해야 했다. 그 전화마저 6개월씩마다 번호가 바뀌고, 어떤 때는 숫제 그조차 없는 집으로 이사를 해다녔다. 사장 쪽으로 보면 그런 게 여간 불편할 게 아니었다. 사장의 그런 불편을 이해하고 있는 현수 역시 마음이 편할 리 없었다.

차를 끌려면 역시 혼자 몸이 좋겠군. 왔다 갔다 하자면 자네도 불편하겠고, 나는 나대로 갑자기 차를 쓸 일이 생기면 낭패를 보기 쉽고……

그런 사장의 푸념까지 몇 번 듣고 나니 현수는 이제 머지않아 자신의 일자리를 다른 데서 구해야 하리라는 생각이 들었다. 그러나 그는 자신이 먼저 일을 서두르고 나설 생각은 없었다. 이도저도 두루 귀찮은 생각 때문이었다. 자리를 옮겨 간다 해도 어차피 운전사. 사장의 마지막 말이 있기까지는 그냥 눌러 기다리고 있을 작정이었다. 그러자니 마음이 차분할 리 없었다. 고삐가 반쯤 풀린 것처럼 늘 불안하고 미적지근한 기분이었다.

그런데 그 불안기가 갑자기 더하기 시작한 것은 그날 스카이웨이 드라이브 사건 때부터였다. 그건 확실히 사건이었다. 사장의 명령에 그처럼 현수가 불복 의사를 표시하고 나선 것은 그것이 처음이었다. 그리고 그때 현수는 사장으로부터 그 마지막 말이라고 해석해도 좋을 소리를 듣고 말았다.
 현수는 그날 결국 차를 다시 스카이웨이로 몰았다. 차를 거꾸로 몬 것은 그 한 번뿐만이 아니었다. 정릉 쪽 입구로 차가 나서자 사장은 다시 차를 돌리라고 했다. 이번에는 현수도 말없이 차를 돌렸다. 그런데 차가 마지막으로 자하문 근처를 내려올 때쯤 사장이 혼잣말처럼 중얼거리고 있었다.
 흠…… 너무 오래되었어 너무…… 사람이란 오래 두면 으레 못된 요령이 늘게 마련이지……
 현수를 염두에 두고 한 소리가 분명했다. 처음 그가 차를 돌리라고 했을 때 모처럼 그의 명령을 거역한 현수의 태도가 몹시 마음에 걸렸음에 분명했다. 바람직하지 않은 버릇은 싹이 돋을 때 미리 잘라내버리자는 속셈이었는지도 모른다. 그러나 어쨌든 그 소리를 듣고 나서부터 현수는 그 결혼 때부터 시작된 오랜 불안기가 갑자기 가중되어오며 어깨를 무겁게 짓누르기 시작했다. 그리고 마침 그날에야 비로소 의식되기 시작한 자신의 굴레가 그 한마디로 더욱 헐렁거리고 불편스러워지기 시작했다.
 결국 현수는 아버지처럼 자신의 굴레를 사랑할 수가 없었다. 너무 헐렁거리고 귀찮고 거추장스러웠다. 그리고 그를 불안하게 했다. 헐렁헐렁 괴롭히기만 하는 굴레를 그는 사랑할 수가 없었다. 그렇다고 아버지에게서처럼 그 굴레를 벗어 내던져버릴 수도 없었다. 아니 현수가 자신의 굴레를 사랑할 수 없는 것은 그것을 끝내 벗어 내던질 수가 없다는 절망감 쪽에 더 큰 이유가 있었을지 모른다.

아버지는 자신의 굴레를 사랑했으면서도 어느 날 갑자기 그 사랑이 깨지고 말았을 때 그것을 가차 없이 벗어 내던져버릴 수가 있었다. 그날 한번 뒤가 주저앉은 송아지는 아무리 무서운 채찍질에도 끝내 다시 몸을 일으키지 못했다. 그리고 송아지는 그런 녀석들이 감수해야 했던 운명대로 그날로 당장 도살이 되고 말았다.
 아버지는 그날 이후로 더 이상 마을 송아지들의 코를 뚫어주거나 굴레를 씌워 쟁기질 길들이는 일을 떠맡지 않았다. 누가 와서 사정을 해도 한마디로 잘라 거절해버렸다. 처마 끝에 줄줄이 매달아두었던 느릅나무 가지들도 어디론지 자취를 감추고 말았다. 아버지는 그것으로 자신의 굴레를 벗어버린 것이었다. 송아지 코를 뚫으면서 하나하나 자신이 겹쳐 써온 그 수많은 굴레들을, 그러면서 더욱 견고하게 조여대고 열심히 사랑해온 굴레들을, 그 수많은 굴레들을 그는 한꺼번에 깡그리 벗어버린 것이었다.
 그러면 도대체 아버지 스스로 선택하여 하나하나 뒤집어써온 그 굴레들은 당신에게 무엇이었던가. 그리고 그걸 그처럼이나 사랑하려고 했던 당신 자신의 이유는 무엇이던가. 그 굴레들은 도대체 당신에게 무슨 뜻을 지니고 있었던가. 현수는 그것까지 정확하게 생각해낼 수는 없었다. 어슴푸레 한두 가지 생각나는 일이 있었을 뿐이다. 아버지는 그 일 때문에, 또는 그런 일에 익숙해지기 전에 종사해온 어떤 오랜 천직 때문에(그것까지 말할 필요가 있을까), 아니 당신 아버지의 아버지 때부터 그렇게 살아온 가문 내림 때문에 마을의 모든 사람들로부터 반말지거리를 당하며 살아왔었다. 어른이나 어린이나 남자나 여자나 모든 사람들이 거의 나이에 상관없이 존댓말을 쓰지 않았다. 그리고 아버지 자신은 그 모든 사람들에게 예외 없이 존댓말을 써야 했다. 어린이라 하더라도 그는 적어도 막 해라를 함부로 쓸 수가 없었다. 그러나 현수는 그것이 아버지의 굴레에 대한 비밀의 전부라고는 생각하지 않았다. 아버지의 처지나 존댓말 습성은 그 예상찮은 변고가 있은 다음에도 여전했고, 더욱이 그걸 그리 못마땅해하는 것 같지도 않았다. 다만 이후부턴 아버지의 말수가 갑자기 줄어들어버린 것이나 오래잖아 마을을 떠나버린 일이 그렇게도 생각할 수 있는 여지를 남겼다고나 할까. 그리고 지금의 현수에겐 보다 합당한 다른 이유가 생각나지 않는 것도 사실이었다.

하고 보면 그런 건 어쨌거나 별 중요한 일이 아니었다. 현수로선 사실 그런 걸 깊이 생각하기도 싫었다. 아버지에게 사랑스런 굴레가 있었다는 것, 그리고 아버지는 나중 그걸 일거에 벗어던질 수가 있었다는 것, 그것만이 그에겐 큰 뜻이 있었다. 아버지의 굴레가 어떤 것이었든지, 그것은 현수가 자신의 굴레를 사랑할 수 없다거나 그것을 벗어버릴 수 없다는 것과는 별 상관이 없었다. 그만큼 현수는 자신의 굴레를 사랑할 수도 벗어던질 수도 없다는 사실을 자신이 분명하게 의식하고 있었다. 그는 어차피 운전사일 수밖에 없다는 것을 누구보다 똑똑히 알고 있었다. 하지만 이젠 현수 한 사람뿐 아니라 그 누구도(아내든지 사장이든지 안방의 주인 내외나 그 어린것까지도 그들은 그들 나름의 굴레를 쓰고 있었다) 자의대로 자신의 굴레를 벗어던질 수는 없었다. 다만 현수에게 보다 괴롭게 여겨지는 것은 그것을 남들처럼 사랑할 수가 없다는 것뿐이었다. 사장이든지 안방 내외든지 그 사람들에겐 제법 굴레가 단단해서 그것을 무척들 사랑하고 있는 것 같아 보였다. 자신의 굴레만이 유독 헐렁하고, 그래서 더욱 괴롭고 가볍고, 도대체 사랑할 수가 없는 것 같았다. 그것은 남에게 굴레를 씌움으로써 스스로 그 굴레를 쓴 자(그들은 처음부터 그것을 사랑할 수 있을 터이다)와 어쩔 수 없이 쓰게 된 자, 어떤 기회에 고삐를 쥐듯 익숙해져 그것을 사랑할 수 있게 된 자와 그러지 못해 끝끝내 벗어던지고 싶어 하는 자(그들은 얼마나 자신의 굴레에 익숙해지고 그것을 사랑할 수 있게 되기를 바라는가. 또 언제나 그러기만 하는가)의 차이가 아닐는지…… 그걸 함부로 말할 자신은 없었다. 그러나 현수는 분명 그런 것만 같았다.

그의 아버지 역시 처음부터 그의 굴레를 사랑할 수 있었던 쪽은 분명 아니었다. 어린 송아지들에 대한 그의 열성은 실상 전부터 그가 쓰고 있던 진짜 자신의 굴레에 익숙해지고 그것을 사랑할 수 있게 되려는 노력이었을 터였다. 그리고 그는 그것을 한동안 사랑할 수도 있었다. 그러나 끝내 그럴 수 있었던가. 아니었다. 아버지의 그 굴레에 대한 사랑은 마침내 비참하게 깨어지고 말았다. 그러나 아버지는 현수에 비하면 아직 행복했다. 사랑이 깨어진 자신의 굴레를 당신은 스스로 벗어던질 수가 있었다. 그는 과연 그럴 수가 있었다. 그러나 현수는 그럴 수가 없었다.

그런 점에서 보면 선희는, 이제는 제법 피곤한 얼굴로 그의 곁에 잠이 들어 있는 선희 년은 현수 자신에 비해 훨씬 다행스러워 보였다. 선희에게도 그 굴레의 조짐이 나타나고 있는 것이 사실이라면, 년은 그것을 신기하게 잘 견디어내고 있는 셈이었다. 아무리 머리칼을 끄들려대도 용케 낑낑 잘 참아내었다. 그걸로 우는 일이 한 번도 없었다. 우는 일이 없으니 뒤가 갈 염려도 없었다. 현수보다는 단단한 굴레를 타고난 증거였다. 그러나 한동안 그런 생각에 젖다 보니 현수는 문득 선희 년이 되잖게 가엾어지고 있었다. ⋯⋯ 하지만 벌써부터 이 어린것에게 그런 것이 씌워지고 있는 것일까. 그것을 정말 다행스러워할 수가 있을까. 그는 마치 자신이 그 굴레의 아픔을 대신 견디고 싶은 양 새삼 얼굴을 찡그렸다. 그러다간 드디어 자리를 일어서서 초조하게 방 안을 거닐기 시작했다.

전화는 양쪽 다 아직 소식이 없었다. 아내에게서는 오거나 말거나, 사장 쪽이 아무래도 걱정이었다.

— 역시 새해 들어선 사람을 바꾸려는 게 아닐까.

그런 불길한 생각까지 들었다. 차를 쓰면서도 우정 자신을 불러주지 않는 쪽으로만 생각됐다. 참을 수 없이 콧잔등이 가렵고 얼굴에서 뭔가 자꾸 헐떡헐떡 풀려나가고 있는 느낌이었다. 그 얼굴과 콧잔등이 거북스럽다 못해 이젠 마구 쓰려오기까지 한 느낌이었다.

— 아, 이 불안을⋯⋯ 귀찮고, 간지럽고, 쓰라린, 이 모든 것을 한데 합친 형언할 수 없는 아픔을, 진짜 굴레를 끌리는 아픔을 이 어린것이 상상이나 할 수 있을까.

현수는 문득 서성대던 발길을 멈추고 가만히 선희 년의 잠든 얼굴을 들여다보았다. 바로 그때였다.

따르릉—

갑자기 안방의 전화벨이 울렸다. 그 바람에 현수는 아이를 들여다보다 말고 다시 흠칫 긴장을 했다. 혹시나 싶었다.

아 여보세요……

안방에선 이내 신호가 끊어지고 사내의 목소리가 들려왔다. 그러나 그 소리에 현수의 긴장한 얼굴은 이내 다시 실망을 하고 말았다.

네네, 아 자네로군. 나야…… 응 자네도 복 많이……

앙—

신호 소리에 잠이 깨어난 듯 갑자기 어린애가 울음을 터뜨리고, 그 울음소리 사이로 들려오는 사내의 이야기는 현수에게 온 전화가 아니었다. 그는 다시 자리를 일어나 방을 거닐기 시작했다. 더 들을 필요도 없었다. 그는 이제 사내의 전화 소리보다 어린애를 달래는 여자 쪽에 훨씬 더 신경이 쓰이고 있었다.

워야, 워야 그놈의 전화 소리에 그만…… 워야…… 워야 응……

아기 울음소리에 섞여 서투른 여자의 달램질 소리가 들려왔다. 그 소리에 현수는 새삼 내려앉았다. 그리고 버릇처럼 제풀에 불안해지기 시작했다.

과연 현수의 예감은 정확했다. 여자는 몇 번 그런 식으로 어린애를 달래보더니 아이가 울음을 그치지 않으니까 대뜸 문을 열고 방문을 나오는 기척이었다. 하더니 이내 현수네 방문을 똑똑 두들겼다. 현수는 한동안 대책 없이 가슴만 두근거리고 있었다. 그러나 대꾸를 하지 않을 수 없었다.

네—

힐끗 선희 년의 잠든 얼굴을 한번 내려다보고 나서 천천히 문을 열었다.

—또 우리 선횔 데려가겠다고만 해봐라!

터무니없이 마구 떨려오는 가슴을 진정시키며 마음을 단단히 다져 먹었다. 그러나 그건 마음뿐이었다.

선희 좀 데려갈까 하구요.

그가 문을 열어주자 여자는 과연 어두컴컴한 방 안을 들여다보며 대뜸 선희 년을 찾았다.

선횐 지금 자고 있는데요.

혼을 내주겠다던 다짐은 소용이 없었다. 그는 여자의 얼굴을 보자 자신도 모르게 갑자기 공손해지고 있었다. 아내의 일이 확실히 틀려버린 거라고 생각된 때문이었을까. 그는 터무니없이 얼굴에 미소까지 짓고 있었다.

지금 막 곤하게 잠이 드는군요.

데려가지 말아달라는 뜻이었다. 그러나 데려갈 수 없는 이유를 현수는 몽땅 잠든 선희에게 떠붙이고 있었다. 그러면서 속으로 애만 태우고 있었다.

—제발 그냥 돌아가주오, 제발. 우리 선횐 머리끄덩이나 끄들리려 태어난 아이가 아니란 말이오.

여자까지도 현수의 애가 타는 얼굴에서 그 가련한 소망을 읽을 수 있었던 것일까. 그녀는 그러고 서 있는 현수를 한참 물끄러미 바라보고 있더니 뜻밖에 선선히 물러가주었다.

현수가 혼자서나마 주인 여자에게 맘껏 저주를 퍼부은 것은 그녀가 그렇게 쉽사리 안방으로 돌아가준 다음이었다. 그것도 막 전화를 끝내고 난 사내를 향해 여자가 엉뚱스런 짜증기를 터뜨린 때문이었다.
 전화길 아주 내려놔버리세요. 초하루부터 무슨 전화질은…… 하나도 쓸데없는 소리들만 하면서 벨 소리에 아이 잠만 자꾸 깨지 않아요.
 덜커덕! 정말로 수화기를 내려놓는 소리가 들려왔다. 그런데 그것이 현수에겐 마치 선희 년을 데려가지 못한 여자의 분풀이쯤으로 들린 것이었다.
 ―빌어먹을! 그래 좋아! 전화기 따윈 내려놓아도 좋단 말이다. 나도 이젠 그깟 전화 받지 않을 참이다. 선휠 다시 데리러 오지만 마라. 그래 배 속에서부터 끄들 놈 끄들릴 놈이 따로따로 정해져 나온다더냐? 선휜 날 때부터 끄들리기나 하고 네 애새끼는 끄들 줄만 알게 생겨났더냔 말이다.
 저녁이 가까워올 무렵에야 현수의 아내는 기진맥진 다 늦게 집으로 돌아왔다. 먼젓번에 말한 방이 이미 다른 사람에게 나가버려 복덕방을 몇 군데 더 뒤지고 오는 길이었다. 한데 그때 현수는 한참 어떤 장난질에 열중하느라 아내가 돌아오는 줄도 모르고 있었다. 방을 들어선 아내는 그 현수의 장난질을 보고 어안이 벙벙해졌다. 해괴한 광경이었다. 현수는 짐승처럼 사지를 짚고 엎드려 딸아이에게 온통 머리를 내맡긴 채 소리소리 야단을 피우고 있었다.
 더 끄들어. 더! 더! 힘껏! 그래 오옳지, 응! 이려이려하면서 오옳지……!

　그러는 현수의 머리칼을 선희 년은 신이 나서 마구 축축 채고 잡아당기고 했다.

　이려! 이려!

　현수가 시키는 대로 년은 신이 나서 대고 소리까지 질러대고 있었다.

　당신 지금 무슨 짓을 하고 있어요?

　어이가 없어 멀거니 부녀의 짓거리를 바라보고만 있던 아내의 핀잔 소리를 듣고서야 현수는 비로소 흩어진 머리칼 밑에서 벌겋게 충혈된 얼굴을 들어올리며 아내를 쳐다보았다.

　응, 당신 왔어? 지금 이년 훈련을 좀 시키는 중야. 제법 야무진걸!

　씨익 웃으며 한마디를 하고는 다시 선희 앞으로 머리를 디밀어댔다. 그는, 갑자기 이상한 소리에 어리둥절해진 안방 내외가 끝내는 배꼽을 쥐고 웃어대고 있는 줄도, 그리고 한동안 멍하니 그 꼴을 바라보고 서 있던 아내의 눈에 뽀얀 눈물이 서리는 것도 모르고 어린애처럼 계속 고함을 질러대고 있었다.

　끄들어! 어서! 오옳지 더 힘껏! 이려이려, 소릴 지르구……!

(『신동아』 1970년 4월호)

전쟁과 악기

    고지문. 제목, 음곡과 가창에 있어서의 반음 사용 금지에 관한 건. 시민 생활의 명랑화와 사회 발전의 한 조처로 본건을 발의한 바 있는 당국은 그간 수차에 걸친 공청회 개최와 광범한 여론 수집 등으로 본건 채택 시행 여부를 예의 검토해온 바, 그 결론에 따라 다음과 같이 결정 발표하는 바이니, 시민 제위는 이의 이행에 유의, 만유감이 없기 바람. 다음, 모든 음곡과 가창에서 반음이 사용되는 것을 금함. 시행 세칙. 그 일, 현존하는 모든 음곡에서 반음이 사용되고 있는 것은 이의 가창을 금하고, 그 악보를 폐기 처분할 것. 그 일, 앞으로의 모든 음곡 창작활동은 일체 C조의 장음계 내에서만 가능하며 조표와 음자리표의 사용을 금하고, 음계 내의 '미, 파'와 '시, 도' 사이의 음차는 이를 현재의 반음에서 온음으로 확대 조곡할 것. 그 일, 모든 악기에서 반음이 조음되어 있는 것은 이를 파손 폐기할 것, 단 기술적으로 반음을 제거하여 온음만이 사용 가능한 것은 이를 이행할 것. 그 일, 기히 애창되고 있는 음곡 가운데에 반음이 혼용되어 있는 것은 이를 허용된 다른 음으로 변경 가창하여도 무방함. 여기에는 참신하고 의욕적인 음인들의 적극적인 참여가 요망됨. 위 각 사항을 위반한 자는 차후 가차 없이 처단될 것임.

인쇄 잉크도 채 마르지 않은 고지문(告知文) 앞에는 당국이 새 지시나 시 정책을 알릴 때는 언제나 그러하듯, 많은 시민들이 호기심에 차서 몰려든다. 그러나 시민들은 이내 덤덤한 얼굴로 발길을 돌려버리곤 한다. 그들은 이번 고지문으로 당국이 그들에게 요구하고 있는 것이 어떤 것인지를 잘 납득할 수 없거나 납득을 하려 해도 도대체 실감이 가지 않는다는 표정들이다. 간혹 어이가 없다는 듯한 실소를 머금는 자도 있다. 그러나 대부분은 그나마의 반응도 없이 그저 덤덤한 얼굴로 문면을 대충 훑어보고 나서 총총히 발길을 돌려버리곤 한다.

집에 돌아가서도 그들은 마찬가지다.

방송국에서는 시론가들이 고지문 시행 세칙의 문제점을 논의하고, 신문들도 일제히 이 새로운 소식과 함께 해설 기사를 싣고 있었으나, 그들은 여전히 관심이 없다. 그러나 시민들 모두가 다 그런 것은 아니다. 소식이 전해지자 날벼락이 내린 듯 놀란 사람들이 있다. 그들은 바로 그 반음이라는 것을 지켜내고자 지금까지 몇 차례의 공청회와 신문지면 등에서 그 반음의 불가결한 구실을 주장하고 당국으로 하여금 그 의도를 철회하도록 끈질기게 요구해 온 음인(音人＝음악인. 이후 음악 용어는 ※표로써 현대 용어의 주를 붙여 고지문의 시대를 따르기로 한다)들이다. 말하자면 그들은 반음의 존재 가치와 구실을 누구보다 잘 이해하고 있으며, 당국의 이번 결정이 고지문에서 밝히고 있는 바와는 달리 시민 생활과 사회 발전을 심각하게 저해하리라고 믿고 있는 자들이다.

그러나 이들에게도 이번 고지문이 전혀 뜻밖인 것만은 아니었다. 설마 설마 하면서도 일이 결국엔 이렇게 되고 말리라는 것을 어느 정도 미리 예상하고 있던 터였다.

이들이 처음 놀란 것은 당국에 의해 갑자기 이번 계획이 발의되면서부터였다.

— 모든 음곡(※＝樂曲 또는 歌曲)은 시민 생활을 명랑하게 하고 암암리에 그 발전의 활력소가 되어야 한다. 행진곡이나 군가는 그 좋은 본보기다. 밝고 씩씩하며 쉽고 간결하다.

그에 반해 반음은 대체로 애매하다. 그 애매함으로 인하여 반음은 어둡고 무기력하고 복잡하다. 그리하여 음곡 전체의 인상을 혼란시킨다. 뿐만 아니라 반음의 존재는 조표와 음계의 변화 등 이루 헤아릴 수 없는 조음 형식(※＝作曲形式)상의 복잡성을 초래하고 있다.

이에 우리는 이 거추장스럽고 유해한 반음을 추방하고 모든 음계를 반음 없는 C조의 장음계 하나로 통일 정리하여, 간결하고 밝은 온음만으로 음곡 창작의 기본을 삼고자 하는 바이다. 이는 오직 전체 시민으로 하여금 그 생활을 보다 밝고 명랑하게 도모케 하고자 함인 것이다.

당국의 발의 취지는 대략 그러했다.

그러나 이때도 물론 지어놓은 노래나 부르고, 음의 성질이나 음곡 창작에 관한 이해가 없는 일반 시민들은 별다른 관심을 보이지 않았다. 놀란 것은 창작이나 연주나 어떤 형식으로든 음곡에 종사하고 있는 음인들뿐이었다. 너무나 놀란 나머지 이들도 처음 한동안은 그저 아연해 있기만 했다. 당국의 그러한 처사와 논거에 대해 부당성을 지적하려 드는 사람들도 없었다. 게다가 이들은 너무나 의연한 당국의 태도에 어떤 비판이나 반대에도 불구하고 결국엔 그 당국자들의 의도대로 일이 확정지어지고 말리라는 걸 눈치채고 있었다. 그래서 이들은 당국이 마련한 공청회마저도 이에 참가하기를 주저했다. 공청회 참가는 찬성이든 반대든 그 자체로서 이미 당국의 절차를 합법화시켜주게 되며, 결과적으로 그 자신들까지도 이 역사적 범죄(그들의 표현대로 말해서)의 공범자로 기여하게 될지 모른다는 염려에서였다.

그러나 끝끝내 팔짱만 끼고 앉아 있을 수는 없었다. 이들은 자신들의 반음이 정말 마지막 운명을 고하려는 순간에 이르자 드디어 활동을 개시했다. 공청회에 참가하여 그 부당성을 역설하고 신문 따위에도 열심히 반대 의견을 개진했다.

─무엇보다 먼저 확실히 해둬야 할 것은 어떤 음을 가리켜 우리들이 '도'니 '레'니 하는 음칭들은 애초에 그 음들이 독립적으로 지니고 있는 절대적 음가 개념이 아니라는 점이다.

한 옥타브 내의 모든 음위는 그 자체로서 독립적이 아니라 다른 음위와의 음차(音差) 관계로서 상대적으로 존재한다(※ = 음계와 계명). 우리들은 다만 우리가 익숙한 음차에 따라 약속된(심지어

음명까지도 우리들의 약속에 불과하다) 음차의 질서를 가지고 있을 뿐이다. 따라서 이 음차 질서 가운데서 어느 한 음위를 말살한다면 그와 이웃한 다른 음위의 개념도 함께 상실당하게 마련이다.

거기에는 이미 우리들이 지금 가지고 있는 음차의 질서는 존재하지 않게 된다. 음차의 약속이 연쇄적으로 깨어져버리기 때문이다. 하나의 악기를 예로 하여 생각해보자. 이 악기는 소위 두 개의 반음을 포함하여 우리들이 익숙해 있는 여덟 음위의 음차 질서를 가지고 있다. 그런데 이 여덟 개의 음위들은 어느 것도 그 하나로서는 독립적인 음가를 지니지 못한다. 다만 하나의 소리에 불과하다. 그러나 그 음은 다른 음들과의 음차 관계(※＝음정 관계) 속에서 비로소 하나의 (상대적인 음위의) 음가를 지니게 된다. 이 악기의 음위들은 모두 이와 같이 상호 음차 관계 속에 존재하게 된다. 그리하여 비로소 하나의 악기 구실을 하게 되는 것이다. 도대체 하나의 악기에서 어떤 한 음위(※＝음, 이하 다만 '음'으로 표기함)를 제거하여버린다면 그것은 이미 악기일 수가 없다. 제거된 음은 우리들의 치열 중에서 이가 하나 빠져나가듯 혼자 자리를 비운 것이 아니기 때문이다. 이가 하나 빠져나가도 우리는 나머지 치아로 불완전하게나마 음식물을 저작(咀嚼)할 수 있지만, 하나의 음이 빠져나간 악기에서는 다른 음들까지 연쇄적으로 그 음과의 음차를 잃어버리기 때문이다.

여기서 우리는 반음이고 온음이고를 막론하고 우리들이 약속에 의해 누리고 있는 음들은 어느 하나도 말살할 수가 없으며, 그것은 곧 모든 음의 상실을 의미한다는 말의 근거를 찾아냈다. 그러나 반음과 온음의 관계에 대해서는 여기서 좀더 이야기해둘 필요가 있다. 그것은 당국이 반음에 해당하는 음의 형식상의 음자리(※=계명, 구체적으로 C장조 음계의 '파'와 높은 '도')는 그대로 남겨놓은 채, 그 음차를 늘려 온음으로 사용하라 말하고 있기 때문이다. 그것은 물론 온음과 반음의 개념을 모르는 데서 나온 소리다. 온음이니 반음이니 하는 것도 마찬가지로 우리들이 약속해놓은 상대적 음차 개념에 불과한 것이다. 반음은 온음에 대해 그 음차가 2분의 1이다. 그것은 우리들의 오랜 약속이다. 우리는 그 약속에 익숙해 있으며 그것에 의해 온음과 반음을 편리하게 구별한다.

그러나 중요한 것은 애초에 하나의 음은 온음도 반음도 아니라는 사실이다. 하나의 음은 우리들이 익숙한 음차의 질서 속에서 비로소 그 음가의 성질이 상대적으로 결정되는 것이다. 따라서 기본 음자리를 어디에 정하느냐에 따라 하나의 음은 그 음차의 질서 속에서 온음이 되기도 하고 반음이 되기도 한다. 말하자면 우리는 어떤 절대의 고정 음위를 가지고 있는 것이 아니라 음차 질서 또는 음위의 질서를 가지고 있을 뿐인 것이다. 그러나 그 음차의 질서는 확고하며 우리들은 그 질서에 익숙해 있다.

그런데 만약 당국자의 요구대로 하나의 음차 질서 속에서 반음에 해당하는 소리의 음차를 올려 온음으로 만들었다고 가정해보자. 그러면 애초에 온음이었던 그다음 음도 역시 이 음과 1의 음차를 유지하기 위해 #나 b 부호 없이 순차적으로 2분의 1 음차를 벌려 옮길 것이다. 그리하여 우리들의 실제 음차 질서 속에서는 새로운 반음(그 실은 기왕에도 반음으로 존재하고 있었지만)이 생기는 것이다. 하나의 반음을 없애기 위해 다른 반음을 만들어내는 것이다. 뿐만 아니라 그렇게 되면 이미 약속된 우리의 음차 질서는 전혀 아무런 의미도 없게 된다.

어떤 한 음을 절대시하여 그 성질을 규정하고, 우리에게서 반음을 추방하려는 것은 처음부터 아무런 의미가 없는 일이다. 그러나 그것을 끝내 감행하는 경우 우리의 음차 질서 속에는 더 많은 새로운 반음이 생기며, 그로 인해 우리는 지금까지의 모든 음들을 한꺼번에 잃어버리는 결과가 될 것이다. 우리의 음차 속에서는 어떤 음도 절대로 그 존재 가치가 인정되고 보호되어야 한다. 어떤 반음도 다른 어떤 온음과 마찬가지로 추방되어서는 안 된다. 만약 그러한 폭거가 감행되는 경우 우리는 불행하게도 모든 음을 잃고 부끄러운 야만으로 돌아가게 될 것이다.

반음 수호자들은 무엇보다 무관심한 시민들의 주의를 환기시키고 세론을 유리하게 유도하고자 노력했다. 그러나 시민들은 여전히 관심이 없었다. 절망이었다. 거기다 설상가상으로 더욱 불리한 사태가 야기되었다. 소위 반음주의자들의 실수 때문이었다.

음인들 가운데에는 유난히 이 반음만을 사랑하며 음곡 창작에서 그 반음만을 빈번히 사용하는 일파가 있었다. 흔히 말하는 반음주의자들이었다. 당국이 처음 이번 조처를 염두에 두게 된 것도 실상은 이 반음주의자들의 지나친 극성 때문이었다는 소리가 있었을 정도였다.

— 반음이야말로 진정한 예술음이다. 온음은 다만 음의 얼개에 불과하다. 이 온음을 창조적으로 변화, 조화시키고 전체로서 온전

하고 완성된 한 음곡을 이루게 하는 것은 순전히 반음의 존귀한 구실이다. 음곡의 발전은 곧 이 애매하고 나약한, 그러면서도 무한한 변화의 가능성을 지닌 반음을 보다 풍부하게 활용하고 발전시켜나가는 데 있다. 그것은 마치 한 사회나 국가의 문화 현상과도 같다. 한 사회의 문화 현상은 그를 유지 관리해가는 중심적 지배 질서에 의해 좌우되기보다 최종적으로 그 질서 뒤에 은밀히 숨어 있는 인간 영혼의 세련된 상호 교류와 변화 또는 그 유산에 의해 결정지어지는 것이다. 반음을 발전시키는 것이 곧 음곡을 발전시키는 길이다.

그들은 자주 그렇게 주장했다. 그러면서 늘 반음에 취해서 모든 음곡을 그 반음의 응용과 변화 속에서만 이루어내려 했다. 그것이 당국의 우려를 사고 말았는지 모른다. 어쨌든 맨 처음 당국의 복안이 발표되자 누구보다 분개를 하고 나선 것은 물론 이들 반음주의자들이었다. 공청회나 기타 토론의 장소에서도 그들은 누구보다 맹렬히 당국을 공격했다.

―당신들은 음이나 음곡에 관한 한 무식쟁이들이다. 음에 무식하므로 단순하고 소박한 온음만을 좋아하게 된다. 반음의 묘미는 즐길 수도 없거니와 더욱이 그것을 이해할 수도 없다. 그러나 자신들이 즐길 수 없다는 이유로 그것을 즐기고 사랑하는 사람들을 핍박하는 것은 범죄다. 당신들은 지금 우리를 시기하고 박해하려 하고 있다. 그것은 음곡 예술에 대한 무뢰한의 폭력이다. 우리 인류의 귀한 문화에 대한 무도한 폭행이다. 무지한 자들은 간섭하려 들지 말라. 음곡에 관한 일은 음곡 전문가에게 맡겨두라!

욕지거리도 서슴지 않았다. 그 욕지거리 끝에 마침내는 위험스런 극언을 농하고 말았다.
—타기해야 할 것은 반음이 아니다. 반음은 오히려 지금보다 그 음차를 더욱 세분하여 발전시켜가야 한다. 추방해야 할 것은 차라리 온음이다. 온음이야말로 당신들 같은 무식쟁이들이나 좋아하는 단순한 원시음이다.
아무리 그들이 반음을 사랑하고 그것에 몰두해 있다 해도 그것이 설마 본심은 아니었으리라. 아마 감정이 너무 격해진 탓이었을 것이다. 그러나 어쨌든 그것은 돌이킬 수 없는 실수였다. 모든 음의 절대 가치를 주장하지 않고, 음가의 경중을 따지고, 당국자들의 의도에 맞섬으로써 거꾸로 어떤 특정음의 제거 문제를 상대적인 것으로 만들어버린 것이었다. 그것은 곧 어떤 음의 제거가 절대 불가능한 것이 아니라 음가 경중에 따른 상대적인 문제라는 원칙적인 가능성을 인정하고 만 셈이었다. 당국으로서는 절호의 구실이었다.
—보라. 당신들도 결국 어떤 특정음을 제거할 수 있다는 점에서는 우리와 의견을 같이하고 있다. 다만 당신들과 우리는 제거하고자 하는 음이 서로 다를 뿐이다. 그러나 그 점에서는 우리 쪽의 주장이 완전히 타당하다. 음의 향락은 전문가들의 특권이 아니다. 우리는 시민 전체가 그 음을 쉽게 즐기게 하고, 보다 빠른 사회의 발전을 도모코자 할 뿐인 것이다. 추방해야 할 것은 역시 반음 쪽이다.
결과는 처음에 염려했던 대로였다.

당국은 이 새로운 규제안의 확정 절차에 음인들을 참가시킴으로써 그것을 보다 바람직한 방법으로 합법화시키고, 나아가서는 그 논리적인 근거까지 얻어낸 셈이었다.

앞서 고지문은 결국 그런 일련의 절차 끝에 나온 것이었다.

이제 일은 끝난 것이다.

그러나 정말로 모든 일이 끝나버린 것일까. 세상에선 정말 반음이 사라져버릴 것인가. 만약 그렇다면 세상은 도대체 어떻게 될 것인가.

여기까지 이야기를 적어오다 보니 갑자기 두려운 생각이 든다. 이것이 도대체 소설이란 이름으로 씌어질 수 있는 이야기인가? 아니 그보다도 문외한인 내가 감히 이런 일을 대신해보겠다고 나선 것부터가 벌써 주제넘은 짓이 아닐까? 어휘 선택은? 문맥은? 어쨌든 이젠 변명을 겸하여 내가 처음 이런 이야기를 주워 얻게 된 경위와 그것을 굳이 소설의 형식으로 기록해보려고 한 내 동기부터 고백해둬야 할 것 같다.

그러니까 이것은 말하자면 나의 이야기가 아니다. 남이 만들어놓은 이야기를 듣고 대신 적어가고 있을 뿐인 것이다. 한때 그럴 만한 사정이 있었다. 애초에 나는 물론 소설과 아무런 상관도 없는 위인이었다. 상경계 대학을 졸업한 후 별로 바라지도 않은 취직 준비를 구실로 집에서 빈둥거리던 놈팡이 주제였다. 그러던 중 작년 어느 땐가 집에서 어머니가 신촌역 부근에 2층 목조 건물 한 채를 가게로 사들인 일이 있었다. 어머니는 아래층에다 식료품 점포를 내고 나서 2층의 활용 방도를 궁리하느라 연일 머리를 짜고 있었다. 그 2층엔 전부터 신촌역을 드나드는 경의선 손님을 상대로 한 조그만 다방이 꾸며져 있었다. 이름이 〈기적(汽笛)〉이었다. 열 개 남짓한 탁자가, 그나마도 언제나 텅텅 비어 있는 세월 없는 다방이었다. 한데 궁리궁리하던 어머니는 어느 날 뜻밖에 그 다방을 내가 맡아보는 게 어떠냐고 했다. 내부 장식을 다시 하고 얼굴 반반하고 손발 바지런한 레지 아이나 두엇 들여놓으면 그런대로 손님이 모일 것 같다는 것이었다. 나는 별 뾰족한 계획도 없이 그러겠노라고 승낙을 해버렸다. 심심풀이나 하자는 속셈에서였다.

그 〈기적〉을 맡고 나서도 물론 나는 다방의 분위기나 영업 방법을 바꾸려 하지 않았다. 내 게으름도 게으름이려니와 내부 장식이나 레지 아가씨의 얼굴 따위가 역을 드나드는 사람에겐 별로 관계가 없을 것 같았기 때문이었다. 간판이나 하나 아무 데서나 볼 수 있게 큰 것으로 갈아 달아 했지만 그것도 마음뿐인 채였다. 차 심부름은 전에부터 〈기적〉에 있던 미스 홍이라는 계집아이가 그냥 혼자 계속했다. 혼자라고 해야 뭐 일이 바쁠 것도 없었다. 차 시중이 바쁠 만큼 손님이 붐비지도 않았고, 전축에는 도대체 판을 걸어본 일이 없었다. 가끔 근처 역을 지나가는 열차의 기적 소리가 전축 대신 다방 안을 가득 채워주곤 했다. 모든 것이 그전 그대로였다. 그래 놓고 나는 마치 하릴없는 손님처럼 한나절씩 유리창가에 붙어 앉아 있다가 계산대 쪽에 웬만큼 푼돈이 모인 눈치가 보이면 그제서야 용돈을 조금 꺼내 들고 어슬렁 시내 나들이를 나서곤 했다.

그런데 그 〈기적〉이 어떤 괴상한 친구들의 본거지가 된 것은 어느 날 내가 또 그 용돈을 꺼내 들고 시내 나들이를 나갔다 우연히 박시태를 만난 다음부터였다. 시태는 내 고등학교 동창으로 대학 문과를 나온 후 소설을 쓰고 있는 녀석이었다. 둘이 함께 주점으로 얼려 들어간 시태는 그날 밤 술기가 어지간해지면서부터 그까짓 소설 이제 집어치웠노라며, 내게 무슨 화풀이라도 하듯 고래고래 소리를 지르고 떠들어대었다. 위인은 소설을 쓰지 않으면서부터 그렇듯 밤 시간이 무료해 죽을 지경이라는 것이었다. 그러다가끔 친구라도 만나면 그간 가슴에 삭이고 있던 것들을 술기에 실어 쏟아놓게 되노라고. 그래 나는 녀석에게 틈날 때 가끔 들러 시간이나 보내다 가라고 나의 〈기적〉을 일러주게 되었다. 녀석의 집도 마침 〈기적〉에서 가까운 아현동 근처래서였다.

그런데 그 시태 녀석이 바로 다음 날로 〈기적〉엘 나타났다.

"어허 좋은데, 정말 좋아."

해도 떨어지기 전에 불쑥 나타난 시태는 뭐가 그리 좋다는 것인지 다방 문을 들어서자마자 탄성부터 쏟아댔다.

"뭐가 그렇게 좋으냐?"

내가 손짓을 하며 물으니까,

"글쎄, 첫째는 손님이 없어 조용해서 좋구…… 이건 주인 양반한텐 좀 미안한 소리지만 말이야."

"그리구 둘째는?"

"둘째는 〈기적〉이란 다방 이름이 좋아. 역이 가까워 〈기적〉인 모양인데, 기적이란 원래 어둡고 황량한 이미지가 있거든. 으리으리하지 않고 아무렇게나 버려진 듯한 이 다방 분위기가 그 이름과 꼭 어울린단 말야, 하하."

 험군지 진심인지 모를 소리를 한참 늘어놓은 다음에야 녀석은 두리번두리번 앉을 자리를 찾았다. 그러다 아무렇게나 엉덩이를 걸상에다 내던지고 나더니,

 "오라, 이제 보니 또 하나 좋은 게 있군…… 음악이 없단 말야."

 다시 너스레를 떨기 시작했다.

 "그러니까 가까운 기적 소릴 음악 대신으루 들으라 이 말씀이지?"

 이날 저녁도 둘이는 물론 근처 대폿집에서 늦게까지 곤드레가 되도록 취했음은 불문가지.

 그 시태가 다음 날도 오후가 되자 또 해장술이나 하러 나온 듯 꺼칠한 얼굴로 〈기적〉을 찾아들었다. 그리고 그로부터 시태의 〈기적〉 행차는 하루도 빠지는 날이 없었다. 한참 뒤엔 나 역시도 으레 녀석이 또 나타나려니 싶어 저녁까지 다방에 붙어 앉아 있게 되곤 했다. 하다 보니 다음 참부턴 그 시태 혼자서 나타나는 것도 아니었다. 어느 날 그는 느닷없이 텁수룩한 청년 한 사람을 데리고 와서는, 다짜고짜 시인 아무개라고 소개를 해왔다. 그리고 이 친구 역시 앞으로 자기처럼 〈기적〉 출근을 계속한다고 선언했다. 그 며칠 후에도 녀석은 또 다른 청년을 하나 데리고 나타났다. 그런 식으로 녀석이 〈기적〉으로 몰고 온 사람이 네댓 명이나 되었다. 모두가 시인 아니면 소설쟁이들이었다. 그리고 한번 〈기적〉에 발을 들여놓은 위인들은 정말 시태의 장담대로 다음 날부터 어김없

이 〈기적〉 행차를 계속했다.

해가 설핏해지기 시작하면 그들은 어디서부터인지 슬금슬금 〈기적〉으로 나타나 말없이 진을 치기 시작했다. 위인들이 진을 치기 시작하면 한두 명 자리를 지키고 앉아 있던 단골손님들도 이내 자리를 비켜버리곤 했다. 다방은 그렇듯 차츰 녀석들만의 차지가 되곤 했다. 그러다 하나 둘 숫자가 차면 위인들은 차를 마셨건 말았건 일제히 자리를 일어서서 근처 대폿집부터 찾아갔다. 나 역시도 녀석들과 늘 행동을 같이하게 마련이었다. 역 앞 골목에는 대폿집이 많았다. 우리는 대개 거기서 직성을 풀었다. 그러다가 밤 9시나 10시가 넘으면 우리는 그쯤 대폿집을 나와 다시 〈기적〉으로 돌아왔다. 그리곤 그제서야 새삼스럽게 지치고 초조한 표정들로 소설이나 싯줄 이야기를 시작했다. 그것이 그 〈기적〉에서의 우리들의 습관이었다. 아니 나를 제외한 그들의 습관이었다. 나는 다만 그런 위인들의 습관을 뒤좇아 구경하고 다닐 뿐이었으니까.

그런데 알 수 없는 일이 한 가지 있었다. 녀석들은 모두 시인 아니면 소설을 쓰는 위인들이었다. 그것은 녀석들 자신도 부인하려 하지 않았다. 한데도 이들은 어찌 된 셈인지 도대체 글을 쓰지 않았다. 소설을 집어치웠노라는 시태는 말할 것도 없었지만, 위인들 누구도 정말 소설은 쓰지 않은 채 서로 간에 그럭저럭 소설에 대한 이야기만 하고 지냈다. 그러는 다른 녀석들도 모두 시태와 마찬가지로 글쓰기를 포기하고 만 꼴들이었다. 하지만 아직 녀석들은 시태처럼 소설을 아예 집어치우진 못한 터이었을까. 밤늦은 〈기적〉에서 위인들은 입으로나마 그래도 자신들의 소설이나 시 작품에 대한 이야기를 열심히 지껄여대곤 했다. 어떤 녀석은 상당히 구체적인 데까지 작품 윤곽을 얽어가지고 와서 그것을 설명하기도 했고, 그리고 난 다음에는, 어째 원고지에 베껴만 놓으면 뭐가 될 만하지, 하고 제법 호기를 부려대기까지 했다. 그러나 작품의 소재를 정리하고 틀을 다듬는 일을 말로만 이야기할 뿐 누구도 그것을 실제로 글로 쓰는 사람은 없어 보였다.

"어때? 요즘 뭐 생각하는 이야기 없어?"

주점을 거쳐서 다방으로 돌아온 다음 무료히 앉아 있다 누군가가 불안한 듯 물으면, 대개는 또 다른 누군가가 나서서 자신이 생각하고 있는 소설의 줄거리를 이야기하거나, 남의 싯줄에 대한 토론 비슷한 것을 벌이다간 자정이 가까워서야 모두 뭔가 조금 안심이 된 듯한, 또는 그런 이야기로 얼마간 위안을 얻은 듯한 얼굴로 슬금슬금 〈기적〉에서 사라져가곤 하였다. 자기 이야기의 줄거리를 소개하거나 남의 이야기판에 끼어드는 것만은 누구도 사양을 하지 않았다. 그러니까 마음속에서만은 모두 작품을 생각하고 있는 셈이었다. 다만 그것을 실제 작품으로 완성하지만 않을 뿐이었다. 왜 그럴까? 시태 덕분에 어쩌다 위인들과 어울려 함께 술이나 마시게 되었을 뿐 문학에는 전혀 문외한인 나로선 도대체 이해를 할 수가 없었다. 시태마저도 그가 왜 소설을 집어치웠다는 것인지 이유는 설명해준 일이 없었다. 다만 내 나름으로나마 그것에 관해 어떤 동기를 추측해볼 수 있었던 것은 다음과 같은 일에서뿐이었다.

시태는 친구들 중에서 누구보다도 성질이 괄괄하고 입바른 소리를 잘하는 편이었다. 그리고 무슨 일에서나 흥분을 잘했다. 그런데 어느 날은 그 시태가 유난히 열을 내고 나선 일이 있었다. 어떤 젊은 여자의 피살 사건이 실린 신문 기사 때문이었다. 기사의 내용인즉, 이 여인은 사건 전에 몇 번 외국 나들이를 한 일이 있었는데, 그 여권 발급 과정이 여간 허술하고 애매하지 않았다는 것, 그리고 그러한 허술한 절차에도 불구하고 여권 발급이 그처럼 쉬웠다는 것은 그녀에 대한 어떤 불공정한 배려가 작용했으리라는 추측이었다. 그리고 바로 그 기사 끝에는 대학 교수가 국제 학술 회의엘 참가하는데도 그 여권이라는 장벽에 부딪혀 말할 수 없이 애를 먹는 일이 허다한데, 하물며 신분마저 알쏭달쏭한 아녀자가 외국을 옆집 드나들 듯 할 수 있었다는 것은 생각해봐야 할 구석이 많다는 한 젊은 교수의 정색스런 코멘트가 덧붙어 있었다. 시태는 기사를 보자 대뜸 불에 덴 곰처럼 날뛰기 시작했다.

"이런 일은 정말 용서될 수 없어. 특권 의식 조장이란 말야. 이런 일을 쉬쉬하고만 있어? 우린 그냥 참고만 있으란 말야? 절대로 안 되지. 이런 일은 철저히 고발되어야 해."

그리고는 그가 한바탕 흥분을 하고 나면 언제나 그렇듯이,

"어때? 소설을 한 편 쓸 수 있지 않겠어? 권력, 여자, 특권 의식 그런 것들의 관계와 비밀을 말야?"

또 무슨 헛소설거리를 생각한 듯 싱겁게 웃고 있었다. 그런데 그때 무슨 혼잣생각에 깊이 젖어 있던 김이라는 친구가 느닷없이 그 시태를 꾸짖고 들었다.

"필요 없다구 하잖아. 그따위 소설은. 글쎄, 넌 걸핏하면 그렇

게 흥분하길 좋아해서 탈이란 말야. 넌 그래서 망친 거지 않아?"
 그러자 시태도 금세 다시 비위가 상한 모양이었다.
 "그럼 넌 뭐가 소설이냐? 그 알량한 인간의 영혼? 영혼의 영토? 아니 개인의 비밀?"
 김이 이번엔 대답을 하지 않았다. 물끄러미 시태의 얼굴만 응시하고 있었다.
 "흥, 하지만 것두 다 필요 없다구 그래. 네가 걱정하지 않아도 무협 소설과 멜로드라마에서 그들의 영혼은 살찌고 있어. 새삼스럽게 영혼의 영토는 무슨 말라비틀어진 영토야? 너두 그런 속 편한 잠꼬대나 하다 장사 잡쳤지 뭐야?"
 김은 여전히 시태를 응시하고 있다가 드디어 푹 한숨을 내쉬고 말았다. 그런데 바로 그런 일이 있고 나서부터 시태와 김 사이엔 종종 그런 충돌이 되풀이되곤 하였다.
 소설을 쓰지 않게 된 이유가 어떤 것이든 밤늦은 다방에서의 그런 버릇으로 보아 위인들이 마음속으로는 그래도 가끔 소설이나 시를 생각하고, 그것을 이야기하는 것으로 어느 정도 위안과 안도감 같은 것을 얻고 있는 게 확실해 보였다.
 그런데 그것도 모두가 다 그런 것은 아니었다. 그중에 꼭 한 사람 예외가 있었다. 그는 시를 쓴다는 송이라는 친구였다. 이 친구 역시 어느 날 갑자기 시태에 이끌려 다방을 나온 것이나, 다음 날 저녁부터 빠짐없이 〈기적〉 출근을 계속한 점들은 다른 녀석들과 조금도 다름이 없었다. 시인이라면서 시를 쓰지 않는 것 역시 그랬다. 그러나 한 가지 다른 것은 송의 경우 〈기적〉에 나타나서도 절대로 작품 이야기엔 함께 어울리질 않는다는 점이었다. 자기 작품 구상을 이야기한 일도 없었고 남의 글 이야기에 말참견을 하고 나선 일도 없었다. 그는 앉는 자리부터가 늘 외떨어졌다. 친구들과는 따로 유리창 같은 데에 혼자 붙어 앉아 밤의 역 광장이나 멀어져가는 기적 소리 같은 것에 귀를 기울이고 있기가 일쑤였다.

이쪽 이야기에는 이따금 어떤 비아냥기 같은 것이 어린 눈길을 던지곤 할 뿐이었다. 그리고는 늘 하염없이, 그리고 어딘가 침통한 듯한 표정으로 그 창문에만 붙어 앉아 있었다. 그가 이쪽 이야기에 어떤 비아냥기 눈길을 보내오곤 한다는 것도 물론 확실하진 않은 이야기다. 그럴 이유도 나는 아직 알 수 없었거니와 그 자신이 친구들에게 어떤 불만을 말해온 일이 없었기 때문이다. 그러나 그가 친구들의 이야기를 달갑지 않게 생각하고 있다는 것은 어쨌든 확실한 듯했다.

송은 그러고 앉아 있다가 어쩌다 미스 홍을 자기 앞자리로 불러 앉히는 수가 있었다. 미스 홍은 밤늦게까지 다방 문을 닫지 못하는 것이 늘 불만이었다. 그래서 심심하다 못해 가끔 우리들 곁으로 다가와 이야기를 엿듣고 있는 수가 있었다. 그러나 미스 홍은 그때마다 이야기를 오래 듣고 있지를 못했다.

"아이 재미없어."

짜증스럽게 말하면서 곧 자리를 일어서버리곤 했다. 그런 때 송은 곧잘 그 미스 홍을 곁으로 불러 앉혔다. 계산대로 돌아가는 미스 홍에게,

"그 사람들 이야기 되게 재미없지? 그러니까 좀 이리 와 앉아

봐. 우리끼리만 재미있는 얘길 하자구."

그러면서 미스 홍을 달래는 송은 이쪽 일당의 이야기엔 분명 호감을 갖고 있지 않은 것 같았다. 이야기가 싫어선지 그는 초저녁 술집행도 그다지 좋아하는 편이 아니었다. 어떤 때는 아예 술집엔 따라가지도 않고 혼자 자리를 지키고 있거나, 술자리를 같이하면서도 대개 말없이 술잔만 비우고 앉아 있기가 예사였다.

그는 한마디로 시인이면서 시를 쓰지 않을 뿐 아니라 마음속에서조차 다른 위인들처럼 시를 생각하고 있지 않은 친구였다. 그러면서도 날마다 〈기적〉을 찾아오고, 밤늦게까지 함께 자리를 지켜준 것만이라도 신통하다고 할까. 그러나 친구들 역시 웬일인지 송의 그런 태도에 대해 별 아랑곳을 하지 않았다. 불쾌해하지도 않았고, 그를 굳이 이야기로 끌어들이려 하지도 않았다. 위인들은 마치 송의 행동을 모두 다 이해하고 있는 듯, 언제나 자기들끼리만 이야기했고, 송은 송대로 또 자기 자리만 지키고 지냈다.

그런데 겨울도 한고비에 다다른 1월 어느 날, 드디어 이상한 일이 일어났다. 그토록 친구들의 이야기에는 무관심하기만 하던 송이 하룻저녁은 뜻밖에 자리를 함께해온 것이다. 게다가 그는 역시 어딘지 좀 비꼬는 듯한 어조로,

"어디, 오늘 저녁엔 나도 작품 이야기를 하나 해볼까? 건방지게 소설을 하나 생각해봤는데 차례를 주겠어?"

하고 나서는 것이었다. 물론 반대할 사람이 없었다. 시인의 소설에 모두 호기심이 도는 듯 그의 이야기를 기다렸다.

"가령 이 지구 어느 곳에 옛날 이런 도시가 있었다고 가상해보

자구. 이 나라에서는……"

아닌 게 아니라 그는 곧 이야기를 시작했다.

그런데 또 하나 이상한 일이 생겼다. 그것은 어쩌면 나 한 사람에 한한 일이었는지도 모른다. 나는 그 위인의 이야기에 차츰 이상한 감동을 받기 시작한 것이다. 지금까지 여러 사람의 작품 구상이 소개되고, 그 주제가 설명되었지만, 사실 나는 한 번도 이번처럼 뚜렷한 감동을 받은 일이 없었다. 한데 이 시인의 이야기에는 뭐라고 설명할 수 없으면서도 이상하게 가슴을 파고드는 공감과 감동이 전해져온 것이다.

그럼 이제 여기서 나의 이야기는 일단 매듭을 짓기로 하자. 이것으로 앞서 소개하다 중단한 이야기를 얻게 된 경위나 그것이 바로 그 송 시인의 이야기라는 것은 이미 확실해졌으리라 여겨지니 말이다. 그리고 끝내 이야기가 말로만 끝나버린 것이 안타까워 부족한 필력으로나마 감히 이 일을 대신해보기로 나선 나의 심경도 어느 정도는 이해가 가능하리라.

그러면 계속해서 다시 이야기를 소개하기로 하자.

실제로 반음 사용 금지가 선언되고 나자 세상은, 일부 음인들이 그것을 단순한 반음 추방 이상의 문제로 크게 염려했던 대로 소동이 벌어지고 만다.

고지문의 시행 세칙에서 당국은 반음 사용 금지에 따른 부작용과 혼란을 미리 예견하고 그에 대비하여 상당한 배려를 하고 있는 것처럼 보였다. 특히 당국은 그러한 조처로 인해 역사적인 문화유

산으로 지금까지 애창되어오던 모든 음곡들을 일시에 잃게 되지 않을까 두려워한 흔적이 역력해 보였다. 그것은 역사에 대한 범죄이며 누구나 그러한 역사의 죄인이 되고 싶지는 않은 때문이다. 그래서 시행 세칙은, 반음이 포함된 모든 악곡은 그 반음을 다른 온음으로 대치하여 가창하는 것을 허용하고, 나아가서는 이를 권장하기까지 하였다. 그러나 당국의 그러한 조처는 음곡의 형식과 음의 성질을 잘 이해하고 있지 못한 데서 나온 무위한 노력에 불과했다. 실제로 그것은 가능한 일이 아니기 때문이다. 모든 음곡은 애초에 반음이 전제된 음계 위에서 이루어진 것이었다. 반음 하나를 다른 온음으로 바꾸는 것으로 문제가 해결될 수는 전혀 없었다. 게다가 모든 조의 C조 장음계화와 음자리표의 일소(그것은 아마 높은음자리표를 기본으로 하려는 의도 같지만)는 예상했던 대로 모든 화음과 모든 음곡의 형식, 아니 그것보다는 우선 그들의 음차 질서 자체를 파괴해버린 것이다.

부를 수 있는 노래는 아무것도 없었다.

시민들은 그제서야 차츰 문제의 심각성을 깨닫기 시작한다. 노래를 부를 수 없는 그들은 금방 질식을 해버릴 듯 심신이 답답해오기 시작한다. 흥얼흥얼 노래를 중얼거린다는 것이 일상에서 그처럼이나 중요한 몫을 감당하고 있었다는 사실을 생활로 실감하기 시작한 것이다.

당국은 당황한다. 가창이 억제당한 이들의 요구가 발작을 일으키기 전에, 그들의 요구를 최소한으로나마 충족해주고 발작을 진정시킬 새로운 음곡의 생산이 필요했다. 그들은 반음이 제거된 새로운 악곡의 대량 생산을 서두른다.

한데 여기에 또 문제가 생긴다.

그것은 앞서 말한 대로, 한 반음의 제거가 더 많은 새로운 반음을 낳게 하고 만 음차 질서의 혼란이었다. 그들은 이미 약속된 오직 하나의 음차 질서를 가지고 있을 뿐이었고, 그것에만 한결같이 익숙해져 있었다. 그것이 흐트러져버리고 나서는 실제로 어떤 음곡의 창작이나 그것의 가창이 불가능했다.

당국은 다시 방침을 바꿀 수밖에 없게 된다. 반음 하나를 제거하는 데서 그처럼 생각지도 않은 많은 혼란과 부작용이 파생되는 데는 화가 나지만 어쩔 수가 없는 일이다.

다시 '미, 파'와 '시, 도' 사이의 음차를 종전대로 2분의 1로 놔둔 채 반음에 해당하는 소리의 사용만 금하기로 방침을 바꾼다. 그리고는 그 나머지 소리들만으로 새로운 음곡의 제정을 서두른다. 시세를 얻으려는 일부 약삭빠른 음인들이 재빨리 이 일에 참여하고 나선다.

이윽고 세상에는 반음이 사용되지 않은 새로운 음곡이 널리 보급되기 시작한다. 반음이 사용되지 않은 노래들은 물론 윤기도 없고 변화도 없다. 그러나 사람들은 결국 그 노래를 부르기 시작하고 그리고 재빨리 그 노래에 익숙해져버린다. 그에 따라 혼란과 소동도 차츰 사라진다. 그러다 세상은 드디어 옛날처럼 다시 잠잠해지고 만다.

그러나 아직 모든 것이 그것으로 끝나버린 것은 아니다. 정말로 반음을 사랑하고 그것을 지키고자 노력해온 음인들은 끝끝내 이 새로운 음곡들에 익숙해질 수가 없는 것이다. 그들은 반음 사용 금지령이 내려진 후에도 여전히 반음을 버리지 않는다. 세상에서 아직도 반음을 지키고 그것을 후대에 전하고 싶어 하는 음인들은 모두 지하로 숨어 들어간다. 그들은 지하에 비밀 아지트를 만들고, 거기에서만은 아직도 반음이 제거되지 않은 악기를 돌보고 그것으로 그리운 음곡들을 은밀히 연주한다. 그런 지하 아지트를 그곳에 모인 음인들은 조율실(調律室)이라고 부른다. 왜냐하면 이들의 그러한 행위는 이제 청중을 모아서 그 반음을 즐기는 연주가 아니라, 다만 그 반음을 망각하지 않으려는 자기 확인 행위에 불과하기 때문이다. 그러면서 그들은 언젠가는 반음이 다시 자유로워져서 정식 연주가 가능하게 되기를 기다리면서, 적어도 반음의 명맥만이라도 유지해갈 수 있기를 희망한다.

그러나 여기에 또 한 가지 문제가 생긴다. 반음주의자들의 극성이 그것이다. 당국은 곳곳에 그러한 비밀 조율실이 숨어 있다는 것을 눈치채고 감시의 눈길을 소홀히 하지 않는다. 게다가 벌써 반음의 기억조차 잊어버리고 새로운 음곡에 철저히 익숙해져버린 사람들은 이제 그 반음을 오히려 수상쩍어할 것임에 틀림없다. 조율실의 소재라도 눈치채게 된다면 그들은 아마 틀림없이 고발을 하고 나서리라. 조율실의 존망에 위협이 되는 것은 그러니까 당국의 감시뿐 아니라 시민의 눈길도 마찬가지인 셈이 된 것이다.

그러나 일부 극렬파 반음주의자들은 그 점을 전혀 염두에 두려 하지 않는다. 반음을 전에 없이 더 요란하게 울려대는 조율 행위가 여전히 거칠게 계속된다.

―우리들은 반음을 은밀히 지켜가야 하오. 온음 사이에 묻어 화음 같은 것을 만들어가면서 말이오. 반음이 너무 노출되면 우리는 위험해지니까. 우리는 지금 언제 누구에게 고발을 당하게 될지 모르는 위험한 운명이란 말이오.

다른 조율실 동료들의 충고도 그들은 전혀 아랑곳하지 않는다.

―누가 고발을 한다는 거요. 시민들이? 천만에. 우리는 그들을 위해 반음을 지키고 있소. 그런데 그들이 왜 우리를 고발한다는 거요?

조율실의 위험은 계속된다.

그러나 그런 위험 속에서도 다행히 조율실은 잘 지켜져나간다. 그리고 오랜 세월이 흐른다.

그들은 여전히 그 조율을, 조율만을 계속하고 있다. 자신에게서 아직도 그 반음이 잊혀져버리지 않았는지, 그리고 아직도 그 반음을 연주할 수가 있는지. 그러나 이제 그들은 중요한 사실을 잊어버리고 만다. 너무 오랜 세월이 흐르고, 그동안 너무 조율에만 몰두하다 보니, 그들은 이제 그 조율 자체가 자신들의 진짜 작업인 것처럼 착각하게 된 것이다. 조율은 정식 연주를 위한 예비 행위에 불과한 것이다. 한데도 그들은 이제 청중 앞에서의 진짜 연주를 기다리지 않게 된 것이다. 그리하여 다만 조율만을 일삼는 영원한 조율사가 되어버린 것이다.

그날 밤 송 시인의 이야기는 여기서 일단 끝이 났다. 이야기가 끝나고 나자 좌중은 한동안 이상하게 조용했다. 송은 이제 멀뚱멀

뚱 천장만 쳐다보며 턱을 쓸고 있었고, 우리는 약속이나 한 듯 일제히 입을 다물고 있었다. 뭔가 이상한 긴박감마저 감돌고 있었다. 그것은 다만 나뿐만이 아니라 다른 친구들도 송의 이야기에서 다같이 어떤 충격을 받고 있다는 증거였다.

"조율사 만세!"

누군가가 조금 익살스럽게, 그러나 낮고 조심스런 어조로 입을 열었을 때에야 분위기는 비로소 조금 긴장이 풀리는 듯했다. 잔잔한 미소가 좌중을 조용히 번져나갔다. 정작 이야기를 털어놓고 난 송 한 사람만이 아직도 뭔가 미심쩍은 듯한 표정으로 멍청스레 천장을 쳐다보고 있었다. 그러더니 이윽고 그가 그 천장에서 시선을 끌어내리며 조용히 말했다.

"하지만 이야긴 아직 끝나지 않았어."

"그럼 아직도 이야기가 남았단 말야? 난 끝난 것 같은데?"

누군가가 대뜸 그에게 물었다.

"끝나지 않았구말구. 끝날 수가 없지 않아?"

"왜? 어떤 점에서?"

그러나 이번에는 송의 시선이 다시 천장으로 달아나버렸다.

"그럼, 마저 이야길 계속하지그래. 그게 어떻게 끝나야 한다는 거지?"

송은 한참 동안이나 가만히 앉아 있기만 했다. 그러더니 갑자기,

"그건 나도 생각을 못하고 있어. 하지만 아직 이야기가 끝나지 않았다는 건 확실해."

내뱉듯이 대답하고는 불쑥 자리를 일어서버렸다. 그리고 이날은

우리를 기다리지도 않고 혼자 훌쩍 〈기적〉을 나가버렸다.

그런데 어찌 된 일이었을까. 이날 밤 그렇게 혼자 〈기적〉을 나간 송은 다음 날부턴 한동안 다시 모습을 나타내지 않았다. 그의 이야기도 물론 결말이 지어지지 않은 채였다.

그러나 다른 친구들은 그가 나타나지 않은 것을 별로 이상하게 생각하는 눈치가 아니었다. 위인들은 모두 그날 밤의 이야기에서, 그리고 그가 마지막 〈기적〉을 나가는 결연스런 태도에서 어쩌면 작자가 다시 이곳엘 나타나지 않으리라는 것을 미리 예감하고 있었던 듯했다. 이야기가 어떻게 끝나게 될 것인지에 대해서도 별로 궁금해하는 사람이 없었다. 심지어 우리는 이야기가 좀더 계속되어야 한다는 것조차 그닥 필요성을 느끼지 않고 있는 형편이었다.

"자식은 이 〈기적〉과 우리들이 싫어진 거야. 아니 싫은 것으로 말하면 그런 것보다 바로 그 자신이었겠지. 그래서 그런 이야기를 꾸미고 〈기적〉에서 발을 끊은 거야. 하지만 그의 이야기는 이미 끝났어. 더 이상은 자신도 생각을 못하고 있다지 않아."

우리는 이미 송의 이야기는 끝났다고 믿고 있었다. 그리고 송은 이제 다시는 〈기적〉에 모습을 나타내지 않으리라 단념을 하고 있었다. 그런데 그러던 어느 날 저녁, 그 송이 뜻밖에 다시 〈기적〉에 모습을 나타냈다.

"죽어 없어진 줄 알았더니 살아 돌아왔군. 그래도 이 〈기적〉이 그리웠던 모양이지?"

시태가 그를 반기자 송은,

"이야기를 끝내야잖아? 그 이야기를 끝내러 왔어."

어딘지 자신만만한 표정이었다.

"그래, 생각을 해냈단 말이지? 그럼 이야길 마저 들어보자구."

그러자 송은 정말로 그 이야길 위해 우리 앞에 나타난 것처럼 곧 입을 열었다.

"전번 내 이야기를 주의해서 들었으면 기억나겠지만, 난 처음에 그런 가상의 세계를 우리 지구의 옛날 역사 속에다 설정했었지. 한데 오늘 실제로 우리는 그런 세계를 이 지구상의 어디서도 찾을 수가 없거든. 그 점이 중요하지. 말하자면 그렇게 추방되었던 반음은 그 후 어떤 기회에 다시 찾아졌다고 할 수가 있단 말야. 그래서 우리는 지금 그 반음을 누리고 있는 거겠지. 그런데 여기에 문제가 있어. 도대체 어떻게 해서 우리가 그것을 다시 찾아 누리게 되었을까 하는 것 말이야. 그 조율사들의 노력에 의해서? 조율사들이 끝끝내 그것을 지켜 후세에 전했다고 할 수 있을까? 아니지, 그것은 너무 안이한 생각이지. 모르면 몰라도 그들은 조율실 속에서 몇 대를 버티면서 즐겨 조율사로서 종말을 끝마치곤 했을지도 모르지. 그러나 그 조율실은 끝내 제풀에 지쳐 스스로 소멸하고 말 운명이었어. 아니 그 반음주의자들의 극성 때문에 조율실은 훨씬 일찍 소재가 발각되어 일망타진되고 말았을지도 모르지. 그러면 그 반음은 도대체 어떻게 다시 찾아지고, 누가 지켜낸 것인가. 난 그 해답을 얻을 수가 없었어. 그래서 이 〈기적〉을 나오지 않은 며칠 동안 그 해답을 얻으려고 혼자서 제법 노력을 기울였지."

뭔가 제법 열기마저 띠어가며 이야기를 계속하던 송은 거기서 잠시 숨을 돌리려는 듯 입을 다물었다. 조용히 듣고만 있던 좌중의 한 친구가 그 틈을 타서 물었다.

"그래 해답을 얻었나?"

송은 고개를 끄덕였다.

"전혀 우연이었어. 내가 결말로 삼으려는 이야기를 얻은 건 말야. 그리고 그건 실상 지금까지 내가 해온 이야기와 줄거리가 직접 닿고 있지도 않은 이야기야. 하지만 이거야말로 내가 바란 결말과 가장 맥이 잘 닿는 적합한 이야기였어."

그리고 나서 송은 무슨 아까운 비밀이라도 일러주려 할 때처럼 다시 한참 동안 입을 다물고 있었다. 그러다 드디어 그 이야기의 마지막 부분에 해당하는 부분을 천천히 꺼내놓기 시작했다.

그것은 칠현금(七絃琴)인가 하는 옛날 중국의 한 악기에 관한 에피소드였다.

옛날 중국에 한 제왕이 있었다. 그런데 이 나라는 밖으로 오랑캐의 침입을 받고 안으로는 역모와 반란이 심하여 오랜 세월 동안 싸움이 그치지를 않았다. 왕은 오랜 싸움 끝에 오랑캐들을 변방으로 멀리 내쫓고, 나라 안의 변란도 모두 평정하여 마침내 평화를 회복하였다. 그런데 이 왕은 너무 오랜 세월 싸움에 지친 나머지 누구보다 전쟁을 싫어하게 되었다. 백성들로 하여금 대대손손 태평성대를 누리게 하고 나라를 평화 속에 안존케 하고 싶었다. 그러자면 우선 백성들로 하여금 전쟁이라는 것을 잊어버리게 하고, 호전적인 인물들까지도 다시는 역모나 변란을 일으킬 엄두가 나지 않도록 해놓아야 했다.

그는 군영을 폐쇄하고 병졸들은 고향으로 가서 평화로운 생업에 종사케 했으며, 군마와 전쟁 무기는 모두 농경 기구로 바꾸었다. 전쟁은 애당초 군비가 축적되어 있는 데서 비롯되게 마련이었고, 그러한 군비는 사람들의 마음속에 은밀히 깃들어 있는 호전성을 자극하여 전쟁에 이르게 하기 때문이었다.

그러자 이 나라에는 이제 모든 전쟁 수단이 사라지고, 그것이 기억되거나 호전성을 자극할 만한 전쟁 흔적은 모조리 자취를 감추었다. 과연 이 나라에는 오랜 평화가 깃들었다. 백성들은 왕의 성덕을 칭송하여 맘껏 태평성대를 누렸다.

그런데 왕에겐 꼭 한 가지 아직 미심한 것이 남아 있었다. 그것은 칠현금이라는 악기였다. 이 칠현금의 일곱 줄 가운데는 전쟁의 소리를 발성하는 줄이 있었다. 유독 카랑카랑한 금속성을 내는 일곱 줄 중의 무현(武絃)은 예부터 전쟁을 상징하고 있었다. 나라 안에 전쟁의 흔적이 남아 있는 것은 이제 그 칠현금 한 곳뿐이었다. 왕은 늘 그게 꺼림칙하게 마음에 걸렸다. 그래서 그는 드디어 그 칠현금의 무현까지도 마지막으로 없애버리기로 결심하고 지엄한 명령을 내렸다.

—차후 이 나라의 모든 악기에서는 무현을 삭멸하라. 이는 오로지 전쟁을 싫어하고 만백성을 평화 속에 안존케 하려는 짐의 뜻이니 만약 이를 이행치 않는 자는 가차 없이 벌하리라.

그는 악기의 소리에서마저 전쟁의 흔적을 없애서 나라의 평화를 더욱 안전하게 하고 싶었던 것이다.

왕명대로 모든 악기에선 곧 무현이 제거됐다. 이제 나라 안에 전쟁을 상기시키거나 호전성을 자극할 흔적은 아무것도 없었다.

그런데 이게 어찌 된 심판인가. 그 칠현금에서마저 마지막으로 전쟁의 흔적이 사라져버리자 그토록 평화롭던 이 나라에 갑자기 다시 싸움이 일어났다……

"물론 이건 정설이 아닌 야화에 불과한 얘기겠지."

송은 이제 이야기를 끝맺으려는 듯 그렇게 말하고 나선 잠시 입을 다물었다가,

"하지만 이 에피소드에는 묘한 진실이 있어."

그것이 무엇인지 알아냈느냐는 듯 조용히 좌중을 둘러보았다. 그 눈길은 부드러우면서도 우리들 모두에게 그 대답을 강요하는 날카로운 추궁기가 깃들어 있었다.

그러나 아무도 그의 추궁에 입을 열려고 하지 않았다. 송에게 그것을 물으려 하지도 않았다. 그것은 그때 우리 모두가 벌써 자신의 해답을 가지고 있다는 증거이기도 하였다.

한동안 침묵만 계속되었다. 그러더니 이윽고 송이 그런 우리들의 마음을 읽은 듯 더 이상 기다리지 않고 천천히 자리를 일어섰다. 그리고는 한두 발짝 출입구로 걸어가다 말고,

"자 그럼 난 이제 〈기적〉이여 안녕이다."

마치 손이라도 흔들고 싶은 어조로 말하고는 어둠 속에 텅 빈 밤의 역 광장을 한참이나 멍하니 내다보고 서 있다가 뚜벅뚜벅 무거운 발걸음으로 〈기적〉의 문을 걸어나가버렸다.

우리는 아무도 그를 말리지 않았다.

그러니까 〈기적〉에서의 송은 그것이 마지막이었다. 아니, 송뿐만이 아니라 다른 친구들도 다 같이 함께 〈기적〉에 모인 것은 그

전쟁과 악기 73

날 밤이 마지막이었다.
 예상대로 다음 날부터 송은 정말 〈기적〉에 다시 나타나지 않았다. 이날 저녁부터는 송뿐만이 아니라 다른 친구들까지도 하나씩 하나씩 차례로 〈기적〉을 떠나기 시작했다. 김의 모습이 보이지 않게 되고, 다음 날은 또 누구의 자리가 하나 더 빠지고, 그러다 드디어 시태를 마지막으로 〈기적〉은 그들과 완전히 인연을 끊고 만 것이다.
 나는 다시 혼자 〈기적〉의 창가에 앉아 하염없는 시간을 보내곤 했다. 그러나 한마디 말조차 없이 〈기적〉을 떠나버린 위인들을 추호도 원망하고 싶지는 않았다. 나는 그들을 이해하고 싶었다. 그리고 확실히 설명할 수는 없지만, 그 모든 것은 이미 예상을 하고 있던 일이기도 했다.
 위인들을 원망하기는커녕 나는 그런 하염없는 시간을 보내면서 무엇인가를 열심히 기다리고 있었다. 그리고 그렇게 무언가를 기다리던 나마저도 미스 홍이 마침내 다른 곳으로 일자리를 옮겨가버린 뒤로는 다방 문을 닫고 옛날처럼 집으로 들어앉아버렸다. 집에 들어앉아서도 나는 여전히 무엇인가를 기다리고 있었다.
 그러자 이윽고 그 일이 일어나기 시작했다. 신문과 잡지에 그 〈기적〉의 친구들의 이름이 하나하나 다시 나타나기 시작한 것이다. 다시 말하지만 나는 그들의 작품이 어떤 가치를 지닌 것인지, 그것은 잘 알 수도 없거니와 함부로 말을 할 수도 없다. 그러나 어쨌든 위인들이 그 〈기적〉을 떠난 후 어느 때부턴가 다시 작품을 쓰기 시작한 것은 틀림없는 사실이었다.

그러나 아직도 그 이름을 찾을 수 없는 사람이 꼭 한 사람 있었다. 그것은 송이었다. 나는 여전히 기다리고 있었다. 그러나 아무리 기다려도 송의 이름은, 그의 작품은 끝내 발견할 수가 없었다……

자, 그럼 이제 서투르고 지루한 나의 이야기는 여기서 모두 끝을 내기로 하자.

다만 마지막으로 한 번 더 밝혀두고 싶은 것은 내가 이처럼 그의 이야기를 대신해 적어보기로 작정한 게 그러니까 그 이야기에서 받은 감동뿐만이 아니라 그의 이름을 어디서도 발견할 수 없었던 안타까움 때문이라는 점이다. 하지만 이것으로 내가 그를 완전히 대신했다고는 말하지 않겠다. 서투른 글솜씨로 나는 오히려 그 송의 이야기를 헛되이 망가뜨려놓았을지도 모른다. 그가 당초에 암시하고자 했던 의미를 곡해하여 그에게 본의 아닌 허물을 끼치고 말았는지도 모른다.

그 모든 점에 자신이 없고 두렵기만 하면서도 내가 이 이야기를 세상에 내놓게 된 것은, 다만 그 일을 끝내고 난 지금도 이 같은 내 무모한 시도가 아직 크게 후회가 되지 않는, 그런 어떤 주제넘은 조바심 같은 것 탓이랄까. 하긴 아직도 나는 어디선가 송 시인의 이름이 발견되기를 기다리는 중이고, 이 이야기도 언젠가는 그 자신에 의해 다시 씌어지기를 바라고 있는 터이지만 말이다.

아무쪼록 독자 여러분의 아량을 빌 뿐이다.

(『월간중앙』 1970년 5월호)

그림자

……자넨 정말 아무래도 알 수가 없는 친구로군그래. 글쎄 나이도 아직 새파랗게 젊은 친구가 어째서 얼굴에다간 늘 음산스럽게 그 염라대왕의 손도장 같은 그늘을 짓고 있느냔 말일세. 창문으로 얼굴을 내밀 때 보면 자넨 언제나 그렇거든. 도대체 난 가끔 자네가 그렇게 창문가에 서서 정신없이 이쪽만 내려다보고 있는 걸 보면 견딜 수가 없게 되어버린단 말야. 자네가 금세 그 창문 아래로 몸을 던져 뛰어내리지나 않을까 괜히 나까지도 기분이 아슬아슬해지곤 하기 때문이지. 글쎄 그런 때면 난 이상하게도 자네가 그 창문 아래로 몸을 훌쩍 던져버리고 싶은 충동을 겨우겨우 참아내고 있는 것만 같단 말야.
정말 이상한 일이야. 왜 자네의 모습이 그렇게 보이기 시작했는지, 또 어째서 내가 자넬 그렇게 느끼기 시작했는지 그 이유는 도대체 나 자신도 잘 알 수가 없으니 말일세. 그야 자네가 그 창문가에 서서 정말 그런 몹쓸 충동을 견디고 있는 게 사실이라면 문제는 간단하지. 그럴 경우라면 내가 자네 모습에서 그런 느낌을 갖는 것도 당연한 노릇이 아니겠나. 하지만 난 자네가 그 유리창을 뛰어내리기 전에는 자네의 진짜 속심을 확인할 길이 없지. 게다가 자네 스스로도 어쩌면 아직 그런 충동을 확실히 의식하질 못하고 있거나, 어렴풋이 의식은 하고 있더라도 그것을 정직하게 시인하고 싶지는 않을 일일는지도 모르구 말야. 그것은 자네의 충동이 너무나 은밀히 그리고 몸속 깊은 데서부터 서서히 번져 나온 때문일 수도 있겠고, 설사 그것이 자네의 의식 속에서 이미 뚜렷한 모습으로 죽음의 둥지를 틀기 시작했다고 해도 자네는 감히 그것을 시인할 용기가 나지 않았을 테거든.

그러니 어떻게 내가 자넬 그렇게 느끼게 된 이유를 말할 수 있겠나. 다만 그렇게 느끼고 있달 수밖에. 그래서 나도 이상하다는 게 아닌가.

하지만 내가 자넬 그렇게 느끼고 있다는 것만은 어쨌든 사실일세. 그리고 내 나름으로는 그런 나의 느낌에 대해서 상당한 자신도 가지고 있구 말야. 그야 척 보면 누구나 알 수 있는 일이 아닌가. 잊어버리고 있는지 모르겠지만, 지금 자네가 이쪽을 내려다보고 있는 곳은 바로 그 몸매 약한 시민아파트의 5층 창문일세. 사람들은 누구나 그렇게 위태로운 높이에서 시선을 재게 되면 곧잘 이상한 충동을 느끼게 되는 모양이거든.

한데다가 자넨 도대체 다른 전망은 눈에도 없는 기색이란 말야. 나무 한 그루 없는 산비탈에 허름한 기와집 지붕들만 답답하게 늘

어붙어 있으니 전망이래야 어디 시선 하나 디밀 곳이 없을 테지만, 그래도 자넨 너무 한곳에만 열심이었지. 도대체 이 기름기 없는 땅 껍데기에다 아슬한 시선을 재면서, 자네가 그렇게 열심히 흘려 들 무슨 다른 일이 있을 수 있단 말인가. 자넨 틀림없이 그 몹쓸 충동에 홀리고 있는 거야. 그러면서 아마 한편으로는 또 그 충동 속으로 점점 더 깊이 이끌려 들어가려는 자신을 애써 붙들어 세우려고 하겠지. 물론 그것도 대개는 자네의 의식 바깥에서뿐이겠지만 말이야.

하지만 자네가 왜 처음부터 그런 몹쓸 충동을 꺼버리려고 하지 않는지는 역시 알 수가 없군. 애초에 창문 근처엘 나타나지 않으면 될 텐데, 자넨 영 그럴 생각이 아닌 모양이거든. 하룻밤 사이가 멀고, 한나절이 멀지. 도대체 무슨 이윤가. 물론 나로서는 전혀 짐작이 가는 바가 없는 것만은 아닐세. 어슴푸레하게나마 생각이 짚이는 곳이 한 곳 있는 것 같긴 하거든. 하지만 그게 어디 내 쪽에서 먼저 얘길 꺼낼 만큼 자신이 있는 소린가……

"이게 도대체 뭔가?"

형사는 드디어 그 이상은 도저히 참을 수가 없다는 듯 별안간 진술서 용지에서 시선을 거둬 올려버렸다. 그리고는 멍청스럽게 그를 기다리고 앉아 있는 청년을 향해 힐난하듯 묻기 시작한다. 형사의 목소리는 낮고 참착했지만, 취조관으로서의 자기의 성실성을 배반당한 불쾌감과, 그 불쾌감을 짓누르고 있는 한 40대 남자의 교활한 의지가 너무도 역력하게 울려나오고 있었다.

형사는 화를 내고 있는 게 분명했다. 그것은 물론 청년에게도 이미 그렇게 느껴지고 있는 모양이었다. 그는 형사의 말이 떨어지자 얇고 창백한 눈꺼풀에 가는 경련기를 일으키고 있었다. 고집스럽게 다물어진 입언저리에는 어떤 깊은 절망기마저 감돌고 있었다.

"……"

그러나 청년은 역시 형사의 추궁에는 대꾸를 하려고 하지 않는다.

"글쎄 그러고만 있지 말고 말을 좀 해보게나. 지금 자네가 써놓은 이 글이 무슨 소린가를 말야."

답답해진 형사가 언성을 조금씩 높이기 시작한다.

"난 말야. 아까 자네에게 분명히 이렇게 말한 걸로 기억하구 있어. 자네가 정말 그 똥개를 죽이지 않았다면 어째서 자넨 하필 그 베스만을 죽이려고 했는지, 그리고 모든 것이 자네 말대로라면 그 베스를 죽이는 것이 똥개하곤 무슨 상관이 있다는 것인지 그런 걸 좀 자세히 적어보라구 말야."

"……"

"다시 말하지만 자넨 자신의 혐의 사실에 대해서 중요한 대목은 이미 스스로 시인을 해버린 터가 아닌가 말야. 한데도 이런 시시한 문제에 와선 어째서 한사코 고집을 부리려 하지? 게다가 이젠 이런 엉터리없는 잠꼬대 같은 소리로 나를 농락하려 들기까지 하구 말야."

그러나 형사는 제물에 힘이 딸린 듯 여기서 다시 목소리를 낮추기 시작했다.

"자네도 물론 생각이 있어서 이런 얘길 써놓은 줄은 나도 짐작할 수 있어. 하지만 난 그걸 아무래도 알 수가 없단 말야. 도대체 내게는 이것도 저것도 모두가 개소리로밖엔 들리질 않거든."
 한데 바로 이때였다. 지금까지 불안스런 눈초리로 형사를 바라보고만 있던 청년이 그 소리에 비로소 무슨 생각이 떠올랐는지,
 "딴은 옳게 보신 거군요."
 슬그머니 미소까지 지어 보이며, 처음으로 한마디 대꾸를 해왔다. 청년을 건너다보는 형사의 표정이 잠시나마 환히 빛나는 듯했다. 그러나 청년은 너무나 솔직하게 그리고 재빨리 형사의 기대를 꺾어버리고 말았다.
 "아닌 게 아니라 제가 거기 써놓은 것은 진짜 개소리가 틀림없으니까요. 그 얘긴 모두 어젯밤에 독살당한 똥개 놈이 저를 향해 지껄여댄 소리거든요."
 "자넨 정말 끝까지 날 놀릴 셈인가?"
 "농담이 아닙니다. 좀더 읽어보시면 알게 되신다니까요."
 "내가 왜 그런 개소리를 읽구 있어?"
 한동안 누그러졌던 형사의 어조가 갑자기 다시 높아졌다.
 "자넨 아마 터무니없는 바보가 아니면 뜻밖에 날넘은 요령꾼쯤 되는 모양인데…… 그렇지 않고서야 이렇게 묘한 방법으로 남의 화만 돋아놓으려고 하지는 않을 것이거든. 하지만 이제 어느 쪽이라도 상관은 없어. 나도 이젠 지쳐버렸거든. 더 이상 신사적으로는 안 되겠단 말야."
 다그쳐 드는 형사에게선 이제 표정마저도 엄청나게 단호해져버리고 있었다.

"자 그러니 지금부터선 다시 내 방법대로 해나갈 테니까 묻는 말에 똑똑히 대답을 하라구. 어차피 또 처음부터니까 아깟번하고 중복이 되더라도 모두 다시 대답을 해야 해!"

형사의 선언에 청년은 형편없이 기가 죽은 표정이다. 그러나 형사는 청년을 좀더 기다리게 하려는 듯 느릿느릿한 동작으로 담배를 한 대 꺼내 문 다음 그 눅눅한 연기의 자극이 창자 밑바닥까지 배어들 즈음에야 천천히 다시 입을 열기 시작했다.

"자네의 주거지는 서울시 서대문구 ××동 111번지 시민아파트 제3동 504호실로 되어 있다. 자네는 이 아파트 외에 다른 주거지를 가지고 있지 않겠지?"

"가지고 있지 않습니다."

청년도 이젠 뭔가 체념을 해버린 듯 대답이 여간 고분고분하지 않다.

"그리고 자네의 아파트 504호 실에는 바깥으로 일반 주택가를 내다볼 수 있는 창문이 단 하나뿐인 줄로 아는데?"

"한 곳뿐입니다."

"자네는 매일 그 하나뿐인 창문 앞에 다가서서 몇 차례씩, 적어도 아침과 저녁 두 차례 이상씩은 주택가를 내려다보고 있었다."

"이미 다 말씀드린 대룝니다."

"알구 있어. 그래도 되풀이해서 대답을 하라고 하지 않았나. 그래 자넨 날마다 그 유리창가에 나와서 열심히 무얼 살피고 있었다고 했는데?"

"바로 제 아파트 아래 있는 저택을⋯⋯ 아니 그 저택을 지키고 앉아 있는 개를 보고 있었습니다."

"한 마리가 아니었지?"

"처음에는 한 마리뿐이었습니다. 그러나 나중에 또 한 마리가 있는 걸 알았습니다."

"어느 편이 베스였지? 처음 것?"

"아닙니다. 그 반대였습니다. 베스는 나중에 발견한 놈이었죠. 처음 것은 그냥 똥개였구요."

"어쨌든 좋아. 어느 쪽이 먼저였든 자네가 거기서 두 마리의 개를 본 것만은 사실이니까. 그리고 자넨 틈만 있으면 그렇게 두 마리의 개를 열심히 내려다보면서 그놈들을 독살할 생각에 정신을 골몰하기 시작했구."

"……"

"내 말이 또 맘에 들지 않는 모양이군. 그렇담 이제부터는 자네가 벌써 시인할 사실만을 확인해나가도록 하지…… 그래서 자넨 그 개들을 내려다보다가 어느 날, 그러니까 그게 바로 어제 오후의 일이 되겠지만, 자넨 일부러 아파트를 나와 골목 약방에다 청산을 조금 부탁해놓은 후 다시 그 약방을 나와 근처 정육점으로 가서 비계가 깊은 돼지고기를 반 근쯤 샀다. 조금 후에 자넨 그 돼지고기와 청산을 찾아들고 곧장 다시 아파트로 돌아와 밤이 어두워질 때까지 그 유리창가에 서서 줄곧 개들을 내려다보고 있었다……"

"그리고 밤이 깊은 다음에는 아마 그 저택의 등불이 외등 하나만 남고 모조리 꺼져버리고 나서도 한 시간은 넉넉히 지난 다음에였지요. 전 슬금슬금 아파트를 빠져나가 그 집 담장을 기어올랐지요. 거기까지는 모두 사실입니다. 모두가 이미 제 입으로 말씀을 드린 거니까요."

청년은 하나하나 대답하기가 귀찮다는 듯 형사를 앞질러 자신이 모두 설명을 해버리고 만다. 그러나 이번만은 형사도 그런 청년의 태도가 제법 맘에 들고 있는 표정이다.

"그래 됐어. 내가 확인하고 싶은 건 바로 거기까지뿐이야. 그다음 자네의 범행 결과는 내 눈으로도 직접 확인을 했으니까. 자네 덕분에 난 오늘 아침 출근을 하자마자 팔자에 없는 개새끼 아가리를 두 마리씩이나 마구 주물러대고 쑤셔보고 해야 했거든."

"하지만 똥개 놈 아가리를 주무르신 건 제 덕분이 아니지요."

청년이 조심스럽게 형사의 말을 수정해준다. 그러나 형사의 어조는 이제 조금도 주의가 흔들리지 않는다.

"그래 또 그 얘기로군. 하기야 지금까지 내가 이렇게 애를 먹고 있는 것도 실상은 바로 자네의 그 터무니없는 억지 때문이었으니까. 하지만 이번에만은 역시 내 식으로 해나가야겠어. 지금까지 확인된 사실을 객관적으로 정리해나가보잔 말야. 자넨 분명히 유리창가에서 날마다 그 두 마리의 개를 엿보고 있었다고 스스로 시인을 했지? 그리고 자네는 어제 어느 쪽이 진짜이건 그놈들 중에 한 놈을 죽이려고 일부러 아파트를 나가 청산과 돼지고기를 사들여 왔구 말야. 물론 그 돼지고기에다 청산을 발라가지고 자정이 넘은 오밤중에 그 집 담장을 기어오른 것도 자네 자신이었지. 한데 아침에 보니 그 담장 안엔 두 마리의 개가 똑같이 함께 죽어 있었거든. 물론 자넨 절대로 죽일 작정이 아니었다는 그 똥개 녀석도 함께 말이야. 게다가 놈들의 아가리에서 기어 나온 고깃덩이는 양쪽 다 돼지고기였고, 고기에 묻어 있는 독물까지도 똑같은 청산으로 밝혀졌거든. 이건 모두 자네도 시인을 했고 직접 목격까지 한 객관적 사실이 아닌가. 그런데 어떻게 자넨 아직도 그 똥개 녀석만은 자신이 죽이지 않았다고 고집할 근거가 있나? 내가 녀석의 아가리까지 주물러댄 것이 자네 덕이 아니랄 수가 있느냔 말일세.”

 말을 마치고 난 형사는 이번에야말로 제법 자신이 만만한 표정이다. 그러나 청년은 아예 형사의 그런 논리 따위에는 관심조차 두지 않고 있는 눈치다.

 “그래도 제가 죽인 건 역시 베스 놈 한 마리뿐인 걸 어떻게 합니까.”

 형사는 다시 맥이 풀려버리고 만다.

 “참, 기가 막힌 친구로군. 글쎄 사실과 논리가 이런데 자네 혼자 그러지 않았다고 고집을 부리면 무슨 소용이 있나 말야. 일이 그 지경까지 되어 있는 판인데 도대체 무엇으로 자네의 주장을 증명하지?”

 “증명될 수 없어도 할 수 없지 않아요. 하지만 아무리 증명될 수가 없더라도 제가 그 똥개까지 죽이지 않았다는 것은 어쨌든 사실입니다. 전 처음부터 똥개 놈은 죽일 작정이 아니었으니까요.”

 “그럼 베스를 죽일 작정은 있었단 말이지?”

 “그 점은 이미 제가 틀림없이 밝혀드렸지요. 전 제 창문가에서 그 베스 놈을 발견한 후로 얼마 안 가 곧 그놈을 죽여 없애야겠다는 작정을 했었다고 말씀입니다. 그놈만은 정말 죽일 작정을 하고 있었어요."

청년은 맹세라도 하고 싶은 어조였다.

그러나 말을 끝내고 나서는 역시 자신이 없는 표정이었다. 말을 하면 할수록 자꾸 형사의 반응은 그에게 불리한 쪽으로만 기울고 있는 것이다.

"거봐! 작정이 있었다고 하지 않았나. 그런데 그 똥개를 죽여 없애지 않고서 어떻게 베스를 죽일 수가 있었나 내 말은 바로 그거야. 자네도 베스를 죽일 수가 있었지만 베스는 원래 잘 짖어대질 않은 개였거든. 그래서 집을 지키고 있었던 것은 바로 그 똥개였단 말야. 정말 베스를 죽일 작정이었다면 우선 그 시끄러운 똥개부터 처치를 해야 했을 것이 당연한 절차가 아니었겠나. 자넨 그래서 똥갤 죽인 거야. 베스를 죽일 당연한 절차로서 말야."

"아닙니다. 그건 절대로 당연한 절차일 수가 없어요."

청년의 어조가 갑자기 다시 완강해졌다.

"벌써 잊어버리고 계신지 모르겠습니다마는, 제가 베스 놈을 죽이려고 한 것은 바로 그 똥개를 위해서였다고 하지 않았습니까. 그런데 똥개의 죽음이 어떻게 절차가 될 수 있습니까."

"똥개를 위해서 베스를 죽이려 했으니까 똥개를 죽인 건 자네가 아니다, 애긴 그럴듯하군. 그렇담 그 똥갤 도대체 누가 죽였다는 것인가?"

"그야 저도 알 수가 없는 일이지요. 제가 담을 기어 올라갔을 때는 이미 녀석이 죽어 있었으니까요."

"정말 다른 놈이 먼저 와서 처칠 해버린 것일까. 그래 놓고는 담장을 넘으려다 자네 기적 소리에 그만 도망을 치고 만 것일까. 참 그러고 보니 거기까지도 자넨 아까 이미 상상을 해냈던 것이로군 그래. 하지만 그걸 누가 믿어주지?"

"……"

"그리고 자넨 한사코 그 똥개 때문에 베스를 죽일 작정이랬는데 그 녀석이 자네하곤 무슨 상관이 있는 거지? 그 똥개하고 무슨 연애라도 하고 있었단 말인가?"

연거푸 질문을 퍼붓고 나서야 형사는 눈시울을 가늘게 좁히면서 겨우 입을 다물고 만다. 이번에야말로 그는 어떻게든 진짜 청년의 대답을 듣고 싶은 모양이었다. 그래서 청년에게 잠시 그런 식으로 여유를 만들어주고 있는 모양이었다.

"……"

그러나 역시 예상대로였다. 청년은 이제 거기서 그만 입을 다물어버리고 말 기세였다. 이상하게 경멸스런 미소를 입가에 머금은 채 형사를 조용히 건너다보고만 있었다. 그러면 그만이었다. 언제나 이야기는 거기까지만 뿐이었다. 이야기가 거기까지 오고 나면 청년은 늘 그런 식으로 이상한 미소를 짓기 시작했고, 한 번 그런 미소가 입가에 번지기 시작하면 그는 결코 다시는 대꾸를 하려 하지 않았다.

— 결국 또 나무아미타불이 되어버린 셈이군. 도대체 이 친군 알 수가 없단 말야.

형사는 갑자기 가슴이 답답해오는 듯 한동안 잊어버리고 있던 담배 연기를 신경질적으로 빨아대기 시작했다.

따지고 보면 별로 사건이랄 것도 없는 일이었다. 그것도 중요한 대목에선 이미 줄거리가 다 가려져 나온 일이었다. 청년을 계속해서 추궁하고 있는 것이 어쩌면 싱거운 짓인 것 같기도 했다. 그러나 형사는 시시한 사건을 간단히 그런 식으로 결말 지어버리기에는 아직도 어딘지 석연치 않은 구석이 남아 있는 것 같기만 했다. 그 석연치 않은 구석이 남아 있는 곳이 바로 청년의 태도였다.

오늘 아침 형사실에는 관내의 한 유지로부터 이상한 절도 미수 사건이 신고되어왔다. 신고 내용인즉, 그 집에서 기르고 있던 개 두 마리가 밤사이에 아무 기척도 없이 독살을 당해버렸다는 것이었다. 신고를 받고 달려가 보니, 과연 개 두 마리가 똑같이 강한 독물 중독으로 죽어 넘어져 있었다. 한 마리는 서울에서도 그 종류가 썩 드물다는 무시무시한 인상의 복서종으로서 가끔 신문 광고난 같은 데서 사람의 몇 곱절씩이나 되는 후한 '사례금'이 걸리곤 하는 명견류였고, 다른 한 마리는 주인조차도 별 애석한 기미를 보이지 않는 보잘것없는 똥개 종류였다.

한데 이 사건에서는 범인이 뜻밖에도 쉽게 체포되었다. 범인이 체포된 것은 그 집 안마당을 빤히 내려다보는 근처 아파트의 5층 창문 안에서였다. 그 창문을 통해 젊은 친구 하나가 아침저녁으로 자기 집을 엿보고 있었다는 주인의 귀띔을 받고 쫓아올라간 형사에게 청년은 기다리고 있었기라도 한 듯 모든 범행을 순순히 털어놓았던 것이다.

사건은 그렇게 간단히 결말지어질 수 있는 것이었다. 사건이랄 수도 없을 만큼 간단한 사건이었다. 그러나 이 사건에는 처음부터 형사가 잘 납득할 수 없는 점이 한 가지 있었다. 앞서 이 사건을 '이상한 절도 미수 사건'이라고 말한 것도 바로 그 때문이었다. 밤중에 담장을 기어올라가서 남의 집 개를 두 마리씩이나 독살시킨 자이고 보면 누구라도 청년에겐 일단 야간 절도나 강도 미수 혐의를 걸어볼 수가 있을 것이다. 한데도 이 청년에겐 그런 식으로 같이 개를 해치우고 나서도 집 안까지 깊이 스며든 흔적은 없었다. 가재가 없어진 것도 없다고 했다. 개부터 없애놓고 며칠 뒤에야 진짜 용건을 서두르는 배포 유한 도둑이 있을까. 방해물이 감쪽같이 사라지고 난 첫날밤을 아끼지 않았던 점을 생각할 때 청년의 야간 절도나 강도 미수 혐의는 근거가 너무 희박했다. 그렇다고 형사는 또 청년을 남의 집 개나 훔쳐다 장국집 요리재로 팔아먹는 개도둑쯤으로 여겨버릴 수는 더욱 없는 일이었다. 만약 그가 진짜 그런 개도둑이라도 된다면 놈들을 그런 무시무시한 독물로 처치하려 하지도 않았을 테고, 더욱이 숨통이 끊긴 놈들의 몸뚱이를 그냥 아침까지 담장 안에다 버려두었을 리도 없었을 테니 말이다.

아무래도 범행 목적이 뚜렷하지 않았다. 물론 청년 스스로가 주장하는 동기나 목적이라는 것이 따로 있기는 했다. 다름 아니라 청년은 범행을 저지르기 전부터도 꽤 오랫동안 자기는 그 똥개를 위해서 베스(그 복서종의 이름) 놈을 죽일 작정을 하고 있었노라는 것이었다. 그리고 그는 어젯밤 담장을 기어오른 것도 그 베스 놈을 죽여 없애기 위해서, 바로 그놈을 죽일 목적만으로였다고 했다. 그러니까 범행의 동기나 목적은 통틀어서 그 똥개를 위해서 베스 놈을 죽여 없애는 것 한 가지에 있었던 것이라고.

그러나 형사는 도대체 그 청년의 말을 이해할 수가 없었던 것이다. 게다가 청년이 자기의 범행은 그 베스 놈을 독살한 것뿐이며, 똥개의 죽음에 대해서는 절대로 자기 책임이 아니라는, 그리고 그 베스 놈을 죽이려 한 것도 실상은 바로 그 똥개 놈 때문이었다는 주장에 이르러서는 도저히 청년의 말을 신용할 수가 없게 되어버렸던 것이다.

한데 바로 거기서부터가 형사에겐 또 하나의 알 수 없는 수수께끼였다. 그리고 이번 수수께끼야말로 지금까지 형사가 사건의 종결을 망설이고 있는 진짜 이유가 되어온 셈이었다.

사건의 줄거리가 대강 추려지고 난 후 형사는 실상 청년이 범행 동기를 뭐라고 주장하든 간에 일단 가견류 '도살 절취 미수' 정도로 그의 조서를 꾸며넘기려고 했었다. 애초부터 청년에겐 개를 죽인 것 외에 다른 절도 행위를 저지른 흔적이나 의사가 전혀 엿보이지 않았을 뿐 아니라, 그런대로 범행 자체는 가장 중요한 대목까지도 거리낌 없이 자백하고 나서는 것으로 보아, 굳이 다른 혐의까지는 캐묻고 싶지가 않았기 때문이었다. 게다가 피해자 쪽에서도 청년의 다른 혐의에 대해서는 전혀 관심을 두려 하지 않았던 것이다. 피해자로서는 청년이 어떤 동기에서 그런 짓을 저질렀든, 그리고 어떤 흉악한 음모가 그의 가슴속에서 꺾어져나갔든, 그런 건 도대체 관심을 둘 일도 염려할 바도 아니라는 식이었던 것이다. 그로서는 다만 사랑스런 베스가 무참하게 독살을 당했다는, 이제는 누구에게도 녀석의 그 늠름하고 위풍당당한(과연 베스에겐 그 점이 정말 명견다웠다고 한다) 모습을 자랑할 수 없게 되었다는 바로 그 사실만이 가장 애석하고 분통 터지는 일인 듯했다. 형사가 청년을 단순한 개도둑 정도로 처리한다 해도 그쪽에선 전혀 불만스러울 게 없는 처지였다.

한데 문제는 오히려 청년 쪽에 있었다. 청년도 처음에는 그가 베스를 죽인 것만은 이제 부인할 수 없는 사실인 만큼 자신의 동기와는 상관없이 그의 행동이 개도둑의 소행으로 해석되어지는 것도 어쩔 수 없다고 체념을 해버리는 듯했다. 한데 형사가 막상 그를 '가견류 도살 절취 미수' 혐의로 조서를 꾸미려 하자 청년은 갑자기 이상한 데서 반발을 하고 나섰던 것이다. 그의 항의인즉, 가견류 도살 절취 미수는 다 좋은데 그러나 똥개의 죽음에 대해서까지 자기가 혐의를 질 수는 절대로 없다는 것이었다. 자기가 죽인 것은 정말 베스 한 놈뿐이라고, 그리고 놈을 죽이려 한 것은 바로 그 똥개를 위해 그런 것이었다는데, 어떻게 자기가 그 똥개까지 죽일 수가 있었겠으며 녀석의 죽음을 자기가 책임져야 하느냐는 것이었다.

형사는 좀 어이가 없어졌다. 사실 이번 사건에서 똥개가 한 마리 곁다리로 끼어 죽은 것은 문제도 되지 않는 일이었다. 그것은 피해자 쪽에서도 그랬고 형사 자신의 생각도 그랬다. 그리고 이미 베스를 죽였다는 사실을 시인한 이상 똥개 한 마리쯤 더 죽였건 말았건 죗값이 크게 변할 일도 아니었다. 문제는 똥개가 아니라 베스를 죽였느냐 않았느냐에 있었다. 그래서 청년이 처음부터 똥개를 자기가 죽인 것이 아니라느니, 베스를 죽이려 한 것도 그 똥개 때문이었다느니 하고 열심히 변명을 하고 나섰을 때도 형사는 실상 전혀 그런 소리를 귀담아들으려고 하질 않았던 것이다. 뭐 곧이듣고 말 것도 없을 만큼 똥개는 처음부터 그처럼 문제 바깥이었던 것이다. 한데 청년은 중요한 대목을 모두 시인해놓고도 엉뚱하게 그 똥개 한 마리를 가지고는 미련스럽게 고집을 피우기 시작한 것이다. 그러나 형사는 물론 그런 엉뚱한 청년의 고집을 처음부터 대수롭게 여기려고 하지는 않았다. 그가 시인을 하든 말든 조서를 꾸미는 것은 그의 마음에 달린 일이었다. 청년이 두 마리를 다 죽였다고 해도 되고 정 청년의 고집이 귀찮게 여겨지면 똥개 이야기는 처음부터 조서에도 올리지 않으면 그만이었다. 그래도 그 똥개 하나로 청년의 죗값이 조금도 가벼워질 수는 없는 형편이었으니까. 말하자면 그 조서라는 것은 이미 청년과는 상관없이 형사의 머릿속에서 씌어질 수가 있었던 것이다. 청년의 고집은 조금도 대수로울 게 없었다.

한데 청년은 자기의 조서가 어떻게 씌어지든 말든 끝끝내 그 똥개만은 자기가 죽인 것이 아니라고 기를 쓰며 우겨대는 것이 아닌가. 형사는 도대체 그러는 청년의 속심을 이해할 수가 없었다. 그리고 마침내는 그런 청년에게 슬그머니 어떤 호기심마저 느껴지기 시작했다. 그러나 청년은 바로 그 형사의 호기심마저도 일체 외면을 해버린 채 처음부터 끝까지 외곬으로만 고집을 부리고 있는 것이었다. 청년의 고집은 형사의 호기심을 점점 더 깊이 자극해 들어갔다. 형사의 호기심은 원래가 직업적인 것이다. 형사는 이제 기어코 엉뚱한 고집의 정체를 밝혀내고 싶어졌다. 반은 청년의 인간성에 대한 묘한 신뢰감 같은 것에서, 그리고 반은 흔히 노련한 형사들에게서 볼 수 있는 어떤 독특한 직감력에서 범행 경위를 차근차근 다시 정리해나가기 시작했다. 한데 얘기가 여기까지 오고 나면 언제나 꼭 나무아미타불이 되어버리곤 하는 것이다. 자신의 입으로도 청년은 그 베스 놈을 죽인 것은 자기가 틀림없으며, 그러나 그것은 바로 그 똥개를 위한 짓이었노라고 했다. 그러니까 그 똥개를 죽인 것은 절대로 자기일 수가 없으며, 그가 담장을 기어올랐을 때는 그 똥개가 이미 다른 사람에 의해 독살을 당한 다음이었노라고. 똥개의 죽음에 주의가 새삼스러워지지 않을 수 없었다.

"그렇다면 자넨 이미 베스를 죽일 필요가 없어져버린 게 되지 않아? 자네가 정말 똥개를 위해서 베스를 죽일 작정이었다면, 베스보다 그 똥개가 먼저 죽어버린 이상 자넨 할 일이 없어져버린 게 되지 않나 말야. 한데 자넨 다시 베스를 죽였거든."

그러나 형사의 논리는 청년의 고집을 꺾는 데는 아무런 도움도 될 수가 없었다.

"그렇다면 그 똥개는 정말 자네가 죽이지 않았다는 걸로 하기로 하고……, 그럼 어째서 자넨 똥개 따위를 그처럼 위하고 싶어졌는지 그 연유라도 얘길 해줘야 하질 않나."

백보를 양보하여 그런 소리로 달래봐도 결과는 역시 마찬가지. 아니 이야기가 거기까지 오면 청년은 숫제 입을 다물고 다시는 대꾸조차 하려 들질 않는 것이었다. 그리고는 누군가를 몹시 경멸하고 싶은 듯 묘한 미소를 입가에 지어 바르기 시작하는 것이었다.

그러면 이야기는 거기서 그만이었다.

 지금도 물론 마찬가지였다. 아니 이제 청년은 대꾸를 하지 않으려 하거나, 기분 나쁜 미소만 흘리고 있는 게 아니라도 숫제 형사를 놀려대려고까지 하는 것이다. 아무래도 형사에겐 청년의 소행이 그렇게만 생각되었다. 자기의 질문을 끝내 묵살하려 드는 녀석의 태도도 태도지만, 진술서 용지에 가득가득 써 갈겨놓은 녀석의 진술 내용이라는 것이 특히 그렇게 보였다. 하기야 형사는 청년에게 그런 것을 쓰게 하면서도 처음부터 무슨 큰 기대를 걸고 있었던 것은 물론 아니었다.

 "할 수 없군. 이제 나로서는 더 이상 자넬 추궁하기도 싫고 추궁할 필요도 없는 듯하니 맘대로 정하게. 도대체 난 이제 자네의 말을 신용하거나 이해할 수가 없게 되어버렸으니 말야."

 벌떡 자리를 일어섰더니 청년은 그제서야 무슨 생각이 들었던지 갑자기 애원을 해오기 시작했던 것이다.

 "아닙니다. 좀더 제 얘기를 들어주십시오. 말씀드리려 하지 않은 게 아닙니다. 이헬 못하실 것도 없어요. 다만 제가 망설인 것은, 제 이야기 방법에 자신이 없기 때문이었습니다. 그리고 사실은 저 자신도 아직 저의 동기를 확실하게 설명해드릴 자신이 없는 부분이 있구요. 하지만 이젠 말씀을 드리겠습니다. 다만 이야기를 하는 방법만은 제게 맡겨주십시오."

 "도대체 자네의 이야기 방법이라는 건 뭔가?"

 "제 얘기를 차근차근 종이에 적게 해주십시오. 지금까지와 같은 직접 진술방법으로는 아무래도 자신이 없습니다……"

그래서 형사는 진술서 용지를 한 뭉치 청년 앞에 던져주고 취조실을 나와버렸던 것이다. 물론 이때도 그는 별반 큰 기대를 가질 수는 없었지만, 그러나 행여나 하는 한 가닥 희망을 가지고서. 한데 막상 점심을 끝내고 돌아와 보니 그처럼 애원까지 하고 나섰던 청년은 어이없게도 그런 뚱딴지같은 '개소리'만 잔뜩 늘어놓고 있었던 것이다. 기대는커녕 이건 처음부터 자기를 곯려주려는 괘씸한 계략임이 분명한 듯했다. 한데도 녀석은 이제 또 그 '진짜 개소리'나 좀더 읽어보라는 듯 굳게 입을 다물어버리는 게 아닌가.

"이번엔 정말로 할 수 없어. 자네 한 사람 때문에 더 이상 시간을 버릴 수도 없구."

담배 연기에 취해 한동안 눈을 지그시 감고 있던 형사가 별안간 다시 몸을 고쳐 앉는다.

"그럼 두 마리가 되든 한 마리가 되든 자넨 어차피 개 도둑이 되는 거야. 아무래도 개는 두 마리가 죽어 넘어졌으니까 자넨 아마 두 마리 쪽이 되기가 쉽겠지만 말일세. 하지만 상관없어. 어젯밤에 자네가 베스를 죽인 것만은 어쨌든 사실이니까."

그러자 청년도 이제 어느 만큼은 사태를 심각하게 느끼기 시작한 모양이었다.

"하지만 전 똥개를 죽이진 않았으니까요. 그 점은 분명하게 해주십시오."

아무래도 그것만은 양보할 수가 없다는 듯 단호한 목소리로 항변을 하고 나섰다.

"글쎄 두 마리든 한 마리든 그건 지은 죄과엔 별론 상관이 없다고 하지 않나!"

"그러나 전 상관이 있어요."

"도대체 뭐가 어떻게 상관이 있단 말인가?"

"……"

언제나처럼 청년은 거기서 또 말이 끊기고 만다. 누군가를 몹시 비웃고 싶은 듯한 미소가 다시 청년의 입술 위로 번지기 시작한다.

그러나 형사는 이제 청년의 표정 따위는 아예 관심도 없다는 듯 한 번 더 그를 다그쳐댔다.

"글쎄 자네가 정 베스만을 죽일 작정이었다면, 그것이 어째서 똥개를 위한 행위가 될 수 있었다는 것인지 자네의 속심만이라도 설명을 해줘야 할 게 아니냔 말야. 한데 자넨 멍텅구리같이 그저 덮어놓고 똥개는 내가 죽이지 않았습네, 이런 식이거든. 그러니 나도 이젠 도리가 없단 말일세."

물론 형사가 궁금쩍어 하고 있는 것이 그것 하나만은 아니었다. 오히려 그런 것은 알아도 좋고 몰라도 좋은 편이었다. 같은 얘기가 될지도 모르겠지만, 처음부터 그의 진짜 호기심을 자극한 것은 청년이 어째서 하필 시시한 똥개 한 마리의 죽음을 가지고 그처럼 고집을 부리느냐 하는 바로 그 점이엇다. 그리고 사실을 말하자면 그는 지금까지 청년에게 들인 시간과 노력에 비해 아직도 그리 간단히는 자신의 호기심을 단념하고 싶지가 않았다. 그것은 지금까지 오랜 세월 동안 그가 쌓아온 수사관으로서의 관록과 아량에서도 더욱 그랬다. 그래서 그는 점잖은 말로 청년을 한 번 더 다그쳐

보았던 것이다. 한데 그게 뜻밖에 효과가 있었던 모양이었다. 청년이 다시 입을 열기 시작한 것이다. 그리고 그렇게 입을 열기 시작한 청년의 표정에는 느닷없이 어떤 당혹감마저 떠오르고 있었다.

"정말입니다. 제 말씀은 모두가 정말이에요. 다만 이런 식으로는 제가 선생님을 납득시킬 수가 없다는 것뿐입니다. 그래서 아까 제가 따로 글을 쓰지 않았습니까. 제발 그걸 계속해서 읽어주십시오. 그거라면 지금 궁금해하고 계신 것들을 좀더 가깝게 이해하실 수가 있을 거예요. 제발!"

목소리까지도 사뭇 애원에 가까웠다.

그러나 형사는 이번에도 역시 실망을 할 수밖에 없었다.

—이 녀석에게 정말 다른 도리가 없을 모양이군. 협박도 회유도 모두가 말짱 헛것이 되어버리곤 하니 말야.

할 수 없었다. 이젠 정말 녀석에게 농락을 당하게 되는 한이 있더라도 그 '개소리'를 좀더 읽어가보는 수밖엔 다른 도리가 없을 것 같았다. 그는 팽개쳐둔 진술서 용지를 마지못한 듯 다시 끌어당겼다. 그리고는 조금 전에 읽다 만 대목에서부터 천천히 시선을 이어나가기 시작했다. 한데 녀석의 진술서라는 것은 마침 거기서부터가 진짜 '개소리'를 드러내기 시작하고 있었다.

……건방지게 남의 일 가지고 까불어대지 말고 제 주제나 생각하라구? 그야 뭐 내 주제 골백번 되씹어 생각해봐야 순똥개지 뭐 그게 달라질 수가 있겠나. 똥개 말야 똥개. 자네들 같은 사람으로 치면 순 쌍놈이라든가 그런 식의 이름이 되겠지 뭐. 하지만 난 그런 걸 걱정할 일은 물론 없어. 요즘 팔자가 제법 괜찮거든. 이렇게

대궐 같은 집안에 들어와 배고플 걱정 없겠다, 귀찮게 짖어댈 일도 많지 않겠다, 뭣 땜에 내가 똥개로 태어난 걸 애써 비관해야겠나. 끼니때마다 척척 밥을 갖다 바쳐 올려주지(때로는 제법 심심치 않게 간식도 즐길 수 있지), 드나드는 사람이 없어 시골에서처럼 목청이 붓도록 짖어댈 일도 없지, 뭣 때문에? 밤이라고 뭐 철대문에 쇠꼬챙이까지 박아놓은 집에서 도둑 걱정을 해야 하겠나. 게다가 이 친절한 사람들은 내 용변소까지도 자상히 보살펴주어 마음 쓸 일이라곤 도대체 눈곱만 한 것도 찾아볼 수가 없거든. 글쎄 시골에선 그게 마땅칠 않아 남의 집 골목에다 급히 실례를 하려다가 얼마나 못된 곤욕을 당하곤 했는가. 여기선 아예 그런 걱정일랑 필요가 없어. 다만 한 가지 욕심을 부려보고 싶은 일이 있다면, 가끔 바깥바람을 쏘이고 싶을 때 대문출입을 맘대로 할 수가 있다면 하는 정도야. 커다란 철대문을 달아놓고도 이 집 사람들은 웬일인지 그 문을 밤낮없이 굳게 걸어 잠가놓고 한쪽 귀퉁이에다 옹색스럽게 뚫어놓은 개구멍으로만 즐겨 드나들고 있거든. 개구멍이란 원래가 개가 드나드는 울타리 구멍 아닌가. 한데 이 집 사람들이 바로 그 내 출입문을 빼앗아버렸단 말일세. 내 문을 뺏겼으니 그럼 난 그 사람들 문으로 바꿔 드나들기라도 해야겠는데, 어떻게 내 힘으로는 육중한 철대문을 어찌할 수가 없어 그만 발이 묶이고 만 거란 말이야. 하지만 뭐, 그것도 괜찮아. 바깥바람을 쐬고 싶다는 건 원래 시골에서부터 얻어온 몹쓸 버릇이거든. 그리고 정 바람을 쐬고 싶으면 여기 담장 안에도 넓은 정원이 있구 말야. 생각만 내키면 난 어느 때고 이 넓은 정원을 맘껏 산책할 수가 있거든.

아마 자네가 거기서 내려다보기에도 슬슬 정원 산책을 즐기고 있는 나의 모습은 제법 풍모가 의젓해 보일 걸세그려.

 말하자면 내 팔자가 요즘은 그쯤 되었단 말일세. 그럼 그만이지 똥개 팔자라구 뭘 새삼스럽게 걱정해야 하겠나.

 한데 나 같은 똥개 따위가 어떻게 해서 이런 대궐 같은 저택엘 들어오게 되었냐구? 글쎄 그것도 실은 모두가 팔자소관이라니까. 아, 요즘 시골개치고 서울개 노릇 한 번 해보고 싶지 않은 놈이 어디 한 마리나 있는 줄 아나. 시골엔 소문이 대단하지. 서울만 가면 좋은 음식에 좋은 잠자리에, 게다가 사람을 지키느라 밤낮으로 목이 부어오를 일도 없이 그저 주인 영감의 귀염이나 실컷 받으며 진짜 개팔자라는 걸 누릴 수 있다더라고 말일세. 내 와서 보니 그런 소리가 정말 빈말이 아니었다는 걸 금세 깨닫게 되었네만, 글쎄 그러니 거기서야 그런 소문을 듣고 나면 얼마나 환장들을 하겠나, 서울을 한 번 가보고 싶어 그저 미칠 지경들이지. 나도 물론 그런 시골개 중의 하나였구 말야. 한데 어느 날 내겐 정말 운수가 틔기 시작했어. 진짜로 서울 갈 길이 생겼거든. 하기야 그건 물론 처음부터 나 혼자만을 위한 행운이었다고는 말할 수가 없겠지. 왜냐하면 그날 오후, 느닷없이 마을로 들이닥친 트럭에 실려 서울 여행길에 오른 것은 우리 동네의 개들 모두가 마찬가지였으니까 말일세. 우리들은 그렇게 몇 마리씩 짝을 지어 구멍이 숭숭 뚫린 상자 속으로 들여보내진 다음 모두 함께 서울로 떠나왔거든. 그러나 행운은 역시 내게 진짜였어. 나중에 알아보니 우리를 실은 트럭은 서울까진 미처 다 들어오지도 않고 변두리 어느 어두컴컴한 건물

앞에서 그만 정거를 하고 말았더란 말야. 그때까지만 해도 우리들은 물론 그곳이 바로 서울이라는 덴 줄만 알고 있었지 뭔가. 모두들 가슴이 잔뜩 부풀어가지고 차에서 내렸지. 한데 그때 일이 되려고 그랬던지 미끈한 세단 차 한 대가 마침 우리들 부근을 지나가고 있지 않았겠나. 우리들은 물론 모두 눈이 휘둥그레져서 그 차를 구경하고 있었지. 그런데 이게 또 어찌 된 일이었겠나? 그 세단 차 역시 우리들이 신기했던지 길을 가다 말고 스스로 우리들 앞으로 미끄러져오는 게 아니냐 말야. 그리곤 그 안에서 훌쩍 사람이 하나 뛰어내리더니 우리들을 서울까지 싣고 온 사람과 한참 무슨 얘길 주고받은 다음 천천히 우리들에게로 걸어오는 것이었어. 그리고는 한참 동안 우리들을 이리저리 살피고 있더니 뜻밖에도 나를 손가락질해 보이는 것이 아니겠나. 그래서 난 용케도 그날 그 세단을 함께 타고 진짜 서울까지 들어오게 된 거지. 그리고 그날 그 사람이 바로 지금 우리 집 주인이야. 나야말로 진짜 행운을 얻었던 거지. 왜냐하면 난 그 차를 타고 오면서야 아깟번은 진짜 서울이 아니었다는 것을 깨달았거든. 그리고 거기서 차를 내린 친구들이 아직도 그 컴컴한 건물을 서울이라고 믿고 있을 걸 생각하니 아무래도 놈들이 무슨 속임수에 걸려들고 있는 것만 같아, 용케 행운을 얻어낸 나라는 놈이 한없이 대견스러워졌단 말야. 시골 개들 가운데서도 하필 내게 그런 행운이 떨어진 걸 보면, 그래도 나라는 놈은 그중에서 어딘지 다른 데가 있었던 게지? 하지만 넓게 생각하면 모두가 팔자소관이지 뭐야? 하지만 주인이 나 같은 똥개 따위를 이런 집에 모셔다 까닭 없이 호강을 시키고 있진 않을 게라구? 그야 나도 그렇게 생각은 들고 있어. 필시 무슨 까닭이 있긴 하겠지. 그리고 바로 그 점이 내가 꼭 알고 싶으면서도 도저히 알아낼 수가 없는 점이야. 하지만 설사 이유를 알게 된다고 별수가 있겠나. 지금까지도 늘 그래 왔던 것처럼 앞으로 또 무슨 일이 생기더라도 다 이젠 팔자소관으로 여기는 수밖에 다른 도리가 없는 걸. 알고 싶어 한다고 알아질 일도 아니겠고 말야. 그저 이렇게 편하게 지내고 있으면 그만인 거야. 그래서 오히려 난 자네까지 걱정을 해줄 만큼 속이 편해 있지 않나.

그래 자넨 정말 거기서 뛰어내리고 말 참인가? 아서게! 그리고 내 얘기를 좀더 참을성 있게 들어보거나.

난 지금 그 몹쓸 자네의 충동을 꺼주고 싶어 이렇게 입이 닳고 있는 게 아닌가……

형사는 기어코 여기서 다시 시선을 끊어버리고 말았다. 도저히 더 이상은 참고 읽어 내려갈 수가 없는 모양이었다.

"도대체 자넨 지금 무슨 얘길 하고 싶은 건가?"

형사의 어조에는 숫제 어떤 연민마저 깃들고 있었다. 이제 겨우 좀 안심이 되는 듯 차분히 형사의 눈치를 살피고 있던 청년이 그 소리에 다시 몸을 움찔하고 놀랐다.

"선생님이 아까 제가 어떤 식으로 그 똥개를 이해하고 있었는지 그걸 알고 싶다고 하지 않았습니까?"

여간 실망스럽지가 않다는 투다.

"그래, 이 얘기가 그걸 말하고 있단 말인가."

"……"

"도대체가 자넨 처음부터 끝까지 엉터리없는 상상들만 하고 있어. 똥개가 그런 식으로 서울에 오게 되었다는 건 또 무슨 잠꼬대 같은 소린가."

그러나 이번에는 청년의 대답 소리도 제법 자신이 있어 보였다.

"하지만 그건 틀림없어요. 아마 틀림없을 겁니다."

"무엇으로 장담하지?"

"그 개는 똥개니까요."

"똥개라고 꼭 그런 식으로 서울을 오게 되나? 도대체 서울의 똥개들은 모조리 그런 식으로만 시골에서 잡혀왔다고 생각할 이유가 뭔가? 게다가……"

그러나 형사는 여기서 갑자기 무슨 생각이 떠오르는 듯 그만 입을 다물고 말았다. 그리고는 새삼스런 눈초리로 청년을 찬찬히 들여다보기 시작했다.

"그러고 보니 자넨 아마 진짜 고향 같은 것을 가지고 있는 시골내기인 모양이군그래."

이윽고 그는 혼잣말처럼 그렇게 뇌까리고 나서 가만히 혼자 미소를 짓고 있었다. 한데 형사의 태도가 그처럼 돌변해가는 것을 보자 청년도 뭔가 느닷없이 감동이 되고 만 모양이었다.

"선생님의 직관력은 굉장한 데가 있으시군요. 놀랐습니다."

청년은 형사가 자기에게 준 감동에 대해 뭔가 꼭 보답을 하고 싶은 표정이었다. 그는 갑자기 형사를 한바탕 칭찬하고 나서 이번에는 묻지도 않은 소리로 먼저 이야기를 이어나가기 시작했다.

"전 실상 두 평까지 단칸 아파트 꼭대기에서 지금 가장 서울 사람다운 생활을 해오고 있는 참이거든요. 한데 선생님은 아직도 제가 시골에다 고향을 두고 있다는 점을 여지없이 알아맞혀버리셨단 말입니다. 하지만 선생님은 그보다도 더 중요한 걸 빠뜨리고 계셔요. 아까 그 똥개에 관해서 말씀이에요. 사실 우리들에겐 지금 그 똥개의 이야기가 가장 중요한 게 아니겠습니까?"

청년은 수수께끼 놀이를 하고 있는 어린애처럼 의기양양한 얼굴로 형사를 바라본다.

"딴은 그렇군. 정말 그렇겠어. 한데 그 똥개의 얘기에선 중요한 것이 뭐였더라?"

형사 쪽에서도 이젠 청년의 기분을 건드리지 않기 위해 조심스럽게 말을 이어준다. 그러자 청년의 표정은 더욱더 의기양양해진다.

"그야 똥개란 녀석이 어째서 자기를 그 집까지 차로 실어다 놓았는지, 그래 놓고선 어째서 자기에게 호강날날이를 시켜주고 있는지, 알 수가 없다고 했잖아요? 바로 그 점이죠. 그 점이 중요한 거예요. 그 집주인이 하필 그런 똥개 따위를 모셔다가 그처럼 호강을 시켜주는 데 이유가 없을 리 있어요? 한데 녀석은 그런 건 생각하고 싶지도 않다는 것이었죠. 중요한 건 그거란 말예요."

"그래 자넨 그 이유를 알고 있었단 말인가?"

똥개 한 마릴 집에 들여놓은 데에 무슨 대단한 이유가 있었다는 것인지, 그리고 그 이유를 열심히 생각하지 않았다는 것이 어떻게 중요하다는 것인지, 형사는 아직도 청년을 잘 이해할 수가 없었다. 그러나 형사는 어떤 식으로든지 청년에게 이야기를 좀더 시켜보고 싶은 것이다. 한데 청년도 마침 거기서부터는 진짜 열을 올리기 시작하는 것이었다.

"알고 있고말고요. 하지만 저도 처음엔 물론 그 해답을 쉽사리 얻어낼 수가 없었지요. 그러니까 전 어느 날 아침, 아마 그건 제가 그 아파트의 5층으로 이사를 하고 난 다음다음 날인가 되었는데, 그날 아침 전 제 방 유리창문을 내다보고 있다가 우연히 그 집 앞 뜰에서 똥개 한 마리를 발견했어요. 바로 그 녀석이죠. 한데 전 그때부터 대뜸 이상한 생각이 들기 시작했지요. 왜 저런 집에서 하필 시시한 똥개나부랭이를 기르고 있는 것일까. 그런 저택에서 어디 도둑이나 지키려고 그런 똥개를 기르고 있었겠습니까. 똥개라니 이해할 수가 없더군요. 한참 애를 먹었지요. 하지만 전 며칠 후에 기어코 그 이율 알아내고 말았어요. 전 그 집에 똥개 녀석 말고 또 한 마리의 개가 있다는 걸 발견했거든요. 베스 녀석 말입니다. 아 글쎄 그 똥개 녀석이 정원을 슬슬 거닐다가는 웬일인지 부리나케 뒤뜰 쪽으로 달려가서 양실 비슷하게 꾸며놓은 광 앞에서 열심히 뭘 들여다보곤 하는 게 아니겠어요? 그러다간 또 못내 마음이 쓰이는 듯 근처를 슬슬 맴돌고 있기도 하고 말입니다. 그래 자세히 보니 녀석이 그처럼 주의가 끌리곤 하는 그 광문 앞에 복서종 한 놈이 잔뜩 위엄을 떨고 앉아 있더군요. 그게 베스였지요. 한데 이놈은 아무리 똥개 녀석이 주변을 맴돌고 방정을 떨어도 영 관심이 없는 기색이 아닙니까. 반쯤 졸고 있는 듯한 모습을 하고 앉아서는 도대체 미동도 하질 않았어요. 물론 짖는 일도 없었구요. 실상은 그래서 저도 녀석을 얼른 알아보질 못했던 거지요. 허나 어쨌든 녀석을 찾아냈으니 이제 사정이 분명해졌을 건 당연하지 않습니까?"

청년은 아직도 마지막 이유는 말을 해버리기가 아까운 듯 거기서 잠시 입을 다물고 기다렸다.

"그래 사정이 어떻게 분명해진 건가?"

형사가 궁금한 듯이 재촉했다. 그러자 청년은 다시 한 번 마음을 다져먹고 난 듯 갑자기 목소리까지 결연해졌다.

"누군가가 그 똥개를 죽이려는 것이었어요. 아니, 그 똥개는 처음부터 누군가에 의해서 죽도록 되어 있었단 말입니다. 말하자면 녀석은 처음부터 이 집엘 죽으러 들어온 거죠, 한데도 녀석은 그걸 알 수가 없었고, 생각하려고 하지도 않았단 말입니다."

청년의 결연한 어조에는 심한 힐난기와 알 수 없는 증오감마저 서려들고 있었다.

"어째서 똥개란 놈이 처음부터 그 집에서 죽게 되어 있었다는 건지 난 아직도 잘 납득할 수가 없군. 도대체 누가 녀석을 죽이려 했다는 것이지?"

그러나 청년은 이제 형사의 추궁 따위는 귀에도 들어오지 않는다는 듯 확신에 찬 목소리로 혼자서만 말을 계속해나갔다.

"누가 그놈을 죽이려 했든지 그런 건 얘길 하나 마나지요. 얘기해봐야 소용도 없구요. 왜냐하면 녀석을 죽이려고 한 것은 워낙 한 사람만의 음모가 아니었거든요. 게다가 그런 음모를 한 사람들은 모두가 그 음모의 조그마한 한 부분씩만을 맡고 있었기 때문에 그것이 마지막으로는 누구의 책임이라고 단정할 수도 없구요. 하지만 그 똥개가 죽게 되리라는 것은 어쨌든 사실이었습니다. 그리고 전 그날부터 이상하게 초조해져서 놈이 죽게 될 날만을 기다리게 되어버렸지요. 허나 사건은, 그걸 사건이라고 할 수 있을는지 모르겠습니다마는, 하여튼 그 똥개가 정말 죽어 넘어지는 일은 처음 생각처럼 그렇게 얼른 일어나주질 않더군요. 그래서 전 어느 사이에 아침마다 창문을 열어보고는 녀석이 아직 무사해 있는 것으로 확인하고 나서야 하루일과를 시작하게 되었고, 저녁에는 또 녀석이 오늘 밤을 무사히 넘길 수가 있을까 하는 조마조마한 근심 속에서 창문을 닫아걸게 되곤 했어요."

"그래서 자넨 아침저녁으로 늘 창문을 열고 그 집을 엿보게 되었다는 것이겠군."

마침내 형사가 확인을 해두고 싶은 일이 있다는 듯 청년의 말을 제지하고 나섰다.

"이를테면 자넨 어떻게 해서든 그 똥개 놈을 살려내보고 싶어서 말야. 하지만 아까 똥개 쪽 얘기로는 오히려 그런 자네를 걱정하는 눈치 같던데? 자기 생각엔 아무래도 자네가 그 아파트 창문을 뛰어내려버릴 것만 같다고 말야. 그리고 자네의 설명이나 똥개의 얘기에는 아직 자네가 베스를 죽여야 할 이유가 나타나지 않고 있어."

그러나 청년은 이제 형사가 그렇게 자기의 말을 가로막고 나서는 바람에 말을 더 계속할 흥미가 없어지고 만 표정이었다. 그는 대답 대신 그 똥개의 이야기를 다시 형사 앞으로 밀어놓고 나서, 이번에야말로 그거나 좀 자세히 읽어보라는 듯 빙긋이 자신 있는 미소를 짓고 있었다. 형사는 그제서야 자신의 실수를 깨달았다. 그러나 할 수 없었다. 고집스런 청년의 침묵 속에서 이미 똥개 녀석이 그를 향해 짖어대기 시작하고 있었다.
 ……오, 참 저 복서 녀석 말인가? 저 녀석, 이름이 베스라는 놈인데 한마디로 알 수가 없는 놈이야. 자네가 원한다면 아는 대로 얘길 해보겠지만 도대체 녀석에 대해선 아는 게 별로 없거든. 글쎄 무슨 얘기나 의사 표시가 있는 놈이래야 말이지. 밤낮 저런 식으로 쇠고랑에 매달려가지고 앉아서는 의뭉스럽게 점잔만 떨고 있지. 녀석은 바로 그런 놈이야. 하지만 녀석은 자기가 쇠고랑에 매달린 걸 불편해할 줄도 모르는 놈이지. 한데다가 개 주제에 입은 한사코 꾹 처닫고 앉아서 한 번 소릴 내어 짖어보는 일도 없구. 아마도 녀석은 짖는 법을 아주 잊어버리기라도 한 모양이야. 한번도 녀석의 소릴 들어본 일이 없거든. 게다가 녀석은 밤낮 저렇게 쇠고랑에만 매달려 있으니 정원을 언제 한번 돌아보는 일도 없지. 그야 담장을 지키거나 사람 기척을 안에 알리는 일 따위는 내 혼자 몫도 모자라는 형편이지만, 안 할 말로 사람 기척이 나도 몸 하나 들썩거려 보이지 않는 저게 어디 개 주젠가. 그야말로 견종지말(犬種之末)이지. 한데도 녀석은 그게 더 자랑스럽기만 한 모양이거든. 도대체 속을 알 수가 없는 녀석이야.
 하지만 녀석에 대해 내가 알 수 없는 건 그뿐만도 아니라네. 글쎄 언젠가 난 이 집에 와서 팔자가 제법 늘어지게 좋아졌다고 했지만, 쇠고랑을 차고 있는 걸 빼면 녀석이 호강을 하는 건 어디 그 정돈 줄 아는가. 짖을 줄도 모르고 도둑도 못 지키는 건 분명 견종지말에 속할 법하지만 그러나 그것으로 녀석을 동정할 수는 도저히 없단 말일세. 녀석은 진짜 주인의 상전 노릇이거든. 그래서 녀석은 더욱 우쭐해서 나를 무시하는 모양인데, 사실 주인이 하는 걸 보면 그럴 만하게도 됐지 뭔가. 녀석은 자네 같은 사람들도 흔히 가지고 있지 않은 족보라는 걸 가지고 다닌다나? 그래 우리 주인은 그 족보를 금궤 깊숙한 곳에다 보관해놓고, 그 족보 때문에 녀석을 상전 모시듯 한다는 거야. 어느 정도냐 하면, 난 그저 늘 누룽지탕에 생선 국물 따위를 말아 내오는 정도로도 충분히 끼니를 즐기고 있는 형편이지만, 녀석은 언제나 두툼한 돼지비계가 아니면 너덕너덕 살이 붙은 쇠 뼈다귀 같은 것으로 호화판 식사를 대접받거든. 그것도 주인이 직접 뼈다귀나 비곗덩어리를 먹기 좋게 발라주고 입에다 넣어주기까지 하는 형편인데, 녀석은 그래도 입맛이 나지 않는지 짜증스런 얼굴을 지을 때가 있단 말야, 정말 호강에 초를 친 꼴이지. 하지만 녀석의 호강이 어디 그뿐인 줄 아나. 녀석은 정원을 한 번도 산책해본 일이 없다고 했지만 대신 주인은 아침마다 녀석을 차 뒷자리에다 태우고는 시내 드라이브를 시켜주거든. 뭐든지 나보단 고급이지. 쉬운 얘기로 잠자리 하나만 해도 그렇지 않은가. 내야 뭐 애초부터 그런 건 있으나 마나 한 거지만 녀석의 잠자리를 좀 보게. 시골에서야 어디 사람이 드는 방에도 저런 고운 유리창이 붙어 있는 줄 아나. 그러니 녀석의 정체도 정체지만, 답지도 않은 놈을 그렇게 극진히 대접하는 주인의 속심엔 내가 더욱 어리둥절해질 수밖에.

　그렇다고 뭐, 내가 지금 녀석의 처지를 부러워하거나 질투를 하고 있는 건 물론 아닐세. 녀석의 정체가 무엇인지, 그리고 무슨 속셈으로 주인이 녀석을 그처럼 아껴주는지 그런 것도 꼭 알고 싶은 건 아니야. 나는 지금 내 팔자만으로도 더 바랄 거라곤 없거든. 그런 걸 굳이 따지려 든다면 내가 이 집에 와서 이런 호강을 하고 있는 소이연부터 먼저 알아야 할 게 아닌가 말야. 하지만 그게 다 소용없는 짓만 같거든. 무엇보다도 이렇게 지내기가 편하면 우선 그만 아닌가. 부러워할 것도 기가 죽을 것도 아무것도 없지. 듣고 보니 그 족보란 것도 아마 도회지 개들이 흔히 가지고 다니는 물건인 모양이네만, 그런 걸 지닌 놈만 서울 개고 우린 언제까지 꼭 시골 똥개라야 한다는 법도 없지 않겠나. 우리도 슬슬 이렇게 도회지 개가 되어가는 거지 뭐. 그건 아마 자네들에게도 사정이 같을 걸세. 서울 인구가 언제 처음부터 5백만이었겠나? 모두가 자네 같은 사람들이 서울로 몰려와서 서울 사람이 되어버린 거지. 글쎄 자네도 그 아파트 꼭대기에서 아무리 얼굴 표정이나 말씨며 행동거지까지 서울 사람을 닮아버렸다고 해도 원래야 시골내기가 아니었겠나 말일세. 그러니 뭐, 굳이 그런 것까지야 따지도 자시고 할 필요가 없지. 자, 그럼 이제 잘 알지도 못하는 녀석의 얘기는 여기서 그만 끝내버리기로 할까. 하지만 뜻밖에도 녀석이 오늘 내 얘깃거리가 되어준 것만은 어쨌든 다행스럽군. 이제 좀 안심이 되어서 하는 소리네만, 베스 놈 얘기를 듣는 동안 자네는 그 몹쓸 충동을 상당히 잘 견뎌내고 있는 것 같았거든. 그러다 보니 이젠 생각이 아주 싹 달라져버린 것 같기도 하고 말야. 어쨌든 자네에게서 그 몹쓸 충동이 사라져가고 있다는 건 좋은 일이지 뭔가.

　마지막으로 한 가지 고백을 해둘 일이 있어. 아까부터 난 베스란 친구를 줄곧 녀석이니 놈이니 하고 마치 수캐를 부르듯이 해왔는데, 그것은 내가 좀 쑥스러운 데가 있어 그랬던 것뿐이고, 사실은 녀석이 꽁무니에서 암내나 풀풀 풍기고 다니는 별수 없는 '년'자 나부랭이라는 거지. 나? 나야 물론 년에게는 늘 무시만 당하고 있지만 제 까짓것하곤 처음부터 밸이 다르지. 이래 봬도 난 제법 뱃심도 부릴 줄 아는 어엿한 장부란 말일세, 헤헤……"

"얘긴 이제 여기서 모두 끝이 나버린 모양이군."

진술서 용지를 마지막장까지 들추고 난 형사는 그제서야 겨우 한 빚을 덜고 난 듯, 그러나 속으로는 아직도 뭐가 뭔지 어리둥절하기만 한 표정으로 조용히 청년을 건너다본다.

"하지만 난 여기까지에서도 역시 자네가 베스를 죽일 이유는 읽어낼 수가 없는걸?"

그러나 청년은 그런 터무니없는 똥개의 지껄임을 끝까지 참고 읽어준 것만으로도 형사가 여간 고맙고 미더운 모양이었다.

"물론입니다. 여기엔 제가 아침저녁으로 창문을 내다보면서 얼마나 초조하게 녀석의 죽음을 기다리고 있었는지, 그리고 녀석이 자기의 운명에 대해서 조금도 두려움을 느끼려 하지 않고 있는 걸 얼마나 안타깝게 생각하고 있었는지가 확실한 말로 씌어져 있진 않으니까요."

청년의 어조는 이제 형사에 대한 깊은 신뢰감으로 충만되어 있었다. 그리고 청년은 그래 그랬는지 그가 지금까지 줄곧 고집을 세워오던 사실을 이상스러울 만큼 수월하게 번복해버리고 있었다.

"이를테면 전 그처럼 녀석을 미워하고 있었던 것이지요. 하지만 전 아직도 제 속으로 녀석을 죽여 없애야겠다고 생각할 만큼은 놈을 미워하고 있질 않았습니다. 이젠 마음 놓고 말씀드려도 좋을 듯해서 얘깁니다만, 사실 제가 처음에 죽여 없애고 싶었던 것은 베스 녀석이 아니라 바로 그 똥개 놈이었거든요."

"……?"

"그야 처음엔 저도 물론 베스든 똥개든 남의 개를 함부로 죽일 작정을 하고 싶었던 것은 아니죠. 녀석 때문에 제가 화를 낸 건 사실이지만, 그러나 전 녀석이 언제 정말 죽어 꺼꾸러질 건가, 초조한 마음으로 사태를 기다리고 있는 수밖에 도리가 없었거든요. 한데 이 녀석이 어느 날 정말 제 화를 더쳐놓고 말았단 말입니다. 아까 녀석의 얘기에도 얼핏 그런 말이 스친 줄 압니다만, 참으로 치사하고 더러운 꼴을 제게 들키고 만 거죠. 녀석도 나중에 베스란 놈이 사실은 수캐가 아니라 암캐라고 하지 않았어요? 그리고 녀석은 그 베스 년에게 번번이 무시만 당하고 지내노라구 말입니다. 바로 그거예요. 아, 글쎄, 어느 날은 제가 그 창문을 내다보구 있는데 하필 그때 녀석이 베스 년에게 슬슬 수작을 걸어대고 있는 게 아니겠어요. 녀석이 베스의 엉덩짝 근처로 돌아가서 꼴사납게 코를 벌룽거리는가 하면 어떻게든 베스의 주의를 끌어보겠다구 컹컹 하늘을 향해 짖어대기도 하고 말입니다. 그러다간 또 년의 주위를 뱅뱅 맴돌며 나중엔 흥측스런 것을 뽑아대고 찔찔 오줌까지 깔겨 보이는 거예요. 전 견딜 수가 없었어요. 도대체 그따위로 치사스럽고 못나빠진 녀석이 어디 있겠어요. 베스 년이야 물론 놈을 깡그리 무시하고 있는 거죠. 한데도 녀석은 도대체 모욕감조차도 느끼질 못하는 것 같았다니까요. 전 그때 당장 제 손으로 놈을 처치하기로 결심을 하게 됐죠. 그러니 어떻게 선생님께서 저의 이유를 쉽사리 이해하셨겠어요?"

청년의 어조에는 다시 그 알 수 없는 증오감이 어리고 있었다. 그러나 형사는 이제 그만 맥이 풀리고 만 표정이었다.

"그건 이해하기가 힘든 게 아니라 싱거워서 말이 안 나올 지경이라네. 이를테면 자넨 그처럼 똥개가 미웠기 때문에 먼저 그놈부터 자네 손으로 죽여줬다는 게 아닌가. 오히려 이제 와서 내가 이해할 수 없는 것은 어째서 자넨 지금까지 한사코 녀석을 죽인 것이 자네가 아니라고 우겨댔는지 바로 그 괘씸스런 자네의 태돌세."

형사는 이제부터 완전히 호기심 이하의 여담을 즐기려는 기분 같았다. 그러나 청년의 표정은 여전히 진지하기만 하다.

"그야 제가 정말로 독물을 먹여 죽인 건 그 똥개 놈이 아니라 베스 놈 한 마리뿐이었으니까요."

"자넨 기억력까지도 형편없이 나쁜 친구로군. 자넨 방금도 자네가 죽이려 했던 것이 바로 그 똥개 놈이었다고 말했지 않았나?"

"그랬었지요. 하지만 제가 놈을 죽이려고 담장을 기어 올라갔을 때는 벌써 놈이 먼저 죽어 있었다는 것도 진작 말씀을 드린 걸로 아는데요. 불행히도 제가 한발이 늦고 있었다는 걸 말입니다."

"그렇다면 자넨 그것으로 이미 할 일이 없어졌을 텐데, 그럼 기회를 놓친 게, 화가 나서 베스까지 해치우고 말았나?"

"그렇게 생각하시니까 제가 지금까지 베스를 위해 녀석을 죽이려고 했다는 걸 거짓 꾸밈이라고 하시는 거죠. 하지만 전 거짓말을 하고 있었던 건 아니었어요. 전 똥개가 죽어 있는 걸 본 순간,

제가 죽이려고 했던 것이 정말은 그 가엾은 똥개가 아니라 처음부터 베스 놈이었다는 걸 깨달았거든요."

"그건 또 어째서?"

"어째서가 아니지요. 그건 이미 선생님께서 먼저 말씀을 하시지 않았습니까? 만약 제가 정말로 그 똥개 놈을 죽일 작정이었다면 녀석이 넘어져 있는 걸 보고는 이미 할 일이 없어져버렸을 거라고 말입니다. 한데 전 그때 전혀 그렇질 않았거든요. 진짜 할 일이 아직 저를 기다리고 있는 것만 같았어요. 그게 베스 놈을 처치하는 것이었지요. 전 처음부터 베스 놈을 죽이려 했던 것입니다."

그러나 형사의 추궁은 이제 조금도 힘이 들어가질 않는다.

"그럼 난 다시 이렇게 물을 수밖에 없군. 왜 그랬을까. 어째서 자넨 처음부터 그 베스를 죽이고 싶었던 것일까."

"그야 제가 처음부터 베스를 죽이려고 했다면 이젠 당연한 얘기가 아니겠습니까. 똥개는 처음부터 베스 대신 죽음을 바치러 온 놈이었으니까요. 베스에게 던져질 독물을 먼저 주워 먹고 말입니다. 한데 녀석은 그걸 모르고 있었거든요. 생각해보려고 하지도 않았구요. 전 녀석을 죽게 하고 싶지가 않았던 것입니다."

"하지만 자넨 아까 놈이 그렇게 미련스럽고 못나빠진 짓만 해서 미워 죽을 지경이었다면서? 자네 손으로 놈을 먼저 처치해버리고 싶었을 만큼 말야. 그럼 그것도 거짓말이었겠군그래. 제발 새로운 거짓말을 자꾸 만들지 말게."

형사는 이제 아무것도 청년의 말은 더 곧이듣지 않으려는 투였다. 아니 말을 끝내고 난 그의 표정은 방금 자신이 청년에게 추궁한 말이 무엇이었는지조차도 잘 기억하고 있질 않은 것 같은 표정이었다. 그러나 청년은 형사가 그러면 그럴수록 목소리에다 더욱 열을 올리고 있었다.

"아닙니다. 그건 절대로 거짓말이 아니었어요. 실제로 전 그때는 제가 정말 녀석을 그처럼 미워하고 있는 걸로만 믿고 있었으니까요. 담장을 기어올라갈 때까지만 해도 전 정말 녀석을 죽이려는 거라고 생각했지요. 하지만 전 나중에야 그것이 저의 착각이었다는 것을 깨달았어요. 알고 보니 전 똥개 녀석을 미워하고 있었던 게 아니라 사실 녀석을 몹시 가여워하고 있었단 말입니다. 제가 죽이고 싶어 했던 것도 사실은 그 똥개가 아니라 바로 베스 놈이었구요."

"한데 자넨, 어째서 그런 훌륭한 착각을 하게 되었던 걸까?"

"그건 제가 문제를 처음부터 너무 가까운 데서부터 생각해나가질 못했기 때문이었습니다. 우리는 누구나 생명이라는 것에 대해서는 어떤 절대적인 애정을 지니고 있지요. 그리고 이 생명에 대한 애정이야말로 바로 우리들이 인간과 사물을, 그리고 이 세계를 이해해나가는 최초의 근거이자 방법이 아니겠습니까. 한데 이 우리들의 애정의 형태는 때로 엉뚱한 요술을 부리기 좋아해서 우리는 가끔 오랜 시간 동안 그리고 아주 당연스럽게 그 이상하게 변형된 애정의 모습에 익숙해져버릴 때가 있어요. 어떤 때는 도대체 그 본래 모습까지도 까맣게 잊어버리고 지낼 때가 있지요. 제가 착각을 한 것도 바로 그 때문이었습니다. 앞에서 전 녀석의 죽음을 알고 있었기 때문에 오히려 제가 먼저 녀석을 죽여주려 했다고 하지 않았습니까. 그건 확실히 제가 녀석을 동정하여 그 죽음을 사랑하고 있었기 때문이었습니다. 하지만 바로 그 죽음을 사랑한다는 게 무엇입니까. 그것은 곧 그 죽음과 등을 맞대고 있는 생명에 대한 애정의 다른 한 변형이 아니었을까요. 제가 녀석을 미워하고 죽이고 싶어 한 것은 확실히 녀석을 살리고 싶었기 때문이었습니다."

"하지만 자네가 베스를 죽인 건 그처럼 가엾은 똥개가 벌써 독살을 당한 다음이었는데도?"

"그러나 역시 베스는 죽어야 했습니다. 왜냐하면 베스가 살아 있고는 놈의 죽음이 너무 당연한 것으로 되어버릴 테니까요. 저에겐 그것이 녀석의 죽음을, 아니 그 반대편에 있는 녀석의 생명을 사랑할 수 있는 유일한 법이었습니다."

"베스의 죽음은 사랑하고 싶지가 않았단 말인가?"

"베스의 죽음은 어느 경우에도 당연스럽게 여겨질 수가 없었을 테니까요. 전 처음부터 당연스러울 수가 없는 한 마리의 개의 죽음을 통해서 다른 한 마리의 당연스런 죽음을 사랑하고 싶었던 것입니다."

"……"

"하지만 저로서도 처음부터 이런 논리적인 결론을 가지고 베스를 죽였다는 건 물론 아닙니다. 아까 제가 대답을 자꾸 망설이고 있었을 때까지만 해도 전 사실 그런 저의 행동에 대해 지금처럼 완전히 납득을 하고 있진 못했거든요. 더욱이 제가 놈을 죽이지 않았다는 걸 설명해드릴 방법은 엄두조차도 내볼 수가 없었지요. 한데 마침 선생님께서 왜 중요한 대목에선 모두 시인을 해놓고 죄과하곤 별 상관도 없는 똥개 나부랭이는 한사코 죽이지 않았노라고 하느냐는 말씀에 문득 생각이 떠오르더군요. 말하자면 제가 그처럼 보잘것도 없는 조그만 사실에서 끝끝내 결백을 주장하고 있는 것은 바로 그 똥개 놈의 죽음을 처음부터 그런 식으로는 양보를 하고 싶지 않았던 것과 같은 이유에서였다는 생각이 말입니다."

청년은 여기까지 지껄이고 나서야 간신히 입을 다물었다. 그러나 형사는 벌써부터 청년의 말엔 거의 관심을 두지 않고 있었던 모양이었다. 청년의 말이 끝난 줄도 모르는 듯 한참 동안이나 시선을 흐리고 앉아 있기만 하다가는,

"하여튼 고맙군. 난 우리 얘기가 처음부터, 개소리로 시작되어 줄곧 그런 줄만 알았더니 이런 강의까지 들려주구 말야……"

느닷없이 기분이 언짢아져서 청년을 면박했다. 그리고는 마치 그렇게라도 언짢아진 기분을 빨리 바꿔야겠다고 생각한 듯 새삼스런 어조로 청년을 곯려대기 시작했다.

"한데 자네 혹시 근래에 실연 같은 거 당한 일 없었나? 아까 똥개 말씀에도 왠지 자네가 자꾸 아파트 창문에서 뛰어내릴 것만 같다고 걱정이었지만 이야기를 듣다 보니 아무래도 자네 무슨 큰 낭패를 본 사람같이 느껴지는 데가 많았거든?"

그러나 청년은 아직도 형사에게서 무슨 장난기를 느낄 수는 없는 듯 이상스럽게 당황하며 쑥스러운 미소만 짓고 있었다.

그러자 형사가 다시 한마디를 덧붙인다.

"하지만 자넨 자신이 죽어버리고 싶다는 생각을 겨우 달래게 된

모양이거든. 안 그런가?"

 그러나 청년은 이번에도 역시 대꾸를 하지 않았다. 여전히 쑥스러운 미소만 짓고 있다. 그러자 이젠 형사도 그만 이야기를 끝내 버리고 싶은 듯 커다랗게 기지개를 한 번 켜고 나서 천천히 표정을 고치기 시작했다.

 "어쨌든 좋아. 자넨 지금까지만 해도 충분히 많은 얘기를 해줬거든. 그리고 자신의 피의 사실에 대해선 제법 훌륭한 근거들도 마련해줬구 말야. 사실 말이지, 난 지금까지 자네를 위해선 상당히 애도 쓴 편이었다고 생각되는군. 그리고 어느 만큼은 자넬 이해하게 된 것 같기도 하구 말야. 하지만 자넨 역시 똥개도 함께 죽인 걸로 되어야 할 것만도 같군. 왜냐하면 자네가 만약 그걸 허락하지 않았다간 그 똥개의 죽음은 조서에조차도 오르질 못하고 말 것이거든, 그렇게 되면 우선 자네부터도 용납할 수가 없는 일이 아니겠나. 하지만 너무 섭섭해하진 말게. 자넨 지금 살인 미수 혐의가 씌워지지 않는 것만이라도 천만다행이니까."

 형사의 목소리는 점점 싸늘해져가고 있었다. 청년은 뭐라고 한두 마디 하고 싶은 말이 있는 듯했으나 형사의 기세에 눌려 그만 망설망설 입을 다물어버리고 말았다. 형사가 다시 말을 계속했다.

 "그리고 이건 내 개인의 충골세만, 검사나 판사님 앞에 가서도 자넨 어떻게든 또 그 개소리를 적어 내보이도록 해보게. 그렇게 되면 자넨 아마 틀림없이 곧 석방이 될 테니까. 하기야 그땐 자네도 아파트의 5층 방보다는 정신병원 쪽을 먼저 찾아가봐야겠지만 말야."

말을 끝내고 나자 형사는 뭐가 우스운지 서향 유리창 쪽으로 얼굴을 돌려버리며 슬그머니 웃음을 감추고 있었다. 유리창문을 들여다보고 있던 저녁 햇빛이 그때 마침 형사의 웃음 진 얼굴에다 외롭디외로운 나뭇잎 그림자 하나를 그려놓았다. 그러나 형사의 얼굴에서 그 나뭇잎의 그림자를 본 것은 물론 청년뿐이었다. 그리고 그것이 외로운 것도 청년이었다.

"자, 그럼 이제 안심하고 우리 조서나 끝내보도록 할까."

이윽고 형사는 그 나뭇잎 그림자를 볼 위에서 떨어버리며, 담배를 한 알 새로 꺼내 물고 있었다.

(『월간문학』 1970년 11월호)

미친 사과나무

그 마을에서는 모두 배나무를 심었다. 집집마다 배나무를 심어 놓고 어서어서 배가 열리기를 기다렸다. 그리고 어느 해 봄, 마침내 이 마을 배나무들은 열매를 맺기 위해 일제히 꽃망울을 머금었다. 마을 사람들의 기쁨은 이를 데가 없었다. 첫 번 수확에 대한 기대로 가슴들이 한껏 부풀었다.

그런데 거기 좀 수상쩍은 일이 한 가지 있었다. 배꽃이 아무래도 배꽃 같지가 않은 것이었다. 불그스름한 빛깔이 도는 것도 그랬고 꽃잎 모양도 그랬다. 그것은 배꽃이라기보다 오히려 사과꽃에 가까운 모양이었다. 수상쩍은 일은 그 꽃 모양만이 아니었다. 며칠이 지나자 배나무들은 꽃잎을 떨어뜨리고 이제 진짜로 열매를 맺기 시작했다. 이번에는 그 열매의 생김새가 더욱 이상했다. 열매의 모양 역시 배의 그것이 아니라 사과에 더 가까운 모양이 되어갔다. 사람들은 머리를 갸웃거렸다. 하지만 절대로 그럴 리는 없다고 생각했다. 자신들이 심은 것은 분명히 배나무였고 지금까지 기대를 안고 기다린 것도 어김없는 배나무의 열매였다. 지금까지 자라온 나무의 형상도 사과나무가 아니라 배나무임이 틀림없었다. 절대로 사과가 열릴 리 없다고 생각했다. 하지만 마을 사람들이 어떻게 생각하든 배나무는 전혀 아랑곳이 없었다. 열매가 여물어갈수록 그것은 더욱 사과만 닮아가고 있었다.

가을이 되자 사정은 매우 확실해졌다. 배나무는 가지가 휘어지도록 풍성한 열매를 익혀가고 있었다. 하지만 그 열매는 껍질이 도들도들하고 달콤한 노란 빛깔의 배 열매가 아니었다. 불그스름한 윤기를 띠어가는 이 나무의 열매는 분명한 사과 꼴이었다. 열매를 따먹어본 사람들 말도 사과가 틀림없다고 했다. 열매의 맛이 사근사근하고 시원하고 단물이 지는 배가 아니라 새콤하고 퍼걱거리는 사과가 분명하더랬다. 배나무들은 틀림없이 배가 아닌 사과 열매를 맺은 거였다. 사람들은 어이가 없었다. 세상엔 별일이 다 많다고 신기해하는 사람도 있었고, 배나무 주제에 느닷없이 사과 열매를 맺은 이 미친 배나무를 모조리 베어 없애버리자는 사람도 있었다.

"원 별 미친놈의 배나무를 다 보게 되는군그래. 이게 도대체 무슨 이치에 맞지 않는 변곤가 말야. 배나무에 배가 열려야지 무슨 당치도 않은 사과라니……"

하지만 한동안 그렇게 어이가 없어 하던 사람들도 언제까지나 이 미친 배나무들을 허물하고 있지는 않았다. 얼마 동안 시일이 흐르고 나자 사람들은 차차 신기스런 마음이 사라져갔고 또 설령 그것이 사과면 어떻고 배면 어떠냐는 식이 되어갔다. 애초에 심었던 것이 배나무였든 사과나무였든 사람들이 먹을 수 있는 열매만 많이 열어주면 그것으로 그만이 아니냐고도 했다. 배나무들은 결국 안심하고 자기 가지에 열린 사과를 마저 익힐 수 있게 된 셈이었다. 그리고 그 사과들을 다 익혀 수확이 될 때까지 자연의 이치를 거역한 허물로 베임을 당할 위험도 없어졌다. 마을 사람들은 열매가 익자 과연 기꺼운 마음으로 그 열매들을 땄다. 그리고 사과가 되었든 배가 되었든 풍성한 수확을 거두게 해준 배나무들에 빠짐없이 감사를 바쳤다.

그런데 일단 수확을 거두고 나니 마을 사람들에게는 또 한 가지 새로운 문제가 생겼다. 그것은 다름 아니라 배라고도 할 수 없고 사과라고도 할 수 없는 이 괴상한 과일을 무엇이라 불러야 좋을지에 관한 것이었다. 어떤 사람은 배나무에 열린 과일이니 배라 해야 옳다 했고, 어떤 사람은 모양이 사과 모양이니 그 생김새대로 사과라 불러야 옳다고 했다. 하지만 배나무에 열린 과일이니 배라고 하자면 과일의 생김새가 영락없는 사과였고, 그렇다고 그 생김새대로 사과라 하자니 분명히 배나무에 열린 과일을 가지고 쉽게 그래 버릴 수도 없었다. 배라고 하든 사과라고 하든 어느 쪽이나 난처한 데가 있었다.

하지만 마을 사람들은 이번에도 그 문제를 가지고 그리 큰 곤란을 당하진 않았다. 의논이 오래 계속되지도 않았다. 누가 그렇게

정한 일도 없이 사람들은 차츰 이 괴이한 과일을 배라고 부르기 시작했다. 사람들은 자신들이 심은 나무가 배였음에 분명하니 열매 모양이야 어떻든 그건 당연히 배가 되어야 한다고 생각한 것이다. 더군다나 이 사람들은 배나무를 심어놓고 몇 년 동안이나 그 배나무에서 배의 열매가 열리기를(너무도 당연한 일이지만) 기다려왔으니 거기에 열린 것이 아무리 다른 과일 모양을 하고 있더라도 그것을 배로 믿고 싶어 했고, 또 그렇게 믿기 시작한 것이다. ─ 모양이야 어떻든, 그리고 누가 뭐라든 열매를 맺은 것은 배나무가 아닌가. 배나무에 열린 열매를 배라고 하지 않으면 무엇이라고 해야 옳단 말인가. 아마 그쯤들 생각해버린 모양이었다. 어쨌든 그렇게 해서 이번에도 마을 사람들은 별 고심 없이 이 배나무의 열매를 그냥 배라고 부르기 시작했고, 그것을 오래잖아 마을 사람 누구나 공인된 사실로 믿게 되었다.

뿐만이 아니었다. 이 마을에는 배나무를 심기 전부터 열매를 맺고 있는 사과나무가 몇 그루 있었는데, 세월이 흐르고 마을 사람들이 사과 모양의 배를 말하는 데 충분히 익숙해지고 나자 이들은 그 진짜 사과까지도 그냥 배라고 불러버리게끔 되었다. 왜냐하면 마을 사람들을 위해선 자신들이 배라고 말하는 열매의 진짜 모양이 어떤 것인지에 대해서는 의심조차 하려 들지 않게 되었고, 그러한 그들의 입장에서는 자기들의 배를 닮고 있는 몇 그루 되지 않는 사과나무의 진짜 사과 열매가 지극히 불편했기 때문이다.

"어느 것이 배고 어느 것이 사과인지 열매만 보고는 구별할 수가 있어야지."

이런 정도는 초기의 불평이었고 나중에는 오히려 이 진짜 사과 열매를 욕하면서,

"이건 참 빌어먹을 나무로군. 열매라고 맺는 게 하필이면 배 모양 그대로란 말야. 미친놈의 사과나무지"

하게끔 되어버렸다.

그러면서 이제 사람들은 숫제 자기들의 배와 사과를 구별하려고조차 하지 않았다. 말하자면 그들은 진짜 사과마저도 자기들의 배와 구별하기가 귀찮아져서 그냥 한꺼번에 배라고 불러버렸고 나중에는 배가 열리면서도 자기들의 배나무와는 모양이 다른 이 병신스런 배나무의 생김새를 의기양양해서 비양거리게까지 되었다. 그러는 가운데 이 마을의 배나무들은 해마다 붉고 윤이 나는 배 열매를 자랑스레 익혀냈고, 불행하고 병신스런 가짜 배나무들 역시 어쨌거나 마을 사람들을 위해선 그들의 치욕스런 배 열매를 맺어 바치지 않을 수 없었다. 모든 것이 그런 식으로 무사하게 지나갔다.

그러나 아직도 문제가 남아 있었다. 여태까진 모든 일이 그저 마을 안에서 시작되고 마을 안에서 끝났기 때문에 별일이 없었지만, 어느 때부턴가는 차차 이 마을 이야기가 이웃 마을로 널리 번져나가기 시작했기 때문이다.

"자네 마을에서는 멀쩡한 사과를 보고 배라고들 한다지?"

"배나무를 심었더니 사과가 열렸더라고? 글쎄 그런 일이 있었다 치더라도 역시 사과는 사과가 아닌가? 미친 건 사과를 맺는다는 배나무가 아니라 사과하고 배 열매도 분간을 못하는 자네들 얼빠진 인간들이 아닌가?"

이 마을 사람들은 타지 사람만 만나면 그런 식으로 망신을 당했다. 참을 수가 없었다.

하지만 이제 이 마을 사람들은 절대로 자신들에게 그런 망신을 당할 만한 허물이 있을 수 없다고 생각했다. 그들은 너무나 오랫동안 그들의 배나무와 껍질이 붉고 반들반들 윤기가 나는 배 열매를 믿어버리고 있었기 때문이다. 그들의 배나무에도 물론 허물이 있을 수 없었다. 허물이 있다면 그것은 오직 배가 열리면서도 생김새가 이상스런 그 가짜 배나무의 존재 때문이었다. 그 가짜 배를 분간하지 않고 지내는 허물이 있었다. 허물은 오직 그것뿐이었다. 그 한 가지 허물 때문에 그들은 이웃 마을 사람들로부터 터무니없는 수모를 당하는 처지가 된 것이었다.

그래 그들은 그런 수모를 당할 때마다 사과나무 주제에 터무니없이 배 열매만 익혀내는 그 미친 사과나무를 저주했다. 그리고 그럴수록 그 이웃 동네 사람들로부터의 수모는 점점 더 심해지고, 거기따라 이 건방진 사과나무들에 대한 마을 사람들의 증오는 극도에 달해갔다. 하여 마을 사람들은 드디어 결단을 내리고 말았다. 그것은 그들의 배나무를 흉내 내어 이 마을 사람들에게 터무니없는 수모를 겪게 하는 가짜 배나무들을 깡그리 베어 없애고 말자는 것이었다. 그리고 그들은 이번에야말로 정말 성이 나서 마을 안에 있는 그 미친 사과나무들을 한 그루도 남기지 않고 깡그리 베어 없애버리고 말았다.

(『한국일보』 1971년)

소문과 두려움

정말이지 나는 처음부터 동수 놈을 죽일 생각은 하지 않았었다. 언젠가는 녀석과 한 번 결판을 내야겠다고 생각한 건 사실이었다. 녀석을 그대로 놔두고서는 내 쪽에서 먼저 불안해 견딜 수가 없었기 때문이었다. 하지만 녀석과 결판을 내겠다는 것 역시 그런 식으로 놈을 죽이겠다는 것은 결코 아니었다. 녀석을 한번 혼내줘서 미리부터 나를 넘볼 수 없게 해두자는 것뿐이었다. 한데 어떻게 싸움을 시작해놓고 보니 나는 끝내 녀석의 숨통까지 끊어놓지 않고는 참을 수가 없어졌다. 녀석을 이기면 이길수록 그가 더욱더 두려워졌기 때문이었다. 순전히 그 두려움 때문이었다.
　이상한 일이었다. 어찌 된 셈인지 나는 처음부터 동수 놈에게 그런 묘한 두려움을 지니고 있었다. 그것은 녀석이 우리 학교로 전학을 해온 바로 그 무렵부터 그랬다. 동수 놈은 3학년 새 학기가 시작되고서야 우리 중학교로 전학을 해온 신참내기 학생이었다. 머리가 제법 영리할 듯싶은 눈동자에 얼굴이 계집애처럼 곱다란 녀석이었다. 친구들이 설어 그런지 행동거지도 계집아이처럼 얌전스러웠다. 행동거지가 너무 얌전스러워 어찌 보면 그것이 동수의 작달막한 키에는 어울리지 않게 의젓해 보이기도 했다.

그런데 그 동수가 전학을 해오자 반 애들 사이에 한 가지 이상한 소문이 나돌기 시작했다. 누구의 입에서부터 시작된 소문인지는 모르지만 동수 놈이 사실은 보통 만만한 녀석이 아니라는 것이었다. 원래 동수가 다니던 학교에서는 1학년 때부터 전교생에게 태권도 수업을 실시하고 있는 것으로 유명한데, 그러니까 동수는 그 학교에서 3학년만 되면 부지기수로 쏟아져 나오는 태권도 유단자가 틀림없다는 것이었다. 아직은 제 패거리가 생기지 않아 얌전스럽게 죽어 지내고 있지만 녀석을 잘못 건드렸다가는 누구든 큰코를 다치고 말 거라는 것이었다. 녀석이 그렇게 얌전스럽기만 한 것도 그런 남모르는 자신력 같은 것을 간직하고 있기 때문에 그럴 수 있다는 것이었다.

그러니까 내가 그런 사고를 저지르게 된 최초의 원인은 바로 그 소문에 있다고 할 수 있었다. 그 소문 때문에 나는 동수가 차츰 두려워지기 시작했고, 결국에는 그 두려움 때문에 녀석을 죽이게 되기까지 했으니까 말이다. 그렇다고 나는 처음부터 무턱대고 그 동수 놈을 두려워했던 것은 아니었다. 도대체 동수 녀석하고는 어울리지도 않는 소문이었다. 소문이 믿기지 않는 이상 녀석이 두려워질 리가 없었다. 나는 녀석을 그냥 모른 척해버리려고 했다. 하지만 내가 아무리 대범해지려고 해도 소문이 영 사라질 줄을 몰랐다.

사라져주기는커녕 오히려 점점 더 공공연한 사실처럼 반 애들 입을 건너다니고 있었다. 나는 이제 더 이상 소문을 모른 체하고 있을 수가 없었다. 왜냐하면 그런 소문은 반에서의 나의 존재가 염두에 두어지고 있는 게 분명했기 때문이었다. 솔직히 말해서 동수 놈이 오기 전까지만 해도 나의 주먹은 반 안에서 거의 절대적인 위력을 지니고 있었다. 아무도 감히 나의 주먹엔 도전을 해올 엄두를 못 냈다. 녀석들을 모두 합해봐야 내게는 한 줌도 못 되는 형편이었다. 그러던 녀석들이 이젠 동수 놈을 빗대고서 제법 짹짹거리고들 있는 것이었다.

"이젠 옛날처럼 누구 혼자 맘대로 반 애들을 주물럭거리지는 못할걸. 동수가 있지 않아, 동수가. 아니꼬운 꼴을 보면 동수 자식 언제까지나 얌전해 있지만은 않을 것이거든."

끝내 모른 체하고 있을 수가 없었다. 나는 비로소 동수 놈을 주의해 살피기 시작했다. 소문대로 녀석이 정말로 태권도 단을 따고 있는지부터 알아보려 했다. 문제는 바로 동수 놈의 태도였다. 자신에 대한 소문을 알고 있는지 어떤지 녀석은 도대체 나보다도 그 소문에 대해서는 아랑곳을 하지 않는 눈치였다. 태권도를 했느니 말았느니, 내 앞에서는 한 번도 그런 소리를 지껄인 일이 없었다. 소문 때문에 입장이 난처해지거나 나에게 미안해지고 있는 것 같은 기색도 없었다. 녀석이 정말 태권도를 한 것인지 아닌지는 전혀 갈피를 잡을 수가 없었다. 게다가 녀석은 또 그렇게 보아서 그런지 나에게만은 어쩐지 늘 눈을 곱게 뜨지 않는 듯싶기도 했다.

"니네 옛날 학교에서는 다들 태권도를 한다며? 너도 뭐 좀 배워

둔 게 있어?"

하다못해 내가 그렇게 퉁명스런 소리로 뜸을 떠보려 했으나 동수 놈은,

"수업으로 가르쳐주니까 조금씩은 다 하게 되지 뭐. 하지만 그런 건 알아 뭘 하려구?"

겸손한 듯하면서도 어딘지 자신이 만만해 보이는 어조로 대답을 흐리고 말았던 것이다.

그러니까 바로 그 무렵쯤해서부터였다. 나에게는 차츰 이상한 생각이 들어오기 시작했다. 동수 녀석이 정말 태권도 단을 따고 있을지도 모른다는 생각이 그것이었다. 아무리 해도 녀석의 비밀을 알아낼 길이 없으니 그렇게밖에 생각할 도리가 없었다. 녀석을 잘못 건드렸다가는 정말 내가 망신을 당할지도 모른다는 생각이 들기 시작했다. 하지만 그보다도 더욱 이상한 것은 내가 동수 놈을 그런 식으로 생각하자, 이번에는 녀석의 표정이나 거동까지도 처음과는 전혀 딴판으로 비쳐오기 시작한 것이었다. 계집애처럼 곱다랗던 녀석의 얼굴이 이젠 서릿발이 낀 듯 매서워 보였고 얌전스런 거동도 정말 자신이 만만한 사람의 어떤 늠름한 여유처럼 보이기 시작했다. 그것은 이제 의젓함이 아니라 아니꼬운 거드름에 가까운 것이었다. 그렇게 한번 동수 놈이 태권도 단을 가지고 있다고 생각하기 시작하면 그의 생김새나 행동거지 모든 것이 그럴싸해 보이기만 했다. 나는 조금씩 조금씩 동수 놈이 두려워지고 있었다.

그러나 내가 동수 놈을 죽인 것은 녀석에 대한 그만 정도의 두려

움을 이기지 못해서는 물론 아니었다. 녀석에 대한 나의 두려움은 시간이 흐름에 따라 점점 더 깊어져가고 있었다. 동수 놈을 죽인 것은 그런 나의 두려움이 더 이상 견딜 수 없도록 깊어져버리고 난 후였다. 나의 두려움이 그처럼 점점 더 깊어지게 된 것도 생각해 보면 이상한 일이다.

그러니까 나는 동수 놈이 그렇게 터무니없이 두려워지기 시작했을 때 그 두려움을 씻어버리려고 은근히 애를 먹어오고 있었던 게 사실인데, 그렇게 애를 쓰면 쓸수록 어찌 된 일인지 두려움은 오히려 나에게서 더욱더 깊어져가고만 있었으니 말이다. 방법이 나빴었는지도 모른다.

그 방법이란 이런 것이었다. 무엇보다도 먼저 나는 동수 놈에게 패거리를 만들어줘서는 안 된다고 생각했다.

동수 놈이 정말 태권도를 익힌 것인지도 모르니까 처음부터 그와 정면으로 맞붙는다는 것은 위험스럽기 짝이 없는 것이었다. 먼저 패거리를 못 갖도록 해야 했다. 패거리만 못 갖게 해놓으면 녀석이 진짜 태권도 유단자라 해도 꼼짝을 할 수가 없을 것이었다. 반 아이놈들은 벌써부터 슬슬 나의 눈을 피해가며 놈에게로 붙어가는 눈치가 역력했다. 나에 대한 태도가 완연히 달라지고 있는 놈들이 많았다. 나는 우선 그런 놈들부터 혼벼락을 내줬다. 아무도 동수 놈과는 어울리질 못하게 만들어버렸다.

학교에서나 밖에서나 녀석과는 길도 함께 다니지 못하게 했고, 이야기를 건네는 것도 금했다. 그것은 별로 대단한 힘을 들이지 않고도 쉽게 해낼 수가 있는 일이었다. 이놈들에게는 아직도 나의 주먹이 위력을 잃지 않고 있었다. 역시 주먹은 주머니 속에서보다 눈앞까지 디밀어진 쪽이 더 위력을 떨치게 마련이었다. 애새끼들은 나의 주먹 앞에서 감히 찍소리도 하려 하지 않았다. 동수 놈은 완전히 외톨박이가 되고 말았다.

한데 어찌 된 셈이었을까. 동수 놈을 그렇게 완전히 외톨박이로 만들어놓고도 나는 이상스럽게 아직 마음이 완전히 편해질 수가 없었다. 아니 마음이 편해지기는커녕 반 안에서의 나의 위치는 전보다도 더욱 불안스럽게 느껴지고 그에 따라 동수 놈에 대한 두려움도 더욱더 깊이가 더해지고 있었다. 애새끼들이 나 모르게 꼭 무슨 음모를 꾸미고 있는 것만 같았다. 그 음모의 주동자는 물론 동수 놈일시 분명했고, 녀석은 그러면서도 음흉스럽게 시치미를 떼고 있는 듯싶었다. 나는 애새끼들을 더욱더 호되게 몰아쳤다. 동수 놈과 무슨 내통이 있을 듯싶기만 해도 용서 없이 아구통을 돌려놓곤 했다. 감히 내 눈을 속이겠다는 생각은 엄두도 못 내도록 해놓았다. 그래 놓고도 나는 역시 맘이 놓이지 않았다. 그럴수록 나는 녀석이 더욱 두려워지기만 하는 것이었다. 녀석의 키가 전보다도 훨씬 더 커 보이는가 하면 몸집이 그럴듯하게 단단해 보이기도 했다. 불안해서 견딜 수가 없었다.

내가 동수 놈을 죽인 것은 그렇게 더 이상 놈에 대한 두려움을 견딜 수가 없게 된 다음이었다. 언젠가는 결국 그가 나를 향해 정면으로 도전을 해오고 말리라는 예감이 나를 더 이상 견딜 수 없게 만든 것이었다. 나는 결단을 내리지 않을 수 없었다. 놈이 먼저 덤벼들기 전에 내가 먼저 손을 써서 녀석과 결판을 내리자는 것이었다. 녀석이 너무 독이 오르기 전에, 그리고 녀석에게 유리한 시기가 오기 전에 미리 그를 해치우자는 것이었다.
 그러나 정말이지 나는 아직도 녀석을 죽일 생각은 아니었다. 그때까지도 나는 다만 동수 놈을 미리 혼내주고 녀석의 태권도 실력을 꺾어서 반에서의 나의 왕좌를 지키고 싶었던 것뿐이었다. 어쨌든 나는 그렇게 되어 어느 날 드디어 변소간 뒷마당으로 녀석을 불러내기에 이르렀다. 이때쯤에는 정말로 녀석의 태권도에 겁을 잔뜩 먹고 있었으므로 나는 반 애들 중에서 몇몇 쓸 만한 놈들에게 멀찌감치서 망까지 보게 해놓은 다음이었다. 나는 그래 놓고도 역시 마음이 놓이질 않아 멋모르고 따라 나온 녀석을 변소간 뒤로 접어들기가 무섭게 번개같이 먼저 덮쳐들어버렸다. 방법이야 신사적이든 아니든 먼저 놈을 거꾸러뜨리는 것이 나에게는 무엇보다 중요한 일이었다. 동수 놈은 이제 그처럼 나에게는 거인으로만 보였기 때문이었다. 그런데 나는 그처럼 불시의 공격을 한차례 가하고 나서 이번엔 진짜 거인을 만난 느낌이 들고 있었다. 놀랍게도 동수 놈은 나의 기습에도 끄떡을 하지 않았던 것이다. 녀석이 일격에 단박 거꾸려져주기는커녕 도대체 영문을 알지 못하겠다는 듯 한동안은 얼굴빛도 변하질 않고 있었다. 하지만 끝끝내 사정을 깨닫지 못할 동수 놈은 물론 아니었다. 이윽고 그의 얼굴에 무서운 노기가 서리기 시작했다. 그리고 녀석은 드디어는 나와 맞상대를 할 거동을 취하고 나왔다. 동수 놈이 태권도를 익혔다는 소문은 영락없이 사실이었구나 싶었다. 믿는 데가 있지 않고서는 그렇게 쉽사리 대담해질 수가 없었다. 더욱이 그가 덤벼드는 자세로 말하면 대담하다기보다 무모스러울 지경이었다. 동수 놈은 도대체 나 따위를 상대해주기 위해서는 태권 실력까지 거들먹거릴 필요도 없다는 식이었다. 어떻게 보면 싸움이라곤 전혀 구경도 못 해본 듯한 엉성한 포즈로 마구 공격을 해오고 있었다. 나는 그럴수록 겁을 먹지 않을 수 없었다. 너무 겁을 먹고 있었기 때문에 녀석이 자기의 태권 실력을 참아줄지 어쩔지도 따져볼 겨를이 없었다. 녀석을 먼저 때려눕히는 것만이 내가 살아날 수 있는 유일한 길이었다. 방법이 문제가 아니었다. 나는 정신없이 돌멩이를 집어 들고 녀석에게로 덤벼들었다. 그리고 아직도 설마 하는 표정으로 나를 피해 버리지 않고 있는 녀석의 면상을 힘껏 찍어 넘겼다.

뭐니 뭐니 해도 쌈판에서는 역시 돌멩이가 제일이었다. 태권도의 위력도 돌멩이 앞에는 별 재간이 없었다. 동수 놈은 커다란 길짐승처럼 나의 발 앞으로 풀쑥 거꾸러지고 말았다. 그러나 나는 그것으로 아직 안심을 해버릴 수는 없었다. 재빨리 녀석에게로 달겨들어 머리통을 타고 앉아서도 안심이 되질 않았다. 녀석이 거인처럼 불시에 벌떡 나를 엎어치고 일어나버릴 것 같았다. 나는 돌멩이로 녀석의 골통을 한두 차례 더 갈겨주었다. 그래 놓고서야 간신히 녀석에게서 몸을 내려왔다. 내려와서 보니 녀석이 아직도 아랫도리를 꿈틀거리고 있었다. 아랫도리를 천천히 꿈틀거리고 있으니까 나는 다시 와락 겁이 났다. 꿈틀거리고 있는 녀석의 몸집이 무시무시하게 거대해 보였다. 녀석이 어쩌다 힘을 얻어 일어나기만 하면 나는 정말 콩가루가 될 판이었다. 나는 다시 녀석에게로 덤벼들어 꿈틀거림이 멎을 때까지 계속해서 놈의 골통을 갈겨댔다. 아니 녀석에게서 그 마지막 꿈틀거림이 사라지고 나서도 나는 한동안 더 돌멩이질을 계속하고 있었다. 두들기면 두들길수록 녀석이 점점 더 거대해져가서 나는 끝내 놈을 안심해버릴 수가 없었기 때문이었다. 멀찌감치서 망을 보고 있던 놈들이 비실비실 겁에 질린 얼굴을 하고 나타난 것은 이윽고 내가 그 동수로부터 몸을 떼고 일어서서 이마의 땀을 훔치고 있을 때였다.

다시 한 번 말하지만 그러니까 내가 동수를 죽인 것은 맹세코 처음부터 그러려고 했던 것은 아니었다. 녀석에 대한 두려움, 그 두려움에 견딜 수 없었기 때문에 그렇게 된 것뿐이었다. 녀석을 이기면 이길수록 이상스럽게 그가 자꾸 더 두려워졌기 때문이었다.

(『월간문학』 1971년 4월호)

소문의 벽

아무리 깊은 취중의 일이었다고는 해도, 그날 밤 내가 박준을 대뜸 내 하숙방까지 끌어들이게 된 데에는 어딘지 꼭 그럴 만한 이유가 있었을 것 같다. 왜냐하면 그날 밤 박준이 처음 나의 눈앞에 나타났을 때까지만 해도 그는 아직 내게는 얼굴도 성도 모르는 생면부지의 사내에 불과했고, 그런 그가 아무리 기괴한 모습으로 나를 놀라게 하려 했다 해도 나는 다방 거리나 신문 같은 데서 하루에도 몇 차례씩 그런 돌발적인 사건들을 만나고 있었으니 말이다. 한데 그런 내가 그런 박준을 하숙방까지 끌어들여 함께 밤을 지낸 것이다. 분명히 무슨 이유가 있었을 터이다. 하지만 나는 지금 당장 그 이유를 생각해낼 수가 없다. 도대체 어떻게 해서 내가 그를 나의 하숙방까지 끌어들일 생각을 먹게 되었는지, 스스로 납득할 만한 동기가 떠오르질 않는다.

10여 일 전쯤 일이었다. 아마 밤 11시 50분은 넉넉히 되었을 시각이었다. 그리고 그날 밤도 나는 여느 때나 마찬가지로 콧구멍까지 잔뜩 술기운을 채워가지고 휘청휘청 하숙집 골목을 더듬어 들어가고 있었다. 나의 직업이라는 것이 늘 그렇게 취해버리지 않고는 견뎌 배길 수가 없는 것이기 때문이었다. 잡지사 일 말이다. 잡지 일이란 사실 어떻게 보면 무척 쉬운 일 같기도 하지만, 또 어떻게 보면 이만저만 어렵게 여겨지지 않을 때도 많았다. 마음먹기에 따라 쉬울 수도 있고 어려울 수도 있는 것이 잡지 만드는 일이다. 이 일은 언제나 자기 창의력과 독자에 대한 책임만을 요구한다. 창의력을 포기해버리면 독자에 대해 책임도 면제된다. 자기 창의력이나 독자에 대한 책임을 포기해버린 채 잡지를 만들어가자면 그것처럼 쉬운 일이 없다. 하지만 그것을 포기하지 않으려 하면 또 그것처럼 어려운 일이 없어진다. 잡지에서의 창의력과 책임은 언제까지나 완성되어질 수 없고, 또 결코 완성되어져서는 안 될 성질의 것이기 때문이다. 나로 말하면 편집장이라는 책임이 마음에 걸려 있어 그랬는지 그 잡지 만드는 일을 그리 만만하게 여기는 편이 못 되었다. 편집장으로서의 작업은 한 달이 새로 시작될 때마다 그 달의 잡지 편집 방향을 결정하고, 그것을 수정하고 그리고 그렇게 결정된 편집안에 따라 거둬들여진 원고들을 효과적으로 종합하면서, 한편으로는 내 모자란 재질과 능력에 대해 끊임없이 실망을 계속하는 과정이었다. 잡지 일이라는 것을 나는 그만큼은 어렵게 그리고 그만큼은 책임이 따르는 일로 이해하고 있었다. 긴장이 되지 않을 수 없었다. 하지만 나에게선 그 긴장이 언제나 만족스런 작업 결과로 해소되지 못했다. 우리들의 편집안은 언제나 만족스럽지 못했고, 그 만족스럽지 못한 편집 의도나마 필자들을 제대로 납득시킨 글을 얻어낼 수 없었기 때문이었다. 도대체 원고가 잘 거둬들여지지 않았다. 무슨 이유에선지 요새 와선 통 필자들이 글을 쓰려 하지 않았다. 가까스로 글을 얻어내고 보면 이건 또 이쪽 편집 의도하고는 아무짝에도 상관이 없는 남의 소리이기 십상이었다. 하지만 이젠 그런 원고마저도 발을 개고 앉아서는 죽어라 힘이 드는 판이다. 잡지의 책임이고 뭐고를 따질 겨를조차 없는 판국이다. 어느새 마감 날이 불쑥 코앞까지 다가들어버리곤 한다. 나의 일은 그 무의미한 마감 날짜와의 무의미한 싸움으로 변해버린 지가 오래다. 그것도 한두 달로 간단히 끝나주는 싸움이 아니다. 1년 열두 달 같은 싸움이 끝없이 되풀이된다. 애초의 긴장은 짜증과 체념 속에 맥없이 허물어지고, 그렇게 되면 나는 술을 마시지 않을 수 없었다.

―도대체 작자들이 무슨 이유로 그처럼 한결같이 글을 쓰지 않으려고들 하는가.

그리고 그렇게 술을 마시고 나면 나는 또 더욱 깊은 허탈감에 젖어들면서 끝내는 그 무의미한 싸움에 그만 끝장을 내고 싶은 생각이 솟아오르곤 하였다.

이 몇 달 동안 나의 퇴근길은 늘 그런 식이었다. 그날도 물론 마찬가지였다. 사무실을 나오자마자 나는 으레 몇 군데 술집부터 헤매기 시작했고, 그리고 술이 웬만큼 취하고부터는 나의 그 무의미한 싸움과 퇴직 문제에 대해 답답한 상념을 되풀이하기 시작했고,

소문의 벽

그러다가 마침내 12시가 거의 가까워진 다음에는 콧구멍에서 잘 익은 감 냄새를 물씬거리며 밤늦은 하숙집 골목을 휘청휘청 더듬어 들어가고 있었다.

한데 그때 불쑥 내 앞에 박준이 나타난 것이다. 아니, 나로서는 그때 물론 그가 박준인지 누군지도 알 수 없었고, 혹은 그가 선뜻 박준이라고 자기 이름을 대어주었다 해도 그가 무얼 하는 사람인지 정체를 이해할 수 없었을 것이다. 사내 하나가 후닥닥 골목 어귀로 뛰어들더니 두말없이 나의 등덜미를 부여잡고는 애걸을 하기 시작했다.

"형씨, 미안하지만 절 좀 도와주시오."

사내의 갑작스런 행동에 나는 어리둥절해질 수밖에 없었다. 잠시 어떻게 할 바를 모르고 어둠 속에서 찬찬히 사내를 들여다보고 있었다. 그러자 사내는 안타까운 듯 한층 더 다급한 어조로 매달려왔다.

"제발 형씨, 그렇게 노려보지만 말고 날 좀 도와달란 말이오. 난 지금 쫓기고 있는 몸이오."

어서 자기를 어떻게 해달라는 듯 나의 팔을 끌어대기까지 했다. 그러나 나는 아직도 사정을 알아차릴 수 없었다. 정신없이 숨을 헐떡거리며 허둥대는 꼴로 보아 사내가 지금 누구에겐가 다급하게 쫓기고 있는 것만은 틀림없는 것 같았다. 하지만 그것만으로는 내가 사내를 어떻게 해줘야 한다는 엄두가 날 수 없었다. 밤이 너무 늦고 있었다. 그리고 사내가 지금 누구에게 무슨 일로 쫓기고 있는지도 알 수 없었다. 아직은 그를 쫓고 있다는 발자국 소리도 들리지 않았다.

"나더러 형씨를 어떻게 해달라는 거요? 도대체 당신은 누구요? 어째서 이런 밤중에 쫓기고 있느냔 말요?"

나는 술기가 조금씩 걷혀오는 것을 의식하며 사내로부터 한 발짝 몸을 떼어놓았다. 그러나 사내는 나에게 경계할 틈마저 주지 않고 계속 매달려왔다.

"아, 그런 건 나중에 이야기하지요. 우선 어디든 저를 숨겨주고 나서, 어서…… 아마 형씨의 집은 이 근처 어디가 아니겠소……"

박준은 그러니까 그렇게 하여 그날 밤 처음 만난 사람이었다. 그리고 아무 생각이나 대책도 없이 그를 나의 하숙방까지 들여놓게 된 경위도 대략 그런 것이었다. 어찌 된 일인지 나는 그때 문득 사내를 더 추궁할 생각이 사라지고 만 때문이었다. 어이없는 행동이었다. 술김이었다고는 하지만 스스로도 잘 납득할 수 없는 행동이었다. 지금까지도 물론 마찬가지다. 그때 내가, 사내의 정체를 더 이상 추궁할 생각이 사라지면서 그를 내 하숙방까지 안내하게 된 데에는 그런대로 무슨 이유나 나대로의 느낌 같은 게 있었을 법한데 그게 아무래도 잘 생각나지가 않는단 말이다.

하지만 이제 내가 어떻게 해서 처음 박준을 나의 하숙방으로 끌어들일 생각이 들게 되었는지, 그 이유에 대해서는 그만 생각을 그치는 것이 좋겠다. 왜냐하면 아무리 취중에 그런 일을 저지르기는 했어도, 그 일로 해서 무슨 피해를 입었거나, 적어도 아직까지는 나의 그런 행동을 후회하고 있는 건 아니니까. 아니 내 쪽으로

만 말한다면 그날의 일은 오히려 그것이 계기가 되어 오늘 이 시대를 살아가는 한 개인의 정신의 궤적과 비밀을 내 나름대로나마 이해할 수 있게 되었고, 무의미한 혼란만 끝없이 계속되어온 내 잡지 일에 대해서도 모종의 해답을 암시받을 수 있었다. 하지만 지금 이 이야기는 그렇게 박준을 만나게 된 나의 이유에 대한 것이 아니라 바로 그 박준 자신의 이야기가 되어야 한다.

우선 그날 밤 이야기를 마저 끝내는 것이 좋겠다. 그날 밤 사내는 방을 따라 들어오고부터 거동이 더욱 수상쩍어지고 있었다. 사내는 바로 머리가 돌아버린 광인이었다. 그가 정말 광인인지 아닌지 그때로선 아직 확실한 장담을 할 수 없는 일이었지만, 하여튼 사내는 바로 그 자신이 그렇게 자기를 머리가 돈 사람이라고 말했다. 처음에는 물론 그런저런 이야기를 하려고 하지도 않았다.

"자, 여기가 내 방인가 봅니다. 이제 기왕 여기까지 왔으니 사정이나 좀 들어봅시다."

방을 들어서자마자 나는 대뜸 옷을 훌훌 벗어젖히며 곡절을 물었다. 그러나 사내는 이상스럽게 묵묵부답인 채 멀거니 나를 쳐다보고만 있었다.

"도대체 형씬 무슨 일로 그렇게 밤거리를 쫓기고 있었느냔 말입니다. 형씨를 쫓아온 건 어떤 사람들이냐구요?"

같은 말을 다그쳐 물어댔다. 그러나 그는 여전히 고집스런 침묵만 지키고 있었다. 그의 정체나 일의 내력은 끝내 털어놓지 않을 작심인 듯 나의 말을 무시했다. 얼핏 옷을 벗을 생각도 않고, 긴장한 눈초리로 나의 일거일동만 가만히 지켜보고 있었다. 그냥 응답이 없을 뿐 아니라 방을 들어온 다음부터는 오히려 사내 쪽에서 내가 수상쩍게 여겨지고 있는 눈치였다. 나를 거꾸로 경계하고 있는 것 같았다. 아직도 어떤 공포에서 벗어나지 못하고 있거나, 그 공포감 때문에 나의 말을 귀담아들을 수가 없는 것 같기도 했다. 그러다가 이윽고 사내는 겨우 입을 열기 시작했다.

"난 쫓기고 있지 않았어요. 아깐 잠깐 거짓말을 했지요."

그리고 나서 사내는 내가 어이없어하거나 사연을 캐물을 틈도 없이 선언하듯 단호한 한마디를 덧붙였다.

"난 미친 사람이오."

"뭐라고요? 형씨가 미친 사람이라구요?"

나는 갑자기 머릿속이 혼란스러워지며 겨우 그렇게 한마디를 물었다. 도대체 그의 말은 어느 쪽을 믿어야 할지 갈피를 잡을 수 없었다. 그러나 사내는 정말 자신의 실성기를 확인시켜주려는 듯 입가에 음산한 미소를 흘리고 있었다.

"그런데 아까는 왜 내게 그런 거짓말을 했지요? 누구에겐가 형씨가 쫓기고 있는 거라고 말이오?"

"그러니까 난 미친 사람이라지 않소. 하지만 아까 내가 쫓기고 있었다는 건 거짓말이랄 수도 없어요. 그땐 정말 누가 나를 쫓고 있었을지도 모르니까. 아마 그랬을 거요. 난 그걸 알고 있어요."

"무슨 말인지 통 알아들을 수가 없군요."

정말이었다. 정말로 나는 사내의 행투에 갈피를 잡을 수 없었다. 그의 말대로 정말 그를 머리가 돌아버린 친구로 곧이들을 수도 없었고, 그렇다고 그의 말을 전혀 믿지 않을 수도 없었다. 나는 갑자기 피곤기를 느끼며 한동안 그를 바라보고만 있었다. 그러자 사내도 이젠 더 이상 말을 하고 싶지 않은 듯 다시 입을 굳게 다물어버렸다. 도대체 정체를 알 수 없는 위인이었다. 하지만 이날 밤 사내의 정체가 수상쩍은 것은 그가 스스로 머리가 돈 사람이라 우겨대며 이리저리 갈피를 잡을 수 없는 소리를 둘러댄 일뿐이 아니었다. 실상은 이 이야기를 먼저 말해야 옳았을 것이지만, 정체가 수상쩍은 점으로 말하면 그의 언동이나 행동거지보다도 모습모습이 더욱 괴이했다. 다름 아니라 그건 바로 그의 얼굴 때문이었다. 내가 사내의 모습을 똑똑히 볼 수 있었던 것은 물론 그를 방으로 데리고 들어가 불을 밝히고 난 다음이었다. 그런데 그때 나는 밝은 형광등 불빛 아래 드러난 사내의 얼굴을 보고 속으로 놀라움을 금할 수 없었다. 사내는 어둠 속에서보다는 의외로 키가 컸고, 그 큰 키 때문에 조금 말라 보인 듯한 몸집에 남의 옷을 빌려 입은 것 같은 이상스런 옷차림을 하고 있었다. 어떻게 보면 양복 소매가 약간 짧은 것 같기도 했고, 또 어떻게 보면 바지통이 터무니없이 넓어 보이기도 했다. 거기다 사내는 와이셔츠 넥타이도 없이 맨저고리만 훌렁 걸치고 있어서, 그 꼴이 여간 우스꽝스러워 보이지 않았다. 하지만 내가 처음 사내를 보고 놀란 것은 그의 그런 차림새 때문이 아니었다. 옷차림 따위는 그 자신의 말대로 미치광이의 그것이라 해두면 그만이었다. 놀란 것은 사내의 얼굴 모습 때문이었다. 사내의 얼굴이 첫눈에 어디선가 꼭 한 번 본 일이 있는 것처럼 익숙했다. 위인의 얼굴은 한마디로 좀 우악스러워 보이는 입모양과, 세상이 온통 밝은 햇빛 속에 빛나더라도 그곳만은 언제까지나 음 그런데 이날 밤 일은 그렇게 내가 먼저 잠이 들어버리고 난 다음이 또 이상했다. 솔직히 말하자면 그때 나는 이렇다 할 이유도 없이 사내가 공연히 가엾어졌고, 그래서 나중에는 그의 곁에서 무모할 정도로 쉽게 잠이 들어버리고 말았지만, 역시 깊은 내심에서까지 그를 안심해버릴 수는 없었던 모양이다. 잠이 들고 나서 채 한 시간도 지나기 전에 나는 다시 눈이 뜨이고 말았다. 사내는 잠이 들어 있었다. 시간이 오래지 않은 것으로 보아 내가 잠이 드는 것을 보고 그도 곧 몸을 눕힌 모양이었다. 이상한 것은 물론 그게 아니었다. 사내는 아직도 옷을 벗지 않은 채 이불자락 끝에서 옹색스런 새우잠을 자고 있었는데, 그것도 그리 이상할 것이 없었다. 이상스런 것은 전짓불이었다. 그는 잠이 들면서도 전짓불을 그냥 켜 놔두고 있었다. 물론 나 역시도 처음에는 그 전짓불에 대해 별스런 생각을 가질 수가 없었다. 사내가 미처 생각을 하지 못했던 것뿐이려니, 무심스럽게 넘겨버렸다. 한데 어느 때쯤 해선가 내가 다시 눈을 떠보니 어찌 된 일인지 아까 분명히 내 손으로 꺼놓고 잔 형광등이 다시 환하게 밝혀져 있었다. 내가 잠을 깨게 된 것도 바로 그 밝은 불빛 때문이었다. 이상스런 느낌이 들기 시작했다. 사내의 짓임이 틀림없었다. 사내는 역시 아까처럼 옹색스런 새우잠을 자고 있었다. 하지만 형광등을 다시 밝혀놓은 것은 그 사내 밖에 다른 곡절을 생각할 수 없었다. 도대체 방 안에서 나와 사내 말고 누가 꺼져 있는 전짓불을 다시 켜놓을 수 있단 말인가.

  하지만 이날 밤 그렇게 두 사람이 서로 전등불을 껐다 켰다 하는 숨바꼭질은 그 한 번으로 끝난 일도 아니었다. 이날 밤 나는 분명히 꺼놓은 전등불이 다시 밝혀져 있곤 하는 요술을 그 후로도 두 차례나 더 겪어야 했다. 그리고 마지막으로 내가 그 요술에 걸려 눈을 떴을 때는 뜻밖에도 그 밝은 불빛만 방 안에 가득할 뿐 한 번도 눈을 뜨지 않은 체하고 있던 사내의 새우잠마저 이미 자취를 감추고 없었다. 사내는 그렇게 새벽같이 나의 방을 도망쳐 나가버린 것이었다.

그러자 나는 갑자기 사내가 정말 머리를 상해버린 미치광이인지도 모른다는 생각이 들기 시작했다.

그러니까 나는 결국 그날 밤으로 해서는 사내의 정체에 대해 아무것도 알아낸 것이 없었던 셈이 된다. 정체를 알아내기는커녕 궁금증만 잔뜩 더 늘어 있었다. 사내의 이름이며 수상쩍은 행동들의 내력을 알게 된 것은 이튿날 아침 병원을 찾아보고 나서였다.

그날 아침 나는 간밤의 일을 생각하니 새삼스럽게 기분이 상해 오기 시작했다. 뭐라고 해도 그 모두가 술김에 저질러진 일임엔 틀림이 없는 사실이었다. 하지만 아무리 취중의 일이었다고 해도 그것을 모두 술기운 탓으로 간단히 잊어버릴 수는 없었다. 어이가 없다가도 사내의 거동들이 하나하나 다시 떠오르곤 했다. 사내가 진짜 미치광이인지 모른다는 생각도 점점 더 짙어져갔다.

—위인은 정말로 미친 사람이었는지 모른다. 정신이 멀쩡하다면 무슨 심술로 그렇게 사람을 황당하게 할 필요가 있겠는가.

정신이 멀쩡한 친구라면 도대체 그런 식으로 밤길을 쫓아와서 사람을 놀라게 할 리도 없었고, 초면에 남의 하숙방까지 따라 들아놓았는지 모르겠다⋯⋯ 성 한 자 이름 두 자로 꼭 짝을 맞춰야 하는 작명 버릇 때문인 것 같다. 하지만 나에게는 그 일 자 하나가 아무래도 거추장스러웠다. 어떤 때는 좀 주제넘은 느낌이 들기도 했다⋯⋯ 결국 나는 그 일 자를 떼어버리고 준 자 하나만으로 이름을 삼기로 작정했다. 박준⋯⋯ 글쎄 그 일 자 하나를 떼어버리고 나니 얼마나 간편하고 개운스런 이름이 되었는가⋯⋯

결국 박준이라는 그의 이름은 원래 이름인 박준일에서 끄트머리 일 자를 떼어낸 것이라는 이야기였다. 그런데 나는 그때 간호원의 입으로부터 박준일이라는 사내의 이름이 흘러나온 순간, 첫마디에 단박 그 박준의 글이 떠오른 것이다. 하기야 내가 그 간호원으로부터 사내의 이름이 박준일이라는 것을 알아낸 것만으로, 그리고 우연스럽게 읽어둔 글 속에서 박준이라는 젊은 소설가의 본명이 박준일이라는 것을 기억하고 있었다는 사실만으로, 그 두 사람이 같은 인물이라고 금세 단정을 하고 나선 것은 좀 경솔했다 할 수 있을지 모른다. 하지만 그때의 나로 말하면 그런 것까지 돌이켜 따져볼 여지가 없었다. 그럴 필요도 없었다. 간호원의 입으로부터 박준일이라는 이름이 흘러나온 순간 나에게선 간밤부터 계속되어 오던 궁금증, 어디선가 사내를 본 일이 있는 듯싶던 그 안타까운 얼굴 모습이 순식간에 박준일이라는 이름과 겹쳐지고 만 것이다. 전날 밤 사내의 얼굴은 가끔 내가 신문 문화면 같은 데서 사진으로 보았던 박준의 얼굴, 어딘지 좀 모질어 보이는 입모습과 우울하도록 깊은 눈을 한 그 박준의 얼굴이 틀림없었다. 놀라지 않을 수 없었다. 이젠 더 이상 접수부 앞에 그러고 서 있을 수가 없었다. 담당의사를 좀 만나보고 싶었다. 의사를 만나 좀더 자세한 이야기를 듣고 싶었다. 간밤의 궁금증은 이제 그것으로 거의 풀리게 된 셈이지만, 그 위인이 박준으로 밝혀진 이상 다시 새 궁금증이 일지 않을 수 없었다. 그렇다고 뭐 내가 전부터 박준과 특별한 친분이 있어선 아니었다. 이미 짐작을 하고 있을 일이지만, 그러니까 나는 그날 밤 일이 있기 전에는 박준이라는 친구를 한 번도 만나본 일이 없었다. 신문이나 잡지 같은 데서 가끔 그의 글이며 사진 같은 것을 볼 수는 있었지만, 직접 그를 대면하게 된 것은 그날 밤이 처음이었다. 그것도 이튿날에 가서야 그의 이름을 듣고 겨우 사진의 얼굴을 기억해냈을 정도의 괴상한 초대면이었다. 친분이 있을 리 없었다. 하지만 그런 구체적인 친분관계를 떠나서도 박준과 나는 이만저만 긴밀한 관계에 놓이지 않을 수 없는 다른 사정이 있었다. 나는 한 잡지의 편집자였고, 박준은 언제고 그 잡지에다 글을 쓰게 되거나, 글을 써주어야 할 필자의 입장이었다. 그와 나는 애매한 듯하면서도 그처럼 서로 회피할 수 없는 상관관계에 있었다. 게다가 박준은 언젠가 우리 잡지사에 글을 한 편 보내온 일도 있었다. 무슨 이유에선지 문학면을 맡고 있는 안 형이 한사코 발표를 보류하고 있긴 하지만(사실 나는 그래서 여태까지 박준과의 대면을 나도 모르게 은근히 피해온 것인지도 모른다), 그러니까 박준은 그런 점에서도 더욱 나와는 상관이 없다고 할 수 없는 처지였다. 그의 일이 궁금해지지 않을 수 없었다. 어찌 된 연유에선지 박준은 1, 2년 동안 거의 한 편도 작품을 발표하지 않고 있었는데, 그러던 박준이 갑자기 그런 식으로 정신이 이상해진 것을 알고 나니 궁금증이 더 심해질 수밖에 없었다. 의사를 만나 좀 자세한 이야기를 듣고 싶었다.

잠시 후, 나는 간호원의 안내로 이 병원의 원장 겸 그간 박준을 담당해왔다는 의사 한 사람과 자리를 마주하고 있었다.

"아, 어젯밤 우리 병원 환자 한 사람이 선생 댁에서 밤을 지내고 갔다고요. 뜻밖에 괴로움이 많으셨겠어요."

간호원이 박사님 박사님 하고 부르는 그 김이라는 의사는 첫마디부터가 몹시 정중하고 신뢰감이 느껴지는 사람이었다. 중년을 넘을까 말까 한 그의 나이와 희끗희끗 새치가 섞인 머리털하며 굵은 안경테 너머에서 온화한 미소를 짓고 있는 눈길, 그런 것들이 모두 알맞게 어울려 의사로서의 그런 깊은 신뢰감을 자아내게 하고 있는 것 같았다.

"저도 대략 짐작이 가는 일이기는 합니다만, 선생께선 그 환자와 진작부터 무슨 특별한 관계가 있었던 것은 아니시죠? 가령 전부터 서로 집을 알고 있었을 만큼 친분이 두터운 사이라든가……"

김 박사는 이미 알고 있는 사실을 확인하고 있기라도 하듯 여유 있는 어조로 물어왔다. 도대체 그런 식의 여유란 뭔가 자신에 넘쳐 있는 사람이 아니고는 흉내를 내기도 썩 어려운 것이었다. 나는 의사의 분위기에 슬그머니 자신이 압도되어오는 것을 느끼고 있었다.

"물론입니다. 전 어젯밤 집으로 돌아가는 골목에서 처음 그를 만났으니까요. 그리고 아침 일찍 그가 집을 나가버린 바람에 여기로 오기 전까지는 아직 그의 이름조차도 모르고 있었던 형편이지요."

"그러셨을 겁니다. 이름 같은 건 물어봐야 알아낼 수도 없었을 거구요."

김 박사는 만족스러운 듯 고개를 끄덕끄덕해 보였다.

"사실은 우리 병원에서도 아직 그 환자의 이름이나 주소 같은 걸 정확하게 받아내지 못하고 있는 터이니까요."

그러나 나는 그 김 박사의 말이 얼핏 납득이 가지 않았다.

"전 이 병원 접수부에서 환자의 이름을 보고 오는 길인데요."

"글쎄요. 그게 잘 알 수가 없단 말씀입니다."

여전히 태연스럽기만 한 김 박사의 대답.

"그 환자 병세가 그래서 그렇기도 하겠지만, 워낙 정직한 말을 한 일이 없으니까요. 특히 자기의 신분에 관한 것은 죽어라 숨기려고만 들거든요. 슬금슬금 거짓말을 하거나 아니면 아주 입을 다물어버린다든지……"

"도대체 그 환자의 증세라는 게 어떤 것이었는데요?"

"바로 지금 말씀드린 대로지요. 뭐랄까, 무슨 진술 공포증이라고나 할까요. 도대체 자기 이야기를 하려고 들질 않아요. 그리고 까닭 없이 불안해하고 사람을 두려워했지요. 의사인 나까지도 말입니다."

"그렇더라도 병원에서 아직 환자의 이름 하나 똑똑히 알아놓지 않았다는 건 이상하지 않습니까? 처음 입원할 때 보호자의 얘기는 있었을 텐데 말입니다."

나는 접수부에 적힌 환자의 이름이 거짓말이 아니라는 것을 알고 있었다. 적어도 나에게는 이미 그것이 확실한 사실이었다. 그러나 나는 어쩐지 그것을 의사에게 확언하고 나서기가 싫었다. 김 박사에게 좀더 말을 시켜보고 싶었다. 김 박사도 나의 추궁을 불쾌하게 여기지는 않는 눈치였다.

"글쎄요. 그게 그렇지를 않아요. 사실은 그 환자가 저희 병원을 찾아들게 된 것도 전혀 정상적인 경위에서가 아니었거든요……"

김 박사는 여기서 잠시 말을 망설이는 듯했다. 그러나 터무니없이 진지해지고 있는 나의 표정을 한번 힐끗 스쳐보고 나서는 생각을 고쳐먹은 듯, "알고 싶으시다면 말씀드리지요." 다시 말을 잇기 시작했다.

어느 날 저녁때의 일이었다고 했다. 그날은 마침 김 박사가 당직 차례가 되어 일찍 저녁을 먹고 혼자 진찰실을 지키고 있었는데, 그때 느닷없이 젊은 친구 하나가 불쑥 방문을 열고 들어서더라는 것이다. 나중에 알고 보니 이 친구가 어떻게 진찰실을 스며들어왔는지 경비나 현관에서는 전혀 눈치를 채지 못하고 있었더라고. 그런데 이 친구 문을 들어서자마자 대뜸 김 박사더러 자신의 머리를 좀 진찰해달라더랬다. 자기는 아무래도 머리가 좀 이상해진 것 같아 병원을 찾아왔노라고.

"하지만 난 아직도 별생각이 없이 간호원을 부르려고 했지요. 어느 때나 다 마찬가지긴 하지만, 특히 그런 시각엔 진찰실로 환자를 불쑥 들여보내는 일이 없었거든요……"

그런데 어찌 된 일인지 이 친구 펄쩍 놀라면서 제발 다른 사람은 부르지 말아달라더라는 것이었다. 자기는 그간 아무도 만나지 않고 진찰실까지 숨어 들어왔으며, 무엇보다도 다른 사람이 곁에 있는 것은 질색이라고.

"난 그제서야 사정이 얼마간 이해되더군요. 우리 병원을 찾는 환자들은 대개가 그런 엉뚱한 사람들뿐이거든요. 우선 진찰부터 시작했지요……"

김 박사는 여기서 다시 말을 끊고 나서 이제 이름을 알아놓지 못한 사정을 좀 이해하겠느냐는 듯 나를 바라보았다. 그러나 나는 아직도 김 박사를 이해할 수 없었다. 나는 계속 입을 다물고 앉아 침묵으로 다음 이야기를 재촉했다. 그러자 김 박사는 할 수 없다는 듯 다시 말을 계속했다.

"진찰의 첫 단계로 임상심리 검사를 시작해보니 환자의 증세가 참으로 특이하더군요. 도대체 이야기를 하지 않으려는 진술 거부증이 있었어요. 그리고 아까 말씀대로 터무니없이 불안해하거나 자기 생각을 거짓말로 슬슬 속여 넘기려고 한단 말입니다. 그러면서 덮어놓고 자기 머리가 이상해진 게 틀림없다고 고집이지 뭡니까. 아니 거짓말을 하거나 불안해하는 것도 모두 그렇게 자신의 머리가 이상해진 것을 확인시키려는 노력에서 그러는 것 같았어요. 그러니 우리도 그 환자의 이름이나 주소를 받아놓지 않은 건 아니었지요. 그런데 나중에 보호자 연락을 취해보니 그것도 모두 거짓말이었어요. 그런 주소에 그런 사람이 살고 있지 않다는 거예요. 환자에게 다시 진짜를 대보라고 했지만, 어디 대답이 쉽습니까. 게다가 이 환자는 소지품 중에서 자신의 신분이 드러날 만한 것을 지니고 있지도 않았어요. 그러니까 바로 어젯밤까지도 그런 상태였었죠."

나는 여기서 다시 의사에게 박준의 이름을 확인해주고 싶은 생각이 머리를 지나가고 있었다. 의사의 설명은 이제 충분히 납득이 가고 있었다. 그러나 환자의 이름이 박준일임에는 역시 틀림이 없는 사실이었다. 주소가 거짓이었다고 해도 그것은 역시 그랬다. 그러나 나는 이번에도 그것을 말해주지는 않았다. 또 다른 궁금증이 머리를 앞서고 있었다.

"그렇다면 박사님께선 어떻게 보호자도 없이 그렇게 혼자 불쑥 나타난 사람을 진찰해주고 게다가 입원까지 시키고 계셨습니까?"

"그야 난 의사니까요. 그리고 여긴 병원이 아닙니까."

"그러니까 환자는 제 발로 찾아와서 은혜를 입게 된 병원을 또 제 발로 도망쳐 나간 셈이군요. 무슨 이유에서였을까요. 게다가 꼭 그렇게 거짓말로 정체를 숨기고 불안해할 이유가 말입니다."

나는 연거푸 물었다. 의사의 대답 역시 질서정연하고 자신감이 넘쳤다.

"말하자면 그 환자의 증세의 일종이지요. 자기는 미친 사람이라고 생각하고, 미친 사람이니까 이렇게 저렇게 행동해야 한다는, 모두가 그런 강박증에서 행해진 행동이었단 말입니다."

"그럼 그 친구가 정말 미친 건 아니었단 말씀입니까?"

"우리 병원 환자들 중엔 진짜 정신분열증 환자들이 많아요. 이 사람들이야말로 정말 하나같이 병원을 빠져나가고 싶어들 하지요. 기회만 준다면 어젯밤 같은 일은 얼마든지 생길 수 있어요. 하지만 그 환자의 경우는 달라요. 정말로 미친 증세에서가 아니라 미쳐 보이고 싶은 증세였지요. 말하자면 그런 노이로제의 일종이지요. 그래서 난 탈출 연극까지는 생각도 못하고 입원실로 진짜 정신장애자들하고는 다른 방을 정해주지 않았겠습니까."

"그가 정말 미치지 않았다고 그렇게 단정해도 좋을까요?"

"다시 말씀드리지만 난 의사니까요. 그리고 정말로 미친 사람은 스스로 미쳤다고 하는 일이 없습니다. 미친 사람은 절대로 자기가 미친 사람이 아니라고 우겨대기가 일쑤지요. 그 환자의 경우는 반대가 아닙니까. 스스로 미쳤다고 말하는 사람은 정말 미친 것이 아닙니다. 그 환자는 다만 자기가 미쳤다고 믿고 그렇게 생각하고 싶은 것뿐이지요. 그리고 그게 바로 그 환자의 노이로제 증세라고 할 수 있는 것이었구요."

"참으로 이상한 일이군요. 그렇다면 도대체 그 환자에겐 어째서 그런 증세가 생긴 것일까요. 박사님 말씀은 마치 그가 미친 사람 행세를 하고 싶어 한 것처럼 들리는데 말씀입니다."

나는 박준이 간밤에도 아무 이유 없이 꺼놓은 등불을 한사코 다시 켜놓곤 하던 일을 생각하며 열심히 물어댔다. 그러나 김 박사는 이제 그만 그쯤에서 말을 끝맺고 싶은 표정이었다. 내진 환자가 있노라는 간호원의 전갈이 있었기 때문이었다.

"물론 그렇게 생각해볼 수가 있지요. 그리고 내가 알아내고자 했던 점도 바로 그 점이었구요. 하지만 이제 환자도 달아나버린 다음인데 그걸로 애를 먹을 필요가 있을까요."

"한 가지만 더 여쭙고 싶군요. 그 환자가 정말 그런 식으로 미치광이 시늉을 하고 싶은 것뿐이라면 다시 이 병원을 찾아오게 될까요."

나는 김 박사의 시간을 염치없이 오래 빼앗고 있다는 생각에서 미안쩍은 어조로 물었다. 그러나 김 박사도 이젠 더 이상 터무니없는 이야기로 시간을 빼앗기고 싶지 않은 듯 먼저 자리를 일어서며 대답했다.

"아마 오지 않을 겝니다. 그 환자, 정말로 미친 사람 확인을 받고 싶어 여길 온 게라면 적어도 그 점만은 내게서 실패를 하고 말았으니까요. 이젠 뭐 다 끝난 일이에요."

이야기를 끝내고 나서 내가 잡지사로 돌아왔을 때는 벌써 오정이 넘은 시각이었다. 직원들은 모두 점심을 먹으러 나가고 사무실이 텅 비어 있었다. 그러나 전에 없이 출근을 늦게 하고 나서도 나는 아직 일을 서두를 생각을 하지 않았다. 언제나처럼 마감날이 코앞까지 바싹 다가와 있었고, 게다가 원고들은 부지하세월로 늑장만 부리고 있었다. 하지만 그런 일들은 하나같이 머리에 들어오질 않았다. 아직도 박준의 일이 궁금했다. 내가 병원을 찾아간 것은 간밤부터의 궁금증을 간단히 풀어버리려는 속셈에서였던 게 솔직한 동기였을 것이다. 그리고 병원에서는 그런 내 애초의 궁금증에 제법 확실한 해답을 주었던 것 같기도 했다. 하지만 병원을 나설 때쯤 해서 나는 간밤의 사내가 바로 박준이라는 젊은 소설가였다는 사실과 그의 증세가 자신의 말처럼 아주 머리가 돌아버린 정도는 아니라는 것을 알게 된 것 외에는, 오히려 더 많은 궁금증을 지니게 되어버리고 있었다. ─그렇다면 박준은 어째서 그런 식으로 미치광이 시늉을 하고 싶어진 것인가. 한동안은 작품도 내놓지 않고 있던 그가 무엇 때문에 그런 연극을 꾸미게 되었으며, 나중에는 제 발로 찾아간 병원에서까지 그런 식으로 도망을 쳐 나가버린 것인가. 그리고 자꾸만 거짓말을 하고, 까닭 없이 불안에 떨면서 사람을 두려워하는 것이 그의 진짜 증세라면, 그것은 도대체 무슨 이유에서인가. 김 박사는 박준에 관한 한 이제 모든 것은 끝이 났노라고 했다. 박준 때문에 더 이상 골머리를 앓을 필요는 없다고 했다. 그러나 나는 아직 박준을 그렇게 간단히 잊어버릴 수는 없었다. 나에게서는 아직도 박준의 일이 끝나지 않고 있었다. 나는 박준의 사건에서 무엇인가 깊은 암시 같은 것을 느끼고 있었다. 박준이 얼마 전까지만 해도 꽤 많은 사람들의 관심을 집중시키고 있던 젊은 작가였다는 점에서, 그리고 그러던 그가 웬일인지 이 1, 2년 동안은 통 작품을 내놓지 않다가 갑자기 그런 꼴이 되어 나타났다는 점에서 나의 예감은 깊어질 수밖에 없었다. 하지만 그것은 모두가 한낱 예감으로였을 뿐이었다. 박준의 동기가 무엇인지, 그리고 거기에서 내가 어떤 암시를 느끼고 있었는지는 아무것도 확실치 않았다. 나는 그저 그렇게 멍하니 자리에 앉아, 사내의 얼굴이 어디서 눈에 익어졌던지를 안타까워하던 간밤처럼 다시 그런 애매한 예감만 쫓고 있었다. 그리고 자신도 모르게 잔뜩 긴장을 하고 있었다. 우선 한 가지 확인해보고 싶은 일이 있긴 했다. 그것은 마침 우리 잡지사에 보관되고 있는 박준의 소설을 한번 읽어보는 것이었다. 사실 나는 이름만 자주 보아왔지 박준이 어떤 이야기를 어떤 식으로 쓰고 있었는지 실제로 작품을 읽어본 일은 별로 없었다. 그의 소설이라도 한 편 읽고 나면 뭔가 좀 잡히는 것이 있을 것 같았다. 우선 그의 소설을 읽어보고 싶었다. 그러나 나는 얼른 그 소설을 꺼내다 읽을 수가 없었다. 박준의 소설은 나의 서랍에 있는 것이 아니라 나와는 두 칸이나 떨어져 있는 안 형의 서랍 속에 깊이 보관되고 있기 때문이었다. 우리 잡지의 문학면을 담당하고 있는 그 안 형의 원고 서랍은 언제나 자물쇠가 굳게 채워져 있었다. 그럴더라도 굳이 그 소설을 보자면 못 볼 것이 없는 것은 물론 아니었다. 다른 열쇠를 사용하면 꺼내볼 수도 있었다. 하지만 역시 그렇게는 꺼내보고 싶지가 않았다. 박준의 소설이 그렇게 안 형의 서랍 속에 보관되고 있는 데는 내력이 있기 때문이었다.

결국 나는 오후 해가 설핏해질 때까지도 여전히 일을 손에 대지 않은 채 그러고 자리만 지키고 앉아 있었다. 어떻게 생각을 좀 고쳐먹고 일을 시작해보려 해도 박준의 생각이 금세 다시 머릿속을 가득 채워버리곤 했다. 어떤 암시 같은 것이 자꾸만 나를 괴롭히고 들었다. 내 나름으로라도 어떻게 박준의 일을 정리해버리지 않고는 다른 일이 손에 잡힐 것 같지 않았다. 하지만 무엇을 어떻게 해야 할지도 생각이 나지 않았다. 그저 그러고 멍하니 자리만 지키고 앉아 있었다. 그러나 언제까지나 무작정 그러고 앉아 있을 수만은 없었다. 퇴근 시간이 점점 가까워지자 나는 드디어 한 가지 결심을 했다. 우선 박준에 대한 근래의 동향이라도 좀 알아보자는 것이었다.

"박준이란 젊은 친구 있지 않소."

나는 마침 자리로 들어와 있는 안 형에게 조심스럽게 물었다.

안 형은 자신도 글을 쓰는 사람이고, 또 한 잡지의 문학면을 담당하고 있는 처지인 만큼, 그만한 문단 동정에는 귀가 밝으리라 생각했기 때문이었다.

"안 형은 요즘 혹시 그 친구가 어떻게 되었다는 이야기 들은 일 없소?"

그런데 어찌 된 일인지 박준의 일에 대해선 안 형 역시 소식이 깜깜인 모양이었다.

"글쎄요…… 요즘 와선 전혀 얘길 들은 일이 없는데요…… 왜 갑자기 그 친구의 소식을 알고 싶어 하시죠?"

오히려 나의 질문을 수상쩍어하는 눈치였다. 나는 그런 안 형의 표정을 보자 그만 그 앞에선 더 박준의 일을 말하기가 싫어졌다. 혹시 소설 이야기나 아닌가 싶어 신경을 곤두세우고 나서는 태도에 비위가 금세 상했다. 그러나 나도 이젠 결심이 서 있는 터였다. 안 형 때문에 궁금증을 아주 숨겨버릴 수는 없었다. 나는 대답 대신 전화기를 끌어다 다른 잡지사 친구들을 몇 사람 불러냈다. 그리고는 박준의 소식을 물었다. 하지만 이 친구들 역시 박준에 대해서는 소식들이 깜깜했다. 모두가 시원찮은 소리뿐이었다.

"잘 모르겠는걸…… 자네가 모르는 일을 낸들 알 리 있나? 게다가 그 친군 워낙 어울리는 자리도 없는 모양이고 말야."

"글쎄 요즘은 소설도 잘 쓰지 않고, 소식을 잘 아는 사람이 없을 텐데."

아무래도 소문으로는 얼핏 확인이 될 것 같지 않았다. 혹시 주소가 어디쯤인가 해도 그 역시 확실치 않다는 소리들뿐이었다.

"다름 아니라 그 친구 요즘 머리가 돌아버린 것 같아서 말야……
그래서 좀 알아보고 싶었던 거야…… 머리가 돌아버린 것…… 아
니 엉뚱한 짓만 하는 게 아니고 진짜 미치광이 말야."

나는 화가 나서 일부러 그렇게 소리를 질러대곤 했다. 그러면
이제서야 저쪽에선,

"그으래. 그 친구가 미치광이가 되었어?"

간신히 놀라는 시늉들을 했다. 그리고는 으레,

"그 친구 아무래도 엄살이 좀 심한 것 같군그래."

박준의 형편을 금세 엄살로 치부하려 들기 일쑤였다. 이상한 일
이었다. 박준이 미쳐버렸다는 말을 아무도 정말로는 믿으려 하지
않는 것 같았다. 모두가 엄살로 여겨 넘기고 싶은 눈치들이었다.
그것이 더욱 내 심사를 돋우었다. 하기야 김 박사의 말도 박준이
정말 미친 건 아니라 했고, 나 자신도 그런 말을 하면서 어째서 위
인이 그런 거짓말을 하고 싶어 하는지 스스로 이상스러워지고 있
긴 하였다. 하지만 그보다 더욱 이상한 것은 나의 그런 통화를 엿
듣고 있던 안 형의 반응이었다. 안 형은 가만히 턱을 괴고 앉아 나
의 전화 말을 듣고 있다가 내가 수화기를 내려놓자,

"아니 박준이 머리가 이상해졌다구요?"

처음으로 관심을 표시하고 나서는,

"그 친구, 작품 주인공들이 늘 그런 식으로 병신스런 엄살쟁이
들뿐이더니 이번엔 자신이 직접 그 주인공의 엄살을 흉내 내고 있
는 게 아녜요?"

묘하게 친구들과 같은 소리를 지껄이고 있는 게 아닌가. 안 형

은 물론 박준의 주인공들 가운데 미치광이가 자주 등장하고 있었다는 말을 그렇게 한 것뿐이었는지도 모른다. 아마 그의 말투로 봐서 그것은 사실인 모양이었다. 하지만 나는 그가 박준의 증세를 곧이듣지 않으려는 듯한 어조에 우선 또 비위가 상했다.

"박준이 정말 미친 척하고 있는 것이라면 그건 진짜로 미친 것보다 더 이상한 일이 아니오? 박준이 왜 그런 짓을 하게 되었는지 이유를 알고 있기나 한단 말이오?"

퉁명스럽게 쏘아버리고 나서 다시 혼자 생각에 잠기기 시작했다.

— 아무도 박준이 미쳤다는 것을 믿지 않으려고 하는군. 하지만 박준이 미쳤다는 것은 아닌 게 아니라 사실이 아니지. 그렇다면 박준은 도대체 무엇 때문에 그런 병태를 가장하고 싶어 한단 말인가.

꼬박 퇴근 시간이 될 때까지 그 생각에만 골몰하고 있었다. 그러다 안 형이 드디어 책상을 슬슬 정리하기 시작할 때에야 허겁지겁 다시 물었다.

"안 형, 언젠가 그 박준이라는 친구로부터 소설이 한 편 와 있는 게 있었지요? 그거 아직도 돌려보내지 않고 있어요?"

그러나 안 형은 오늘따라 이상하게 자꾸 박준의 일만 들춰대고 있는 내가 여간 마땅치 않은 모양이었다.

"네, 제게 아직 보관되어 있기는 합니다만…… 왜 이번 달에 그 소설을 내보내려구요?"

안 형의 어조에는 묘한 방심기 같은 게 서려 있었다.

그러나 나는 일일이 그런 안 형의 기분까지 신경 쓸 여유가 없었다.

"그야 어쨌든…… 무슨 이야길 쓴 소설인지 우선 좀 읽어보기나 합시다."

주저스런 기분을 꾹 눌러버리고 박준의 작품을 요구했다.

"그리고 안 형께선 지금 그 소설 고료를 내게 좀 빼내다 주겠소?"

소설 고료도 퇴근 전에 빼내오도록 일렀다. 고료를 찾으라고 한 것은 박준의 뒷소식도 알아볼 겸 퇴근길에 그의 집을 한번 찾아가 볼 생각에서였다. 안 형은 끝내 나의 요구를 거절할 수는 없다고 생각한 모양이었다. 결국 박준의 원고를 꺼내주고는 자리를 비켜버렸다. 어쨌든 잘되었다 싶었다. 나는 그 자리에서 박준의 원고를 읽어내려가기 시작했다. '괴상한 버릇'이라는 제목이 붙은 소설의 줄거리는 대략 이런 식이었다.

…… 소설의 주인공인 '그'는 어렸을 때부터 한 가지 괴상한 버릇을 가지고 있었다. 어른들에게 무슨 꾸중을 들을 일이 있거나 하면 '그'는 지레 겁이 나서 곧잘 광 속 같은 데로 숨어 들어가 잠이 들어버린 척하곤 했다. 꾸중을 들을 일뿐 아니라 부끄럽고 난처한 일이 있을 때도 마찬가지였다. 어른들은 '그'가 어디론가 자취를 감추고 없으면 으레 녀석이 또 무슨 일통을 저지른 게로구나 짐작했고, 집 안을 이리저리 뒤져서 녀석을 찾아내놓고 보면, 그때마다 그런 짐작은 빗나간 일이 거의 없었다. 그저 그런 식으로 잠을 자는 척하는 것만으로는 또 괜찮았다. 그 꼴이 더 괴상했다. 그것은 잠을 자는 척하는 것이 아니라 숫제 죽은 사람 시늉이었다. 목과 사지를 보기 흉하게 축 늘어뜨리고서 누가 가까이 가도 '그'는 통 숨소리를 내지 않았다. 몸을 비틀어대도 죽은 사람처럼 반

응을 보이지 않았다. 건드리는 대로 몸을 흔들리고만 있었다. '그'는 바로 그런 장난 때문에 더욱 심한 꾸중을 듣곤 했다. 하지만 꾸중을 들어도 그의 버릇은 좀처럼 고쳐지질 않는다. 나중에는 숫제 그 버릇이 동무들과의 놀이로까지 변해갔다. 걸핏하면 아무 데서나 벌떡 뒤로 나자빠져서는 '나는 죽었다'고 앙증스럽게 숨을 한참씩 끊어버리는 바람에 옆의 친구들은 이따금 겁을 먹기도 했다.

이윽고 '그'는 초등학교 입학을 하게 되고, 초등학교를 졸업하고 나서는 다시 중학교를 다니게 되지만, 그 버릇만은 여전히 고치려 하질 않는다. 나이를 먹어가면 갈수록 '그'에게선 오히려 그 괴상한 버릇이 나이만큼이나 더 익숙해지고 완벽스러워져갔다. '그'가 고등학교를 졸업하고 대학생이 될 무렵쯤 해서는 그것이 하나의 진지한 휴식술로까지 발전한다. '그'는 집 안이나 학교에서 무슨 낭패스런 일만 당하면 으레 어두컴컴한 자기 골방으로 들어가 몇 시간이고 그런 가사 상태 속에서 휴식을 취하곤 한다. 기분이 너무 암담스러워질 때도 그랬고, 흥분을 하거나 긴장이 될 때도 그랬다. '그'는 이제 숨을 참을 수 있는 시간이 놀라울 만큼 길어져 있었고, 그렇게 숨을 참고 있는 동안엔 자신이 정말 숨을 끊어버린 것인지 어쩐지도 알 수 없을 만큼 불편을 느끼지 않게 된다. 하지만 그것은 '그'가 숨을 조금도 쉬지 않는 것이 아니라 가슴과 배를 들먹이지 않고 코끝으로만 조금씩 조금씩, 아주 은밀스럽게 공기를 들이마시는 연습에 그만큼 육신이 익숙해져 있는 까닭이다. 이상한 것은 '그'가 그렇게 숨을 참고 누워서, 나는 정말로 죽은 사람이 되어 있는 것이다, 라고 생각하기 시작하면 그것처럼 마음이 편해질 수가 없다는 것이다. 그것은 일종의 자기최면이라고도 할 수 있는 것인데, 어쨌든 그가 그렇게 생각을 정해버리고 나면 아무리 절실하게 급한 일도 정말 급한 것 같지가 않고, 불쾌한 일도 더 이상 불쾌해지지 않는다는 것이다. 아니 그런 가사 상태 속에서는 처음부터 무슨 절실한 일이나 불쾌한 일이 따로 있을 수 없었다. 그것은 바로 그런 생각 자체가 호흡을 잃어버린 육신 속에서 함께 죽어버리기 때문이다. 그 이상 완벽한 휴식의 방법이 있을 수 없었다. 어렸을 때의 버릇은 이제 '그'에게서 그런 휴식의 방법으로까지 발전하게 된 것이다.

그런 '그'가 대학을 졸업하고 결혼까지 하고 난 다음이었다. 결혼을 하고 나니 이젠 그의 생활이나 주변이 전보다도 훨씬 복잡해지고, 낭패스런 일도 그만큼 많아질 것이 당연했다. 따라서 그에게는 긴장이나 피로가 더욱 자주 찾아왔고, 그때마다 '그'는 그것에서 도망치기 위해 자주 그 가사의 잠을 자야 했다. 그 시간도 더욱 길어져갔다. 어떤 때는 그 가사의 잠이 하루 종일 계속되는 때도 있었다. '그'의 아내는 속이 상해 죽을 지경이었다. 도대체 이해할 수 없는 버릇이었다. 이해할 수 없는 만큼 청승맞고 끔찍스럽기만 했다. 헤어지는 한이 있더라도 그 꼴을 더 이상 보고 싶지 않았다. 그러던 어느 날, 이날부터 '그'의 아내는 남편의 그 망측스런 꼴을 더 이상 견딜 필요가 없어져버린다. 물론 이혼을 해야 할 필요도 없어진다. '그'의 버릇에 드디어 고장이 생긴 것이다. 고장이 생긴 건지 일부러 그랬는지는 끝내 알려지지 않고 말았지만, 하여튼 이날도 '그'는 밖에서 무슨 일이 있었던지 기분이 몹시 상해 돌아와서 또 그 가사의 잠을 시작한다.

"저런 꼴로 늘 죽어 눕기가 소원이람 차라리 정말로 한번 죽어 보기라도 하라지."

'그'가 막 그 가사의 잠을 시작했을 때 '그'의 아내가 혼자 무심히 그렇게 중얼거린다. 그런데 '그'는 정말로 그것을 마지막으로 다시는 영영 그 가사의 잠에서 깨어나지 않고 만다……

소설을 다 읽고 나자 나는 머릿속이 좀 어리둥절해지는 기분이었다. 이야기가 기대하고는 좀 딴판이었다고 할까, 하여튼 나로서는 박준의 소설이 영 엉뚱스럽게 느껴지고 있었다. 소설의 작의라는 것도 확실치가 않았다. 그 소설 속엔 물론 그의 이번 일에 대해 어떤 암시 같은 걸 읽어낼 만한 대목이 없지는 않았다. 하지만 박준의 사정을 미리 알고 있지 않거나 소설을 얼핏 한번 읽어 내려가서는 그 속에 어떤 암시가 숨어 있는지, 그리고 그것이 무엇을 말하고자 하는 것인지를 좀처럼 해독해내기 힘들게 되어 있었다.

하지만 내가 소설을 읽고 나서 어리둥절해진 것은 그런 박준의 소설 내용 때문만이 아니었다. 그보다도 나를 더욱 어리둥절하게 만든 것은 안 형의 태도였다. 내가 소설을 다 읽고 났을 때는 물론 안 형이 이미 퇴근을 해버리고 난 뒤였다. 안 형뿐만 아니라, 사무실에는 이제 사환 아이 하나밖에 나를 기다리는 사람이라곤 아무도 남아 있지 않았다. 책상 위에 안 형이 찾아다 놓고 간 원고료 봉투가 눈에 띄어올 뿐이었다. 그러자 나는 그 안 형의 태도가 갑자기 또 마음에 걸려오기 시작했다. 도대체 그가 박준의 소설을 한사코 꺼려 해온 이유를 알 수 없었다. 소설을 읽고 나니 그의 속셈을 더욱 헤아릴 수가 없었다.

—도대체 안 형에겐 이 소설의 어디가 맘에 들지 않아 한사코 발표를 보류시키고 있는 것일까.

아무래도 그의 내심이 의심쩍어지기만 했다. 소설 내용이 기대와 딴판이었다는 점에서보다, 그만 내용의 소설을 여태까지 내보내지 않고 있는 안 형의 태도가 나를 더욱 어리둥절하게 했다.

하기야 안 형이 그처럼 박준의 소설을 마땅찮게 여겨온 사실에 대해 새삼 어떤 느낌을 갖는다는 것이 이젠 좀 멋쩍은 일이 될진 모르겠다. 왜냐하면 나는 이전부터도 안 형의 그런 태도에 대해 이런저런 구실을 수없이 들어왔고, 그러면서도 아직 한 번도 그의 말엔 시원히 승복해본 적이 없으니까. 앞서 내가 이 소설에는 안 형의 서랍에서 쉽게 꺼내다 볼 수 없는 어떤 내력이 있노라 한 것도 바로 그런 이유 때문이었다.

말하자면 박준의 소설에는 그만큼 복잡한 사연과 옹색스런 입장이 서로 얽혀들어 있는 셈이었다.

그럼 나는 이제 여기서 잠시 이야기를 거슬러 올라가 우리 잡지사가 어떻게 그 박준의 소설을 얻게 되었는지, 그리고 무엇 때문에 그처럼 오랜 동안 그의 소설을 세상에 내보내지 않고 있었는지, 그 경위나 내력을 밝혀두는 것이 좋겠다. 하지만 그것을 밝히기 위해서는 먼저 나의 잡지 일에 대한 고충도 한 가지 더 고백해둬야 할 것 같다. 왜냐하면 나는 지금 박준에 대한 나의 관심의 시작이 사실은 그의 소설 때문이었을지 모른다는 생각이 들고 있는데, 그 박준의 소설을 얻어 보관만 하고 있게 된 경위야말로 한 잡지의 편집자와 필자 사이의 미묘한 관계의 일단을, 그리고 어떤 기사나 작품이 편집안 결정에서부터 실제로 원고가 집필되고 그것이 다시 활자화하여 독자의 손으로 들어가기까지의 과정 가운데서 편집 책임자의 입장을 자주 난처하게 하는 잡지 작업의 일면을 가장 극명하게 설명해줄 수 있다고 생각되기 때문이다. 바꾸어 말해 나와 상관된 그 잡지 작업의 고충이란 다름 아닌 편집자와 필자 사이의 그 미묘한 갈등에서 비롯한 것들이기 때문이다.

그럼 나는 도대체 편집자와 필자의 관계를 어떻게 생각하고 있는 것인가. 나의 생각을 잘라 말한다면 편집자와 필자의 관계란 한마디로 글을 얻으려는 사람과 글을 써주는 사람과의 관계라 할 수 있다. 그러나 여기에는 몇 가지 전제가 덧붙여져야 한다. 글을 얻으려는 사람도 그렇고 써주는 사람도 그렇고, 이 관계는 언제나 무조건적인 것이 될 수 없기 때문이다. 글을 청탁하는 편집자 쪽에서는 잡지 쪽에서 설정한 어떤 일정한 편집 의도 아래 그것을 최대한으로 충족시켜줄 수 있는 필자에게 청탁 행위를 하는 것이고, 필자 쪽에서도 역시 잡지사가 제시하는 글청탁의 의도를 이의 없이 수락할 수 있거나 아니면 자기의 의도에 잡지의 그것이 수긍, 수정당할 용의를 보증해줄 때만 그 글의 집필을 수락하게 마련이다. 결국 편집자나 필자나 서로 일정한 필의(筆意)가 있게 마련이고, 그 의도가 서로 상대방을 통해 자기실현의 가능성을 발견하거나 적어도 수용이 가능한 경우에만 편집자와 필자의 관계는 성립할 수 있게 된다.

그렇다면 편집자와 필자의 관계는 다시 이렇게 말할 수 있을 것이다. 어떤 잡지의 편집자와 그 잡지에 글을 쓰는 필자는, 방법은 다르지만 양쪽이 서로 동의하고 어떤 공동의 이념에 공동으로 봉사하고 있는 사람들이다. 아니 따지고 보면 양자는 그 방법에서마저도 별로 다를 바가 없다고 할 수 있다. 편집자나 필자나 근본적인 뜻에서는 양쪽 다 자기진술이라는 것을 업으로 삼고 있는 사람들이고, 잡지 편집이나 집필 작업은 결국 그 자기진술이라는 것이 최초의 성격이 되고 있기 때문이다. 원래부터가 작가(작가라고 말해야 뜻이 더 명료해질 듯하다)라는 것은 세상을 향해 뭔가 끊임없이 자기진술을 계속할 의무를 자임하고 나선 사람들이지만, 잡지 편집자 역시 언제나 성실한 자기진술(결국 편집 의도라는 것이 그런 것이 아닐까)을 계속해나가야 한다는 점에서 작가와 크게 다를 바가 없다. 다만 필자(또는 작가)는 그 진술이 소설이라든가 하는 보다 직접적인 방법으로 행해지고 있는 데 비해 잡지 편집자는 자기 잡지 속에서 그 의도를 이차적으로 실현하게 된다는 점, 그리고 잡지 편집자에게는 자기진술을 실현하기 위해 필자들을 동원하고 그 필자에게 일차적인 진술을 요구할 권리가 부여되고 있다는 점에서 처지가 조금씩 다르다고 할 순 있다. 그러나 그렇게 해서 이루어지게 된 필자와 편집자의 진술이 결국 잡지라는 한 권의 책 속에 서로 화의롭게 만나게 된다는 점을 생각하면, 그 방법이라는 것도 별로 큰 차이가 있을 수 없다. 그런데 이처럼 서로 공동의 이념에 봉사해야 하고 작업 방법에 있어서도 안팎의 차이는 있을망정 서로 불가분의 입장에 있는 필자와 편집자의 관계란 사실은 말처럼 그렇게 수월치가 않은 것이다. 바로 그 편집자의 의도라는 것이 좀처럼 서로 같은 지점에서 만나지지가 않기 때문이다. 아니 그것이 확실하면 할수록 상대방을 수긍하고 수용하는 경우가 드물어질 것이 당연한 노릇이리라. 하기야 요즘처럼 대개의 필자들이 잡지 같은 덴 처음부터 글을 잘 써주려 하지 않거나, 어쩌다가 글이라는 걸 써주는 필자들도 편집자의 의도나 자기진술 욕망 같은 것과는 애초부터 상관을 두지 않으려는 판국이고 보면, 이것저것 그리 문제가 될 수도 없는 일일 듯싶긴 하다.

하지만 잡지를 포기하지 않는 한 필자와 편집자의 관계란 역시 문젯거리가 아닐 수 없다. 그리고 필자와 편집자의 관계가 수월치 못하면 못할수록 괴로운 것은 대개 편집자 쪽이 될 수밖에 없다. 편집자가 아무리 성실한 진술의 의도를 마련하고 있는 경우라도, 그 의도를 완성시켜줄 필자를 만나기란 여느 때도 보통 어려운 일에 속하는 것이 아니다. 하지만 그건 그래도 좋다 하자. 그보다 더 난처한 일은 그가 어떤 필자를 만났다 해도 그 필자가 애초의 진술 의도에 합당한 글을 써내주지 않을 경우이다. 아니, 그와 반대로 어떤 필자가 먼저 완성해온 문지(文志)를 무슨 이유에서든 잡지 쪽에서 쉽게 수용할 수 없는 경우도 종종 생긴다. 문제는 바로 그런 경우들이다. 나의 잡지 일에 대한 고충이라는 것은, 그리고 가끔 편집자와 필자 사이에 생기는 반갑지 않은 갈등은 바로 그런 경우에서 비롯되는 것이다. 박준의 경우도 그런 경우라 할 수 있었다.

그럼 이제 여기서부터 나는 그 박준의 소설에 대해 함께 이야기해나가도 좋을 때가 온 것 같다. 다시 말해두지만 박준의 소설이야말로 지금까지 내가 말한 편집자와 필자 사이의 미묘한 관계의 일면을 가장 잘 보여줄 수 있을 뿐 아니라, 그 이야기 속에 박준이라는 인간의 됨됨이나 그 인간에 대한 기왕부터의 나의 관심도 비교적 소상하게 설명될 수 있을 테니 말이다. 그렇다고 박준의 경우 모든 것이 그 필자와 편집자의 관계 속에서만 설명될 수 있다는 것은 물론 아니다. 그는 우선 일반 필자가 아닌 소설 필자였다는 점에서도 그렇고, 우리가 그의 작품을 기고받게 된 경위도 다른 사람들과는 조금 구분이 되고 있었다. 하지만 박준의 경우 역시 우리 잡지와는 편집자와 필자의 관계임에 틀림이 없었다. 그의 소설에서 비롯한 갈등도 일단은 그런 관계 속에 충분한 설명이 가능한 것이었다.

언젠가 그 박준이 우리 쪽에서 청탁을 내기도 전에 스스로 자신의 소설을 한 편 우송해왔다. 물론 우리 잡지에 그 소설을 발표하고 싶다는 뜻에서였다. 그러니까 그건 아마 박준이 문단을 나온 후로 2, 3년간 정력적인 작품 활동을 계속하고 난 뒤, 그즈음부터는 웬일인지 그의 이름이 차츰 사라져가고 있던 무렵이었다고 기억되는데, 그러던 어느 날 느닷없이 그의 소설이 우리 잡지사로 날아든 것이다. 나는 물론 전부터도 그에게 한번쯤 소설을 청탁해보고 싶던 터이었다. 그러나 얼핏 차례가 올 것 같지도 않고 또 직접 문학면을 담당하고 있는 안 형의 눈치가 탐탁스러워하는 것 같지도 않아 그럭저럭 기회를 미루고 있던 참이었다. 뜻밖에 굴러든 작품이 고맙지 않을 수 없었다. 다행이라 싶어 그달로 곧 내보낼 생각을 하고 작품을 안 형에게 넘겼다. 그 작품이 누구에게로 온 것이든 그것이 문학 담당자의 소관에 드는 원고인 이상, 일단은 안 형의 검토가 있어야 하고, 게재 여부에 대한 최초의 결정권도 안 형에게 속하는 사항이기 때문이었다. 그런데 그때 안 형은 박준의 소설을 읽어보고 나서는,

"이 소설 안 되겠어요. 그냥 내보냈다가는 공연한 말썽이 생길 것 같군요. 좀 놔두고 다시 생각해봐야겠어요."

웬일인지 한마디로 보류 결정을 내려버렸다.

"왜 이야기가 신통칠 않습니까?"

"아니 뭐, 이야기가 신통찮다기보다……"

"웬만하면 그냥 내보내도록 하지 그래요. 우리로선 박준 씨 소설이 처음 아닙니까."

"글쎄요. 그렇긴 합니다만…… 역시 좀더 두고 생각해보는 게 좋을 것 같아요."

끝내 고집을 꺾지 않으려는 눈치였다.

알 만한 일이었다. 안 형은 전에도 종종 그런 고집을 부린 일이 있었다. 안 형은 그 자신도 문학 공부를 하고 있는 사람이었고, 그래서 그는 이따금 다른 잡지에 자신의 평문을 발표하기도 해온 처지였다. 한데도 그는 이상스럽게 같은 문학 필자들에 대해 까다로운 데가 있었다. 자세히는 알 수 없었지만 자신의 취향이나 문학 이념이 용납할 수 없는 동업자들에게는 여간해서 지면을 할애해주지 않으려는 것 같았다. 바깥에서 들은 소문도 그랬다. 어쩌면 그는 바로 그 자신이 문학을 공부하고 있는 문학도였기 때문에 그런 점에서는 더욱 인색하고 가혹해질 수밖에 없는 입장이었는지도 모른다. 하지만 나는 안 형의 그런 태도를 얼핏 수긍할 수가 없었다.

한 작가와 편집자의 문학적인 주장이 서로 다를 경우, 편집자는 그처럼 철저하게 자기 의사만을 주장할 권리가 있을까. 의심이 되지 않을 수 없었다. 아니, 이 말은 편집자와 필자의 관계에 대한 앞서의 고백을 스스로 배반하고 있는 것처럼 보일 수도 있을 터이다. 하지만 나는 안 형의 경우만은 역시 편집자의 권리를 다소간 유보하는 편이 옳으리라 생각했다. 안 형의 책임 지면이 다름 아닌 문학면이고, 우리 잡지가 종합지라는 사실 때문이었다. 이 말 역시 안 형의 책임 지면이 문학면이라 해서 편집자의 취사선택 없이 아무렇게나 긁어 모은 원고를 마구 꾸겨 넣어도 좋다는 뜻은 물론 아니다. 문학면 원고에도 편집자의 일정한 편집 의도가 개입해야 하고 필자와 원고의 취사선택이 따라야 함은 두말할 나위가 없는 일이다. 하지만 문학면은 잡지의 다른 지면과는 역시 조금 다른 점이 있을 법해 보이는 게 사실이다. 필자의 선택과 원고 청탁 과정에서부터 다른 지면의 원고들에서보다는 편집자의 의도가 깊이 개입해 들어갈 수가 없다. 도대체 문학면의 원고들이란 어떤 일정한 편집자의 주장이나 그것에 의한 필자의 선택도 중요하겠지만, 그보다도 원고 속에 담긴 필자(이 경우는 대개 작가가 되겠지만)의 창작 의도나 그 성과가 더욱 중요하게 읽혀야 하는 것일 테니 말이다. 그런 경우라도 편집자의 의도는 그 원고를 잡지 속에 처리하는 과정이나 방법 속에서 얼마든지 성취될 수 있을 터. 아량을 가질 수만 있다면 그런 문학 원고들을 애초의 편집 의도에 상처를 입지 않고도 얼마든지 떳떳하게 처리할 방법이 마련될 수 있었다. 적어도 나는 그렇게 생각하고 있었다. 그런데 안 형은 자기의 지면에 대해 전혀 그런 아량을 지니려 하지 않았다. 내키지 않는 사람들에겐 처음부터 지면을 나누려 하지 않았다. 그리고 무엇이 어떻게 되어 그런지는 잘 알 수 없었지만, 박준 역시 안 형에게는 오래전부터 그런 달갑지 않은 필자에 속하고 있는 것이 틀림없는 사실 같았다. 한창 박준의 소설이 관심을 끌고 있었을 때까지도 그에게는 청탁 의사를 가져보지 않은 안 형이었다. 박준의 소설이 저절로 굴러 들어온 것을 보고 한마디로 보류 결정을 내려버린 것은 박준에 대한 안 형의 그런 평소 생각이 작용하지 않았다고 할 수 없는 일이었다. 물론 안 형은 그것을 보류하면서 '공연한 말썽'이 생길 것 같다는 구실을 잊지 않았던 게 사실이다. 그리고 그 '공연한 말썽'이란, 아마 작품의 내용이 좀 과격해서 애초의 창작 의도와는 상관없이 필자나 편집자가 엉뚱한 봉변을 당하게 될지 모른다는 우려에서가 아니면, 이미 구경꾼도 박수도 사라진 무대 위에서 저희들끼리 흥분하기를 좋아하는 문학 논쟁 청부업자들을 다시 준동시키게 될지 모른다는 문학도적인 양심에서 나온 말일 수도 있긴 했다. 그러나 지금까지 보아온 태도나 바깥소문으로는 안 형이 그런 뜻으로 한 말 같지는 않았다. 나의 생각으로는 그 어느 것도 아니고 다만 자기의 취향에 맞지 않는 것을 그런 식으로 얼버무리려는 변명에서 나온 말 같았다. 편집자의 양식으로는 쉽게 용납될 수 없는 태도였다. 문학면 편집자로서는 지나치게 편협스런 그의 태도가 의심스럽지 않을 수 없었다.

하지만 나 역시도 그러는 안 형을 더 이상 간섭할 순 없었다. 안 형의 처분에 소설을 맡겨둘 수밖에 없었다. 변명이 될지 모르지만 역시 소설 원고에 대한 최초의 결정권은 안 형의 소관사항이었고, 적어도 나는 한 부서에 대한 그만한 독자성과 권리는 보장해주는 것이 나의 책임이라 생각했기 때문이었다. 그리고 그만한 독자성이 보장된 다음에라야 한 부서 담당자로서의 책임이 누구에게나 깊이 실감될 수 있으리라 믿고 있었기 때문이었다.

하여튼 박준의 소설은 그렇게 되어 결국 우리 잡지사에서 한동안 불운한 낮잠을 자는 신세가 되었는데, 사실을 말하면 처음 그 한 달만으로 간단히 그 낮잠을 끝낼 수 없었던 것이 더욱 문제였다. 안 형은 웬일인지 다음 달이 되어도 여전히 박준의 소설에 대해선 관심을 보이려 하지 않았다.

"어떻게 이번에는 박준 씨 작품을 내보내게 됩니까?"

지나가는 말처럼 물어보면,

"글쎄요. 좀더 두고 보지요."

여전히 같은 대답뿐이었다. 아니 안 형은 박준의 소설을 그 한두 달뿐 아니라 거의 반년 가까이 그렇게 책상 속에다 배짱 좋게 묵혀두고 있었다. 그리고 어느 날은 드디어 박준으로부터 한 장의 항의문이 날아들었다. 박준이 직접 나타나지 않고 원고를 보내왔을 때처럼 우편으로 보내온 것이었다. 그것도 무슨 눈치가 엿보였는지, 안 형을 제쳐놓고 직접 나에게 보내진 것이었다. 도대체 당신들은 무엇을 하고 앉아 있는 위인들이기에 남의 소설을 받아놓고도 가타부타 응답이 없느냐, 그토록 편견투성이 작자들이 어떻게 감히 잡지를 만들고 앉아 있느냐는 심한 힐난투 내용이었다. 이쪽 태도가 그만큼 못마땅했을 것도 당연한 노릇이었지만, 아직

인사조차 없는 처지치고는 보통 괴팍스런 친구가 아니었다. 하지만 나는 박준의 그런 모욕적인 힐책에 화를 내려 하지 않았다. 다짜고짜 욕을 퍼붓고 덤벼든 그에게 오히려 호감이 갔다. 괴팍스런 성미도 어딘지 쉽게 이해될 수 있는 것으로만 여겨졌다. 더욱이 그가 마지막으로 이렇게 협박조로 내뱉고 있는 대목에 이르러서는 이상스럽게 씁쓸한 공감마저 느껴져올 지경이었다.

― 알아서들 해보시오. 왜 실어주지도 않는 원고를 찾아가려고 하진 않느냐고 묻겠지요. 하지만 당신네들이 그처럼 나의 원고에 치사한 편견을 가지고 있다면(겁을 먹었대도 마찬가지요) 그런 원고를 다시 찾아낸들 어디서라고 더 나은 잡지 양심을 만날 수 있겠소. 잡지란 잡지는 모두가 다 마찬가지지요. 아마 그것은 당신들 잡지쟁이들이 더 잘 알고 있을 거요. 알아서들 해보시오.

화를 낸 것은 오히려 안 형 쪽이었다.

"이 친구 이제 보니 정말 못된 친구로구먼그래. 어디 그럴 테면 얼마든지 그래 보라지. 그런다구 안 내보낼 소설을 내보내주나…… 글쎄 이쪽도 다 그럴 만한 생각이 있어서 이러고 있는 것인데 뭐 치사한 편견이 어쩌구 어째?"

편견 때문이 아니라 정말 그럴 만한 사정이 있었기라도 한 듯 화를 내며 박준을 나무라 들었다. 그리고 다시는 가부간의 말이 없이 훌쩍 몇 달을 더 넘겨버리고 있었다. 그간에 들리는 소문으로는 어떤 술자리에선가 박준이 이제는 안 형에게 애원을 하다시피 매달린 일이 있었다고 하지만, 그것은 믿을 수도 확인할 수도 없는 이야기였다. 그야 사실이든 아니든 그즈음부터는 다른 잡지에서도 박준의 소설은 거의 눈에 띄는 일이 없어 그의 소설이 도대체 어떤 것인지 한번 원고나 읽어보고 싶었으면서도, 나 역시 늘 이런저런 구실이 생겨 기회를 미루고 있던 참인데, 그러다가 드디어는 이번 일이 생기고 만 것이다. 우리가 박준의 소설을 얻어 보관하게 된 경위나 사정은 대략 그런 것이었다. 편집자와 필자의 관계로는 가장 바람직하지 못한 경우가 될 수밖에 없었다.

그런데 이제 그 박준의 소설을 읽고 난 지금으로선, 그런 내용의 소설을 끝내 백안시해온 안 형의 처사가 나를 새삼 미심쩍고 어리둥절하게 한 것이다.

사무실 문을 나왔을 때는 어둠이 꽤 짙어지고 있었다. 나는 일단 거리로 나온 다음 한동안은 목적도 없이 들끓는 인파 속으로 무작정 휩쓸리고 있었다. 한 식경이나 인파 속을 헤매고 난 다음에야 나는 겨우 내 행선지를 조금씩 의식하기 시작했다. 눈가림을 해놓은 말처럼 나의 발길이 제멋대로 혼자 나를 이끌어가고 있었다. 하지만 나의 발길은 하숙집 쪽을 향하고 있는 게 아니었다. 물론 박준의 집을 향하고 있지도 않았다. 실상 나는 오늘 저녁 그 박준의 집을 한번 찾아가보기로 한 것이 처음 예정이기는 하였다. 안 형이 찾아다 준 박준의 고료를 주머니에 쑤셔 넣고 사무실을 나온 터이기도 했다. 하지만 이젠 시간이 너무 늦고 있었다. 그렇게 조급히 서둘러야 할 이유도 없었다. 게다가 주소만 가지고는 집이 그렇게 쉬 찾아질 것 같지도 않았다. 무엇보다 박준의 일에 너무 신경을 쏟고 있는 내가 우스웠다. 터무니없이 자기 예감 같은 것에 쫓겨대고 있는 내가, 그리고 그 예감 때문에 어린애처럼 덤벼대고 있는 내가 거리를 나서면서부터는 별스럽게 쑥스러워지고 있었다. ─읽어보셔야 실없는 미치광이 이야긴걸요 뭐. 존재론적인 입장에서 보아 그의 인간 관찰은 지나치게 편협하거나 에고이스틱한 결점이 있어요. 그러다가 공연히 미치광이 흉내까지 내게 되구…… 엄살이 너무 심한 탓이죠.

원고를 건네주면서 혼잣소리처럼 지껄여대고 있던 안 형의 말은 박준에 대한 나의 관심까지를 함께 비난하고 싶은 눈치가 분명했다. 그것은 나의 관심에 대한 어떤 경고처럼 들리기도 했다. 무엇보다 안 형의 그 말이 나를 더욱 쑥스럽게 하고 있는 것 같았다. 내 생각부터 좀 가다듬어야 할 것 같았.

나의 발길은 평소의 버릇대로 주점 가를 향하고 있었다.

하지만·주점을 들러 술잔을 앞에 하고 앉아서도 나는 역시 박준에 대한 내 관심을 양보할 수가 없었다. 생각을 아무리 가다듬고 나도 그렇게 되어지지가 않았다. 금세 다시 어떤 예감이 몰려오고, 알 수 없는 조바심에 몸이 들썩들썩했다. 나는 결국 주점에서도 자리를 일찍 일어설 수밖에 없었다. 시간이 좀 일렀지만 이젠 집으로밖에 들어갈 데가 없었다. 나는 주점을 나왔다. 그리고는 곧바로 집을 향해 차를 잡아탔다. 그런데 이때부터가 문제였다. 어찌 된 일인지 이날 밤 일은 모든 것이 나의 예정과는 엇비껴 돌아가게 되어 있었던 모양이다. 집에서는 정말 뜻하지도 않았던 일이 일어나 있었다. 다름 아니라 이날 밤 나의 하숙방에는 간밤의 사내, 그 박준이 언제부턴가 나를 기다리고 있었다. 그것도 박준이 간밤처럼 길목에서 우연히 뛰어든 것이 아니라 이번에는 숫제 주인도 없는 방까지 숨어 들어와 있다가 느닷없이 나를 놀라게 했다. 처음엔 물론 그런 일이 벌어져 있으리라고는 상상조차 할 수 없었던 나였다. 차에서 내려 흐느적흐느적 하숙방까지 돌아온 것이 그러니까 한 10시쯤 되어서였을까. 그럭저럭 알알해진 술기운 속에 무심히 방문을 열고 들어서려는데, 아무래도 방 안 공기가 좀 심상치 않게 느껴졌다. 그러나 나는 아직도 설마 무슨 일이 있으랴 싶어 막 스위치를 올리려던 참이었다. 등 쪽에서 다시 무슨 기척 같은 것이 느껴져 얼핏 뒤를 돌아다보니, 아, 거기 시커먼 그림자 하나가 나를 우뚝 지켜보고 서 있지 않은가. 순간 나는 머리끝이 일시에 하늘로 곤두서며 술기운이 싹 가셔오는 것을 느꼈다. 아니, 정확히 말하자면 나는 그때 미처 그처럼 질서정연하게 놀라고 있을 여유도 없었다. 엉겁결에 우선 스위치부터 올려붙였다. 그리고는 다시 한 번 질겁을 하고 놀랐다. 갑자기 환해진 불빛 속으로 모습을 드러낸 사내, 그 사내가 바로 간밤의 박준이었다.

정말로 괴이한 일이었다. 도대체 박준이란 사내는 어떻게 되어먹은 인물인가. 어떻게 되어 그가 또다시 나의 방을 찾아오게 된 것인가. 나는 무슨 도깨비에게라도 홀린 것처럼 정신이 얼떨떨했다. 그러나 박준은 나의 놀라움 같은 건 아랑곳도 않는 눈치였다. 물론 어떻게 다시 나를 찾아오게 되었는지 사연 같은 걸 말하려는 기미도 보이지 않았다. 웬일인지 그는 방으로 들어오면서 자신의 신발도 함께 숨겨 들어와 있었는데, 그는 아직도 그 신발을 한 짝씩 두 손에 나눠 들고 있다가는, 갑자기 빛을 쏘기 시작한 형광빛에 눈이 부신 듯 그 신발짝으로 이리저리 불빛을 가려대고 있었다. 그러고 있는 박준은 마치 오랫동안 한방에서 기거를 같이해온 동료라도 맞아들이듯 거동이 태연스러웠고, 어느 쪽인가는 또 나에 대해 지극한 신뢰감까지 느끼고 있는 듯싶었다.

"박 형이군요. 잘 와주었어요. 난 오늘 아침 박 형이 아무 말도 없이 나가버려서 여간 걱정이 되지 않았지요."

간신히 마음을 가라앉히고 나서 비로소 박준에게 첫마디를 건넸다. 그의 심중을 고려해서 될수록 달래는 듯한 어조로 목소리를 조용조용 말했다. 그러나 박준은 내가 그렇게 조심스럽게 말을 시작했는데도 무슨 영문인지 금세 눈초리가 이상스럽게 변하기 시작했다. 평온스럽던 얼굴에 갑자기 불안기가 어려들며 나를 유심스럽게 바라보았다. 뭔가 나의 말속에 수상쩍은 것이 느껴진 모양이었다. 그러자 나 역시 이내 짐작 가는 일이 있었다. 나의 말속에 그럴 만한 실수가 있었다. 첫마디부터 그를 대뜸 '박 형'이라고 말한 것이 잘못이었다. 박준은 자신의 정체에 대해 무엇이나 감추려고만 든다 했다. 간밤에도 나에게 이름자 하나 말해주지 않은 그였다. 한데 나는 방금 그를 '박 형'이라고 부른 것이다. 내깐에는 좀더 깊은 친밀감을 느끼도록 해주기 위해서였다. 박준이 그런 실수를 댓바람에 알아차려버린 셈이었다. 그러나 이제 기왕 일이 그렇게 되어버린 것, 실수를 변명하는 것이 박준에게는 오히려 더 해로울지 모른다는 생각이 들었다.

"아 참, 내가 오늘 박 형의 병원엘 간 이야기부터 먼저 말해야겠군요. 나 오늘 아침 박 형이 집을 나가버린 걸 알고 나서 박 형의 병원엘 찾아갔었어요. 혹시 박 형이 거기로 돌아가 있나 해서요. 그런데 박 형은 병원으로 돌아가질 않은 모양이더군요."

 나는 그의 이름이 박준이라든가, 그가 있어온 곳이 병원이었다는 사실 그리고 그 밖에도 박준의 정체에 관해선 무엇 하나 빠짐없이 속속들이 알고 있다는 듯 천천히 말하기 시작했다. 이미 나는 박준과 함께 또 한 밤을 나의 방에서 새울 수는 없다고 생각했기 때문이었다. 김 박사의 말로는 그가 정말 머리가 돌아버린 것은 아니라고 했다. 그는 다만 머리가 돌아버린 것처럼 생각하고 있고, 또 그렇게 믿고 싶어 하는 것뿐이라고 했다. 나 자신도 물론 김 박사의 말을 의심하고 있지는 않았다. 왜 그가 그런 식으로 자신을 미치광이로 믿고 싶어 하는지, 왜 그렇게 미치광이 행세를 하고 싶어 하는지 하루 종일 그것을 생각해온 것도 사실이었다. 하지만 막상 박준을 앞에 하고 나니 그가 정말 미쳐 있든 미친 사람 행세를 하고 있든 나에게는 거의 아무 차이도 없었다. 어째서 그런 짓을 하고 다니느냐고 물어본댔자 석연한 대답을 기대할 수도 없을 것 같았다. 그렇다면 오히려 내 쪽에서 그의 광기를 곧이듣는 척 해주는 것이 더 나을지 모른다는 생각이 들었다. 그는 김 박사에게 자신의 광기를 설득하려다 그것을 실패하고 병원을 뛰쳐나갔다고 하지 않던가. 그를 아주 미친놈 취급해주는 것이 오히려 좋을 일인지 모른다— 이날 밤엔 어떻게 하든 박준을 진짜 미친놈처럼 다시 병원으로 끌고 갈 작정이었다. 박준을 위해서나 나를 위해서나 그편이 더 나으리라 여겼기 때문이었다.

 "박 형이 돌아오지 않으니까 병원에선 야단들이 나 있더군요.

박 형이 돌아오기를 기다리느라 밤잠을 못 잤다는 거예요. 그러지 않았겠어요. 그 사람들, 전부터도 박 형의 일을 여간 걱정해오지 않았다니까요. 박 형도 그렇지요. 보아하니 박 형은 정신이 이만 저만 흐리지 않은 것 같은데 그런 사람이 이렇게 병원을 나와 돌아다니다니 어디 될 법이나 한 일이오? 그러니 난 오늘 밤도 박 형을 여기서 함께 지내게 하고 싶지만 아무래도 그래선 안 될 것 같아요. 병원에서는 지금도 박 형을 기다리느라 잠들을 못 자고 있을 테니 말요. 자, 그러니 어떻게 하면 좋겠어요."

나는 진짜로 미친 사람을 상대하고 있는 듯한 착각 속에 차근차근 박준을 달랬다. 다른 방법으로는 당장 박준을 설득할 재간이 생각나지 않기 때문이었다. 그러나 효과는 그것으로 이미 충분했다. 말이 시작되면서부터 박준의 표정이 아까보다 더 불안스러워져가고 있었다. 내가 그를 진짜 미치광이로 믿고 있는 듯한 말투엔 얼마간 안도의 빛 같은 것이 보이기도 했지만 그것도 순간뿐이었다. 말을 계속하는 동안 박준의 불안기는 점점 심한 경계심 같은 것으로, 그리고 그 경계심이 나중에는 다시 어떤 공포감으로까지 깊어져가고 있었다. 그러다가 내가 말을 끝낼 때쯤 해서는 이상하리만큼 기가 푹 죽고 말았다. 어쨌든 다행이었다. 그는 이제 두려움을 감추지 못하면서도 나의 말에는 무슨 일이든 고분고분 순종해올 눈치가 역력했다.

"자, 그럼 너무 늦기 전에 병원으로 가요. 혼자선 좀 뭣할 테니까 병원까진 내가 바래다줄 테니까요."

나는 새삼 위압적인 태도를 취해 보이며 명령하듯 박준을 재촉

했다. 그리고는 시무룩하게 기가 죽어 있는 그를 방에서 끌어내다 시피 하여 병원을 향해 집을 나섰다.

"어떻게 용케 다시 선생 댁을 찾아갔던 모양이군요."
일이 순조로우려고 그랬던지 병원에는 마침 김 박사가 또 당직 의사로 남아 있었다. 그는 별안간 들이닥친 두 사람을 보고는 여간 놀라는 기색이 아니었다. 하지만 그는 밤이 너무 늦은 탓에선지 박준에 대해 당장 어떤 조처를 취하려고 하진 않았다. 두 사람을 맞아놓고도 그 한마디밖에는 도대체 무슨 신통한 말이 없었다. 남은 병실이 있으면 오늘 밤은 우선 그곳에서 박준을 재우게 하고 숙직 간호원에게 간단히 한마디 이르고는 더 이상 박준에 대해선 관심을 가지려 하지 않았다. 어떻게 보면 화가 나 있는 사람 같기도 했다. 박준 역시 병원 문을 들어서고부터는 집에서보다 더욱 풀이 죽어 있었다. 그는 가엾을 정도로 이 사람 저 사람 눈치를 살피고 있더니, 김 박사의 지시가 내리자 이젠 정말로 모든 것을 단념한 듯 고분고분 어디론가 간호원의 뒤를 따라가버렸다.

"기가 죽어 있는 꼴이 꼭 탈옥을 감행했다가 붙들려온 죄수 같군요."
박준이 사라져가는 뒷모습을 바라보고 있다가 비로소 내가 입을 열었다. 김 박사의 기분이 어딘지 흐려 있었기 때문에 일부러 장난기를 섞고 있었다. 그러자 김 박사도 이젠 어쩔 수 없는 모양이었다. 사정이야 어떻든 일부러 자기 병원의 환자를 붙들어온 사람에게 끝내 입을 다물고만 있을 수는 없었으리라. 이윽고 그의 입가에 희미한 미소가 번지기 시작했다.

"그런데 어떻게, 이곳으로 오자니까 환자가 고분고분 따라오긴 합디까?"

담배까지 뽑아 권하며 새삼스런 어조로 물어왔다. 나는 물론 그런 김 박사의 물음을 피할 이유가 없었다. 김 박사로부터는 아직도 박준에 대해 듣고 싶은 이야기가 얼마든지 많았다.

"그러지 않으면 어쩌겠어요. 병원 소리가 나오니까 처음엔 기분이 몹시 시무룩해지는 것 같았지만, 막상 반항을 하려고 하지는 않더군요. 금세 기가 죽어버리며 이상할 정도로 고분고분해졌어요."

나는 얼른 대답하고 나서 이번에는 내 쪽에서 묻고 싶은 말들을 생각하고 있었다. 그러나 한번 입을 열기 시작한 김 박사는 미처 내 쪽에서 입을 떼기도 전에 다시 질문을 계속해왔다.

"하지만 노형께서는 어떻게 저 환자를 다시 이곳으로 데려올 생각이 나셨지요? 보호자도 주소도 없는 환자를 말입니다. 우리가 그 환자를 환영해주리라고 생각하셨나요?"

'선생'으로 시작된 나의 호칭을 어느새 '노형'으로 바꾸어버린 김 박사는 웃지도 않고 나를 건너다보았다. 나는 그 김 박사의 말이 좀 이상스럽게 들린 데가 있었으나 시치밀 떼고 드는 수밖에 없었다.

"물론이지요. 당연히 환영해주리라고 생각했지요."

"그건 어째서요?"

"여긴 병원이 아닙니까? 그리고 박사님은 의사이시고 말씀입니다."

나는 아침 절에 김 박사가 두 번씩이나 되풀이하던 말투를 흉내 내며 대답을 계속했다. 그러자 김 박사도 마침내는 나의 말투를 알아차렸는지 피식 실소를 머금었다. 그리고는 질문을 중단한 채 잠시 나를 바라보고 있었다. 그러자 이번에는 내가 김 박사를 향해 묻기 시작했다.

"하지만 그렇게 물으시는 걸 보니, 혹시 오늘 밤 제 행동에 무리한 점이라도 있었습니까?"

그러나 김 박사는 이때 나의 상상과는 조금 다른 생각을 하고 있었던 모양이다. 아니 아까부터 그가 기분을 흐리고 있었던 것도 사실은 내가 상상한 이유하고는 거리가 있었던 모양이었다.

"아닙니다. 노형의 처분은 백 번 옳았어요. 그리고 이렇게 말씀드린다고 저 환자가 다시 우리 병원으로 오게 된 것을 환영하지 않는다는 뜻은 결코 아니구요. 하지만 역시 노형께서 오늘 밤 그런 식으로 환자를 데리고 온 것은 좀 어떨까 하는 생각이 드는군요."

뭔가 다른 말을 하고 싶은 표정이었다.

"그건 어째서요?"

이번에도 나는 김 박사의 앞서 말투를 그대로 흉내 내고 있었다.

"물론 환자가 고분고분 말을 잘 들었다고 하지만 아까 그 환자의 눈빛을 보셨지요? 여간 실망을 한 표정이 아니잖았습니까. 그건 말하자면 노형께 대한 실망, 아니 좀더 정확하게는 노형께 대한 어떤 원망 같은 것이었어요. 노형께서 그를 이 병원으로 다시 끌고 온 데 대한 원망……"

"……"

"아직 자세한 말을 듣지 못해서 잘 모르겠지만, 내 짐작으로는 아마 그 환자가 어젯밤 노형에 대해 퍽 마음이 놓이는 데가 있어서 오늘 다시 찾아갔던 것 같아요. 한데 노형께선 그를 대뜸 이리로 끌고 오셨거든요."

"그럼 역시 제가 그를 데리고 온 게 잘못이었군요."

"아닙니다. 여긴 역시 병원이니까요. 병원은 환자가 싫어하더라도 찾아와야 할 의무가 있는 곳이지요. 내 말은 그가 병원으로 오는 것을 너무 싫어하지 않도록 해서 데려올 수가 없었느냐 하는 것뿐이지요. 다만 그뿐이에요. 그리고 사실은 나 자신도 그러기 위해 어떤 방법이 가능했을진 생각하고 있지 못한 터이구요."

김 박사는 이제 오히려 나를 위로하고 있었다. 하지만 나는 아직도 김 박사가 생각하고 있는 것처럼 박준을 다시 병원으로 끌고 온 행동을 후회하고 있지는 않았다. 보다 궁금한 일들이 머릿속에 꼬리를 물고 있었다.

"그렇다면 도대체 그 친구가 제게 안도감을 느낄 수 있었던 점이란 어떤 것이었을까요?"

"그야 그 환자는 언제나 자신의 정체를 숨기고 싶어 했으니까, 그걸 캐물으려는 사람은 늘 경계하고 두려워하게 마련이지요. 노형께선 아마 그렇질 않았던 게 아닙니까. 도대체 그 환자의 경운 누구에게나 심한 피해망상증을 가지고 있었으니까요. 그게 불신감이라든가 자기 이야기를 하지 않으려는 거부증세 같은 것으로 변해갔고, 나중엔 그런 것 때문에 대고 거짓말까지 하게 되고 있지 않습니까. 그 환자가 병실에 들어앉아서도 어떤 땐 꼭 누가 자기를 쫓아와 붙잡아가기라도 할 듯 벌벌 떨고 있는 걸 보면 아마 이해가 되실 겁니다. 솔직한 말씀을 드리자면 그 환자가 일부러 미친 사람 행세를 하고 싶어 하는 것도 사실은 바로 그런 자기 본색을 숨기기 위한 일종의 자위행위라고 생각해볼 수 있어요. 이를테면 그는 다른 사람들이 정말로 자기를 미친 사람으로 여겨줄 때 마음이 편해지는 어떤 묘한 불안감과 비밀을 지니고 있는 거지요. 노형께 어떤 안도감을 느낄 수 있었다는 건 모두 그런 연관성 때문이지요."

"그럼, 어젯밤에도 그는 누군가 틀림없이 자기를 뒤쫓아오고 있다고 했는데, 그것도 공연한 자기강박 때문이었을까요?"

나는 김 박사의 말이 사실일지도 모른다고 생각하며 계속 진지하게 물었다.

"어젯밤엔 병원을 도망쳐 나갔으니까 그런 강박이 훨씬 더 구체화되고 있었겠지요. 누군가 정말 자기를 뒤쫓아오고 있는 것처럼 말입니다. 하지만 그것도 물론 우연한 구실에 불과했을 거예요. 그는 다른 때도 항상 누구에겐가 쫓기고 있다고 생각하고 있었거든요."

"무엇이 그를 그처럼 불안하게 했을까요?"

그러나 김 박사는 여기에 와서는 좀 자신이 없어지는 듯했다. 한동안 대답을 망설이고 있더니 드디어는 대답 반 변명 반으로 대답을 대신했다.

"글쎄요. 그게 바로 환자의 의식 심층에 숨어 있는 병인의 정체인데, 그걸 쉽사리 찾아낼 수가 있어야죠. 환자가 저렇게 정신과적 인터뷰를 응하려 하지 않으니. 하지만 이 환자의 경우 그 불안의 요인에서부터 출발하여 이젠 자기 병식(病識)을 일부러 과장하고 싶어 하는 데까지 증세가 발전되어 있는 것은 틀림없는 사실이에요."

무엇 때문에 박준이 그렇게 불안해하고 있는가. 박준을 쫓아대고 있는 그 불안한 그림자의 정체는 무엇인가, 그리고 무엇 때문에 박준은 그렇게 자신의 병식을 스스로 과장하고 싶어 하는가, 그런 것은 김 박사도 알 수가 없는 모양이었다.

그러나 이날 밤 나와 김 박사의 이야기는 여기서 끝나지 않았다. 김 박사가 대답이 막히는 것을 보자 나는 화제를 바꾸어 그제서야, 내가 박준을 일찍부터 알고 있었다는(물론 이름만으로였지만) 사실, 그리고 박준일이라는 환자의 정체는 김 박사도 이미 알고 있을 박준이라는 젊은 소설가라는 사실을 실토했다. 그리고 언제든 나는 그 박준의 집을 찾아가 이 소식을 전하겠으며, 그의 가족과 연락이 될 때까지는 자신이 그의 임시 보호자가 되어도 좋다고 했다. 김 박사는 그 말을 듣고는,

"내 아침부터 어쩐지 노형의 관심이 깊더라 싶었지요."

아무쪼록 믿음직스런 보호자가 되어달라고 한바탕 유쾌한 웃음을 웃어젖혔다. 그리고는 이제 정말 환자의 보호자라도 만난 듯이 박준의 증세와 그간의 경위에 대해 하나하나 다시 설명을 시작했다. 김 박사는 우선 박준의 병세가 진짜 정신이상이 아니라는 점을 다시 한 번 강조하고는, 진짜 미치광이와 노이로제 환자의 차이를 이렇게 설명했다. 그에 의하면 우리가 방금 박준에게서 볼

수 있는 불안신경증이나 강박신경증 같은 노이로제의 증상은 흔히 말하는 미치광이의 그것과는 전혀 다른 것이랬다. 진짜 정신병(분열증) 환자는 어떤 충격 같은 것에 의해 의식작용 전체가 질서를 잃어버리고 마는 것이지만 노이로제 환자는 어떤 일정한 사물에 대한 반응이나 사고의 과정에서 자신을 극복하지 못할 뿐(김 박사는 그것을 정신작용이 아니라 감정의 조화가 상실된 것이라 했다) 그 밖에는 전혀 보통 사람과 다른 데가 없다고 했다. 노이로제 환자들은 대개 옛날에 경험한 어떤 충격적인 사건이나 그 사건의 기억, 또는 그렇게 충격이 심하진 않더라도 일상적으로 늘 되풀이 경험하게 되는 어떤 괴로운 긴장감 같은 것을 지니고 있기 십상인데, 노이로제란 그런 것들이 환자의 의식 밑바닥에 깊이 뿌리박고 있다가 어느 계기엔가 그것이 원인이 되어 심한 정신적 갈등을 일으키기 시작하고, 나중에는 터무니없는 불안감 같은 것에 빠져드는 현상이라고. 가다가는 이 노이로제 환자 중에 머리도 아프고 배도 아프고 하는 식으로 신체적인 병식이 나타나기도 하나 그것도 사실은 해부학적인 병증이 아니고 모두 이 정신적 갈등에서 온 의사 병식일 뿐이라는 것이다. 그러니까 노이로제 환자에게선 무엇보다 그 갈등의 원인이 되고 있는 정신적인 요인을 찾아서 그 비밀을 벗겨주고 갈등을 해소시켜주면, 배가 아프거나 눈이 멀었거나 그것이 원인이 되어 나타난 모든 병증도 저절로 사라져버리게 된다는 것. 어쨌든 노이로제와 정신병은 그렇게 근본이 다르다는 설명이었다. 그리고 노이로제는 다만 일정한 부분의 인격 장애에 불과한 질병으로서 그 장애 요인을 찾아 환자를 납득시켜주면 그만이라는 것이었다. 박준의 경우도 물론 마찬가지라고 했다. 그러나 김 박사는 박준의 경우에는 그의 의식 심층에 숨어 있는 갈등의 원인을 좀처럼 찾아내기가 어렵다는 것이다.

"절대로 자기 이야기는 입 밖에도 내려고 하질 않지 않습니까. 그건 처음에 그 환자가 우리 병원을 찾아왔을 때부터도 그랬어요."

김 박사의 이야기는 이제 다시 박준으로 돌아가고 있었다.

"웬 사람이 제 발로 병원을 찾아 들어와놓고는, 들어오자마자 의사의 지시는 한마디도 따르려 하질 않는단 말입니다. 어쨌는지 아십니까. 그러니까 그게 내가 그 환자를 맡고 난 첫날이었어요. 난 환자에게 옛날에 있었던 일들을 기억이 미치는 대로 한번 이야기해보라고 했지요. 소위 기초적인 임상심리검사를 시작한 거지요. 헌데 이 환자, 첫마디부터 대뜸 나를 경계하기 시작한단 말이에요. 갑자기 눈초리에 적의를 띠면서 입을 딱 다물어버리는 거예요. 첫날부터 인터뷰를 실패하고 만 거지요. 나중에 보니 이 환자, 어쩌다가 한마디씩 하는 소리가 모두 다 거짓말이 아니겠어요. 임상심리검사는 그 외에도 여러 가지 방법이 있지만 어떤 방법에서도 마찬가지였어요. 나를 속여서 진짜 미친 사람 흉내까지 내보이는 게 아닙니까. 당신은 정신이상이 아니다, 정신이 이상하다고 생각하고 있는 것뿐이라고, 다만 그러고 싶어 하는 것뿐이라고 아무리 말해줘도 소용이 없어요. 어떻게 되어먹은 증상인지 며칠 경과를 두고 볼 수밖에 없었지요. 그러다가 어젯밤 그런 일까지 생기고 만 거예요."

"참 별놈의 괴상한 노이로제도 다 있군요."

난 정말로 기이한 생각이 들고 있었다.

"하지만 그렇게 괴상할 것도 없어요. 노이로제 환자들이란 대개 치료 과정에서 어느 정도 그런 저항을 보입니다. 환자 자신의 저항이 아니라 그 병인의 저항이지요. 이 환자의 경우는 처음부터 정도가 좀 심한 것뿐이지요."

"저항이 그토록 심하다면 굳이 그런 면담이나 자기진술을 통해서만 그를 치료할 필요가 있습니까?"

이야기는 다시 처음 모양으로 내가 계속 물어대고 김 박사가 답변을 하는 형식으로 이어져나갔다. 그러나 김 박사의 대답은 이제 더없이 자신에 넘치고 있었다.

"그의 증세가 바로 노이로제니까요. 노이로제란 아까도 말씀드렸듯이 그게 가장 효과적인 처방이거든요. 물론 어떤 경우에는 약물요법이라든가 쇼크요법 같은 다른 정신외적 치료법이 행해질 수도 있긴 하지요. 하지만 내가 가장 신용할 수 있고 또 효과를 기대할 수 있는 것은 역시 환자 자신의 정신분석적인 인식을 통한 저항인자의 해소방법입니다."

진술공포증이라는 박준의 증상과 자기진술을 통해서만 그 증세의 원인을 찾아 해소시켜야 한다는 김 박사의 치료방법은 그러니까 서로 기이한 배반을 하고 있는 셈이었다. 잔인한 아이러니였다.

"그럼 박사님께선 앞으로도 박준 씨에게 자기진술이라는 걸 계속 시킬 작정이십니까."

"물론 그래야지요. 나의 진단과 처방에 실패의 기록을 남기고 싶진 않으니까요. 적어도 의사라면 자신의 진단 결과에 대해 그만

한 자신과 책임을 가져야지 않겠습니까."

"하지만 전 어쩐지 좀 잔인한 느낌이 드는군요."

"잔인해도 할 수 없지요. 좋은 결과는 방법을 합리화할 수 있는 것이니까요."

"결과만 좋아진다면…… 하지만 그러다 혹시 진술을 얻기도 전에 환자가 아주 진짜로 미쳐버리는 건 아닙니까. 어제 오늘 거동만 해도 저 같은 문외한에겐 진짜 미친 사람과 거의 다른 데가 없어 보이는데 말씀입니다."

"그렇기도 하셨겠죠. 워낙 노이로제라는 병은 증세가 심해지면 정신병의 초기 증상과 흡사한 데가 있으니까요. 심한 조울증이나 공포증 같은 것은 의사도 종종 혼동을 일으키는 수가 있어요. 그리고 때로는 노이로제가 정말 정신분열증으로 전이되어가는 경우도 있을 수 있지요. 하지만 이 환자의 경우는 염려할 필요가 없을 거예요. 같은 우울증이나 공포증이라 해도 정신과적인 것과 노이로제성은 전혀 다르니까요. 환자의 정신력이나 전기뇌파기로 뇌활동을 검사해보면 금세 구분이 되거든요."

"정말 자신이 만만하시군요."

김 박사는 정말 자신이 만만했다.

"그래서 병원과 의사라는 직업이 따로 있는 거 아닙니까."

"하지만 병인을 알아내는 일이라면 그렇게 굳이 잔인해져야 할 필요는 없지 않겠습니까."

나는 너무나 자신만만한 김 박사의 어조에 차츰 비위가 거슬려 오기 시작했다.

"아까 말씀드린 대로 박준은 소설을 쓰던 사람이었습니다. 혹시 그의 소설 가운데서 그런 걸 찾아볼 수는 없을까요?"

은근히 항의를 하고 나섰다. 그러나 김 박사는 나의 말에 천천히 고개를 가로저었다.

"그럴 필요까진 없어요. 얼마간 도움을 얻을 수 있을는진 모르지요. 하지만 소설이란 원래가 꾸며낸 이야기가 아닙니까."

"소설이 꾸며낸 이야기일지는 모르지만 소설가에겐 그것이 그의 현실의 전부이니까요. 소설이란 그것을 현실로 가진 한 개인의 이야기가 될 수도 있지 않겠어요?"

그러나 김 박사는 여전히 고개를 가로젓고 말했다.

"환자의 진술을 통해 비밀을 찾아내려는 것은 그 비밀에 대한 의사의 호기심 때문이 아니라는 점을 아셔야죠. 이건 어디까지나 치료 행위거든요. 환자에게 자기진술을 계속하게 하는 것, 그 자체가 일종의 치료 행위란 말입니다. 환자의 비밀은 어차피 환자 자신의 입으로 말해져야 합니다. 그리고 난 언젠가는 꼭 그렇게 되리라 믿고 있구요."

확신에 찬 얼굴로 단언하고 있었다.

"어떻게, 소설을 읽어보니까 재미있어요?"

이튿날 아침 사무실을 나가자마자 안 형이 기다리고 있었다는 듯 내게 먼저 물어왔다. 내게 박준의 소설을 내준 일이 아직도 마음에 걸려 있었던 모양이었다. 허슬퍼슬 웃음을 띠고 있는 얼굴이 뭔가 변명을 하고 싶어 하는 표정이었다. 어차피 잘되었다 싶었다.

그러지 않아도 나는 박준의 소설로 안 형과는 다시 이야기를 좀 나누고 싶던 차였다.

"재미있고말고요. 아주 재미있게 읽었어요."

흐트러진 테이블 위를 정리하면서 약간 과장스런 목소리로 대꾸했다. 그리고 테이블 정리를 대충 끝내고 나서 나는 박준의 소설을 꺼내 들고 안 형 쪽으로 다가가며 다시 말을 이었다.

"그런데 안 형은 이 소설의 어디가 그렇게 마땅찮은지 알 수 없더군요."

나도 모르게 목소리가 좀 퉁명스러워지고 있었다. 안 형은 나의 그런 말투가 너무 갑작스러웠던지 잠시 입을 다문 채 대꾸를 해오지 않았다. 그 허슬퍼슬 웃음만 눈가에 머금고 있었다. 내가 말을 계속했다.

"물론 난 소설에 대해선 문외한이니까 내가 소설을 잘못 보았는진 모르지요. 그리고 그 소설이 어떤 유파나 경향에 속하는 것인지도 나는 잘 알 수 없어요. 하지만 어쨌든 그 소설이 내게 무척 재미있게 읽힌 건 사실이에요. 안 형의 처사를 이해할 수가 없었지요."

그러자 이번엔 안 형도 자존심이 상한 듯 불쑥 나의 말을 가로막고 나섰다.

"난 박준의 소설이 재미없다고 말씀드린 일은 없었지요. 다만 쓸데없는 말썽을 일으키기 싫으니까 두고 생각해보자는 것뿐이었지요."

"난 안 형의 그 쓸데없는 말썽이라는 것도 이해할 수 없었다니까요. 이것도 내가 잘못 본 건지 모르지만, 나는 그 소설이 특히 어떤 문학 이념에 상처를 입히게 된다거나, 설사 문학적인 주장이나 태도에 다른 점이 있다고 해도 그것까지 용납 못 할 만한 요소는 찾아볼 수가 없었거든요."

"소설을 꽤 주의해서 읽으신 모양이군요. 하지만 전 조금 생각을 달리하고 있어요. 물론 어떤 특정한 문학 이념이나 태도 같은 것과 관련지어 그런 건 아니지만 말씀입니다."

"생각을 달리하다니요."

나는 계속해서 안 형을 추궁해들어갔다. 그러자 안 형도 이젠 제법 열이 오르기 시작한 모양이었다. 이야기가 상당히 장황해지고 있었다. 박준의 소설은 한마디로, 선량한 독자를 속이고 있다는 해석이었다. 박준의 소설에는 '그'라는 주인공이 걸핏하면 잠이 든 체, 또는 숨을 쉬지 않고 죽은 체하는 버릇이 있다. 그리고 그 버릇은 나이가 들어감에 따라 점차 괴상한 휴식의 방법으로 발전하여, 결국에는 주인공을 죽음으로까지 이르게 한다. 그런데 이 소설의 경우 주인공의 버릇은 도대체 괴상하기만 한 '버릇'일 수가 없다는 것이다. 절대로 단순한 버릇이어서는 안 된다는 것이었다. 그것은 애초 이 세상 사람이면 누구나 마음속에 간직하고 있을 수 있는 비밀, 인간성의 어떤 불가사의한 일면인데, 이 소설의 경우 그것은 그저 단순히 인간성의 한 불가사의한 비밀로서가 아니라 현실을 외면하고 성실한 생존에의 사랑을 포기한 슬픈 습성으로 매도되어야 했다는 것이다. 그리고 그것을 매도당해야 할 우리들의 슬픈 습성으로 확인시켜주기 위해 박준은 그의 주인공이 자주 그 몹쓸 습성 속으로 달아나게 한 현실적이고 구체적인 압박 요인들을 말해줬어야 했다는 것이다.

"왜냐하면 우리들에게 중요한 것은 우리 자신 속에 숨어 있는 어떤 비밀스런 속성을 만난 놀라움이 아니라, 그런 속성과 현실 사이에 꾸며지고 있는 생존의 방정식에서 보다 명확한 해답을 얻어내는 일이거든요. 분명하게 강조되어야 했던 것은 그 비밀을 만난 놀라움이 아니라, 주인공으로 하여금 늘 자신의 슬픈 습성을 택하도록 강요한 현실의 압박 요인들이었어요. 그런데 그것은 거의 이야기하지 않고 자꾸 그 버릇만을 되풀이 강조하고, 그 버릇에 스스로 경탄을 금치 못함으로써 박준은 독자의 관심을 엉뚱한 데로 끌고 가버렸어요. 독자를 속인 거지요."

듣고 보니 안 형의 주장은 그럴듯한 데가 많았다. 아닌 게 아니라 나는 박준의 소설을 읽으면서 가장 흥미를 느꼈던 곳이 바로 그 주인공의 기이한 버릇이었고, 또 박준의 사고와 관련해서도 거기에서 가장 깊은 암시를 받았던 것이 사실이다. 그런데 안 형의 이야기를 듣고 보니, 박준의 소설은 또 그런 결점을 지니고 있었던가 싶기도 했다. 나는 안 형의 말에 적잖이 놀라고 있었다. 하지만 내가 놀란 것은 반드시 안 형의 말에서 박준의 결점을 보았기 때문만은 아니었다. 내가 소설을 잘못 읽었다는 깨달음에서도 아니었다. 안 형이 뭐라고 해도 나는 내가 읽은 이야기가 아직 틀린 거라고는 생각하지 않았다. 내가 놀란 것은 박준의 소설에는 내가 읽은 것 외에 또 하나의 다른 이야기가 있었다는 것을 깨닫게 된 데서였다. 방금 말한 안 형의 이야기가 바로 그것이었다. 도대체

한 편의 소설에서 그처럼 다른 두 개의 이야기를 읽을 수 있단 말인가. 아니 보는 사람에 따라 하나의 이야기가 둘이 될 수도 있고 셋이 될 수도 있는 것은 어쩌면 당연한 노릇인지 모른다. 내가 박준의 소설에서 어떤 인간성의 비밀과 만나고 놀랐다면, 안 형은 또 안 형대로 그 이야기를 어떤 생존의 방정식 위에서 당위론적으로 해석해볼 수도 있었을 것이다. 그것은 어쩔 수 없는 일이다. 그런데 안 형은 어떻게 그토록 오랫동안 자신의 해석만을 지켜올 수 있었단 말인가. 어떻게 그토록 남의 방법은 용납할 수가 없었단 말인가. 놀라운 것은 바로 그 점이었다. 그러나 나는 이제 굳이 그 안 형 앞에 박준의 소설이 내겐 이미 충분히 완성되어 있었다는 점을 주장하고 싶은 생각은 없었다. 오히려 그 안 형의 방법 속에서 박준을 변호하고 싶었다. 나는 절대로 박준이 독자를 속이고 있었던 것은 아니라고 말했다. 현실적인 압박 요인이 아주 무시되고 있었던 것도 아니며 독자들이 그의 기묘한 습성에 동의만을 하게 되지도 않을 것이라 했다. 이야기 끝에 등장한 주인공의 아내는 주인공을 가사의 잠 속으로 도망치게 하는 모든 현실 요인의 상징적 기표로 보이며, 그 이상의 잡다한 설명은 오히려 그녀가 지닐 수 있는 상징성이나 암시의 효과를 감소시킬 뿐이 아니냐고 했다. 그러나 안 형은 여전히 고개를 가로저었다.

"주인공의 아내가요? 하긴 박준도 그런 의도에서 그녀를 등장시킨 듯싶기는 하더군요. 그러나 어림없는 이야기지요. 그녀의 존재를 그런 식으로 해석해주기에는 박준이 앞에서 너무 주인공의 버릇을 강조하고 있었지요. 그녀는 의미 없는 에고와 자기 환상에 빠진 주인공을 더욱더 형편없는 엄살쟁이로 만들고 있을 뿐이었어요."

"그렇다면 이 소설을 내보냈을 때 생길지 모른다는 말썽이란 도대체 어떤 것입니까. 안 형의 얘기대로라면 말썽이고 뭐고 처음부터 그런 게 생길 리도 없지 않아요. 작품 자체가 어떤 발언을 완성된 목소리로 말하지 못하고 있는 형편이니까 말입니다."

할 수 없었다. 나는 말 줄기를 다시 처음으로 돌리는 수밖에 없었다. 그러나 안 형은 이제 더욱 자신을 얻어가고 있었다.

"그렇지요. 작품 자체가 소재 해석에 실패하고 있었다는 말씀은 저도 물론 동감입니다. 하지만 말썽으로 말하면 미완의 작품을 내보냈을 때보다 더 무의미한 말썽이 있겠어요? 되지도 않은 작품을 곧잘 칭찬하고 나서는 자들이 또 틀림없이 준동을 시작할 테니 말입니다."

안 형은 진심을 이야기하고 있지 않은 듯했다. 특히 '말썽'이란 말을 할 때 그는 야릇한 미소까지 짓고 있었다.

"아무래도 안 형의 편집만 같군요. 그 사람들에게는 박준의 소설이 또 어떤 다른 방식으로 완성되어 있을 수도 있지 않을까요? 그런데 안 형은 끝끝내 다른 사람의 해석 방법은 용납하지 않으려 하거든요."

"편집이라도 할 수 없죠. 저로서는 이 시대의 요구라는 것을 일단 그런 식으로 받아들이고 있으니까요. 사실을 말씀드리면 전 그 소설이 어떤 식으로 완성되어 있느냐 아니냐 하는 그런 것은 별로 관심을 두어보지 않았어요. 제겐 소재 해석만이 문제였죠. 작가가 어떤 소재를 만나 그것을 해석하는 방법은 그 작가가 자기의 시대

양심에 얼마나 투철해 있느냐 하는 문제가 결정지어주는 거라고 생각되기 때문이죠. 박준의 소설은 바로 그런 점에서 저의 기대를 외면해버렸어요. 제가 박준의 소설이 충분히 완성되지 못했다는 것은 그런 저의 관심 속에서지요."

안 형의 이야기는 결국 박준의 소설이 무의미한 한 개인의 내면적 비밀 쪽으로 독자의 관심을 끌고 감으로써 자기 시대의 요구를 배반했고, 그리하여 소재 해석과 작품 완성에 다 같이 실패하고 말았다는 주장이었다. 박준이 이 시대의 작가인 이상, 그는 절대로 자기 시대양심의 가장 우선적인 요구를 배반해서는 안 되며, 그것을 도외시한 모든 창작 행위는 가혹하게 매도당해 마땅하다는 투였다. 이를테면 안 형의 시대관이 그렇게 되어 있는 모양이었다.

"하지만 그 역시 안 형의 편집이 아닐까요? 가령 모든 작가들에게 자기 시대의 요구나 압력을 꼭 안 형과 같은 정도로 받아들여야 한다고 고집하는 것이나, 또는 그것을 똑같이 받아들이고 있는 경우라 해도 어떤 일정한 방법 속에서만 그 시대정신에 투철해질 수 있다는 식의 생각 말입니다. 박준의 소설이 그런 식으로 씌어졌다고 해서 그 소설이 전혀 우리 시대를 외면해버렸다고 장담할 수는 없지 않을까요?"

나는 이제 웃을 수밖에 없었다. 웃으면서 농반 진반으로 말을 계속해나갔다. 그러자 안 형 역시 이젠 농반 진반으로 웃으면서 대답했다.

"아무래도 절 지독한 편집쟁이로 만들어놔야 속이 시원하실 모양이군요. 하지만 적어도 그만한 자기 편집만이라도 고집할 수 있는 것은 오히려 용기에 속할 일이 아닐까요?"

"그것을 용기라고 말한다면, 그만한 용기조차 갖지 못한 잡지쟁이도 있단 말요?"

"그만 용기라니요. 그걸 용기로 치기 싫어하시는 걸 보니 진짜 비겁한 잡지쟁이들을 못 보신 모양이군요. 이를테면 작품이나 작가에겐 동의를 하면서도, 말썽이 두려워 발표를 꺼리고 있는 경우 같은 거 말입니다."

이야기가 좀 엉뚱한 데로 흘러가고 있었다. 그러나 안 형은 이번에야말로 진짜 자신 있는 화제가 시작되고 있다는 듯 의기양양해지고 있었다. 나 역시 이 새로운 화제에는 흥미가 일지 않을 수 없었다.

"그럼 그 말썽이라는 것이 두려워 정말로 작품을 얻어놓고도 내보내지 못하는 곳도 있단 말인가요?"

"있다뿐입니까. 오히려 그게 두려워 그러는 건 동정할 여지라도 있지요. 보다 악질적인 경우는 자신들의 기호나 편집을 소문이나 말썽이 두려워서인 것처럼 공연한 엄살로 필자를 협박하려 드는 사기꾼들까지 나도는 판인걸요. 저야말로 자신의 편집을 솔직히 시인해 보이는 용기를 칭찬받아 마땅하지요."

뜻밖이었다. 그런 소문이 있기는 했다. 하지만 잡지사 간에 정말로 그런 사연으로 글을 내보내지 않으려는 곳이 있다는 것은 처음 듣는 말이었다.

"박준에게도 그런 경우가 있습니까? 우리 말고도 박준의 소설이 그런 사정으로 못 나가고 있는 경우가 있습니까?"

나는 갑자기 호기심에 쫓기며 안 형을 다그치고 들었다. 안 형의 대답은 더욱 뜻밖이었다.

"지금 제 말씀은 꼭 박준의 소설에 관한 것만은 아니지만 박준의 경우도 그런 일이 있긴 하지요. 그 R지가 하는 계간지에 박준의 소설이 연재되다 만 일이 있지 않습니까. 들리는 얘기로는 그게 박준이 미리 원고를 다 써다 준 전작물이었다는데, 한두 번 나가다 중단이 되고 말았거든요."

이번에도 처음 듣는 이야기였다. 언젠가 박준의 소설이 R지에 연재된다는 건 알고 있었지만, 그것이 도중에 중단되고 말았다는 사실은 안 형의 말을 듣고서야 처음 안 일이었다.

"그 소설이 도중에서 중단되고 말았었나요? 이유가 무엇이었습니까?"

나는 다시 자신의 목소리에서 긴장기를 느끼기 시작했다. 그러나 안 형의 대꾸는 수월스럽기만 했다.

"소설 내용이 좀 어떤가 싶다는 핑계라더군요."

"내용이 어떤 것이었게요."

"저도 다 읽어보진 않아서 알 수 없어요. 하지만 내용이야 뭐 어떻겠어요? 연재를 시작할 때 벌써 내용은 다 검토가 끝났을 게 아닙니까. 용기가 없었기 때문이겠죠."

"용기……"

"아니라면 아까 말씀대로 R사 친구들이 좀 장난이 심했을 수도 있구요. 왜 그러는 수가 많지 않아요. 신기가 싫어지면 괜히 엉뚱한 소문을 들먹이면서 지레 겁을 먹은 척 쑤군쑤군해서 봉변을 당하고도 불평 한마디 못하게 기를 죽여버리는 버릇 말입니다."
"그 소설 원고 아직도 R사에 보관되고 있겠지요?"
"박준은 원래 한번 투고한 원고는 다시 찾아가질 않는 사람인 모양이더군요."

오후 해가 어지간히 기울어오자 나는 기어코 R사로 박준의 원고를 얻으러 나섰다. 이번에도 역시 그 박준의 소설을 읽지 않고는 좀이 쑤셔 견뎌 배길 수가 없었기 때문이다. 이유야 어느 쪽이 되었든, 이번 것 역시 끝까지 햇빛을 보지 못하고 있다는 점이 특히 나의 호기심을 사로잡았다. 하기야 김 박사는 박준을 위해서는 굳이 소설을 읽을 필요가 없다고 했었다. 무엇이나 그렇게 자신만만하기만 한 김 박사는 거인처럼 믿음직스런 데가 있었다. 하지만 나는 그런 김 박사의 태도가 덮어놓고 마음에 들었던 것은 아니다. 너무도 자신만만한 그의 태도에서는 어딘지 독선의 냄새 같은 것이 풍겼다. 나는 무엇보다 그 독선의 가능성이 위태롭게 느껴지고 있었다.
―박준이 병원을 도망쳐 나온 것은 바로 그 김 박사의 거인다운 것을 견뎌낼 수 없었던 때문이 아닐까. 박준을 다시 김 박사에게 끌어다 맡긴 것이 그를 위해 이로운 일이었을까.
간밤에 병원을 나오면서도 나는 그런 생각을 하고 있었다. 김 박사가 너무 자신만만했기 때문에, 나는 오히려 그 김 박사의 말을 모두 신용할 수가 없었던 것이다. 어쨌든 나는 그 박준의 소설을 구해 읽어보고 싶었다. 김 박사는 치료 행위가 될 수 없기 때문에 그런 건 읽을 필요가 없다고 했지만, 나는 물론 그것을 박준의 치료 행위로 읽으려는 것은 아니었다. 위인의 치료를 위해서보다 자신의 궁금증, 나 자신의 견딜 수 없는 호기심을 위해서 그것을 찾아 읽어보고 싶었다.

R사에서는 뜻밖에도 선선히 나의 요구에 응해주었다. 안 형의 말대로 R사에서는 용기가 없어서였든, 장난기가 심해서였든, 소설을 중단한 사연에 대해서는 한마디도 말이 없었다. 나의 요청을 듣고 나서는 공연히 심각한 얼굴을 지으며 쉬쉬하는 표정으로, 그러나 구세주라도 만난 듯 2회분의 연재가 나간 잡지까지 끼워서 선뜻 소설 원고를 넘겨주었다.

나는 사무실로 돌아오자 곧 소설을 읽기 시작했다.

소설의 제목은 '벌거벗은 사장님'이었다.

주인공은 어떤 기업체의 말단 직원들의 통근차를 끄는 운송부 소속 운전수. 어느 날 사장님이 느닷없이 이 친구에게 자기 차를 운전하도록 명령한다. 기왕 운전수 노릇을 할 바엔 바람직한 자리다. 하지만 주인공은 그 명령을 별로 달가워하지 않는다. 사장 차를 끄는 운전수는 얼마 안 가 그 사장 차 운전수 자리뿐 아니라 종당엔 회사까지 쫓겨나게 되는 이상한 관례가 있었기 때문이다. 그것은 사실이었다. 어찌 된 일인지 이 회사의 사장은 나이도 별로 많지 않은 친구가 별스럽게 운전수를 자주 갈아치우는 버릇이 있었다. 한 달 이상 자기 차를 같은 사람에게 끌게 하는 일이 없었다. 사장과 막 얼굴이 익어질 만하면 그는 영락없이 다시 운전수를 갈아치웠다. 사람을 갈아치우면 회사 안에서 다른 차를 끌게 내버려두지도 않았다. 회사를 아주 내보내버리는 것이 상례였다. 그리고는 또 회사 안의 다른 운전수 한 사람을 자기 차로 끌어다 앉히곤 했다. 그리고 그 사람 역시 같은 경로로 한 달쯤 후엔 다시 회사를 쫓겨나갔다. 알 수가 없는 일이었다. 더욱 이상스러운 것은, 그렇게 많은 운전수들이 회사를 쫓겨 나갔어도 한 번도 그 이유가 밝혀진 일이 없는 점이었다. 내보내는 사람도 사람을 갈아치우고 나면 그뿐 더 말이 없었고, 쫓겨 나가는 사람도 어떻게 조치가 취해진 것인지 도대체 불평 같은 걸 남긴 일이 없었다.

―글쎄, 몰라도 좋을 일을 알아버린 죄라네. 알고 있는 일을 생판 모른 체하고 지낼 수는 없는 노릇이구 말야.

―말 한마디 천연스런 얼굴로 감추지 못한 것이 화근이었지. 하지만 차라리 이젠 마음 편히 회사를 떠날 수 있을 것 같네그려.

―언젠가는 자네도 알 때가 오겠지.

저마다 알 듯 모를 듯한 소리들만 남기곤 무력하게 회사를 떠나가버리곤 했다. 그렇게 회사를 떠나간 사람이 벌써 열 명도 더 넘었다. 그때마다 다른 운전수를 보충해 들이지 않았다면 아마 지금쯤은 회사 안에 운전수가 한 사람도 남아나지 못했을 판이었다. 그러니 회사에선 그때마다 사장 차로 자리를 옮겨간 운전수의 자리를 또 다른 곳에서 구해 들여야 했고, 새로 들어온 사람이 어느 정도 서열이 정해지면 그 역시 어느 땐가는 또 사장 차로 자리를 옮기게 되곤 하였다.

주인공에게도 그 차례가 온 것이다. 자랑스럽기는커녕 걱정이 되지 않을 수 없다. 사장 차를 끌게 됐다는 것은 이제 한 달 남짓

후에는 바로 모가지가 잘리게 된다는 거나 마찬가지였다. 하지만 그는 다른 사람들처럼 비실비실 웃으면서 무력하게 회사를 쫓겨나도 좋은 처지가 아니었다. 집안 사정이 그랬고, 자기 생애에 대한 어떤 마지막 집념이 그랬다. 그러나 한 번 명령을 받은 이상 사장 차를 끌지 않을 재간은 없다. 그는 어떤 일이 있어도 자기만은 다시 회사를 쫓겨나지 않도록 노력해볼 결심으로 사장 차를 끌기 시작한다. 차를 끌면서도 도대체 무엇 때문에 사장이 그토록 많은 사람을 금세금세 갈아치우게 되었는지 그 이유를 열심히 생각한다. 그리고 자신도 모르게 다른 사람이 쫓겨나게 된 구실을 만들어주지 않으려 온갖 주의를 기울인다. 하지만 그 이유는 물론 찾아질 리가 없고, 이유를 알 수 없으니 조심을 해도 어떤 식으로 해야 할지 방법을 알 수 없다. 그러던 어느 날―젊은 사장님은 그에게 시내에서 멀리 떨어진 어떤 깊은 산골짜기로 차를 몰게 한다.

"오늘 밤 일은 절대로 알은척하지 말게. 본 것도 못 본 체 들은 것도 못 들은 체 잊어버리란 말야. 그리구 내일 아침은 오늘 밤 우리가 여길 왔던 사실조차 없었던 걸로 하구."

사장은 차를 타고 가며 그런 당부를 한다. 주인공은 비로소 올 것이 왔구나 싶어 찔끔 사장의 눈치를 살피며 순종을 맹세한다. 이윽고 사장은 골짜기의 어떤 집 앞에다 차를 세우게 한 다음 운전수를 이상한 창고 같은 방 속에 감금하고는 혼자서 그 집 안으로 사라져버린다. 그리고 운전수는 그 창고 같은 방 안으로 들어서자 이상한 광경을 목도한다. 창문 하나 없이 사방이 밀폐되어 있는 방 안은 바깥일을 살필 수도 들을 수도 없게 되어 있는 영락없는 감방이다. 방 안에는 벌써 자기 말고도 먼저 와 있는 운전사 차림의 사내들이 여남은이나 한데 몰려 앉아 있다. 그리고 주인공은 비로소 그 사내들로부터 방금 그의 사장이 사라져 들어간 비밀의 집에 관해 놀라운 이야기를 듣게 된다.

그들의 말에 의하면 지금 그 집에서는 상상도 할 수 없는 해괴한 일들이 벌어지고 있다는 것이다. 그 집에는 넓은 목욕 풀이 있고, 호화로운 침실이 있고, 술과 춤과 여자를 즐길 수 있는 밴드와 홀이 있고, 도박장이 있고, 비밀 영화관이 있고, 하여튼 사람이 세상에 태어나서 해보고 싶은 것을 하룻밤 사이에 모두 한꺼번에 즐길 수 있는 것이 모조리 갖추어져 있는데, 그것들은 한결같이 아주 은밀스럽고 교묘하게 꾸며져 있어 바깥에서는 눈치조차 챌 수 없게 되어 있다는 것이다. 그리고 사람들은 이곳에서의 밤을 더욱 즐겁게 하기 위해 집을 들어서는 사람은 모두가 실오라기 하나 걸치지 않은 나체가 되도록 약속되어 있으며, 그래서 한번 이 집 문을 들어선 사람은 한결같이 나체가 되어 술과 여자와 춤을 원껏 즐기게 된다는 것이었다……

박준의 소설이 발표된 것은 거기까지였다. 그러니까 R사에서 그의 소설을 중단해버린 것도 바로 그 대목에서였다. 하지만 이야기는 원고지에서 다시 계속되었다.

주인공은 비로소 이유를 깨닫는다. 보지 않고 듣지 않을 일들을 보고 들어버린 허물. ─주인공 자신도 이미 모르고 지냈어야 할 일을 알게 돼버린 처지였다. 실수였다. 그러나 그 실수는 물론 주인공 자신의 책임은 아니었다. 그것은 주인공 자신이 미처 어디를 어떻게 조심해야 할지도 알기 전에 저질러버린 실수였다. 주인공의 조심성과는 상관없이 어차피 그를 찾아오게 되어 있었던 실수였다. 하지만 어쨌든 이제 주인공은 이유를 알게 된 셈이었다. 그리고 그는 그의 사장이 한 달도 못 가서 매번 운전수의 목을 잘라야 했던 것은 모든 운전수들이 비밀을 지켜주지 못했기 때문이라 생각한다. 아무것도 모른 체, 오늘 밤 일은 있지도 않은 것으로 하라던 사장의 다짐도 바로 그 비밀 때문이라고 생각한다. 주인공은 몸이 으시시해진다. 어떻게든 오늘 일을 끝내 모른 척하리라 마음을 다져먹는다. 사장님을 회사나 집안에서 얼마나 점잖은 어른으로 알고 있는가를 생각하면 더욱 말조심을 해야겠다고 다짐한다. 잘못 입을 뻥긋했다가는 모가지를 잘리게 되리라. 비밀이 알려지기도 전에 운전수들이 먼저 모가지를 당해버리곤 하는 걸 보면 한마디만 입을 잘못 놀려도 사장은 어느새 약속이 지켜지지 않은 걸 정확하게 알아내는 방법이 있는 듯싶기도 했다. 그것은 아마 누군지 알 수 없지만 사원들 사이에까지 사장의 정보통이 속속들이 뻗어 있다는 증거일 수도 있었다……

그러나 문제는 주인공 운전수의 본능이었다. 한두 번 사장님을 그 비밀의 장소로 안내하는 동안 녀석은 아무래도 누구에겐가 그 이야기를 털어놓지 않고는 배겨낼 수가 없어진다. 이젠 사장님의 비밀을 알게 되었노라. 그리고 회사에서 까닭도 없이 자주 운전수의 목이 잘려나간 이유도 알게 되었노라. 그것이 참으로 희한한 일처럼 여겨지기 시작한다. 공연히 자신이 대견스러워진다. 그런 사실을 오직 혼자서만 알고 있어야 하는 처지가 답답해 견딜 수 없다. 말을 할 수 없는 것은 처음부터 알고 있지 않은 것이나 마찬가지다. 아니, 처음부터 모르고 있는 사람은 답답하지나 않을 터다. 그는 사실을 알고 있기 때문에 오히려 더욱 고통스럽다. 하고 싶은 말 한마디를 하지 못한다는 것이 이토록 고통스러운 일이던가. 선배 운전수들이 결국엔 입이나 한번 뻥긋해보려다 회사를 쫓겨나간 것도 이해가 되고 남을 것 같다. 하지만 역시 말을 할 수는 없다. 한마디라도 입을 잘못 열었다간 금세 누군가에 의해 그 소리가 사장님의 귀로 들어갈 것이다. 회사를 쫓겨나갔다간 정말 큰일이다. 회사를 쫓겨나지 않으려면 누구에게나 입을 꼭 다물고 지내는 수밖에 없다. 주인공은 끝끝내 입을 다물려고 한다. 하지만 그렇게 너무 하고 싶은 말을 참다 보니 종당엔 신경과민 증세가 생기고 만다. 누군가가 꼭 자신의 언동 하나하나를 살피고 있는 것 같다. 언제나 감시를 받고 있는 심경이다. 회사 안에서는 벌써부터 자기가 곧 쫓겨나게 되리라는 소문이 나돌기 시작하고 있다. 아무도 믿을 수 없다. 소문에 묻혀 보이지도 않는 눈들이, 귀들이 사방에서 자신을 감시하고 있는 것 같다. 회사에서뿐 아니라 집안에 있는 마누라까지 의심스러워진다. 그는 이따금 넋이 나간 사람처럼 멍해 있기도 하고 때로는 딴생각을 하다가 종종 주의력을 잃어버릴 때가 생기기 시작한다. 드디어 그는 그 주의력 결핍 때문에 운전수로서의 자격을 상실하고 회사를 쫓겨나고 만다……

　박준의 소설은 대략 그런 줄거리였다. 안 형의 말마따나 이 소설 역시 미친 사람 비슷한 이야기였다. 그리고 R지 친구들이 정말 무슨 말썽이 두려워서였거나, 혹은 그저 장난기가 심해서 맹랑한 소문으로 박준을 협박해서였거나, 어느 쪽 때문에 연재를 중단한 것인지는 쓸데없는 간섭 같아서 말하기가 싫지만, 이 소설의 경우, 앞서 소개한 '괴상한 버릇'과는 상당한 거리가 있는 작품 같았다. 한마디로 박준의 이번 소설은 현대판 '임금님의 귀'에 해당하는 이야기였다. 옛날 어떤 임금님이 당나귀처럼 커다란 귀 때문에 수많은 이발쟁이의 목을 베어버렸는데, 그중에서 용케 목숨을 건지고 나온 한 사내가 그 임금님의 우스꽝스런 귀의 비밀을 말하지 못해 병이 들어 죽을 뻔하다가, 동구 밖 대나무 숲에다 가슴속의 말을 외쳐대고는 병을 여의게 되었다는 우리나라의 옛 민화(우리나라 고유의 것은 아니더라도) 말이다. 이 작품에서 박준이 하고 싶은 이야기란 결국 우리들에게 옛날 이발쟁이 경우에서와 같은 '구원의 숲'이 있을 수 없다는 것, 그러기 때문에 어떤 진실을 목도하고도 그것을 어떤 다른 이해관계나 간섭 때문에 말하지 않으려고 한다면, 그것은 곧 보다 큰 파국을 초래하는 자기부정의 비극을 낳게 한다는 뜻이 아니었을까. 이를테면 전자에서는 한 인간이 지니고 있는 내면의 비밀을 캐고 그것을 설명하고 싶어 했다면, 뒤의 것은 그 인간성의 비밀을 캐낸 데서부터 한 걸음 더 나아가 어떤 식으로 그것을 이야기해야 하는가, 그리고 왜 그럴 수밖에 없는가 하는, 안 형이 말한 바대로 시대의 요구라든가 그 시대의 인간들의 권리나 의무의 양상 같은 것들이 더 강하게 암시되고 있는 듯싶었다. 그런 뜻에서 이 두 편의 작품은 뿌리가 어디에 닿아 있든 꽤 목소리가 다른 소설들이라고 할 수 있었다.

그런데 이 두 편의 작품들은 결국 양쪽 다 빛을 보지 못하고 있는 것이다. 하나는 '시대양심'이라는 것에 바탕을 둔 편집자의 문학 이념과 어긋난다는 이유에서, 그리고 다른 하나는 소위 그 '말썽의 소문'을 두려워하는 용기 없는 편집자의 조심성(글쎄, 안 형은 그것을 다만 박준의 입을 막아버리려는 협박일 뿐인지 모른다고 했지만)에 의해서.

어쨌거나 나는 소설을 다 읽고 나자 이젠 황급히 퇴근을 서둘렀다. 출입구 쪽에서 사환애 녀석이 나를 기다리느라 꾸벅꾸벅 졸고 앉아 있었다. 이날도 사환애 말고는 사무실이 이미 텅텅 비어 있었다. 벌써 저녁 7시. 나는 사환애를 깨워놓고 서둘러 사무실을 빠져나갔다. 그리고는 술집도 들를 생각을 않고 곧장 박준의 병원을 향해 차를 잡아탔다. 소설을 읽고 나니 뭔가 또 할 말이 있는 듯싶었기 때문이다. 박준의 소설은 어딘지 지금 그의 증세와도 깊은 관련이 있는 것처럼 느껴지고 있었다. 이를테면 그의 소설에 나타나고 있는 두 개의 다른 목소리는 바로 박준 자신의 작가 양심이나 태도로 바꿔 보아도 무방한 것들이었다. 박준은 분명히 어떤 갈등을 느끼고 있었다. 그의 두번째 작품에서도 역력히 읽을 수 있듯이, 한 작가가 어떤 진실을 탐색해내고 그것을 자유롭게 말할 수 없을 때, 그는 거기서부터 분명 어떤 갈등을 느끼게 될 것이 당연했다. 그렇다면 도대체 박준이 목도한 진실을 자유롭게 말할 수 없게 만든 것은 무엇인가. 박준은 소설 속에서 그것을 '목이 잘리지 않기 위한 이해관계' 때문이라고 했고, 그 이해관계의 키를 쥐고 있는 '사장님'의 눈에 보이지 않는 감시와, 그런 것들이 모두 합해진 자기에 대한 '간섭' 때문이라고 했다. 하지만 아직도 모든 것이 명백해졌다고는 말할 수 없다. 그는 지금 알려진 것만도 두 편이나 소설을 퇴장시키고 있다. 이를테면 박준은 그처럼 작가로서의 진술을 방해받고 있었다. 작가로서의 진술의 권리를 완전히 박탈당하고 있는 셈이다. 심지어는 그러한 작가적 양심과 현실의 비극을 우화적으로 소설화하고 있는 작품마저 게재가 중단되고 말았다. 하지만 박준이 아무리 그런 식으로 자기진술의 욕망을 좌절당하고 있었다 해도 그것만으로는 아직 그가 그처럼 심한 갈등 속으로 빠져들어가야 할 이유가 충분해질 수는 없다. 그에게선 오히려 새로운 투지와 오기가 격발됨 직도 하다. 그 정도의 간섭으로는 그처럼 광기까지 가장하며 그 속으로 자기를 피난시켜야 할 만큼 불안스러워질 이유가 될 수 없다. 문제는 아직도 확실하지 않았다. 소설에 나타나고 있는 것은 다만 하나의 암시에 불과하거나 이차적인 결과일 뿐이었다. 박준이 그처럼 불안해져야 했던, 보다 구체적이고 명백한 갈등의 요인은 아직도 확실해지지 않고 있었다. ……나는 무엇보다 병원부터 찾아가보고 싶었다. 김 박사든 박준이든 누군가를 한번 다시 만나보고 싶었다. 그리고 뭐가 되었든 이야기를 하고 싶었다.

병원에는 마침 김 박사가 나를 기다리고 있었다라고 하는 것은 오늘도 김 박사가 당직 차례일 리는 없고, 그런데도 그는 아직도 병원 진찰실에서 할 일 없이 자리를 지키고 있었기 때문이다.

"역시 또 오시는군요. 내 오늘도 꼭 와주시리라 짐작하고 있었지요."

진찰실을 들어서자 파이프 담배를 피우고 있던 김 박사는 정말 나를 기다리고 있었기라도 한 듯 유유한 표정으로 미소 짓고 있었다.

"글쎄요. 어떻게 또 그렇게 되는군요. 하지만 박사님께선 마치 절 기다리고 계셨기라도 한 것 같군요."

스스럼없이 자리를 잡고 앉으니까 김 박사는 다시,

"기다리고 있었다기보다두…… 그 뭐 예감이라는 게 있지 않습니까. 무슨 하고 싶은 말이 생기면 그 말을 하고 싶은 사람이 곧 나타나줄 것 같은 예감 말입니다."

역시 김 박사는 뭔가 나에게 하고 싶은 이야기가 생긴 모양이었다. 그 이야기를 들려주기 위해 일부러 병원을 나가지 않고 있노라는 투였다. 생각해보면 좀 터무니가 없어 보이는 의사였다.

─이자가 어느새 박준의 일에 이처럼 관심을 갖기 시작했는가. 아니 이 의산 무엇 때문에 박준을 처음부터 그렇게 무턱대고 병원으로 받아들여놓게 된 것일까?

아무래도 납득이 잘 가지 않는 의사였다. 나는 물론 그런 김 박사를 비난할 이유는 없었다. 그리고 그런 식으로 말한다면 박준의 일에 공연히 넋을 잃고 뛰어다니는 나 자신부터 먼저 어떤 이유가 있어야 한다. 하지만 나에게도 이유는 없다. 도대체 이런 일에 이유 같은 건 필요가 없는 것인지도 모른다. 굳이 어떤 이유를 생각해내고 싶어 한다는 게 오히려 우스운 노릇 같다.

어떤 절실한 예감 같은 것을 지닐 수 있을 뿐이다. 다만 그런 예감뿐이다. 하지만 그런 예감이야말로 우리의 이해 속에서는 어떤 구체적인 설명보다 더욱 명확하고 정당한 이유가 될 수 있을 것 같다. 도대체 이유 같은 건 있어도 좋고 없어도 좋은 것이다. 그보다도 나는 먼저 김 박사의 이야기에 관심이 쏠리기 시작했다.
"왜, 박준에게 무슨 일이 있었습니까?"
나는 천천히 담배를 꺼내 물면서 궁금스런 표정을 지었다. 그러자 김 박사가 비로소 입을 열기 시작했다. 짐작대로 박준에게 한 가지 사고가 생겼다는 것이다. 간밤의 일이었댔다. 그러니까 그것은 전날 내가 병원을 물러나오고 나서 한 시간도 채 지나기 전이었는데, 그때 병원에선 우연히 정전사고가 생겼댔다. 나중에 알고 보니 그것은 병원뿐만 아니라 부근 전신주의 변압기 사고 때문에 일대가 모두 함께 겪은 일이었는데, 그러나 병원에서는 이날 밤 그 정전사고 때문에 뜻하지 않은 소동이 일게 되었다는 것이다. 소동의 주인공이 박준이었다는 것은 말할 나위도 없었다.
"다름 아니라 바로 그 박준이라는 환자의 괴상한 버릇 때문이었죠. 전에도 말씀드린 일이 있지만, 이곳 환자들은 별스런 기벽을 한두 가지씩 가지고 있거든요. 박준 씨도 물론 마찬가지였어요. 박준 씨로 말하면 그런 기벽이 유독 심한 편이었지요. 어젯밤 사고는 바로 그 박준 씨의 기벽 때문이었어요."
그리고 나서 김 박사는 박준의 기벽이라는 것을 이렇게 설명했다. 박준은 평소부터도 늘 자기 주위가 어두운 것을 싫어해왔다는 것이다. 그는 저녁부터 아침까지 늘 주위를 대낮처럼 환히 밝혀두고 지냈고, 낮에도 날씨가 좀 우중충하면 곧잘 전짓불을 밝혀두곤 한다 했다. 잠을 자고 있을 때도 마찬가지였다. 박준은 불을 밝혀놓지 않고는 도대체 자리를 들지 않으려 했고, 잠을 자다가도 혹시 누가 스위치를 내려놓으면 금세 잠을 깨고 일어나버린다고.

김 박사의 말을 듣다 보니 문득 나는 박준과 함께 밤을 지내던 날의 일이 생각났다. 그날 밤 꺼놓은 형광등이 자꾸만 다시 밝혀져 있곤 하던 수수께끼의 장본인이 김 박사에 의해 다시 박준으로 확인되고 있었다.

김 박사는 말을 계속했다.

"헌데 어젯밤 갑자기 정전이 되고 보니, 이 친구 걱정이 되지 않을 리 있었겠어요? 간호원 한 사람이 이 환자의 병실을 살피러 갔다는 겁니다."

진짜 소동은 바로 거기서부터였다. 간호원이 병실을 들어서자마자 박준이 느닷없이 발작을 일으켰다는 것이다. 나중에 알고 보니 간호원은 그때 어둠 때문에 손전등을 켜 들고 병실로 들어섰는데, 그 전짓불빛을 얼굴에 받자마자 위인이 별안간 비명 같은 소리를 지르며 번개같이 간호원에게로 달겨들었다고.

그리고는 난폭스럽게 전짓불을 후려뜨리며 미칠 듯 화가 나서 간호원의 목줄기를 짓눌러댔다는 것이다.

"경비원이 쫓아간 것은 환자의 발작 때문이 아니라 목을 졸리고 있던 간호원의 비명 소리를 듣고였어요."

소동 경위는 그런 것이었다. 사건 자체는 별로 대단스런 일같이 보이지 않을 수도 있었다. 하지만 나는 이야기를 듣고 나니 아무래도 이날 밤 박준의 발작이 예사로운 일로 생각되지 않았다. 박준의 발작 그 자체보다도 김 박사의 이야기가 더욱 심상치 않게 들리고 있었다. 김 박사의 이야기를 듣고 있는 동안 나는 그의 이야기 중에서 박준의 발작과 관계되고 있는 듯한 몇 가지 사실들이 박준의 발작 이상으로 나를 긴장시키고 있음을 느꼈다.

"도대체 박준은 어째서 꼭 불을 밝혀놓아야 잠이 들 수 있었을까요. 그리고 전짓불을 보고는 왜 갑자기 발작을 일으킨 것입니까?"

"중요한 걸 물으시는군요."

잠시 입을 다물고 있던 김 박사는 그동안 나에게서 그런 질문을 기다리고 있었기라도 한 듯 이번에는 박준의 버릇에 대해 다시 설명을 시작했다.

"글쎄, 나 역시도 어젯밤 우연히 그런 발작이 나기 전까지는 환자가 특히 어둠을 싫어하는 이유를 알아내지 못하고 있었거든요. 그야 물론 앞서도 말씀드렸듯이 그것도 다른 환자들에게서 볼 수 있는 일반적인 병증의 하나임엔 틀림없지요. 하지만 이제까지의 관찰로는 영 그 원인을 분석해낼 재간이 없었단 말입니다. 한데 어젯밤 발작을 보고는 비로소 어떤 힌트를 얻을 수 있었어요. 무슨 얘기냐 하면, 환자가 그토록 어둠을 싫어하게 된 것은 직접적으로 그 어둠 자체를 싫어하기 때문이 아니라, 그 어둠으로부터 연상되는 어떤 다른 공포감이 있었기 때문이라는 겁니다. 이를테면 그 전짓불 같은 것이 바로 그런 거지요. 환자가 진짜 발작을 일으키도록 심한 공포감을 유발시킨 것은 어둠이 아니라 그 어둠 속에 나타난 전짓불이었단 말씀입니다. 환자에겐 그 어둠이라는 것이 늘 전짓불을 연상시키는 공포의 촉매물이었지요."

"그렇다면 앞으로의 문제는 박준이 무엇 때문에 그 전짓불에 공포를 느끼게 되는지 그걸 알아내는 것이겠군요. 그게 바로 박사님께서 자주 말씀하신 최초의 갈등 요인이 아니겠습니까."

"옳은 말씀이에요. 전짓불의 비밀이야말로 박준 씨의 치료에는 무엇보다 중요한 열쇠가 되고 있지요."

"하지만 어젯밤 박준이 전짓불을 보고 놀랐던 것만으론 그가 어째서 그것에 대해 공포감을 지니게 되었는지, 그리고 그 전짓불의 공포라는 것이 박준에게 어떤 의미를 지니고 있는 것인지 아직 설명하실 수가 없으신 것 아닙니까."

"아직까지는 그런 셈이지요."

"역시 그의 소설에 대해 관심을 좀 가져보시는 게 어떨까요?"

나는 필시 박준의 소설들과 전짓불 사이엔 뭔가 썩 깊은 상관이 있는 듯한 예감에 사로잡히며 은근히 김 박사를 권해보았다. 그러나 김 박사는 박준의 소설에 대해서는 여전히 관심을 보이려 하지 않았다.

"역시 그럴 필요는 없어요. 별로 기분 좋은 방법이 아니기는 하지만, 이젠 최소한 환자로 하여금 전짓불의 내력을 포함한 모든 비밀을 털어놓게 할 마지막 방법은 찾아놓고 있는 셈이니까요."

의사는 뭔가 의미 있는 미소를 짓고 있었다. 그러나 김 박사는 그 방법이 어떤 것인지에 대해서는 말을 하지 않았다. 좀더 시간을 기다려보라고 언제나처럼 자신만만한 웃음을 웃고 있을 뿐이었다.

전짓불 때문에 생긴 박준의 발작 사건 이후부터 나는 더욱 사무실 쪽으로 마음을 돌릴 수가 없었다. 박준이 무엇 때문에 전짓불을 보고 발작을 일으켰는지 하루빨리 확실한 이유를 알고 싶었다. 김 박사는 그 전짓불의 내력뿐 아니라 박준의 비밀을 모두 털어놓게 할 방법이 있노라고 무척 자신만만했다. 그래서 그는 박준을 위해 그의 소설까지 들춰낼 필요가 없다고 했다. 하지만 나는 김 박사만을 기다리고 있을 수가 없었다. 이미 박준의 소설을 두 편이나 읽고 있는 나로서는 그의 증세와 소설을 좀더 주의 깊게 관련지어 보지 않을 수 없었다. 더욱이 나는 그 두 편의 소설로부터 어떤 강한 암시까지 느끼고 있는 터였다.

전짓불은—그의 작품 속에 뚜렷이 암시된 그의 작가로서의 진술의 권리를 깊이 간섭 방해하고, 마침내는 자신의 의식에까지 어떤 장애를 초래케 한 갈등 요인의 구체적 내용물이었다. 나에게는 그렇게 생각되고 있었다. 박준의 전짓불과 소설이 전혀 무관하게 보일 수가 없었다. 김 박사에게 박준의 소설을 좀더 권해보지 않은 것은 아직도 자신을 가질 수가 없었던 것뿐이었다. 그리고 그 박준의 전짓불로 내가 김 박사를 찾아가 하고 싶었던 이야기는 이미 충분해지고 있었기 때문이다. 그러나 그 전짓불과 그의 소설은 그 이상의 어떤 깊은 관련이 있었다. 어찌 생각하면 그 전짓불은 이미 그의 소설 속 어디엔가 숨겨져 있었던 것 같기도 했다. 확실하지 않은 것은 다만 그것이 어디에 어떤 식으로 숨겨져 있었는지 정체를 알아낼 수 없는 것뿐이었다.

그의 다른 소설들을 찾아나서지 않을 수 없었다. 나는 온통 그런 식으로 박준의 일에만 정신이 팔려 지냈다. 옛날에 발표된 작품들을 찾아 읽고 주소를 따라 집을 찾아가보기도 했다. 하지만 그의 집에서는 박준에 대해 무슨 신통한 흔적을 찾아볼 수가 없었다. 판잣집들이 무더기져 있는 신촌 고갯마루―거기서도 언덕배기를 한참 더 기어오른 다음에야 나는 겨우 박준의 집이라는 곳을 찾아낼 수 있었는데, 그 집엔 이상하리만큼 박준의 흔적이 말끔히 사라지고 없었다. 책이라든지, 원고지라든지, 일기장이나 무슨 메모집 같은 것 하나도 그의 방에는 남아 있는 것이 없었다. 그런 것들은 박준이 집을 나가기 전에 이미 하나하나 어디론지 자취를 감추고 말았다는 것이었다. 그러나 내가 박준의 집에서 그의 흔적을 찾아볼 수 없었다는 것은 그런 걸 얻을 수 없었다는 뜻에서만은 아니다. 박준은 그의 가족들에게서마저 이미 어느 머나먼 곳으로 떠나가고 만 꼴이었다.

 가족이라야 칠순이 넘어 보이는 모친과 이미 결혼 적령기를 놓치고 있음에 틀림없는 누이동생뿐이었지만, 그 육친들마저도 박준에 대해선 별스럽게 태도들이 냉담했다. 박준의 소식을 전하고 나서 내가 혹시 무슨 도움 될 일이 없느냐고 묻자 그 누이동생이라는 여인은,

 "그러니까 이제 와서 저희더러 어떻게 하라는 거지요? 선생님께선 무엇 때문에 오빠 일에 그토록 관심이 대단하시죠?"

 고마워하기는커녕 차디차게 공박을 하고 들었다. 나는 어리둥절해질 수밖에 없었다. 그리고 비로소 박준에겐 찾아줄 만한 보호자도, 더 이상 그의 병세를 캐어볼 이웃도 없다는 것을 깨달았다. 나는 아직까지 주머니에 뒹굴고 있는 그의 원고료를 꺼내놓고(그러는 편이 낫다고 생각되어서였다), 그리고 혹시 박준에 대해 무슨 상

의할 일이 있으면 연락을 바란다고 사무실 전화번호를 적어놓고 나서 그냥 집을 나오고 말았었다.

하지만 나는 그것으로 박준의 증세에 대한 궁금증을 중단해버릴 수는 물론 없었다. 계속해서 그의 소설을 찾아 읽고 행적을 수소문해보곤 했다. 그러는 나를 보고 안 형은,

"이제 그만 일을 좀 돌볼 만한 때가 된 듯싶은데요. 덕분에 이번 달엔 아무래도 발행날짜를 맞출 수가 없겠어요."

노골적으로 불만스런 얼굴을 지어 보이곤 했다. 아직 원고조차 덜 걷힌 형편이라는 것이었다. 하지만 나는 그런 안 형의 불평도 아랑곳하지 않았다. 아랑곳할 필요가 없다고 생각했다.

─박준의 일이 확실해지기 전에는 다시 일을 시작하기가 싫은걸.

그런 투였다. 이상스럽게도 나는 최근 얼마 동안 원고가 전혀 잘 걷히지 않는다든가, 잡지 일이 잘 되어나가지 않는다든가 하는 이유가 박준에게서 찾아지기라도 할 것처럼, 그렇게만 생각되고 있었다. 그리고 어떤 식으로든 그것이 밝혀지기 전에는 잡지 일이라는 것이 전혀 무의미하게만 여겨졌다. 예감이었다. 그러나 나는 그런 예감을 머릿속에서 몰아낼 수가 없었다.

그러던 어느 날이었다. 이날은 뜻밖에 흥미 있는 일이 한 가지 생겼다. 사무실 화장실에서 생긴 일이었다. 건물이 헐어서 그렇기는 하겠지만, 우리 사무실 화장실은 여느 건물들의 그것보다 유난히 불결한 데가 많았다. 명색은 수세식이었지만, 언제나 물이 잘 나오지 않아 용법이 바뀐 지 오래였다. 여기저기 타일이 떨어진 것은 둘째치고, 물 바께쓰에다 화장지통하며 청소 수세미 같은 것

들이 언제나 너절하게 널려 있었다. 물론 고급 화장지가 비치되어 있을 리도 없었다. 화장지는 신문이나 휴지 조각을 적당한 크기로 찢어서 못에다 꽂아놓고 있었다. 하여튼 그런 식으로 좀 민망스런 화장실이었다. 그래서 나는 좀처럼 그 화장실을 사용하는 일이 드물었다. 일이 간단한 경우에야 물론 그런저런 불평까지 할 필요가 없었지만, 시간이 요할 때는 될수록 다른 곳을 찾았다.

그런데 이날은 어떻게 일이 그렇게 불가피했던지 내가 그곳을 찾아들게 되었다. 뜻밖의 일이란 거기에서 생긴 것이었다. 엉거주춤 코를 쳐들고 앉아 있던 나의 시선이 우연히 못에 걸린 신문지 조각 위에 머물고 있었다. 그 신문지 조각이 사단이었다.

―이 달의 화제작, 화제작가.

신문지는 벌써 이태쯤 전에 발간된 어떤 주간지의 한 조각이었는데, 거기엔 우선 그런 제호가 크게 눈에 띄었다. 그리고 그 제호 한 쪽으로 그달에 발표된 박준의 소설이 한 편 몇몇 평론가들로부터 합평되어 있고, 다른 한쪽엔 그달의 화제작가로서 박준을 인터뷰한 기사가 실려 있었다.

나는 정신이 번쩍 들었다. 신문지 조각을 못에서 빼어냈다. 그러나 금세 실망이 되고 말았다. 기사는 별로 읽을 만한 곳이 남아 있지 않았다. 대부분의 기사가 다른 조각으로 찢어져나가버리고 없었다. 찢어져나간 조각들은 찾아낼 수가 없었다. 이미 휴지로 사용이 되고 만 모양이었다. 남아 있는 것은 그의 인터뷰 기사 중의 몇 마디뿐이었다. 나는 그것이나마 찢어지다 남은 데서부터 기사를 읽어 내려가기 시작했다.

―당신은 아까 내가 위험한 질문이라고 한 말의 뜻을 아직 잘 알아듣지 못한 모양이다. 그렇다면 내가 좀더 설명을 하겠다……
 아마 기자의 어떤 질문에 대한 답변을 부연하고 있는 모양이었다. 박준은 이야기를 꽤 길게 계속하고 있었다.
 ―어렸을 때 겪은 일이지만 난 아주 기분 나쁜 기억을 한 가지 가지고 있다. 6·25가 터지고 나서 우리 고향에는 한동안 우리 경찰대와 지방 공비가 뒤죽박죽으로 마을을 찾아드는 일이 있었는데, 어느 날 밤 경찰인지 공빈지 알 수 없는 사람들이 또 마을을 찾아들어왔다. 그리고 그 사람들 중의 한 사람이 우리 집까지 찾아들어와 어머니하고 내가 잠들고 있는 방문을 열어젖혔다. 눈이 부시도록 밝은 전짓불을 얼굴에다 내리비추며 어머니더러 당신은 누구의 편이냐는 것이었다. 하지만 어머니는 그때 얼른 대답을 할 수가 없었다. 전짓불 뒤에 가려진 사람이 경찰대 사람인지 공비인지를 구별할 수 없었기 때문이다. 대답을 잘못했다가는 지독한 복수를 당할 것이 뻔한 사실이었다. 하지만 어머니는 상대방이 어느 쪽인지 정체를 모른 채 대답을 해야 할 사정이었다. 어머니의 입장은 절망적이었다. 나는 지금까지도 그 절망적인 순간의 기억을, 그리고 사람의 얼굴을 가려버린 전짓불에 대한 공포를 생생하게 간직하고 있다.
 그런데 나는 요즘 나의 소설 작업 중에도 가끔 그 비슷한 느낌을 경험하곤 한다. 내가 소설을 쓰고 있는 것이 마치 그 얼굴이 보이지 않는 전짓불 앞에서 일방적으로 나의 진술만을 하고 있는 것 같다는 말이다. 문학 행위란 어떻게 보면 한 작가의 가장 성실한 자기진술이라고 할 수 있다. 그런데 나는 지금 어떤 전짓불 아래서 나의 진술을 행하고 있는지 때때로 엄청난 공포감을 느낄 때가 많다. 지금 당신 같은 질문을 받게 될 때가 바로 그렇다……

박준의 말은 거기서 일단 끝나고 있는 듯 보였다. 그리고 신문이 찢어져나가버린 것도 거기서부터였다.

그러나 나는 이제 그것만으로도 충분했다. 충분하다기보다는 뜻밖의 수확에 우선 기분이 흡족했다. 신문은 아마 안 형의 서랍쯤에서 나온 것 같았다. 내가 갑자기 박준의 일로 설치고 다니는 바람에 안 형은 요즘 비위가 잔뜩 상해 있었다. 문학 기사로 스크랩을 해뒀다가 소제를 해낸 것이었을지 모른다. 그것을 아마 사환애 녀석이 화장실 못에다 찢어 걸어놓은 것이리라…… 하기야 그게 어떻게 해서 우리 사무실 화장실까지 굴러 들어오게 되었든 그걸 상관할 바는 아니다. 중요한 것은 내가 그것을 보게 된 것이다. 내가 보게 된 박준의 그 몇 마디가 중요한 것이다.

박준의 이야기는 바로 그 전짓불의 이야기였다. 비로소 전짓불의 정체가 드러난 것이다. 게다가 박준은 그 이야기 속에서 자기의 문학과 전짓불이 어떤 불가분의 관계 속에 있음을 분명한 어조로 암시하고 있기까지 했다. 나의 추측대로였다. 사무실로 돌아오자 나는 다시 기분이 들뜨기 시작했다. 이젠 박준에게서 그 전짓불이 어떻게 해서 오늘의 증상에까지 발전해오게 되었는지, 그리고 그 전짓불과 박준의 소설이 좀더 구체적으로 어떤 식으로 관련되고 있는지, 그것만 밝혀지면 모든 것이 명백해질 수 있었다. 우선 박준을 인터뷰한 신문사를 찾아가서 기사를 마저 읽어보는 것이 좋을 듯했다. 바로 박준의 소설 가운데서 그 전짓불이 발견될 수 있다면 그보다 더한 다행이 없겠지만, 그럴 가망은 좀처럼 보이지 않았다. 우선 신문사를 찾아가서 그때 말한 박준의 생각만이라도 자세히 알아보는 편이 나을 것 같았다.

그런데 일이란 한번 실마리가 풀리기 시작하면 이상하게 이리저리 인연이 닿게 되는 모양이다. 이날은 연거푸 뜻밖의 일들이 일어났다. 점심 겸 신문사를 찾아가기 위해 막 사무실을 나서려는 참이었는데, 나로서는 의외의 인물로부터 전화가 한 통 걸려왔다. 그런데 이번엔 그 의외의 전화가 신문사를 찾아갈 일을 덜어준 것이다. 전화를 걸어온 사람은 다름 아닌 박준의 누이였다. 여인의 이야긴즉, 자기가 지금 나의 사무실 근처까지 와 있는데, 시간이 있으면 좀 만나서 의논해보고 싶은 일이 있다는 것이었다. 나는 곧장 다방으로 내려갔다. 그런데 여인을 만나고 보니 의논할 일이라는 게 다름이 아니었다. 여인은 책보자기에다 박준의 소설 원고를 한 뭉치 싸 들고 나와 있었다. 한 5, 6백 장쯤 된 중편소설 원고였다.

"오빠가 집을 나가기 얼마 전에 내게 맡긴 거예요. 이 원고를 제게 맡기면서 오빠는 아마 자기가 머지않아 미치게 될지도 모른다고 하더군요. 물론 곧이들을 수가 없었지요. 오빤 평소에도 늘 머릿속에 빈 데가 많은 사람이었거든요. 터무니없는 일에 괜히 안절부절 조바심을 치는 일도 많았구요. 그때도 물론 오빤 농담처럼 실없이 웃고 있었어요. 그러면서 자기가 정말 미쳐버리기라도 하면 이 소설을 어디다 가져다 팔아보라는 말씀이었어요."

띄엄띄엄 사정을 털어놓고 있는 여인의 목소리는 그날처럼 여전히 냉랭했다.

"그런데 요전엔 박준 씨가 정말 자신의 예언대로 되어 있다는 소식을 전했는데도 그런 말씀을 하시지 않았지요?"

의아스러워하는 나에게 여인은,

"오빠의 소설을 팔고 싶다고 해도 쉽사리 저의 생각대로 일이 되진 않았을 테니까요. 전 한동안 오빠가 소설을 써가지고 나가는 것만 보았지, 그 소설들이 어디로 팔리거나 발표되는 걸 본 일이 없거든요."

여차하면 다시 원고 뭉치를 들고 일어서버릴 기세였다.

"그런데 오늘은 어떻게 다시……?"

"오빠가 너무 가엾어졌기 때문이에요. 병원을 찾아가보고 싶어요."

"그러시겠지요. 물론 그러셔야죠."

"하지만 꼭 선생님 잡지사에서 원고를 팔아주시라는 뜻은 아니에요. 일전에 선생님께서 알 수 없는 돈봉투를 내놓고 가신 걸 보고 전 선생님네 사무실에도 이미 오빠의 소설이 들어와 있다는 걸 짐작하고 있으니까요. 정말 원고를 사줄 만한 데라도 알선해주시면 고맙겠어요."

소설은 내가 맡을 수밖에 없었다. 아니 여인의 말이 아니더라도 이미 나는 그 소설을 내가 맡을 작정을 하고 있었다. 우리 사무실에서 그 원고를 사주고 안 사주고는 전혀 다른 문제였다. 자기가 미친 다음에나 팔아보라고 마지막 남기고 간 소설이었다. 그가 누이에게 농담처럼 했다는 말을 보면 그는 그 소설을 쓸 때부터 자신이 언젠가는 정말 미친 사람이 되어 있거나, 적어도 그렇게 알려지게 될 것을 점치고 있었음이 분명했다. 그런 소설을 섣불리 놓칠 수가 없었다.

나는 일단 소설을 맡기로 하고 나서 여인을 돌려보냈다. 원고료는 며칠 여유를 가지고 기다리되, 병원 일은 내가 우선 급한 대로 양해를 구해놓겠으니 언제라도 맘 내킬 때 찾아가보라고 했다. 그리고는 곧 박준의 소설을 안고 다시 사무실로 올라갔다. 이젠 인터뷰 기사를 읽어보기 위해 신문사를 찾아가는 일 따위는 아무것도 급할 것이 없었다. 우선 원고부터 읽어보고 싶었다. 점심도 사무실로 시켜 오게 하면 그만이었다.

나는 사무실로 올라오자 곧장 원고를 읽어 내려가기 시작했다. 그런데 그 박준의 소설이 이번에는 정말로 나에게 신문사를 갈 필요가 없게 만들고 있었다. 전짓불이—바로 그 소설 속에 박준의 전짓불이 번쩍이고 있었다. 이상스럽게도 박준은 2년쯤 전에 말한 그 전짓불을 소설 속에서 직접 이야기하고 있었다. 전짓불은 소설의 곳곳에서 무섭게 번쩍이고 있었다. 아니, 박준의 이번 소설은 바로 그 전짓불을 위해서, 그리고 전짓불에 의해 모든 이야기가 진행되어나가고 있는 형국이었다. 어찌 보면 박준 자신이 전짓불 아래 앉아 끊임없이 그 전짓불의 강한 조명을 받으면서, 소설을 쓰고 있었던 것 같기도 했다.

—아마 이건 제가 초등학교 4학년쯤 되었을 때의 일 같군요. 초등학교 4학년 때라면 그러니까 6·25 전란으로 마을 청년들이 한

창 군대들을 나가던 때였지요. 그 무렵엔 순경들이 마을로 들어와서 징집 영장을 받지 않은 청년들도 마구 붙잡아다 입영을 시키는 수가 있었어요. 그 때문에 마을에서는 가끔가다 한 번씩 소동이 일어나곤 했지요. 쫓고 쫓기고 하느라고 말예요. 그러던 어느 날 밤이었습니다. 어머니와 내가 막 안방에서 잠을 자려고 불을 끄고 있는데 집 뒤쪽 골목에서 갑자기 퉁퉁거리는 발소리가 들려오기 시작했어요. 발소리에 뒤따라 우리 집 뒷마당에서 쿵 하고 뭐가 떨어지는 소리가 들려왔어요. 그 쿵 소리가 다시 발소리가 되어 앞으로 돌아오더니 후닥닥 우리가 자고 있는 방문을 열고 다짜고짜 방 안으로 뛰어드는 것이었어요. 아주머니 접니다, 지금 순경에게 쫓기고 있어요, 그러면서 그는 숨도 돌릴 사이 없이 다락으로 기어 올라가는 것이었어요. 그 목소리는 우리가 잘 아는 마을 청년이었지요. 어머니는 곧 사태를 짐작한 듯 아무 말없이 방문을 고쳐 닫았어요. 저는 벌써부터 가슴이 무섭게 두근거려지기 시작했어요. 저 역시 사정을 짐작할 수 있었거든요. 어머니가 막 문을 고쳐 닫고 자리로 돌아오는데 과연 또 하나의 발소리가 급히 뒤를 쫓아오더군요. 그리고 그 발소리가 바로 우리들 방문 앞에 멈춰 섰어요. 실례합니다, 실례합니다! 날이 선 재촉 소리와 함께 백지 창문에 불빛이 번쩍거렸습니다. 저는 가슴이 떨려와서 정말 죽을 지경이었지요. 어머니는 소리에 막 잠이 깬 사람처럼 졸리는 목소리로 게 누구요, 하고 눈을 비적비적 문을 열었습니다. 그런데 아, 바로 그 순간이었어요. 열어젖힌 문 밖에서 갑자기 무시무시하게 밝은 전짓불빛이 방 안으로 쏟아져 들어오는 것이었어요. 그 불빛 때문에 뒤에 선 사람은 모습을 알아볼 수 없게 말입니다. 하지만 그 불빛 뒤에 선 사람이 누구인지는 물론 보지 않고도 알 수 있었지요. 그 사람은 여전히 전짓불빛을 방 안으로 쏘아 부으며 방금 청년 한 사람이 방으로 들어오지 않았느냐고 묻고 있었어요. 청년들을 붙잡으러 나온 지서 순경이 분명했지요. 저는 그가 순경이라는 것을 알고 나서도 그 무시무시한 전짓불 때문에 가슴을 진정시킬 수가 없었어요. 청년을 안에 숨겨두고 그의 물음에 어떻게 대답해야 할지를 몰라서만이 아니었어요. 그 전짓불빛 때문이었지요. 뒤에 선 사람의 얼굴을 볼 수 없는 그 무시무시한 전짓불 말입니다……

박준의 소설은 이를테면 그런 식이었다. 좀더 자세히 이야기하자면, 이것은 소설의 주인공인 G가 그의 환상 속에 나타난 신문관에게 자신의 과거를 고백하고 있는 대목의 하나인데, G가 그런 식으로 환상의 신문관 앞에 자신의 과거를 고백하게 된 경위는 이러했다.

어떤 청년운동단체의 간부직원인 G는 어느 날 저녁 하루의 일과를 끝내고 집으로 돌아오다 문득 이상한 환상에 빠져든다. 집으로 돌아오는 좌석버스 속에는 한결같이 무겁게 입을 다문 시민들이 피곤한 어깨를 기대고 앉아 있다. 그런데 G는 그 무거운 침묵과 얼굴이 보이지 않는 사람들의 어깨 뒤에서 갑자기 무시무시한 공포를 느끼기 시작한다. 그는 문득 그 모든 사람들이 서로 무엇인가 침묵으로 이야기를 하고 있음을 느낀다. 그 침묵의 대화가 무슨 내용인지는 말할 수가 없다. 그러나 G 자신도 그들과 함께 그 침묵의 대화를 나누고 있음을 느낀다. 느낌 속에선 대화의 내용도 제법 확실한 듯싶다. ……G는 한동안 그런 환각에 빠져들다 이번에는 느닷없이 어떤 불온스런 음모의 피의자로 체포당해 있는 자신을 발견한다. 그는 그 음모사건에 관해 신문관의 취조를 받기 시작한다. 그러나 신문관은 G에게 구체적으로 어떤 음모사건이 모의되고 있었으며, 그것과는 G가 어떻게 관련되고 있는지를 직접적으로 추궁하지 않는다. G는 다만 자신의 생애에 관해 그가 기억해낼 수 있는 모든 것을 진술할 것을 요구받는다. 그 음모사건이라는 것과 상관이 있거나 없거나, 또는 자신이 중요하다고 생각하고 있거나 않거나 기억해낼 수 있는 모든 일을 가식 없이 진술하라는 것이다. 신문관은 G의 그런 진술로부터 그가 어떤 식으로 그 음모사건과 관련되어 있으며, 그것이 어떤 가공할 범죄인지를 가려낼 참이라는 것이다. G 역시 차라리 그편을 다행스럽게 여긴다. 그는 도대체 자신이 어떤 음모를 꾸민 기억이 없다. 신문관 앞에 서고 보니 잠깐 그런 기분이 들었던 것은 사실이다. 하지만 그건 일종의 신문관 앞에서의 자격지심 같은 것일 수 있었다. 그리고 그런 기분마저도 아주 먼 옛날의 일처럼 까마득했다. 살아 있는 기억 속엔 음모를 꾸민 사실이 결코 없었다. 신문관의 요구를 기피할 이유가 없었다. 진솔한 진술이 자신의 혐의 유무를 정확하게 가려내줄 수 있다면 이야말로 자기 쪽에서 먼저 바라고 나서야 할 바였다.

그러나 G는 망설이지 않을 수 없다. 신문관의 정체를 알 수가 없다. 신문관은 한 번도 G가 본 일이 없는 제복을 입고 있다. 모자의 모양도 이상스럽고 제복에 달린 부착물이나 장신구의 풍속도 모두 눈에 선 것들뿐이다. 사내의 정체를 알 수 없는 것이 공연히 이쪽을 불안하게 해온다. 공연히라기보다도 이 정체를 알 수 없는 사내에겐 어떤 식의 진술이 자신의 결백을 증명하는 데 가장 효과적일지 알 수 없다. 정체를 알 수 없는 사람 앞에 가장 정직한 자기 이야기를 해야 한다는 사실부터가 바로 불안한 일이다.

그러나 G는 진술을 행하지 않을 수 없다. 그는 결국 그 신문관의 정체를 알 수 없는 불안스런 위구심(危懼心) 속에 진술을 시작한다. G가 자신의 과거를 신문관 앞에 고백하게 된 경위는 대략 그러했다.

그런데 그렇게 해서 시작된 G의 과거는 어찌 된 셈인지 온통 그 전짓불하고 상관된 일뿐이다. 첫 대목부터가 앞에서 보인 것과 같은 식이었다. 아니, 앞에서 본 것은 그 진술의 첫 대목이 아니었다. 그것은 두번째였다. G의 첫번째 진술은 마침 박준이 그의 인터뷰 중에서도 말한 바 있는 그 어린 시절의 봉변에 관한 것이었다. 아는 바와 같이 그것도 물론 전짓불에 관한 이야기였다. 그러니까 그것은 앞서 소개한 대목보다 1년쯤 전 일이 되는 셈인데(그래서 박준도 소설 속에서 그것을 두번째로 고백시키고 있었지만), 그때 일에 대한 G의 진술도 이렇게 되어 있었다.

―저의 고향 마을은 남해안 어느 조그만 포구 근처였습니다. 때는 6·25사변이 터지고 나서 3개월 남짓 지난 1950년 가을 무렵이었어요……

이때 인민군은 유엔군의 인천 상륙으로 벌써 남해안 근처에서는 자취를 감추고 말았지만, 퇴로를 차단당한 일부 낙오 병력과 지방 공비들은 곳곳에서 여전히 준동을 계속하고 있었다. G네 마을 일대에는 아직도 국군이나 경찰대가 진주해 들어와 있지 않았기 때문이었다. 10리 안팎에 있는 포구로는 며칠 만에 한 번씩 어마어마하게 큰 배들이 태극기를 휘날리며 돌진해 들어오곤 했다. 그 배들은 언제나 포구 멀찍감치서 마을을 기웃거리고 있다가 하룻밤이 지나고 나면 어디론지 다시 자취를 감춰 사라져버리곤 하였다. 배들은 밤으로 일대의 반공인사들을 모아 싣고 날이 밝기 전에 포구를 떠나가곤 한다는 것이었다. 하지만 배가 그렇게 한 차례씩 포구 앞을 스쳐 가고 나면 G네 마을 일대에선 오히려 더 많은 엉뚱한 희생자들이 생겨나곤 했다. 배가 떠나가고 나면 한동안 숨을 죽이고 있던 지방공비들이 다시 마을 사람들에게 무서운 보복을 감행해오기 때문이었다.

그럴 무렵이었다. 한 번은 G네 마을에 이런 일이 있었다. 이날은 이웃 포구로 배가 들어간 것을 본 사람들도 없었는데, 밤이 되자 느닷없이 한 무리의 무장부대가 G네 마을로 스며들어 왔다. 괴한들은 마을로 들어오자 집집마다 짝을 지어 다니며 젊은 남자들을 불러냈다. 그리고 영문을 알 리 없는 마을 남자들에게, 우리는 어스름 새에 배를 타고 들어온 경찰들인데 마을이 안전해질 때까지 그 배로 함께 피신을 해가는 것이 어떠냐고 했다. 마을 남자들이 옳다구나 그들을 따라나섰다. 그러나 그 무장괴한들을 따라나선 마을 사람들은 동네 어귀도 빠져나가기 전에 모두 무참한 죽음을 당하고 말았다. 괴한들은 지방공비였다. 배가 오지 않은 것은 말할 것도 없었다. 공비들은 자기들을 소원시하고 진짜 경찰대를 환영하는 지방민들에 대한 앙갚음으로 그런 복수극을 꾸몄던 것. 그런데 참극은 거기서 끝나지 않았다. 아직도 공비들의 난동이 심하다는 소식을 듣고 이번에는 다시 진짜 경찰대가 마을로 들어왔다. 그러나 어찌 된 일인지 마을 사람들은 이번에도 배가 포구로 들어간 것을 알아보지 못하고 있었었다. 마을 사람들 중에는 이번에야말로 정말 자기들을 피신시켜주려는 경찰대 앞에 엉뚱한 연극을 꾸며 보인 사람들이 있었다.

— 난 죽어도 국방군은 따라가지 않소. 난 인민군대 편이요. 인민군댈 따라가면 따라갔지 죽어도 국방군은 못 따라가오.

그렇게 말한 사람들은 이번에도 물론 지방공비들이 속셈을 뜸떠보려는 수작으로 믿은 축들이었다. 화를 당하지 않기 위해 그들 앞에 일부러 그렇게 말한 것뿐이었다. 그러나 경찰대는 사정을 이해할 리 없었다. 마을 사람들은 다시 화를 입고 말았다. 그러자 G네 마을 일대는 이번에야말로 진짜 무서운 공포에 휩싸이기 시작했다. 배가 와도 걱정이고, 안 와도 걱정이었다. 어느 쪽이 어느 쪽인질 분간할 수 없으니, 한밤중에 갑자기 일을 당하고 나면 어떻게 화를 면할 길이 없었다. 밤이 무서웠다. 밤이 되면 남자들은 모두 집을 비우고 도망갔다. 산에서 밤을 지내고 아침에야 집으로 돌아오곤 했다. 그러던 어느 날 밤 드디어 G의 집에도 그런 무서운 일이 닥쳐왔다. 이날 밤 일을 G는 이렇게 진술하고 있었다.

— 그날 밤 저는 어머니와 함께 단둘이서 집을 지키고 있었습니다. 밤중쯤 되자 느닷없이 밖에서 쿵쿵거리는 발자국 소리가 났고,

어머니와 저는 그 발자국 소리에 놀라 잠을 깨고 말았지요. 눈을 뜨자마자 백지 창문이 덜컹 열리면서 눈부신 손전등 불빛이 가득히 방 안으로 쏟아져 들어왔어요. 눈을 뜰 수도 없을 만큼 강한 불빛이었지요. 불빛 뒤에선 사람의 모습이 보이지 않은 채 카랑카랑한 목소리가 울려왔어요. 이 집은 남자들이 모조리 어딜 갔어, 남자들은 다 어딜 가고 꼬맹이하고 아주머니만 남아 있는 거야, 그런 소리였지요. 올 것이 왔구나 싶었습니다. 전 속이 떨려 감히 그 불빛을 쳐다볼 수도 없었어요. 하지만 어머니는 저보다도 더 기가 질려버린 모양이었어요. 기어 들어가는 목소리로 애원하듯 간신히 대답을 하고 있었어요. 우리 집에는 원래 다른 남자가 없고 식구가 두 사람뿐이라는 것이었어요. 전짓불은 곧이들으려 하지 않았지요. 거짓말 마라, 우린 다 알구 왔다, 남자들은 다 어디 갔느냐, 누굴 따라간 게 틀림없는데, 따라간 사람이 누구 편이냐는 것이었지요. 무섭고 답답한 일이었습니다. 왜냐하면 전짓불의 추궁대로 아버지는 정말로 밤이 두려워 집을 비우고 숨어 달아나고 없었으니까요. 전짓불은 정말로 그것을 알고 있는 것 같았어요. 전짓불의 정체만 알 수 있었다면 물론 대답이 어려운 것은 아니었지요. 하지만 그 전짓불의 강한 불빛 때문에 그 뒤에 선 사람이 어느 편인지는 죽어도 알아낼 수가 없었습니다. 아아 그 전짓불이 얼마나 원망스럽고 무서운 것이었는가를 지금도 잊을 수가 없군요. 사실을 말할 수가 없었어요. 그러나 어머니는 끝끝내 대답을 하지 않을 수 없었지요. 전짓불이 자꾸 대답을 강요했기 때문이죠. 어머니는 결국 울음 섞인 목소리로 애원을 하기 시작했어요. 아버지가 밤새 어디론가 집을 나가 있는 것은 사실이지만 그러나 그것은 누굴 따라가기 위해서가 아니라 그저 세상이 시끄러워 잠시 피신을 해간 것뿐이니 용서해달라구요. 그러나 전짓불은 믿지 않았어요. 거짓말이다, 당신의 남편은 누굴 따라간 게 틀림없다, 그게 어느 편이냐, 아주머니는 누구 편이냐, 어머니를 사정없이 추궁을 하고 들었습니다. 그러니까 어머니는 다시, 우리는 아무것도 모르고 그저 농사나 지어 먹는 사람이다, 누구를 따라간 일도 없고 누구의 편이 된 일도 없다. 무식한 죄로 그러는 것이니 제발 허물을 삼지 말아달라…… 이 아주머니 정말 반동이구먼, 누구의 편이 아니라니 그런 반동적인 사상은 용서할 수 없다. 전짓불 뒤에서 비로소 그런 소리가 들려왔어요. 겨우 전짓불의 정체가 밝혀진 것이지요. 하지만 그때는 이미 때가 너무 늦어 있었어요. 우리들이 만약 보잘것없는 한 늙은이나 나어린 꼬마둥이가 아니었다면 절대 전짓불의 용서를 받을 수 없었겠지요. 하지만 우리는 다행히 장성한 남정네가 아니었어요. 그리고 늦게나마 정체를 알아낸 어머니의 애원으로 우리는 겨우 화를 면할 수가 있었어요. 하지만 아침에 일어나 보니 이날 밤 사이 마을에는 또 많은 새 희생자가 생겨나고 있었어요. 끔찍스런 전짓불의 강요에 못 이겨 그 전짓불 뒤에 숨은 사람의 정체를 점치려다 실패한 사람들이었지요. 사람들은 좀처럼 그 전짓불의 정체를 알아맞힐 수가 없었던 겁니다……

결국 G의 진술은 그때의 그 강렬한 전짓불빛의 인상으로 서두가 시작되고 있었다.

그런데 G에겐 그 전짓불 이야기로 첫 진술을 끝내고 나자 다시 뜻하지 않은 일이 벌어진다.

"사람이 태어나 겪은 일 중 첫번째로 기억되고 있는 일이 하필 그 전짓불이라니 이상한 일이군요."

신문관이 느닷없이 탐탁지 않은 표정을 짓고 만 것이다. 그리고는 도저히 그럴 리가 없다는 듯 의심스런 눈초리로 유심히 G를 바라보는 것이었다. 하지만 문제가 생긴 것은 그러는 신문관에게서가 아니었다. 그런 신문관을 보게 된 G 자신에게서였다. G는 신문관의 태도에 갑자기 다시 공포감이 일기 시작한다. 아닌 게 아니라 G 자신도 왜 하필 그런 이야기가 맨 첫번째 기억으로 간직되고 있었는지 스스로 의문스러워진다. 이번엔 좀 다른 이야기를 생각해내보려 한다. 그러나 어찌 된 셈인지 금세 다른 이야기가 떠올라주질 않는다. 이번에도 또 그 전짓불에 관한 이야기가 떠오른다. 그는 안타깝고 초조해진다. 자꾸만 신문관의 눈치가 보인다.

— 이자의 정체는 도대체 무엇인가. 나의 결백은 결국 이자에 의해 증명되게 되어 있는데, 작자의 마음에 들 수 있는 이야기란 도대체 어떤 것이어야 하는가.

우선 그것부터 좀 알고 싶어진다. 하지만 그러면 그럴수록 머릿속엔 도무지 전짓불뿐이다. 그리고 전짓불은 더욱 강하게 빛을 내쏟고 있다. 자신의 과거는 모든 것이 그 전짓불하고만 상관되고 있는 듯 여겨질 지경이다. 또는 그 기억 속의 전짓불에 가려 다른 일은 아무것도 볼 수가 없는 것 같기도 하다.

어쩔 수가 없다. 그는 다시 전짓불의 이야기로 두번째 진술을 계속한다. 진술이 한 대목씩 끝날 때마다 신문관의 표정이 어떻게 달라지고 있는가를 세밀하게 살피면서.

 하지만 두번째 진술이 끝나고 나자 신문관은 드디어 짜증을 내기 시작한다. G의 이야기가 모두 그 전짓불 한 가지로 일관하고 있는 것은 분명히 정직한 진술이 될 수 없으며, 그것은 곧 G를 의심하기에 충분한 근거가 될 수 있다고 위협 어린 충고를 한다. G는 더욱 겁을 집어먹는다. 신문관의 마음에 들도록 좀더 정직한 진술거리를 기억해내려 머리를 쥐어짠다. 하지만 아직도 그는 신문관의 정체를 알고 있지 못한다는 불안 때문에 도저히 그 이상 정직한 진술거리를 생각해낼 수 없다……

 그는 몇 날 며칠을 퇴근 때마다 버스 속에서 같은 환상의 괴롭힘을 당한다. 이상하게도 G는 버스만 타면 다시 전날과 똑같은 환상에 빠져들고, 그런 일이 며칠씩이나 이어져가고 있었다. 날마다 같은 식으로 정직한 진술거리를 생각하지 않을 수 없다. 그리고 신문관의 정체를 궁금해한다. 그는 이제 그 전짓불 때문에 머리가 돌아버릴 지경이다. 그러나 그가 신문관의 마음에 들도록 정직한 진술거리를 찾아보려 하면 할수록, 그리고 신문관의 정체를 알고 싶어 하면 할수록 기억 속에서는 전짓불빛만 더욱 강하게 빛을 쏘아오고 다른 것은 깡그리 그 전짓불 뒤로 숨어 들어가버리곤 하였다. 그리고 그러다간 또 다른 전짓불의 기억이나 찾아내게 되곤 하였다.

 ─대학 시절의 이야길 하지요. 입학식을 하고 나서 나는 거처를 정하지 못하고 있었어요. 천상 가정교사를 구해 들어가야 할 형편이었는데, 그게 곧 구해지지 않았거든요. 그래서 저녁이 되면 전

일찍 국수를 하나 사 먹고 수위가 문을 채우기 전에 강의실로 숨어 들어갔어요. 그리고는 날이 어서 어두워지기를 기다리곤 했습니다. 밤이 되면 저는 책상을 몇 개 모아서 자리를 만들고 이번엔 그 위에 누워서 다시 기다렸어요. 저는 아직도 잠이 들어서는 안 되었으니까요. 교사 안을 순찰하러 나온 수위에게 들키면 두말없이 쫓겨나게 되거든요. 저는 그리고 기다리다 수위가 다가오는 기색이 있으면 재빨리 그 수위가 다가오는 쪽 창턱 밑으로 내려가 납작 엎드린 채 그가 지나가기를 기다렸어요. 수위는 손전짓불로 교실 안을 휙휙 둘러보곤 했지요. 그 불빛이 얼마나 무서운 것이었는지 모릅니다. 사람은 보이지 않고 불빛만 번쩍거리는 그 전짓불이 말입니다. 그 불빛이 기다랗고 곧은 장대처럼 되어 교실 안의 어둠을 이리저리 들추고 다닐 때 저는 배 속에서 들려 나오는 꼬르륵 소리조차 조마조마했어요. 물론 그런 때는 어렸을 적의 전짓불과 공포까지 함께 살아났지요. 그러나 이젠 그 전짓불 앞에 어느 쪽을 선택해 말할 여지도 없었습니다. 물론 애원으로 용서를 받을 수도 없었구요. 전 이젠 어린애가 아니었거든요. 전짓불은 이제 그 자체가 저에게는 참을 수 없는 공포였어요……

대학 시절의 이야기마저도 결국은 철저하게 그 전짓불로만 연결지어지고 있었다. G의 진술은 끝끝내 그런 식이었다. 군영생활 3년에 대해서도 그랬고, 가정생활, 교우관계 모두에 대해서도 그랬다. 모두가 그 전짓불투성이였다. 그리하여 그는 결국 자신에 관한 가장 정직한 진술을 끝까지 실패하고 만다. 그리고 어느 날 드디어 신문관은 G에게 진술을 중단시킨다. 기나긴 신문이 끝난 것이다. 신문이 끝났으니 이젠 심판이 내려질 차례였다. 심판이 내려졌다. 정직한 진술을 실패한 G는 말할 것도 없이 유죄였다. 박준의 소설은 이렇게 끝나고 있었다.

"우선 나는 지금까지 당신의 진술을 검토한 끝에 당신의 유죄 심증을 굳히게 되었습니다."

사내는 선언하듯 말하고 나서 한동안 G를 가만히 건너다보고 있었다. 그러더니 이윽고 그는 불안 때문에 감히 입도 열지 못하고 있는 G에게 유죄심증 이유를 설명하기 시작했다.

"그 이유는 이렇습니다. 이유를 말씀드리기 전에 먼저 말해둬야 할 것은, 사실 우리는 당신의 진술 내용을 당신에 대한 유죄심증의 근거로 삼지 않았다는 점입니다. 그럴 필요가 없었지요. 왜냐하면 당신의 혐의 사실은 당신의 진술 태도만으로 이미 심증이 충분해지고 있었으니까요. 당신이 진술한 이야기의 내용이 아니라 그 태도에 의해서 말입니다. 자 그럼, 이제부턴 당신의 그 진술 태도와 관련하여 유죄심증의 이유를 말하지요. 그 이유는 이렇습니다. 첫째로 당신은 우리에게 체포당해 있다는 사실, 그것을 부인하려고 했습니다. 당신과는 전혀 다른 새로운 질서를 가지고 있을지 모를 우리에게 당신이 체포당했다는 사실—지금 모든 것은 거기서부터 출발되고 있는 것입니다. 우리가 당신을 체포하게 된 경위는 문제가 되지 않습니다. 당신 자신도 그것을 잘 모르고 있지만 우리 역시 그것은 중요하지 않습니다. 어쨌든 당신이 우리에게 체포되었다는 사실, 우리들 쪽으로 보면 그것이 곧 당신의 최초의 혐의점이며 그것으로 우리에겐 당신을 신문할 권리가 생긴 것입니다. 그런데 당신은 그 최초의 혐의 사실과 그리고 우리들이 당신을 신문할 권리를 쉬 인정하려 하지 않았어요. 물론 당신은 그것을 말한 일이 없었지만, 그렇기 때문에 당신의 심중에선 그것이 더욱 용납될 수가 없었던 것입니다. 그것이 우리에게 훌륭한 유죄 심증의 이유가 되었지요. 두번째 이유는 당신이 줄곧 우리의 정체에 대해 불요부당한 의문을 품고 있었던 점입니다. 당신은 진술을 하면서 자꾸만 우리의 정체를 알아내고자 했습니다. 그러나 우리의 비밀은 영원한 것입니다. 어쩌면 우리 자신도 그것은 모르고 있는 것일지 모릅니다. 그것을 알아내고 싶어 하는 것은 죄악입니다. 당신은 그 죄악을 범했습니다. 그래서 당신은 늘 진술을 망설이고 정직한 진술을 하지 못했습니다. 당신이 우리의 정체를 궁금해하고 그것 때문에 정직한 진술을 할 수 없었다는 것은 또 하나의 음모 가능성을 스스로 드러낸 것이지요. 이젠 밝혀도 상관이 없는 일이지만, 사실 나는 처음부터 당신에게 어떤 음모가 있었으리라 믿고 있었던 것은 아니었어요. 그러면서도 내가 당신에게 처음부터 음모 혐의를 걸어 진술을 요구한 것은, 그것이 바로 우리의 신문 방법이기 때문이었지요. 그런 경우 진짜 피의자들은 대개 극도의 공포감을 갖게 되고, 그래 어떻게든 혐의를 벗어보려고, 다른 식으로 혐의 사실이 드러날 것은 꿈에도 생각지 못하고 이것저것 엉뚱한 진술을 늘어놓게 마련이거든요. 물론 그렇게 해서 진짜 혐의가 밝혀진 사람이 많은 것은 아니지요. 하지만 그 몇 되지 않은 사람을 철저히 색출해내기 위해선 모든 사람들이 일차 음모 혐의자가 되어주는 수밖에 도리가 없지요. 어쨌든 음모 혐의는 가장 좋은 신문 방법입니다. 그래서 당신에게도 같은 방법을 취했던 것이지요. 당신은 바로 그런 방법에 의해 훌륭하게 자신의 음모 가능성을 드러내준 것입니다. 우리들의 정체에 대한 불요부당한 의혹, 그리하여 끝끝내 정직한 진술이 불가능했던 위구심과 망설임, 그것들은 용서받을 수 없는 음모의 가능성인 것입니다."

사내가 겨우 말을 끝냈다. 끝내고 나서 다시 G를 바라보았다. G는 어이가 없었다. 사내의 말은 어느 하나도 선선히 승복을 하기 힘들었다. G가 사내들에게 체포당했다는 사실, 그것으로 모든 것이 새로 시작되며, 그것으로부터 G에겐 진술의 의무가 발생한다는 것은 말할 것도 없고, 사내의 정체에 의구심을 느끼고 있었다거나, 그 때문에 정직한 진술을 행하지 못했다는 점에 대해서도 사내는 도대체 초논리적 독단을 일삼고 있었다. 그의 말엔 시종 승복할 데가 없었다. 아니, 사내식으로 한다면 G에게는 오히려 그 사내를 설복시킬 보다 합당한 논리가 많았다. 하지만 G는 입을 다물고 말았다. 이미 모든 것이 끝난 뒤였다. G가 뭐라고 해도 사내는 이미 유죄의 심증을 굳히고 있노라 했다. 사내의 심증이 그런 식으로 굳어진 마당에 불복 이유를 말해봐야 사내는 이제 그 심증 자체가 또 모든 것의 시작이라고 할 터이고, 자칫하면 그 불복 의사까지를 새로운 음모의 심증으로 삼으려 들지 몰랐다. G는 모든 것을 체념하기로 작정하고 가만히 입을 다물고 있었다. 그러나 사내가 말을 끝내고는 계속 입을 다물고 있었으므로 G는 끝내 더 참을 수가 없어졌다.

"도대체 절 어떻게 할 작정입니까?"

G는 초조하게 묻기 시작했다. 그러나 사내는 이제 정말 할 일을 다 끝낸 듯 여전히 여유만만한 표정이었다.

"형을 선고받아야지요. 이것은 당신들의 풍속에 의하면 일종의 재판에 해당되는 것이니까요."

"음모의 심증만으로 어떻게 형이 선고될 수 있다는 것입니까?"

"하지만 당신은 이미 그 형벌을 선고받고 있는걸요. 당신의 진술 속에서 당신은 자신의 범죄만큼한 형벌을 선고받고 그리고 그 형벌은 이미 집행이 되고 있단 말입니다."

"알 수가 없군요. 어떤 식으로 형벌이 선고되고, 벌써 그 집행이 이루어지고 있다는 것입니까."

사내는 빙그레 웃고 있었으나 이제 그 웃음 속에는 잔인한 살기가 숨겨져 있었다.

"당신의 전짓불과 나에 대한 두려움, 그것은 이미 스스로 선택한 당신의 수형의 고통이지요. 그리고 당신은 그렇듯 스스로 선택한 수형의 고통 속에 이미 반쯤 미친 사람이 되었거나 앞으로도 계속 미쳐갈 게 분명합니다. 당신은 우리들의 심판에 앞서 자신의 형벌을 그렇게 스스로 선고받고 있는 것입니다……"

"……"

이날 밤 나는 며칠 동안 뜸했던 병원으로 다시 박준을 찾아갔다. 소설을 읽고 나니 이제 나는 박준에 대해 거의 모든 것이 확실해진 듯싶었다. 안 형의 말대로 박준은 마치 그 한 편의 소설을 써놓고서 자신이 직접 주인공이 되어 현실 속에서 그 소설의 사건들을 연출해나가고 있는 것 같았다. 전짓불에 대한 것이 그랬고, 일방적으로 진술(그 용어마저도)을 요구당하고 있는 상황이 그랬다. 소설의 주인공처럼 박준이 무엇인가 김 박사를 못 미더워하고 있다는 것도 의심할 여지가 없었다. 박준에게 끊임없이 진술을 요구하고 있는 김 박사는 바로 박준 자신의 신문관이었다. 그리고 소설 속의 전짓불빛도 박준 자신의 것이었다. 박준은 벌써 2년 전에 자신의 입으로 그 전짓불의 이야기를 말한 일이 있었다. 그리고 2년이 지난 지금 박준은 바로 그 전짓불의 이야기를 소설로 직접 써 내놓은 것이다. 소설 속의 전짓불빛이 박준의 것일 수 있다는 것은, 그리고 소설 속의 주인공 G가 바로 박준 자신이리라는 사실은, 그가 소설 속에서 '진술'이라는 말을 유독 자주 사용하고 있는 것으로도 더욱 분명해질 수 있었다. 물론 진술이라는 말은 박준뿐 아니라 김 박사도 즐겨 쓰는 말이었고, 나 자신도 잡지 일을 일종의 간접적인 진술 행위라고 고백한 일이 있지만(어쩌면 우리 모두가 그 진술과 관련하여 그것을 요구받으며 살아가고 있는 것인지도 모른다), 박준은 소설을 쓰는 사람인 만큼 무엇보다 자기 소설 작업을 그 자신의 진술 행위로 이해하고 있었음에 틀림없었다. 그러므로 G는 박준 그 자신일 수 있으며, G로 하여금 정직한 진술을 방해하고 있는 장애 요인들은 바로 박준 자신이 소설을 쓰면서 당하고 있는 모든 방해 요인들을 상징하고 있을 수 있었다. 박준은 결국 그 정직하려고 하면 할수록 오히려 실패만 거듭하게 될 수밖에 없는 한 작가의 슬픈 파멸을 G의 이야기를 통해 말하고 싶어한 셈이었다.

그런데 박준은 지금 병원의 김 박사로부터 끊임없이 고문을 당하고 있는 처지였다. 아니, 김 박사는 이미 견딜 수 없이 공포스런 전짓불 뒤로 사라지고 그는 지금 그 눈부신 전짓불빛의 신문을 당하고 있는지도 몰랐다. 그 전짓불 뒤에 숨은 김 박사의 정체를 끝없이 불안해하며 스스로 고통을 당하고 있는지도 몰랐다.

그것은 한마디로 연극기 따위로 단정해버릴 수가 없는 것이었다. 혹은 연극기라고 해도 상관은 없었다. 하지만 그것은 단순한 연극기가 아니었다. 도대체가 이젠 박준이 그런 소설을 써놓고 그 소설을 현실 속에서 연출해나가고 있는 것이 아니라, 반대로 그의 현실과 의식이 그런 소설을 쓰게 한 것이라고 해야 옳았다. 가령 박준이 처음에는 진짜 연극기에서 그런 증세를 가장하기 시작했다 해도, 김 박사의 추궁이 계속되는 한 그는 이제 정말 미치광이가 되고 말지도 모르는 형편이었다. 아니 그의 소설의 주인공은 그 신문 과정에서 벌써 수형의 고통까지 함께 감내하고 있었다는 식으로 결말이 지어지고 있었다.

김 박사의 추궁을 중단시키지 않으면 안 되었다. 무엇보다 우선 내가 박준을 위해 해야 할 일은 그 불안을 되풀이 경험시키지 않도록, 그래서 그의 공포가 더 이상 깊어지지 않도록 하는 것이었다. 김 박사로 하여금 더 이상 진술을 요구하지 못하게 하는 것이었다.

김 박사는 이날도 역시 병원을 나가지 않고 있었다. 알고 보니 김 박사는 병원 안쪽에 바로 살림집이 붙어 있다고 했다. 다른 할 일이 없다 보니 노상 자신이 병원을 밤까지 지키게 된다는 것이었다.

박준에게선 예상대로 아직 확실한 진술을 얻어내지 못하고 있었다. 전짓불에 대해서도 물론 원인을 찾아내지 못하고 있었다. 이 날 오후에 환자 누이라는 여자가 잠깐 한 번 병원을 다녀간 일이 있었을 뿐, 박준은 날이 갈수록 점점 더 말이 적어지고 공포심만 늘어간다는 것이었다. 경과를 모두 듣고 난 다음, 비로소 나는 김 박사에게 박준의 소설 이야기를 꺼냈다. 그의 소설의 줄거리를 설명하고 전짓불의 내력을 일러주었다. 그 소설 속의 전짓불과 관련하여 박준이 얼마나 자기진술이라는 것을 두려워하고 있는가를 김 박사에게 납득시키려고 했다. 그러면서 나는 김 박사에게 이제 더 이상 박준을 추궁하기 말아달라고 노골적으로 간섭을 하고 들었다. 이 이상 무리하게 진술을 계속시키려 했다가는 박준이 정말 미쳐버릴지도 모른다고 협박을 하기도 했다. 그러나 김 박사는 역시 의연했다. 여태까지 자기의 방법이 낭패를 거듭하고 있는 것은 부끄러운 일이지만, 그러나 아직도 자신이 있다고 했다. 정 못하면 마지막 비상수단을 사용해서라도 박준의 진술은 기어코 얻어낼 자신이 있다는 것이었다. 그 마지막 비상수단이 어떤 것이냐는 물음에는 그저 빙긋이 미소만 짓고 있었지만 하여튼 김 박사는 여유가 만만했다. 박준의 소설도 참고가 될 수는 있을지언정, 그것이 치료의 원칙이 될 수는 없다고 했다. '인터뷰'를 중단하는 것은 환자의 치료를 포기하는 거나 마찬가지다— 그는 신념과 사명감으로 가득한 사내였다. 그 신념은 꺾인 일도, 꺾을 수도 없는 것인 듯했다. 그러나 나는 이제 그런 김 박사의 태도가 조금도 마음에 들지 않았다. 아무리 그가 자신만만해 있어도 마음이 놓이지 않았다. 지나치도록 신념에 넘치고 있는 그의 태도가 오히려 위태롭게

만 느껴졌다.

박준이 가여웠다. 나는 김 박사에게 박준을 한번 만나고 싶다고 했다. 김 박사는 내가 박준을 만나보는 것은 누구를 위해서도 도움이 될 수 없을 것이라고 잘라 말했다. 그러나 나는 아무래도 마음이 짚여 병원을 그냥 돌아 나올 수가 없었다. 고집을 피워 기어코 박준을 만나고 말았다. 그것도 물론 그의 병실까지 내가 직접 찾아들어가서였다. 박준은 과연 김 박사의 자신만만한 태도와는 사정이 영 딴판이었다. 박준의 몰골은 정말 말이 아니게 초췌해져 있었다. 이 며칠 사이에 벌써 보기 흉하도록 불쑥 튀어나온 광대뼈하며, 그 광대뼈 뒤로 불안하게 숨어들고 있는 두 눈동자엔 진짜 광기 같은 것이 어리고 있었다. 내가 본 박준의 모습은 그런 것이었다. 그리고 그 박준은 나를 보자 더욱 심한 불안감에 싸여 드는 것 같았다. 나는 그러는 박준에게 굳이 무슨 말을 시키려 하지 않았다. 쓸데없이 아는 체 소리를 하지도 않았다. 병실 안을 휘 한 번 둘러보면서, 그가 불안해할 필요가 없는 몇 가지 위로 말만 남기고 이내 다시 병실을 나오려고 했다. 한데 바로 그때였다. 눈치만 살피고 있던 박준이 느닷없이 문 쪽으로 걸어가는 나를 가로막고 나섰다.

"나를 좀 도와주시오."

앞을 가로막고 서서는 형편없이 기가 죽은 목소리로 애원을 하기 시작했다.

"나는 미친 사람이 아니오. 제발 여기서 나를 나가게 해주시오. 당신이라면 아마 내가 이곳을 나가도록 도와줄 수 있을 것이오."

엿듣는 사람이 있을까 싶은지 문 쪽 동정을 살펴가며 마구 내게로 매달려오는 것이었다. 마치 내가 하숙집 앞 골목에서 처음으로 그를 만났을 때, 그가 나의 도움을 애걸해오던 바로 그날 밤처럼. 고백의 내용이 그때하고 정반대가 되어 있을 뿐이었다. 나는 당황하지 않을 수 없었다. 갑자기 당한 일이라 어떻게 해야 좋을지 알 수 없었다. 그의 말을 어떻게 알아들어야 할지 얼핏 판단이 서지 않았다. 이 친구가 이젠 정말로 미쳐버린 것이나 아닌가. 진짜로 미친 사람은 한사코 자기가 미치지 않았다고 고집을 세운다던가. 그러나 아직도 나는 박준이 정말로 미쳐버린 것이라고는 믿을 수 없었다. 어찌할 바를 모르고 내가 한동안 어리둥절해 있으니까 박준이 다시 애원을 계속했다.

"정말이지 여기서는 더 이상 견딜 수가 없어요. 여기는 정신병원이 아닙니까. 그런데 왜 제가 여기에 이렇게 갇혀 있어야 하느냐 말이에요."

"하지만 박 형은 박 형 자신이 스스로 이곳을 찾아오지 않았던가요?"

비로소 내가 한마디 반문했다. 그러나 박준은 이제 조금도 망설이지 않았다.

"그땐 일부러 그랬던 것이지요. 제가 일부러 미친 척하고 있었다는 것은 의사도 알고 있어요."

"일부러? 무엇 때문에 일부러 그런 짓을……?"

연거푸 물어대는 소리에 박준은 뭔가 갑자기 면구스런 구석이 떠오르는 듯, 공연이 풀기 없는 미소를 히죽거리기 시작했다.

"그야 사람은 미친 사람 취급을 받을 때가 가장 편한 것 아닙니까. 미친 사람은 어떤 세상일로부터도 온통 자유로울 수 있거든요. 책임을 추궁당할 일도 없고 협박을 당하며 쫓겨 다닐 일도 없지요. 정신병원보다 안전한 곳이 없는 것처럼 보였어요. 그러나 이곳에 들어와보니……"

어딘지 짐작이 가는 소리였다. 하지만 박준의 대답에는 역시 좀 수상쩍은 대목이 느껴졌다.

"그렇다면 왜 박 형은 김 박사에게 그 점을 납득시키려 하지 않고 있지요? 김 박사가 그 점을 납득한다면 박 형은 금세 이곳을 나갈 수 있을 텐데 말이오."

이번에는 박준이 금방 대답을 하려 하지 않았다. 원망스런 눈초리로 나를 쳐다보고만 있었다. 약간 지나치고 있다는 생각이 들었으나 나는 다시 박준에게 물었다.

"왜 박 형은 그것을 김 박사에게 말하지 않고 나에게 따로 도움을 청하는가 말입니다. 글쎄 박 형은 지금 그런 부탁을 하고 있는 내가 누군질 알고 있기나 하는가요?"

"그야 아직은……"

"한데 박 형은 왜 아직도 내게 그것을 물으려고 하지 않지요? 내가 누군지도 모르면서 도움을 청하려고 하지요?"

"그야 물어봐야 진짜를 가르쳐주진 않을 테니까요. 절 거짓말로 속여버릴 게 뻔한 일인걸요. 물으면 뭘 합니까."

박준의 목소리는 어느새 또 형편없이 기가 죽어 있었다.

이튿날도 나는 일찌감치부터 사무실을 나와 있었지만 박준의 일 때문에 도대체 자리를 지키고 싶은 생각이 없었다. 이번 달 잡지 일은 이제 나의 머리에서 완전히 자취를 감춰버리고 없었다. 사무실을 나온 것은 거의 기계적인 습관에서였다. 잡지 일은 안 형이 도맡다시피 하고 있었다. 집에서나 사무실에서나 나는 도무지 박준뿐이었다. 어떤 식으로든 박준의 일이 결말나지 않고는 아무것도 손을 대고 싶은 생각이 나지 않았다. 게다가 이날은 전날 밤 일 때문에 더욱 마음을 가라앉힐 수 없었다. 전날 밤 나는 박준을 만나고 나서 다시 김 박사를 찾아가 한참 실랑이를 벌였었다. 인터뷰를 그만두지 않으려면 차라리 박준을 병원에서 내보내주는 것이 낫겠다고 핏대를 세우며 덤벼들었다. 그러나 김 박사는 역시 신념이 대단한 사람이었다. 의사로서의 사명감도 지나칠 만큼 투철했다. 자기로서는 절대로 인터뷰를 중단할 수 없으며, 더구나 그런 식으로 환자를 병원에서 내쫓을 수는 없는 일이라고 했다. 결국은 내가 지는 수밖에 없었다. 그러나 막상 그런 식으로 항복을 하고 나서도 마음이 놓일 수는 없었다. 필시 김 박사 쪽에서 잘못을 저지르고 있는 것 같았다. 다만 나는 의사로서의 김 박사의 권위 앞에 그 잘못을 드러내 보여줄 수가 없었을 뿐이었다. 조마조마한 느낌이 가시질 않았다. 그리고 그런 조마조마한 기분이 이튿날까지 계속 나를 괴롭혀왔다. 나는 이리저리 사무실을 서성대고만 있었다. 박준에 대해 아직도 뭔가 미진한 것이 남아 있는 게 분명했지만, 그것이 무엇인지, 그리고 나는 지금 박준을 위해 무엇을 어떻게 해야 할지 생각이 떠오르질 않았다. 그러나 나는 여전히 그 박준을 포기하지 못했다. 무엇인가 그를 위해 계속 생각을 붙들고 있어야 할 것 같은 기분이었다.

드디어 한 가지 생각이 떠올랐다. 화장실 휴지 조각에서 잠깐 읽다 만 인터뷰 기사를 마저 읽어보고 싶었다. 전짓불의 기억에 대한 박준의 보다 직접적인 진술을 보고 싶었다. 앞뒤 이야기가 궁금했다. 그 전짓불이 실제로 박준을 어느 만큼 심하게 간섭하고 있는지를 더 분명히 알고 싶었다. 앞뒤를 읽어보면 분명 그런 이야기가 나올 것 같았다.

나는 사환 아이에게 메모 쪽지를 들려 신문사로 보냈다. 이내 신문사 친구가 보관용 스크랩을 보내왔다. 나는 곧 기사를 훑기 시작했다. 미리 말하자면 내가 사환 애를 신문사로 보낸 건 역시 허사가 아니었다. 기사가 충분히 그럴 만한 가치가 있었다. 앞서도 말했듯이 박준의 인터뷰 기사는 벌써 2년쯤 전에 씌어진 것이었다. 그러니 거기에 진술되고 있는 박준의 말도 2년 전의 것임은 물론이다. 그런데 그 2년 전에 벌써 박준은 이후로 씌어질 작품들과 자신의 운명에 대해 놀랄 만한 예언을 하고 있었다. 물론 그것은 예언을 위한 예언은 아니었다. 양심적인 작가라면 당연히 문제가 되고 있을 자신의 작가 현실에 관해 솔직한 심경을 털어놓은 것뿐이었다. 아마 그것이 사실일 것이다. 그것이 그의 예언이 된 것이다. 2년이 지난 오늘의 박준을 상상해볼 때 그의 말은 너무도 많은 것을 암시하고 있고, 너무도 적중한 현실로서 그 암시가 증명되고 있기 때문이다.

작품의 소재는 주로 어떤 데서 구하고 있는가, 즐겨 다루는 테마로는 어떤 것을 들 수 있는가, 인터뷰는 처음 그런 식으로 지극히 평범한 얘기부터 시작되고 있었다. 그러다가 이야기는 잠시 후에 소설에 있어서의 한 작가의 경험 세계와 상상력의 관계 같은, 좀 이론적인 데로 옮겨가더니 마침내는 박준의 문학 입장이 논의되기 시작했다.

―문학 행위는 크게 보아, 보다 넓은 인간의 영토를 획득하고, 이미 획득된 영토에 대해서는 이를 수호하고 그 가치를 되풀이 확인해나가는 것이라 할 수 있다. 문학 행위를 굳이 어떤 식으로 구분하려 든다면 거기에서도 입장이 조금씩 달라질 수 있다고 생각한다. 하지만 한 작가에 있어서 그 문학적인 입장은 어느 쪽이라도 상관이 없을 것 같다. 어떤 사람은 전자의 방법에 자기의 문학을 봉사시킬 수 있고, 또 어떤 사람은 후자 쪽에서 그것을 완성해나갈 수도 있다. 한 작가가 자기의 문학을 어느 쪽에서부터 출발하고 있든 그것은 완전히 그 작가의 자유이다.

―그것이 작가의 자유라고 한다면 그것은 어떤 시대적인 요구나 시민으로서의 양심도 초월해버릴 수 있다는 말인가.

―그런 뜻이 아니다. 어느 시대 어느 지역의 작가를 막론하고 그가 만약 정직한 작가라면 자기의 시대를 위기의 시대로 받아들이지 않는 사람은 없다. 하지만 그런 위기의식을 가지고 자기 시대의 문제를 극복해나가려는 방법은 작가에 따라 얼마든지 달라질 수 있다. 물론 주관적으로 말한다면 한 시대가 모든 작가들에게 어떤 특정한 작업 방법을 요구해올 경우를 상상해볼 수는 있다. 그러나 대개의 경우 한 시대의 압력이란 모든 작가들에겐 상대적

인 것이며, 일률적으로 그들을 강제할 기준을 지니게 된다고는 말할 수 없다. 작가는 그가 만약 자기 시대의 요구를 비겁하게 회피하지 않는다면 그것을 성실하게 극복해나갈 방법을 선택할 권리가 있다는 뜻이다. 다른 것은 그 방법일 뿐이다.

―자신의 얘기를 해달라. 당신이 선택하고 있는 방법 말이다.

―그것은 위험한 질문이다.

―왜 위험하다고 하는가.

―그런 질문들은 대개 한 작가에게 쓸데없는 선입견이나 강박을 강요하게 된다. 그런 질문들은 작가로 하여금 자기 자신의 눈으로 정직하게 현실을 보지 못하게 할 뿐이다.

―결국 말할 자신이 없다는 얘기 아닌가?

―힐책을 당해도 할 수 없다. 작가란 애초에 작품으로 말할 권리를 얻은 사람이다. 대답이 자꾸 부실해지고 있는 것 같지만, 이런 식으로 간단히 한 작가의 말을 빼앗아버린다면 그것은 결국 그 작가에게 작품을 쓰지 않아도 좋다는 얘기가 된다. 진짜 작가와의 이야기는 소설로만 가능하다. 작가에겐 소설로 말을 하게 하라. 그렇지 않을 경우 문학은 한낱 소문 속의 소문이 될 수 있을 뿐이다. 문학은 적어도 소문 속에 태어난 또 하나의 소문이 될 수는 없다.

문답이 상당히 치열해지고 있었다. 반대로 이야기는 점점 암시성이 짙어져가고 있었다. 그런데 나의 진짜 관심을 끌기 시작한 대목은 바로 여기서부터였다.

―그러나 작가는 자기의 소설을 이야기할 수는 있지 않은가.

기자가 다시 묻고 있었다. 그러자 박준은 여기서 엉뚱한 데로 이야기를 끌고 가기 시작했다. 그것이 바로 2년 후에 그의 소설에서 다시 나타나고 있는, 그리고 하루 전에 내가 화장실 신문 조각에서 잠깐 읽은 일이 있는, 그 전짓불 이야기였다.

― 하지만 작가의 경우 애써 상대방의 정체를 알아야 할 필요가 있는가? 정체를 알게 되면 경우에 따라 다른 내용의 진술을 할 수 있다는 것인가?

전짓불에 대한 기억과 '위험스런 질문'에 대한 박준의 설명이 끝나고 나자 기자가 힐난조로 다시 묻는다. 박준의 대답은 여기서부터 진짜 열이 오르기 시작한다.

― 천만의 말씀이다. 작가는 그 전짓불 뒤에 숨은 사람의 정체가 무엇이든 그들과 상관없이 정직한 자기진술만 하면 그만이다. 그것이 작가의 양심이라는 것 아닌가. 나의 이야기는 다만, 그러나 나에게서는 이미 그 양심이라는 것이 나의 의지하고는 아무 상관도 없이 지켜질 수 없게 되고 있다는 것뿐이다. 전짓불이 용서하지 않기 때문이다. 전짓불이 어떤 식으로든 선택을 요구하기 때문이다. 아니 나에게는 어떤 선택의 여지조차 없다. 그런 것은 알지도 못한 새에 나는 언제나 누군가의 편이 되어 있곤 하는 것이다. 그리고는 가혹한 복수를 당하곤 한다.

― 정직한 진술이 언제나 복수를 당한다고는 할 수 없지 않은가.

― 그건 그렇지 않다. 언제나 복수가 뒤따른다. 그 전짓불은 도대체 처음부터 이쪽을 복수하고 간섭하기 위해서만 존재하는 것이다. 아마 아무도 그 전짓불의 편이 되어본 사람이 없을 것이다.

― 결국 작가는 침묵을 지킬 수밖에 없다는 것인가.

—그랬으면 좋겠지만 침묵을 지킬 수는 더욱 없다. 작가는 누가 뭐래도 진술을 끊임없이 계속하지 않고는 살아갈 수가 없는 족속이니까. 괴로운 일이지만 작가는 결국 그 정체가 보이지 않는 전짓불의 공포를 견디면서 죽든 살든 자기의 진술을 계속해나갈 수밖에 다른 도리가 없는 사람들이다. 만약 그럴 수마저 없게 된다면 그는 아마 영영 해소될 수 없는 내부의 진술욕과, 그것을 무참히 좌절시켜버리고 있는 외부의 압력 사이에서 미치광이가 되어버리지 않고는 배겨날 수 없을 것이다.

—마지막으로 한 가지만 더 묻고 싶다. 당신은 아까부터 자꾸 전짓불의 공포라는 말을 써왔는데, 그리고 당신은 지금도 그 전짓불의 간섭을 받고 있다고 말했는데, 당신의 소설작업과 관련하여 지금 당신은 어떤 곳에서 그것을 느끼고 있는지 그것을 좀더 구체적으로 말해줄 수 없는가.

—말해줄 수 있다. 그것은 소문 속에 있다.

—소문 속에라면, 실제로는 존재하고 있지 않다는 말인가.

—실제로도 존재하고 있을 것이다. 정체를 밝히지 않기 위해 소문의 옷을 입고 있는 것뿐일 것이다. 그래야 그것은 우리들을 더욱 효과적으로 복수할 수 있을 것이 아닌가. 게다가 사람들은 원래 그런 소문을 좋아하기 때문에 그를 위해서 늘 두꺼운 소문의 벽을 쌓아주고 있는 것이다.

인터뷰는 그렇게 끝나고 있었다. 이번에는 정말로 모든 것이 명백해지고 있었다. 박준이 마지막으로 전짓불의 이야기를 썼던 것은 역시 우연이 아니었다. 박준은 작가란 괴로운 일이지만 그 정체가 보이지 않는 전짓불의 공포를 견디면서도 끝끝내 자기의 진술을 계속해나갈 수밖에 다른 도리가 없는 운명을 짊어진 사람들이라고 했다. 그러나 지난 2년 동안 박준은 그만한 각오조차도 지켜내질 못 해온 셈이었다. 그의 독자들이, 안 형과 내가, 그의 소설을 내보내주지 않은 교활한(또는 지나치게 용기가 없거나 용기가 없는 체하거나, 그 용기와 관련하여 편집이 심한) 편집자들이, 그보다도 그의 전짓불 뒤에서 끝끝내 정체를 드러내지 않은 채 복수만을 음모하고 있는 모든 사람들이, 그들의 입에서 입으로 건너다니는 정체불명의 소문들이 그것을 지켜내지 못하게 한 것이다. 그래서 그는 자기의 내면에 용틀임치는 진술욕과 그것을 불가능하게 하고 있는 전짓불 사이에서 심한 갈등과 불안을 느끼기 시작했다. 그리고 그 정체불명의 소문과 갈등을 빨아먹으며 전짓불은 그의 의식 속에서 엄청나게 크게 확대되어갔다. 그 전짓불은 바로 어렸을 때부터 그의 속에서 은밀히 발아를 기다리고 있던 그 갈등과 불안의 씨앗이었다. 이제 그 씨앗이 발아를 시작한 것이다. 그리고 그것은 박준의 마지막 소설 속에서 한 작가로 하여금 끝끝내 정직한 진술을 할 수 없게 만든 방해 요인의 상징으로 훌륭하게 완성되고 있었다. 그는 그의 소설 속에서 한 작가가 얼마나 가혹하게 자기진술을 간섭받고 있으며 그 때문에 결국은 얼마나 무참한 파국을 겪게 되는가를 극명하게 증언해준 것이다. 그가 그런 소설을 쓰게 된 것은 거의 필연적이었다.

박준은 그 모든 것을 2년 전에 벌써 다 예감한 모양이었다. 그리고 모든 것이 그 박준의 예감대로 진행되어온 셈이었다. 박준이 그가 예언한 대로 정말 미친 사람으로 보일 만큼 전혀 자기 이야기를 하려 하지 않은 것도 사실은 누구보다도 많은 이야기를 하고 싶은 욕망을 숨기고 있기 때문일 터였다.

하지만 이제 내게 확실해진 것은 그런 박준의 사정만이 아니었다. 박준의 사정이 확실해진 만큼 또 하나 확실해진 것이 있었다. 잡지 일이 탁탁해진 이유였다. 원고들이 잘 걷히지 않고 있는 것이나 걷혀 들어온 원고들이라야 모두 그렇고 그런 이유가 비로소 분명해져 있었다. 전짓불 때문이었다. 박준을 괴롭히고 있는 전짓불은 비단 박준 그 한 사람만 지니고 있는 것이 아니었다. 진술이라는 것을 경험해본 사람들은 그것이 비록 자발적이든 누구의 강요에 의해서든, 또는 일부러든 무의식중에든 조금씩은 그 전짓불 빛 비슷한 것을 눈앞에 받아보지 않은 사람이 없을 터. 누구나 자신의 전짓불을 가지고 있게 마련이다. 그리고 그 전짓불은 이쪽에서 정직해지려고 하면 할수록, 그리고 진술이 무거우면 무거울수록 더욱더 두렵고 공포스럽게 빛을 쏘아대게 마련이다. 원고들이 잘 걷혀들 리 없었다. 쉽사리 거둬들일 수 있는 글이란 그 전짓불빛을 견디려 하지 않은 것들뿐. 그런 글들이 신통할 리 없었다. 사정이 거기까지 확실해지고 나자 나는 혼자 실소를 머금지 않을 수 없었다.

―그렇다면…… 그렇다면 도대체 잡지를 만든다는 것은 무슨 의미가 있는 일인가.

오랫동안 주머니 속에 뒹굴려대고 있던 나의 사표에 생각이 미쳐간 것이다. 그리고 이때 비로소 나는 내가 무턱대고 사표부터

써넣고 다니게 된 나의 이유를 발견할 수 있었다. 나에게는 이미 자신의 진술의 길이 막혀 있었던 것이다.

 퇴근 시간이 아직 한 시간쯤 남아 있었지만 나는 대강 책상을 정리하고 사무실을 나섰다. 김 박사가 나가기 전에 병원을 찾아가 볼 작정이었다. 김 박사는 내가 병원을 들를 때마다 기다리듯 늘 자리에 남아 있곤 하던 사람이긴 했다. 그러나 그 김 박사가 오늘도 또 밤까지 병원을 지키고 있으란 법은 없었다. 일찍부터 서둘지 않을 수 없었다. 오늘은 꼭 김 박사를 만나 결판을 내야 하기 때문이었다. 사정이 그쯤 분명해진 이상 이젠 박준을 더 이상 김 박사에게 맡겨놓을 수가 없었다. 김 박사의 신념은 더 이상 신용할 수 없었다. 그런 식으로 박준을 병원에다 팽개쳐두기보다는 차라리 내 하숙방으로라도 끌어내 가는 편이 나을 거라 생각되었다. 이번에는 자신이 있었다. 뿐만 아니라 이제 박준을 병원에서 끌어내기만 하면 나는 나의 치료 방법에 대해서도 나대로의 확신을 가지고 있었다. 지금에야 생각난 일이지만 그가 두번째 날 다시 나를 찾아왔던 사실이, 그리고 지난밤에 또 그 비슷한 기미를 보여왔다는 사실이 내게 그런 확신을 갖게 했다. 그것은 김 박사의 신념이나 제도화된 병원 풍속과는 아무런 상관도 지어질 수 없는 사실들이었다. 오히려 그런 것하고는 상극을 이루는 것들이었다.

 나는 곧장 병원으로 달려갔다. 그러나 도대체 이게 어찌 된 일인가. 해도 아직 떨어지기 전에 병원에 당도한 나는 이번에야말로 정말 뜻밖의 사태에 아연해지지 않을 수 없었다. 박준의 일이 마지막 판에 가서 또 엉터리없이 빗나가버리고 있었다. 짐작대로 김 박사는 아직 병원을 나가지 않고 있었다. 그런데 김 박사는 이날 따라 나를 대하고 나자 이상스럽게 말을 쭈뼛거리고 있었다.

"오늘도 오실 듯해서 미리 사무실로 전화를 드릴까 했습니다만……"

그답지 않게 거북살스런 어조로 말문을 열기 시작한 김 박사의 고백인즉, 바로 어젯밤에 박준이 또 병원을 도망쳐 나가고 말았다는 것이었다. 그러면서 김 박사는 박준에 대해 처음으로 자신의 과실을 시인하는 듯한 말투로,

"어쩔 수가 없었어요. 환자가 어젯밤 또 심한 발작을 일으켰거든요. 아침에 깨어나 보니 병실이 비어 있지 않겠습니까. 결국은 나와 나의 방법이 환자에게 지고 만 셈이에요. 나의 처방이 환자에게 이런 낭패를 보기는 처음입니다."

허탈하게 지껄여대고 있었다. 아무래도 박준으로부터는 비밀을 고백시킬 별다른 방법이 없더라고 했다. 그래서 김 박사는 마침내 그 마지막 비상 처방으로 박준을 시험해보는 수밖에 다른 도리가 없었다고 했다. 그러나 그 마지막 비상 처방도 결국 빛을 보지 못한 채 박준이 병원을 나가버린 거라 했다.

"도대체 박사님이 그에게 사용한 마지막 방법이라는 게 어떤 것이었습니까?"

나는 벌써 박준이 병원을 나가버린 것을 알고부터는 김 박사 이상으로 기분이 허탈해져 있었다. 아무 말도 하기 싫고 아무것도 생각하기 싫었다. 무턱대고 김 박사가 밉살스러워지기만 했다. 그러나 나는 김 박사에게 그 마지막 처방이라는 것을 묻지 않을 수

없었다. 그것은 전부터도 이미 궁금스런 데가 많던 일이었다. 한데다가 김 박사는 그 마지막 방법이라는 것에 대해 늘 자세한 말을 피해온 터였다. 과연 김 박사는 얼굴빛이 금세 달라졌다. 뭔가 몹시 거북한 것을 숨기고 있는 사람처럼 한동안 나의 표정만 살피고 있었다. 그러나 끝끝내 침묵으로 대답을 강요하고 있는 나를 당할 수가 없어진 모양이었다.

"좋습니다. 알고 싶다면 이제 말씀을 드려도 상관없겠지요."

이윽고 결심을 한 듯 사실을 털어놓기 시작했다.

"어느 날 밤이던가요. 그러니까 내가 언젠가 정전사고로 병원에 소동이 벌어진 일이 있었다는 말씀을 드린 적이 있지요. 박준 씨가 갑자기 발작을 일으키며 간호원에게 덮쳐들었다는 사건 말입니다. 난 그때 우연히 환자가 몹시 전짓불을 두려워하고 있다는 걸 알았지요. 전짓불 앞에서는 그가 엄청난 공포감에 기가 질려버리게 된다는 사실을 말입니다. 문제는 바로 그 점이었습니다. 뭐냐 하면 난 그때 환자로 하여금 지나친 공포감으로 발작만 일으키게 하지 않는다면 최악의 경우 그 전짓불로 환자를 완전히 굴복시킬 수 있다고 생각했던 겁니다. 전짓불로 환자를 적당히 고분고분하게 만들어 비밀을 고백시킬 수 있으리라고 말입니다. 그런 생각은 노형께서 내게 들려준 박준 씨의 소설 이야기에서 더욱 확신을 얻게 되었지요. 소설의 주인공이 늘 어떤 전짓불 앞에 진술을 강제당하고 있었다는 사실 말입니다. 난 자신을 얻었어요. 물론 그것이 최선의 방법이라고는 생각하지 않았지요. 마지막 비상 처방이라고 하지 않았습니까. 다른 방법으로 열심히 그를 설복시켜보려 애를 써왔지요. 한데 어젯밤에는 나로서도 더 이상 참을 수가 없더군요. 마지막 방법을 시험해보기로 결심했지요. 그의 방에 스위치를 내리게 한 다음 전짓불을 켜 들고 들어가 그의 얼굴을 내리비쳤지요. 그런데……"

"그런데 그가 또 발작을 일으켜 병원을 뛰쳐나가버렸다는 건가요?"

나는 더 이상 그의 이야기를 들을 필요가 없었다. 말을 가로막고 나섰다. 기상천외의 이야기였다. 기상천외의 방법이었다. 나는 화가 치밀어 견딜 수 없었다. 그러나 김 박사는 아직도 내가 화를 내고 있는 것을 눈치채지 못한 모양이었다.

"아니지요. 전짓불 때문에 발작을 일으킨 건 사실이지만, 그 당장 환자가 병원을 뛰쳐나간 건 아닙니다. 박준 씨가 병원을 나간 것은 내가 그를 다시 진정시켜 잠을 재워놓고 집으로 돌아간 다음이었어요."

나는 더욱 화가 날 수밖에 없었다.

"도대체 박사님은 그렇게 해서 그의 진술을 얻어내는 것이 아직도 그의 증세를 위해 도움이 되는 일이라고 생각하셨던가요?"

거칠게 대들기 시작했다. 이미 나에겐 김 박사의 태도가 환자를 치료하는 의사의 그것으로는 보여오지 않았다. 그는 적수를 굴복시키려는 한 고집 센 인간의 오기덩어리에 불과했다. 신념에 넘친 듯해 보이면서도 사실은 지극히 비열하고 치사한 오기덩어리였다. 김 박사도 그런 자신의 행동엔 뭔가 좀 석연치 않게 느껴진 대목이 있었던 모양이었다. 한동안 침묵만 지키고 있었다. 그러더니 박사

는 언제까지나 그렇게 입을 다물고 있을 수만은 없다고 생각한 듯,

"하기야 내게도 이번 일에서만은 과실을 자인하지 않을 수 없는 점이 없었던 건 아니에요. 뒤늦게 의심이 간 일이기는 하지만 그는 아마 처음부터 정신분열의 증세가 숨어 있었던 것 같아요. 단순한 노이로제만이 아니었으리란 말씀이지요. 아무래도 내가 일찍 진단해내질 못한 것 같아요."

엉뚱한 변명을 하고 있었다. 김 박사의 말인즉, 박준은 처음부터 미친 사람이었으리라는 것이었다. 그것을 김 박사가 단순한 정신신경증 환자로 다루어온 게 잘못 같다는 소리였다. 나의 기분은 마침내 최소한의 자제력마저 잃어가고 있었다. 이젠 나에게도 그 박준이 단순한 노이로제 환자라고는 생각되지 않았다. 그의 정신상태가 결코 온전한 사람의 그것으로는 믿어지지 않았다. 그러나 나는 박준을 처음부터 김 박사처럼 생각하고 싶지는 않았다.

"아닙니다. 처음부터 박준이 미친놈이라고 보신 것은 박사님의 잘못입니다. 제가 알기로는 적어도 박준이 처음 이 병원을 찾아왔을 때까지는 미쳐 있지 않았어요. 박사님께서도 늘 자신만만하게 장담하셨듯이 그는 처음부터 미쳐 있었던 게 아니었단 말입니다. 그가 진짜로 미치기 시작한 것은 이 병원을 들어오고 난 다음부텁니다."

나는 생각하는 대로 마구 지껄여댔다. 나 혼자 멋대로 단정을 하고 드는 것이 조금도 마음에 걸리지 않았다. 할 수 있는 한 김 박사를 매도해주고 싶은 일념뿐이었다.

"박준을 정말로 미치게 한 것은 박사님 당신이란 말입니다. 박

준이 이 병원을 찾아오기 전부터 그 전짓불에 견딜 수 없는 괴롭힘을 당하고 있었던 것은 사실입니다. 하지만 박준은 그래서 자신의 피난처로 이 병원을 찾아온 것입니다. 이 병원 안에서 자신을 광인으로 심판받음으로써, 그 전짓불과 불안한 소문들과 모든 세상일로부터 자신을 해방시키고 싶었던 것이지요. 그런데 불행하게도 그가 피난처로 찾아온 병원이야말로 진짜 전짓불, 더욱더 무서운 전짓불의 추궁이 기다리는 곳이었어요. 박사님은 그가 누구보다 큰 진술의 욕망을 지니고 있기 때문에 오히려 더욱 철저하게 그 욕망을 숨기려고 했던, 그러지 않을 수 없었던 박준을 이해하지 못한 것입니다. 박사님은 그 살인적인 사명감과 자신력으로 어젯밤 끝내 박준을 미치게 하고 말았어요. 다른 사람 아닌 바로 박사님이 말입니다."

"말씀이 너무 지나친 것 같군요. 가령 내게 그런 과오가 있었다 하더라도 그처럼 심한 말씀을 하실 수 있습니까. 인간이란 아무리 성실하려 해도 시행착오라는 것이 있지 않습니까?"

김 박사는 계속 그냥 듣고 있을 수 없다는 듯 말을 가로막고 나섰다. 그는 이제 막다른 골목에라도 몰린 사람처럼 이상하게 태도가 당당해지고 있었다. 그러나 나 역시 그런 김 박사 앞에선 이미 화를 끌 수 없게 되어 있었다.

"시행착오라고요? 그래서 박사님은 처음부터 시행착오를 각오하고 박준을 그런 식으로 다뤄오셨다는 겁니까. 박사님께서 그렇게 간단히 말해버린 그 시행착오라는 것 속에서 박준이라는 한 인간의 운명이 얼마나 무참하게 짓밟혀버린 것인가를 상상이나 해보셨습니까?"

 "처음부터 그런 것을 염두에 두고서 그랬다는 건 물론 아닙니다. 그러나 시행착오라는 것이 전혀 무의미한 것만은 아니지요. 박준이라는 한 특정 환자에겐 불상사가 되고 말았지만, 그러나 그에게서 얻은 경험은 이 병원을 위해서, 그리고 그와 비슷한 다른 환자들을 위해서 더없이 유익하게 활용될 수 있을 테니까요."

 더 이상 추궁할 말이 없었다. 나는 그만 입을 다물어버리고 말았다. 도대체 병원이 환자를 위해 있는 곳인가. 환자가 병원을 위해 있는 것인가. 그리고 의사의 성실성이라는 것은 도대체 무엇인가. 의사의 성실성이라는 것은 물론 단순한 인간적 동기나 성실성만으로는 충분해질 수가 없었다. 무엇보다도 그것은 애초 일종의 전문 기술인의 그것에서부터 비롯되어야 마땅했다. 한데도 지금 김 박사는 무엇을 주장하고 싶어 하는가. 너무나 뻔뻔스런 일이었다. 그런 김 박사에게 박준을 다시 끌고 온 것이 무엇보다 잘못이었다. 박준을 미치게 한 것은 김 박사뿐 아니라 그를 위인에게 끌어다 맡긴 나의 책임도 컸다. 더 이상 할 말이 없었다.

 병원을 나왔을 때는 겨우 땅거미가 조금씩 깔리기 시작할 무렵이었다. 병원 문을 나서고 보니 나는 갑자기 할 일이 없어진 사람처럼 기분이 허허했다. 가슴속에서 일시에 썰물이 빠져나간 듯 모든 것이 막막하게 멀어져간 느낌이었다.

 ─박준이 어디로 갔을까. 병원을 나가고 나면, 그에게 또 어디 갈 곳이 있었을까.

얼마간 박준의 행방이 궁금스러워지고 있을 뿐이었다. 그러나 박준이 갈 만한 곳이 정말 있는지 없는지, 있다면 그게 어떤 곳일지, 그런 건 생각해보려질 않았다. 그저 그런 막연한 궁금증이 머리를 지나가고 있을 뿐이었다. 아무것도 생각하기 싫었고, 어느 한곳으로 생각이 모아지지도 않았다. 폐허처럼 가슴이 쓸쓸해져오고 있었다. 집으로는 얼핏 발길이 돌려지질 않았다. 하숙방을 기어 들어가기는 시간이 너무 일렀다. 하숙집 골목은 언제나 어두컴컴한 밤길을 취기에 얼려 지나게 되어 있었다. 어느새 내게는 그런 습관이 몸에 배어 있었다. 그 골목길은 아직 훨씬 더 어두워질 여지가 남아 있었다. 골목이 아직 다 어두워지지 않은 걸 보자 나는 비로소 심한 갈증을 느끼기 시작했다. 나는 하숙집 골목과는 정반대쪽으로 발길을 돌렸다. 거리로 내려가서 주막을 더듬어 들어갔다. 주막을 찾아 들어가선 정신없이 갈증을 끄기 시작했다. 조금씩 조금씩 몸이 촉촉하게 젖어오기 시작했다. 그러나 그것만으론 아직 만족할 수가 없었다. 나는 계속 목구멍에다 술을 들이부었다. 정신이 몽롱해질 때까지 쉬지 않고 술잔을 비워냈다. 내일 일은 이제 아무래도 상관없었다. 잡지사 같은 건 벌써 사표를 내던져버리고 난 기분이었다. 박준의 일도 이젠 그만 잊어버리고 싶었다. 술이나 실컷 취해버리고 싶었다. 그렇게 술을 퍼마시고 주막을 다시 나왔다. 주막을 나와서도 이상스럽게 아직 마음속이 편해지질 않았다. 아직도 취하지 않은 구석이 남아 있었다.

―박준 녀석, 제깐 놈이 병원을 나가면 어딜 간단 말인가.

박준의 생각이 아직도 머리에서 떠나지 않고 있었다. 어떤 미련

같은 것이 아직 마음 한구석에 남아 있었다. 술기운 때문이었으리라. 하지만 이제 나는 술기운을 아낄 필요가 없었다.
—녀석, 어쩌면 녀석은 다시 나를 찾아올지도 모르지.
제법 확신에 찬 기대를 품어보기도 했다. 박준에 대한 그런 기대가 잠시 후 하숙집 골목을 들어서고부터는 차츰 어떤 생생한 착각으로 변해갔다.
밤은 벌써 11시를 훨씬 지나고 있었다. 그런데 그 11시가 지난 밤 골목을 들어서자 나는 자꾸 어디선가 박준이 불쑥 나를 덮쳐올 것만 같았다.
—형씨 나를 좀 도와주시오. 나는 쫓기고 있는 사람이오. 제발 어서 나를 좀……
어디선가 어둠 속으로 박준의 소리가 들려오는 것 같았다. 나는 조심조심 골목을 지나다 한참씩 발길을 멈추고 서서 어둠 속을 두리번거리곤 하였다. 그러나 골목은 늘 어둠뿐이었다. 골목을 다 지나고 나의 하숙집 대문 앞을 이르도록 끝끝내 박준은 나타나지 않았다. 누군가 나를 뒤쫓아오는 기척 소리 같은 것도 없었다. 행길을 지나가는 발자국 소리들이 이따금 골목 이쪽까지 까만 정적을 깨뜨려오곤 할 뿐이었다.

(『문학과지성』 1971년 여름호)

목포행
─소매치기, 글쟁이, 다시 소매치기 2

 9시 10분…… 네, 열차가 아주 정시에 출발하는군요. 한데 선생께선 어디까지 가시는 길입니까? 목포까지라구요? 하긴 그렇지요. 이 열찬 목포행이니까요. 아, 더군다나 목포가 바로 선생의 고향이시라구요. 어쨌든 저로선 반갑고 즐거운 일입니다. 멋있는 고향을 가지고 계신 선생과 자리를 함께하게 되어서 말씀입니다. 아니지요. 쓸데없는 공치사가 아니에요.
 축복받은 땅을 고향으로 가지고 계신 선생께서도 축복을 받아 마땅하니까 드리는 말씀이지요. 글쎄요…… 바로 그 목포를 고향으로 가지고 계신 선생께 왜 그곳이 축복받은 땅인지를 제가 굳이 말씀드려야 할 필요가 있을까요. 목포에 대해선 오히려 제가 선생께 이야기를 좀 듣고 싶은 형편인걸요. 그렇지요. 제가 목포를 축복받은 땅이라 한 것은 여간 막연한 소리가 아니지요.
 선생께 비하면 아주 막연한 제 느낌일 뿐이에요. 아, 저도 지금 목포를 찾아가고 있는 길이긴 합니다. 그러나 고향은 아니에요. 고향은커녕 이번이 저로서는 난생 첫 목포행인걸요. 어쩌다 보니 그렇게 되었지요. 하지만 전부터 늘 한번 목포에 가봐야겠다는 생각은 가지고 있었지요. 한데도 얼핏 일이 그렇게 되어지질 않더군요. 그러니 목포에 대해 자세한 걸 알 수 있겠습니까. 그저 소문과 느낌으로 그렇게 생각되고 있는 것뿐이에요.

아닙니다. 그렇다고 그저 그런 막연한 기분으로 유람 여행을 하고 있는 건 아니에요. 할 일이 한 가지 있어요. 제 육촌형을 찾으러 가는 길입니다. 사실은 아까 목포를 축복받은 땅이라 말씀드린 것도 제가 지금 그곳으로 제 육촌형을 찾아가고 있는 탓에 특히 그런 느낌이 강했는지 모르겠어요. 목포에서 그 육촌형을 만나게 될지 어쩔지는 물론 자신이 없지만요. 그런 형편입니다. 하지만 지금 제 목포행 길에는 육촌형을 찾아간다는 분명한 목적이 있어요.

제 육촌형요? 육촌형이 어떤 사람이냐구요? 선생께선 남의 이야기 듣기를 썩 좋아하시는 것 같군요. 하기야 기차에서는 누구나 심심하니까요. 이런 이야기나 하면서 시간을 보내는 편이 좋겠지요.

하지만 제 육촌형에 관한 이야기를 하자면 아무래도 말이 좀 우스워질 것 같군요. 왜냐하면 전 실상 그 육촌형에 대해선 아는 것이 별로 없거든요. 제가 아주 어렸을 때 그분은 고향을 떠나가버렸으니까요. 그리곤 한 번도 다시 고향을 찾지 않고 객지에서 세상을 떠나버리셨어요. 그 육촌형이 어떤 사람인지 설명을 드릴 수 있을 만큼 전 그분을 알고 있지 못하다는 말씀이지요. 제 말을 잘 가려들으실 수가 없다구요? 네, 물론 그러실 테죠. 하지만 이야기를 들어보시면 차츰 이헤 하시게 될 거예요. 적어도 저로선 그 육촌형의 이야기가 거짓말은 아니니까요. 괜찮으시다면 좀더 차근차근 자세히 말씀을 드리지요.

　어떤 식이냐 하면, 그러니까 저는 어렸을 때 그 육촌형과는 한 마을 이웃에 살았어요. 육촌형이라곤 하지만 저보다는 거진 20년이나 세상을 먼저 나온 그런 형이었지요. 그런데 제게는 그 육촌형밖에 한 사람도 가까운 다른 친척이 없었으니까 그분이 아주 소중한 형이었지요. 거꾸로 생각하면 그 형에게는 물론 제가 그만큼 소중한 아우가 되었을 테구요. 저의 당숙모님은 그 육촌형을 긴긴 홀어미 고생 속에 길러냈고 저의 어머니 역시 느지막하게 저 하나를 얻고 나선 영 단산이 되고 마셨다니까요. 하지만 그 육촌형이 저를 실제로 어떻게 생각하고 있었는지 저로선 지금 알 수가 없는 일이지요. 그리고 그 형이 아직 우리 곁에 있을 때 저 역시도 그분이 제게 얼마나 소중한 존재인지를 알 턱이 없었던 것이구요. 왜냐하면 그런 것을 미처 알기도 전에 육촌형은 우리 곁에서 멀리 고향을 떠나가버렸거든요. 아직 전쟁이 심해지지 않고 있던 일제 말기였지요. 육촌형이 고향을 떠나간 것은 도회지 상급 학교로 진학을 하기 위해서였어요. 물론 나이가 많은 당숙모님도 그 형과 함께 고향을 떠나가셨지요.

　한데 그 두 분이 이사를 해간 곳이 목포였답니다. 저희 고향은 목포와 여수의 중간쯤 되는 J읍이었으니까 지금 생각하면 뭐 그리 먼 곳도 아니지요. 하지만 그때로선 고향과 목포 길이 수천 리 바깥이었던 모양이에요. 그렇게 한번 고향을 떠나간 형네는 이후 영 다시는 고향을 찾는 일이 없어져버렸던 거예요. 1년에 한두 번, 육촌형은 그 목포에서 어떤 상급 학교엘 다니고 있으며, 당숙모님도 아직 별고 없이 잘 지내고 계시다는 소식이 뜸뜸이 전해져올 뿐이었어요. 고향을 다시 찾아오고 싶어 하는 기미 같은 것도 없었구요. 그리고 보면 육촌형은 어쩌면 고향 길이 멀어서가 아니라 제가 생각하고 있는 것처럼 그 시절부터 고향과 고향에 남은 친척을 그리 대수롭게 여기질 않았는지도 모르지요. 어쨌든 그런 식이었어요. 그렇게 그럭저럭 몇 년이 지났지요. 그리고 그러던 어느 핸가는 드디어 당숙모님이 세상을 떠나셨다는 소식이 전해왔어요. 하지만 그때도 그저 그뿐이었어요. 숙모님이 언제 어떻게 돌아가셨는지, 그 객지 땅 어디에다 어떻게 묻어드렸는지에 대해서는 전혀 자세한 이야기가 없었어요. 그간 어머니가 세상을 떠나셨고 장례식도 이미 끝났노라는 식이이었지요. 언제 자세한 이야기를 여쭈러 직접 고향을 찾겠노라는 말도 물론 없었구요. 그런데 육촌형의 소식은 그나마 그것이 마지막이었어요. 편지를 받고 나서 제 어머니께선 궁금해 견디다 못해 며칠 뒤엔 그 목포까지 형네를 찾아 나서지 않으셨겠습니까. 하지만 어머니께서 천신만고 끝에 그 주소를 찾아내고 보니 그곳엔 이미 그 형조차 살고 있질 않더라는 거예요. 형네는 집을 팔고 어디론가 이사를 해버리고 없었고, 제 숙모님이 세상을 떠나신 것도 벌써 반년이나 지나간 일이더랍니다. 그간 그 형네와 제법 친분을 갖고 지내던 이웃 사람에게서 듣고 오신 이야기였지요. 하지만 그 이웃 사람들도 육촌형이 집을 팔고 어디로 갔는지는 알지 못하고 있더라구요. 형은 그 숙모님이 돌아가시자 장례식다운 격식 대신 당신을 화장시켜 그 유골을 어느 절간에 봉안시킨 줄 아는데, 그것도 어느 절간인지는 알 수가 없다고들 하더랍니다. 제 어머니는 그런 소식들만 가지고 낙심천만해 돌아오셨지요. 그게 그 육촌형의 마지막 소식이었어요.

아니, 어머니께서 목포엘 다녀오신 후로도 다시 소식이 있긴 있었군요. 하지만 그건 그 육촌형 자신이 보내온 소식이 아니었어요. 몇 년쯤이나 되었는지 모르겠군요. 아마 그게 태평양 전쟁이 한창 막바지에 이르고 있던 어느 해 가을이었다고 생각되는데…… 이번에는 그 육촌형마저 세상을 떠나고 말았다는 망연한 소식이었어요. 전사 통지서였지요. 육촌형은 그러니까 그 후 어떤 시기에 일본군 학도병엘 지원해 간 모양이었는데, 군대에서 어떻게 그 목포의 옛날 집 주소를 다시 사용했던 것 같아요. 옛날 집으로 보내온 전사 통지서를 그 이웃집 사람이 일부러 저희 집까지 보내준 것이었어요. 알고 보니 그 이웃집 사람에겐 육촌형이 한두 번쯤 편지도 써보낸 모양이더군요. 전사 통지서를 보내온 그 사람의 편지에는 육촌형이 어디서 어떻게 전사를 했는지 제법 그럴듯한 추측까지 함께 적혀 있었어요. 육촌형은 인천에서 커다란 배를 타고 그 시절 남태평양 쪽으로 떠났는데, 그 배가 남중국해를 지나가다 미군 비행기를 만나 제 형은 그만 그 배와 함께 바다로 가라앉아버린 것 같다는 것이었어요. 하지만 그 친절한 이웃 사람의 추측이 사실이든 아니든, 그것은 상관이 없는 일이지요. 어쨌든 육촌형의 전사 통지서가 온 것은 사실이었으니까요. 그리고 육촌형의 소식은 이제 정말 그것으로 마지막이었어요.

그러니까 저는 결국 그 육촌형이 고향을 떠나간 후로는 영영 다시 볼 수 없게 되어버리고 만 거죠. 그를 잘 알고 있지 못할 게 당연하지요. 저는 그 형이 고향을 떠날 무렵의 희미한 기억들뿐이에요. 그땐 제가 너무 어렸으니까요. 아, 지금까지 말씀드린 제 이야기도 대갠 제가 직접 보고 들은 것들이 아니구요. 제가 차츰 자라면서 어머니로부터 이야기를 듣고 알게 된 것이 대부분이죠. 어떤 때는 그 형이 고향을 떠날 무렵에 대해 제가 지니고 있는 기억들마저도 정말 제 자신이 보고 들은 것인지 아닌지 의심이 들 정도니까요. 어쩌면 나중 어머니로부터 들은 이야기를 자신이 겪은 일처럼 착각하고 있는 건 아닐까…… 그 육촌형의 모습에 대해서도 물론 마찬가지예요. 저는 지금 뭐라고 말을 할 수가 없지만, 희미한 기억 속에 분명히 그 형의 어떤 모습을 담고 있는데, 그것도 제가 정말 그 육촌형을 본 기억이 그대로 남아 있는 것인지, 나중에 자주 들어온 어머니의 말씀으로 머릿속에 생겨난 어떤 상상의 모습인지 구분을 할 수가 없을 지경이란 말씀이에요.

어떻습니까. 이제 좀 짐작이 가십니까. 제가 제 육촌형에 대해 자세한 설명을 해드리지 못하는 이유를 말씀입니다. 제 육촌형은 제가 그분이 어떤 사람이라는 걸 알기 전에, 그리고 그분이 제게 얼마나 귀중한 분이라는 걸 알기 전에 저에게서 멀리 떠나가버린 분이었단 말씀입니다. 그리고는 영영 다시 돌아오지 않고 말았구요. 그분을 알기는커녕 당신이 고향을 떠나가버린 후로 전 한동안 그런 사람이 언제 제 곁에 있어본 적이 있는지조차도 까맣게 잊고 지냈을 형편이었으니까요.

벌써 수원을 지나고 있군요. 이야기를 하다 보니 역시 시간 가는 줄을 모르겠어요. 글쎄요. 요즘은 서울에서 수원 오는 사람들이 많지요. 딸기 철 아닙니까. 딸기 먹으러 오는 사람이겠지요. 수원이라면 그저 딸기지요. 딸기…… 사람들은 딸기 철이 되어야 비로소 이 수원이라는 도시를 생각해내곤 하지요. 네? 육촌형 이야기를 계속하라구요? 선생께선 역시 남의 이야길 좋아하신다니까요. 그분 이야긴 그쯤으로 끝내려 했지요. 한데…… 아, 아닙니다. 그 전사 통지선 거짓말이 아니었어요. 육촌형은 그 전사 통지서 이후로 정말 제 앞엔 다시 모습을 나타내신 일이 없었으니까요.
 그 육촌형이 일단 목포를 떠났던 건 사실이었지요. 그래요. 아깐 제가 분명 그 형을 찾으러 목포엘 간다고 말씀드렸지요. 그것도 사실이에요. 하지만 그건 제가 이야기를 쉽게 하기 위해 그렇게 말씀드린 거예요. 전 사실 지금 그 형의 유령을 만나러 가는 셈이거든요. 육촌형의 죽음을 물으러 가는 거니까요. 아니…… 제 말을 자꾸 비약해서 들으시는군요. 전 지금 그 형의 전사를 물으러 가는 게 아니에요. 하긴 선생께서 자꾸 그렇게 오핼 하시는 것도 무리가 아니겠군요. 미리 덧붙이자면 그 형은 얼마 전까지만 해도 바로 그 목포에 아직 살아 계셨다거든요. 그러다 그 목포에서 당신이 다시 세상을 떠나셨다는 거예요. 그러니까 전 지금 일테면 그 육촌형의 유령을 만나러 가는 셈이지요. 하지만 그게 당신이 일본 군대엘 가지 않고 그간에도 계속 목포에 살고 있었다는 건 아니에요. 한마디로 목포를 떠나 일본 군대엘 들어갔다가 남중국해 항해 중에 전사했다는 그 형이 뒷날 다시 그 목포에서 돌아가셨다는 것이지요. 한번 죽었다는 사람이 다시 죽었다니 곧이 들릴 일입니까. 하지만 이건 제 육촌형의 죽음이 그만큼 간단치가 않다는 얘기예요. 왜냐하면 육촌형의 죽음은 그 남중국해와 목포 이외에도 수없이 여러 번 되풀이되어왔거든요. 죽었다는 사람이 다른 곳에서 뒷날 다시 죽고 또 죽고…… 하다 보니 형은 그 죽음들에도 불구하고 어디선지 늘 다시 살아 있었다는 느낌, 그 수많은 죽음의 소식을 통해 죽음보다도 불사신처럼 다시 살아난다는 느낌이 확연했지요. 그래 이번 길이 제게는 형의 죽음이 아니라 그 반대의 것을 확인하러 가는 격이 되고 만 거지 뭡니까. 언젠가는 또다시 죽게 될 형, 그러니 어디엔가 다시 살아 있어야 할 육촌형을 찾으러 가는 길 한가지가 아니겠느냔 말씀입니다.

아무래도 잘 납득이 가지 않으신 모양이군요. 하긴 저 역시 자꾸 횡설수설하게 되는군요. 복잡한 이야기를 너무 한꺼번에 말씀드리려니 그런가 봅니다. 그러니 이번엔 아예 처음부터 순서대로 다시 말씀을 드리지요. 그러니까 아깐 아마 그 육촌형이 남중국해에서 바다 귀신이 되었다는 소식을 들은 뒤 우린 그분을 아주 잊고 지내고 있었다는 데까지 말씀드렸지요? 그래요. 우리는 육촌형의 전사 통지서를 받은 뒤부터 그분의 일은 정말 까맣게 잊어버리고 있었어요. 그러다가 몇 년 뒤엔가 다시 전쟁이 터졌지요. 6·25사변 말씀입니다. 한데 다시 그럭저럭 그 6·25사변이 끝난 뒤였어요. 어느 날 우리 집에 또 뜻하지 않은 소식이 전해오지 않았겠어요. 그 육촌형에 관한 소식이었지요. 육촌형이 아직 살아 있었다는 거였어요. 아니 이번에도 그 형이 아직 살아 있다는 건 아니었지요. 이번엔 그 형이 남중국해의 일본 군함에서가 아니라 훨씬 뒤에 다른 곳에서 세상을 떠났다는 거였지요. 오래전에 마을을 떠났다가 인천 근방에서 6·25를 겪고 돌아온 사람의 이야기가 제 육촌형은 분명 그사이 죽지 않고 살아 있다가 6·25사변 중에 인천 근처에서 소위 인민재판이라는 것에 걸려 목숨을 빼앗기는 걸 보았다는 거였어요. 그 사람은 제 육촌형이 아직 어렸을 때 마을을 떠나갔기 때문에, 그 어릴 적 모습만으로 그 사람이 제 형이었다고 장담할 수는 없지만, 그러나 그 사람의 물색과 몸에 밴 남도 말씨 같은 것이 거의 틀림없이 제 육촌형 같더라구요. 하지만 그 사람 역시 살기 어린 주변 분위기 때문에 기억에 남아 있는 그의 어렸을 적 이름이나 고향 같은 걸 제대로 따져 알아볼 엄두를 못 냈더라는 거 아닙니까.

그런데 문제는 거기서부터였어요. 소식을 받고부터 저에게는 그 육촌형과 관련하여 이상한 수수께끼가 생겨나기 시작했던 거예요. 아니 한 번 죽었다던 사람이 다시 또 살아 있다가 죽었다는 말이 이상했던 것만은 아닙니다. 그것도 물론 이상스런 일이기는 했지요. 하지만 문제는 오히려 그다음부터였어요.

소식을 듣고 나서 우리는 곧 인천으로 달려갔지요. 미심쩍긴 했지만 그런 소식을 듣고 가만히 있을 수가 없었거든요. 소식을 전해준 사람의 말도 말이지만, 그간 육촌형이 하필 그 인천에 살아 있었다는 점이 그럴 수도 있을 것 같다는 생각이었지요. 먼젓번 전사 통지서를 보내온 사람도 육촌형이 배를 타고 남태평양으로 떠나간 곳이 인천이랬다지 않았어요. 그렇게 당신이 뱃길을 떠나갔다 다시 살아 나타나 죽어간 곳이 인천이라는 데다, 그곳이 그가 처음 고향을 떠나간 목포처럼 항구도시였다는 점들이 어떤 그럴듯한 연상 속에 혹시나 하는 생각을 품게 한 거지요. 그래 제 어머니께선 할 수만 있다면 가엾게 돌아가신 그 형의 유골이라도 한 조각 고향으로 거둬오고 싶다는 것이었어요. 그래 우리는 결국 또 인천을 찾아갔던 거예요. 하지만 짐작하시다시피 그게 어림이나 있는 일이었겠습니까. 소식을 가져온 사람에게 그 인민재판이라는 것이 행해졌다는 장소하며 그때의 정황 같은 걸 자세히 물어가지고 갔지만, 그것만으로는 물론 당신에 대한 소문이나 죽음의 흔적을 찾을 수가 없었지요. 뼈를 거두게 되기는커녕 소문의 그림자도 못 만났어요. 당연한 이야기지요. 어머니와 저는 그 형의 망령에라도 홀린 듯 새삼스런 낭패감 속에 먼 길을 돌아오고 말았지요.

 하지만 아까 제가 이상한 수수께끼라고 말씀드린 것은 실상 그 인천행도 아니었어요. 아니 그 인천행이 바로 그 수수께끼의 시작이었지요. 왜냐하면 그 형에게선 그 인천 일이 있고부터는 이상하게 자꾸 비슷한 소식이 전해오곤 했으니까요. 언제나 육촌형이 다시 죽었다는 소식이었어요. 하지만 정작 그 형의 죽음을 진짜로 확인할 수 있었던 것은 한 번도 없었지요.

 참, 우리―, 콜라라도 한 병 사 마시면서 이야길 계속할까요. 이야길 너무 지껄이다 보니 목이 좀 마르군요. 선생께서도 목이 마르시지요? 역시 초여름 날씨니까요. 콜라를 부르도록 하지요. 마침 저기 콜라 장수가 오는군요. 잘됐어요. 아니, 콜란 제가 사겠습니다. 선생보단 제가 아무래도 더 많이 마셔야 할 테니까요. 아, 그러세요? 애길 재미있게 들어주신다니 감사합니다.

콜라가 무척 시원하군요. ……아닙니다. 하지만 전 이걸로 족해요. 선생께서도 좀 마셔야지요.

그럼 전 이야기를 다시 계속할까요. 그 뭐라고 할까요. 그러니까. 우리에게로 전해오는 그 육촌형의 소식은 마치 어떤 소문과도 같은 것이었지요. 그 인천을 다녀오고 난 이후 육촌형의 소식이 다시 전해온 것은 한동안 세월이 흐른 다음이었어요. 그러니까 그 몇 년 동안 우리는 그럭저럭 다시 당신을 제대로 좀 잊게 될 만한 때였지요. 그런데 느닷없이 또 당신의 소식이 날아든 거예요. 이번엔 인천과 정반대 쪽 부산에서였지요.

—근래에 부산에서 교통사고가 한 건 발생했다. 화물 트럭 한 대가 어떤 약국을 들이받고 덤벼들어 와, 그 약국에서 약을 사고 있던 손님 한 사람을 깨부숴버렸는데, 당국의 조사에서도 그 손님의 신원은 끝내 밝혀지지 않았다. 아마 연전의 북새통 전쟁 중에 부산까지 흘러 들어왔다가 졸지에 변을 당하고 만 사람 같다……

그 역시 6·25전란 중에 부산까지 흘러 들어가 살고 있던 우리 마을 사람 하나가 아심찮이 전해온 편지 사연이 대략 그런 식이었는데…… 하니까 그 사람이 우리한테 굳이 그런 편지를 써 보내게 된 동긴즉, 그날 그렇게 억울한 비명횡사를 당해간 사람의 연배나 약국 주인이 말한 얼굴 인상이 아무래도 저의 육촌형 같더라는 것이었어요. 그러면서 그 사람 이미 그 사고 처리는 종결이 되고 말았지만, 저더러 직접 한번 부산으로 건너와 사실을 알아보는 게 좋겠다구요. 선생도 짐작하시겠지만 이번엔 거꾸로 우리 쪽의 반신반의 속에 한동안 그의 다음 소식을 기다리는 식이었지요. 물론 이후론 그 부산 쪽에서도 더 이상 소식이 없었구요.

그런데 그 부산 쪽 일에 확연한 매듭이 나기도 전에 이번엔 그 육촌형이 또 서울에서 죽었다는 소문이지 뭡니까. 아마 그건 4·19가 지나고 난 어느 날 마을로 들어온 소문이라고 생각되는데, 제 육촌형이 그 4·19의 서울 거리에서 총에 맞아 죽은 것 같다는 것이었어요. 소문의 내력인즉, 그 4·19날 마을 아이 하나가 그 서울의 시위 거리엘 나섰다가 앞서 가던 남자 한 사람이 갑자기 총탄을 맞고 쓰러지는 것을 보았다나요. 그래 그 아이가 총 맞은 남자를 부축하려 하자 그는 가슴에서 피를 콸콸 쏟으면서도 그냥 길거리에 쓰러져 누운 채 손을 가로젓더라는 거예요. 아이는 그만 겁이 나서 남자에게서 도망을 치고 말았는데, 그 아이의 이야기가 이런 저런 경로로 마을까지 전해 들어오자 동네 사람들은 어떻게 된 셈인지 바로 그 사내가 어쩌면 제 육촌형이었는지 모른다는 것이었어요. 처음에는 아주 조심스럽게 쉬쉬 뒷 추측들을 하고 있는 것 같더니, 나중에는 마을이 온통 그런 식으로 믿어버리는 기미더라니까요. 제 육촌형은 이번에야말로 정말 서울 거리에서 그렇게 죽어갔다는 것이었지요.

이상한 일이지요. 선생께서도 이상하지 않습니까. 어째서 마을 사람들은 하필 그 사내가 제 육촌형이었을지 모른다는 비약을 하게 된 것이었을까요. 하지만 이제 실상은 그 마을 사람들을 이상해할 여지도 없게 된 형편이에요. 나중엔 저 자신마저 그 남자가 어쩌면 정말 제 육촌형이었을지 모른다는 착각을 일삼게 됐거든요. 그렇게 될 수밖에 없는 일이었어요. 죽었다던 육촌형은 번번이 그렇게 저에게서 다시 살아났다간 죽어가고 했으니까요.

전 물론 소문을 들을 때마다 매번 그 육촌형의 소식을 확인하러 나서곤 했지요. 소식을 듣고 나서 그 당장 집을 나섰던 건 아니지만, 그러나 어쨌든 저는 인천과 서울로, 소문과는 순서가 바뀌었지만 나중엔 결국 그 부산까지 찾아가서 기어코 당신의 소식을 확인해보곤 했어요. 서울에선 특히 사망자와 부상자의 명단을 모조리 뒤져가며 당신을 찾았지요. 한데 전 한 번도 그 육촌형의 죽음을 확인한 적이 없었어요. 언제나 형이 새로 죽었다는 소식이나 소문뿐이었습니다. 그러니 제겐 그 형이 어떻게 생각되었겠어요. 육촌형의 소식은 제게 언제나 죽음뿐이었어요. 그리고 그 죽음의 소식은 거기서 끝나지 않고 사실이 확인되기도 전에 늘 먼젓번 죽음에서 당신이 다시 살아나 있곤 한 꼴이었지요. 그래 당신이 죽었다는 소식은 거꾸로 그새 어디선지 당신이 다시 살아 계셨다는 소리가 될 밖에요. 그렇듯 수없이 죽으면서도 언제나 다시 살아나는 육촌형은 그러니까 제게 죽음을 모르는 불사신, 불멸의 거인이 되어버린 것이구요.

다시 말해 그 육촌형의 죽음의 소식은 제게 있어서 그분의 새로운 탄생이며, 그래 그 죽음을 확인하러 간다는 것도 거꾸로 그분의 그 거인적인 불멸의 생존을 확인하러 가는 것이 되는 셈이지요. 네, 그렇지요. 그러니까 아까 제가 그분의 모습을 확실히 말할 수 없었던 게 바로 그 때문이었어요. 제가 지금 어떤 식으로 그분의 모습을 지니고 있다면, 그건 어렸을 적의 기억에서가 아니라 끝없이 되풀이된 그분의 죽음을 겪으면서 제 스스로 얻게 된 모습에 불과할지도 모르니까요. 구체적으로 모습을 말할 수는 없지만, 아까도 말했듯이 어떤 거대한 불사신 같은…… 그런 것이 느껴지는 모습이지요. 그것은 물론 인천이나 부산 같은 데서 죽어간 사내들의 모습과도 상관이 없는 일이구요. 그런데 이번엔 또 그 육촌형이 다시 목포에서 돌아가셨다는 소식이지 뭡니까. 그래 전 지금 목포로 그 육촌형의 죽음을, 아니 그분의 불멸의 생존을 만나러 가고 있는 것이지요.

이제 아까 제가 죽은 육촌형을 찾아가고 있다는 말씀을 좀 이해하시겠습니까. 그동안 그 육촌형이 계속 목포에 살고 있지 않으셨다는 점까지도 포함해서 말씀입니다……

아, 이런 벌써 대전이군요. 이야기에 정신이 팔린 탓도 있지만, 대전까진 워낙 열차가 빨리 달리더군요. 네, 물론 대전 아래서부턴 다르지요. 저도 알고 있어요. 논산, 강경, 이리…… 그리고 또 그 아래로는 신태인, 정읍, 장성…… 정거장마다 안 서는 곳이 없으니까요. 완행 한가지죠. 한데 그야 어쨌든…… 대전을 왔으니까 우리도 이젠 점심이나 하러 갈까요? 아직 때가 좀 이르다구요. 글쎄요. 때가 이른 것 같기는 하군요. 하지만 전 늘 대전을 지나면서 점심을 먹는 버릇이 있어놔서요. 공연히 그래요. 대전이라는 도시는 마치 제게 점심 생각을 나게 하려 생긴 도시 같거든요. 이 도시에 대해 그 밖엔 아는 것도 기억할 만한 인상도 가지고 있지 못하니까요. 그 뭐 밤차 타고 지날 때 대전역 가락국수 유명하지 않아요. 그런 식이지요. 저에겐 참으로 덤덤한 도시예요. 자, 가십시다.

어차피 전 아까부터 제가 점심을 살 생각이었으니까요. 아니, 천만에요. 점심은 제가 사야지요.

조용해서 좋군요. 네, 역시 시간이 좀 이른가 봐요. 하지만 뭐 상관있습니까. 정 뭣하시면 먼저 맥주라도 몇 잔 하다가 점심은 나중에 들기로 하지요. 그게 좋겠어요. 아닙니다. 제가 산다니까요…… 신세라니요. 제가 사고 싶으니까 그러는 건데요 뭐. 이야기도 제가 하고 싶어서 하는 게 아니겠습니까. 그냥 내버려두세요. 응, 벌써 맥줄 가져오는군요. 거 참 동작 한번 빨라서 좋다. 자 잔 여기 있습니다. 받으세요. 먼저, 선생께서 먼저 받아요. ……아니, 제 잔은 제가 따르지요. 좋습니다. 그럼, 그리고 참, 점심을 지금 그냥 시켜놓는 게 어떨까요. 그러죠 그럼. 전 모듬요리라는 걸로 하겠어요. 열차 식당 음식이라는 게 아무거나 마찬가지지요 뭐. 자 그럼 우선 술부터 한잔 드십시다……

네? 뭘 알아들으실 수가 없어요? 뭘 말씀입니까. 아, 제 육촌형 …… 아직도 그 말씀이시군요. 전 이제 그만 잊어버리신 줄 알았어요. 물론 이야기가 다 끝나진 않았지요. 그러니까 선생께서 아직 이해가 잘 안 가시는 건 무리가 아니에요. 하지만 이야기를 다 말씀드려도 역시 시원스럽게 납득이 되시지는 않을 겝니다. 누구나 그렇더군요. 제가 지금 목포로 육촌형을 찾아가고 있는 것도 사실은 바로 그런 데 이유가 있으니까요. 제 이야기가 누구에게나 똑똑히 이해될 수 없다는 것, 어떤 설명으로도 사람들을 잘 납득시킬 수 없다는 것…… 이번 제 여행에선 바로 그런 문제도 제 숙제거리가 되고 있는 셈이거든요. 하지만 굳이 선생 앞에 그런 이야기를 또 계속해야 할까요. 좋습니다. 그리고 제 이야기에 그처럼 관심을 가져주시니 저로서는 어쨌든 고마운 일이군요. 그럼 천천히 술을 들면서 육촌형의 이야기를 마저 끝내도록 하지요.

하지만 이번에는 그 육촌형의 이야기가 아니라 바로 제 자신의 이야기가 될 것 같군요. 왜냐하면 아까 제가 아직 이야기를 남겨두고 있다는 건 그 육촌형을 찾아다니게 된 저 자신에 관한 것이거든요. 그래요. 이젠 그 육촌형을 찾아다니게 된 바로 저 자신의 이야기예요.

한데 먼저 고백을 해둘 게 있군요. 아까 전 육촌형의 죽음 소식을 들을 때마다 늘 그 연고지를 찾아가 그 소식을 확인하곤 했다지 않았어요. 부산 쪽에 대해선 시기가 늦어진 사연을 이미 말씀드렸지만, 아마 선생께서는 그 부산을 제외한 다른 곳들은 소식을 받은 즉시 늘 그런 줄로 들으셨겠지요. 그런데 사실은 그렇지를 않았어요. 부산 이외에도 대개는 소식을 받고 나서 한참씩 시일이 지난 다음이었어요. 물론 첫번째 목포나 인천만은 달랐지요. 첫 목포행은 그 형의 죽음 소식 때문이 아니었지만, 어쨌거나 그 목포나 인천엘 갔을 땐 아직 제 어머니가 살아 계셨기 때문에 그럴 수 없었지만, 다음번 소식들은 늘 한두 달씩 시일이 지난 다음이었어요. 물론 부산도 그랬고 서울 쪽도 그랬지요. 그러니까 전 솔직히 말씀드려서 소식을 받고 난 그 당장엔 육촌형을 찾아 나설 생각을 하지 않고 있었다는 편이 옳겠지요. 아마 저 자신에게서 늘 어떤 동기가 생기지 않았더라면 끝내 그러고 말았을 거예요. 하지만 전 그러질 못했어요. 언젠가는 기어코 소식을 확인하러 나서게 되곤 했지요. 이상하게 들리실지 모르지만, 저 자신에게 늘 그러지 않을 수 없는 동기가 생겨나곤 했던 거예요.

그런데 그 동기라는 것이 참 이상한 것이에요. 인천 이야기는 아까 말씀드린 대로지만, 그 다음번에 제가 부산으로부터 육촌형의 소식을 들은 것은 그러니까 천구백오십몇 년이던가, 부산에서 그 무슨 정치 파동 같은 것이 있었을 무렵이었다고 생각되는데요. 그러나 저는 그때도 물론 처음에 그 형의 소식을 찾아 나설 생각을 하지 않았지요. 한데 그때 공교롭게도 제게 한 가지 낭패스런 일이 생겼어요. 부끄러운 이야깁니다만, 전 그때 제 고향 근방 초등학교에서 아이들을 가르치고 있었는데, 직속 상사인 그 초등학교 교장과 엉뚱한 싸움을 시작했다가 그만 그 학교에서 쫓겨나는 신세가 되고 말았지 뭡니까. 그 무렵 그 초등학교엔 성미가 퍽 독선적인 데다 터무니없이 사명감이 대단한 교장이 재직하고 있었지요. 그런데 어느 날인가 이 교장 선생님한테 형편없는 벽지 학교 전임 발령이 떨어지지 않았겠습니까. 전 내심 옳다구나 싶었지요. 한데 이 교장 선생님 엉뚱한 장난을 부리기 시작하는 거예요. 마침 그때 저의 학교는 학부형들 모금으로 전란 통에 소실된 교사를 신축 중었는데, 이 교장 선생님, 자기가 아니면 교사 신축이고 뭐고 학교 꼴이 말이 안 될 거라는 거예요. 그러면서 저희 교사들과 학생들을 동원하여 자기 전임 발령에 대한 취소 진정 운동을 벌이라는 거였어요. 자기는 이 학교에 뼈를 묻고 싶은 사람이며, 학교로서도 이 어려운 때에 자기 능력이나 역할이 그만큼 필요한 형편이라고요. 전 물론 반대를 하고 나섰지요. 반대 정도가 아니라, 만약 교장이 유임되는 경우엔 우리 편에서 오히려 학교를 그만두겠노라 맞대들고 나섰지요. 동료 교사들도 물론 여러 사람이 동조하고 나섰지요. 그 교장 어딜 가서도 환영받을 인물이 못 됐거든요. 더욱이 교사 신축을 하면서 관내 주민들로부터 적지않이 의혹까지 사고 있던 판이니까요. 그런데 어떻게 된 셈인지 한창 그렇게 열을 내다 보니, 웬걸 어느새 제 모가지가 잘려 있지 뭡니까. 어떻게 된 일인지 교장은 그럭저럭 다시 그 학교에 주저앉게 되고 말입니다. 사정이 거기 이르자 그동안 저와 함께 보조를 같이 해오던 동료 교사들도 어느새 기세들이 시들해져버리구요. 결국 교장을 내보내려다가 저만 혼자 거꾸로 내쫓긴 신세가 되고 만 거지요……

외롭더군요. 혼자 된 그 적막감을 견딜 수가 없었어요. 그런데 참 희한한 일이지요. 그 얼마 전부터 생각을 접어두고 있던 육촌형의 소식이 갑자기 궁금해지기 시작한 거예요. 공연스레 그 형의 소식을 다시 따라가보고 싶어지더라구요. 그래 뒤늦게 서둘러 부산으로 달려갔지요. 물론 그 부산행은 아까 말씀대로 그저 그런 식으로 끝나고 말았지만 말입니다.

그런데 그렇게 육촌형을 찾아가게 된 동기가 그때뿐이 아니었어요. 서울 쪽도 마찬가지였으니까요. 서울의 경우는 아까 말씀드린 대로 4·19가 막 지나고 나서였어요. 하지만 그때도 물론 전 당신의 소식을 곧바로 쫓아 나서려 하질 않았지요. 한동안은 그저 신문 같은 데서 사망자나 부상자 명단을 주의해 살펴보는 정도였지요. 비슷한 이름이라도 있으면 좀 착실히 수소문을 해볼 생각으로요. 실상은 그런 식으로 일을 미루고 넘어갈 핑계를 찾고 있었던 거지요. 거의 1년 동안을 그러고 지냈어요. 그러다 그 1년쯤이 지난 다음에야 전 정말로 육촌형을 찾아 서울엘 올라왔던 거예요. 자세한 내용을 말씀드릴 필욘 없지만, 그 무렵 내겐 또 크게 낭패스런 일이 생겼거든요.

그렇습니다. 제 동기라는 게 늘 그런 식이었어요. 저는 늘 어떤 낙망스런 일이 생기기 전에는 소식을 받아놓고도 미적미적 기회를 미루곤 했어요. 아니, 어떻게 생각하면 제가 어떤 낭패스런 일을 당할 땐 그전에 반드시 그 육촌형의 소식이 전해와 있곤 한 격이었어요. 일테면 그 육촌형의 소식은 제 고약한 낭패거리를 부르고, 그 일은 다시 저로 하여금 그 육촌형을 찾아 나서게 하곤 해온 셈이지요.

이번에도 마찬가지였어요. 웬일인지 한동안 뜸하던 그 육촌형의 소식이 생각지도 않게 다시 목포에서 전해온 거 아니겠어요. 벌써 몇 달 전의 일이에요. 물론 이번에도 그 목포에서 당신이 다시 죽어갔다는 것이었지요. 하지만 전 이번에도 물론 곧 소식을 쫓아 나서려 들지 않았지요. 하지만 전 결국 이제 제가 다시 그 소식을 쫓아 나서게 되리라는 걸 알고 있었어요. 물론 제게 또 어떤 암담한 사건이 일어나리라는 예감 때문이었지요. 하지만 사실을 말하자면 실은 그뿐만이 아니었어요. 제게도 이젠 어떤 타성이랄까, 그 노릇에 어떤 이상한 이력이 생겨 있었거든요. 이 역시 적지않이 불가사의한 일처럼 들리시겠습니다만, 전 그 육촌형의 소식을 찾아 나설 때마다 그분에 대한 그 수수께끼 같은 환상만 더해갈 뿐 매번 별 소득이 없이 발길을 되돌려오곤 했지만, 그러나 그때마다 그것으로 전 그 무렵 저를 휩싸고 돈 제 삶의 암울한 상실감 같은 걸 그럭저럭 씻을 수 있게 되곤 했으니까요. 그 형의 일로 하여 한 동안씩 애를 먹던 제 세상살이의 실패와 무력감에서 벗어나 다시 일을 하게 되곤 한 거지요. 마치 그 육촌형의 불사신 같은 환상에서 큰 힘을 얻고 난 것처럼 말입니다. 그래 이번에도 전 그럭저럭 기회를 미루고 있었는데 역시 예외가 없었어요. 저한테 영락없이 또 말할 수 없이 큰 낭패사가 찾아오고 말았지 뭡니까. 게다가 이번 낭패는 제 삶의 앞날이 걸린 일인 데다 그 정도가 아주 절망적이에요. 그래서…… 그래서 결국 전 또 이렇게 그동안 미뤄오던 그 육촌형의 소식을 찾아 나서고 있는 꼴이지요.

아니, 그런데 이건 우리 점심이 아닙니까. 녀석이 언제 식사를 가져다 놨군요. 선생께선 벌써부터 알고 계셨다구요? 그런데 전 이야기에 팔려 모르고 있었군요. 점심을 곁에 놔두고 여태 이렇게 술만 마시고 있었다니 안 됐군요. 전 그렇다 치더라도, 선생께선 벌써부터 시장기를 느끼고 계셨을 텐데 말씀입니다. 자, 그럼 지금부터라도 식사를 좀 하도록 할까요. 그럼요. 술을 마셨더라도 역시 요기는 해야지요. 네? 이번엔 무슨 일에 낭패를 보았느냐구요? 아, 알겠어요. 그건 물론 제 소설 일에서지요. 소설 쓰는 일 말씀입니다. 하지만 우선 식사부터 좀 드세요. 저도 식살 하면서 천천히 말씀드리겠어요. 한데 선생께선 지금 뭐라고 말씀하셨지요. 제가 소설을 쓰는 사람이냐구요? 아, 참 그렇군요. 제가 여태 그걸 말씀드리지 않았군요. 그렇습니다. 맞아요. 전 그동안 한 10년 소설을 써왔어요. 적어도 이 얼마 전까지는 말입니다. 그렇지요. 지금은 물론 다릅니다. 그래서 아까 제가 제 일에 또 큰 낭패를 보고 있다고 하지 않았습니까.

바로 그 소설 쓰는 일에서지요. 제가 그 소설을 쓰지 못하게 돼 버렸거든요. 글쎄요. 어째서 10년 동안이나 써오던 소설을 갑자기 쓸 수 없게 되어버렸느냐 이 말씀이죠? 하지만 저로서도 거기 대한 대답은 그리 쉽지가 않군요. 뭐라 할까요. 제 소설에 갑자기 의구심이 생겼달까요. 어떤 믿음이나 자신감을 가질 수가 없어졌어요. 그 소설이라는 걸로 독자에게 무슨 말을 한다는 게 이제 불가능하게 된 것 같다는 말씀입니다. 얼마 전부터 공연히 그런 생각이 들기 시작했어요. 아니 그저 공연히라고는 할 수 없겠지요. 글쎄, 소설이라는 게 뭡니까. 그건 결국 어떤 시대에서 그 시대 사람들에게 가장 사랑을 받을 수 있는 정신이나 말의 그릇 아니었겠습니까. 하지만 지금은 그런 소설적인 질서나 화법이 사랑을 받을 수 있는 시대가 아닌 것 같아요. 사람들이 이미 소설을 떠나버린 지 오래예요. 사람들 마음속에 소설은 이제 케케묵고 무용한 유물일 뿐이에요. 요즘 사람들은 소설이 아닌 다른 화법을 찾고 있어요. 보다 새롭고 간편한 새 말의 질서를요. 그리고 그걸 눈부신 속도로 발전시켜가고 있어요. 전 그걸 분명히 말할 수 있어요. 언젠가 한 친구와 술이 몹시 취한 적이 있었지요. 그런데 그 친구 주정 삼아 저더러 왜 요즘 글을 잘 쓰지 않느냐 시빌 걸어오더군요. 전 그저 평소 느낌대로 글이 잘 씌어지지 않아 그런다 했더니, 그 친구 대뜸 저더러 그새 겉늙은이가 다 됐다고, 겉늙은이처럼 고고한 소리 말라고 다시 시비예요. 공연히 세상일을 너무 어렵게 생각하지 말라구요. 우리 삶에서 무엇보다 중요한 건 자기 개인의 삶인데 쓸데없이 너무 세상사에 휩쓸려 같잖은 소명감이나 비분강개 속에 자기 인생까지 허망하게 늙혀버리지 말라구요. 그러면서 그는 아주 의기양양했어요. 자기에겐 이 세상이라는 게 뜻밖에 수월하더라구요. 세상살이는 그저 쉽게쉽게 살아 넘어가야 한다구요. 전 그 친구에게 짐짓 한번 대들어봤지요. 세상의 힘들고 어려운 구석은 늘 외면하고 피해 살려는 너야말로 정말로 겉늙는 게 아니냐, 그런 인생에 무슨 성취나 보람이 있겠느냐— 했더니 이 친구 온갖 인생사나 세상사를 그런 식으로 늘 부질없이 데데하게 생각하려 드니까 제겐 그게 자꾸 더 어렵고 힘들어질 수밖에 없다고 동정이지 뭡니까. 저 같은 소설쟁이들은 사람들에게 자꾸 그 어두운 곳, 힘들고 어려운 곳들만 들춰내 보여주는 달갑잖은 심술꾸러기일 뿐이라구요. 그런 소설쟁이들, 자기에겐 차라리 백해무익한 존재랍니다. 물론 그는 제 작품을 한 편도 읽은 일이 없는 친구였지요. 어쨌거나 전 그날 제가 신봉해온 소설적 질서가, 그 화법이 얼마나 낡고 퇴화해가고 있는가, 그래 이 시대로부터 얼마나 천덕꾸러기로 버림을 받고 있는가를 다시 한 번 실감하게 되었지요. 우리가 세상과 우리 삶을 향해 지니고 있는 말의 양, 그 말들의 충동에 비해, 소설이라는 화법은 이미 그것을 감당하기에 너무 무기력할뿐더러 오히려 거추장스런 형식으로 전락해버린 거죠. 소설로 무엇인가를 말할 수 있다는, 그럴 수 있었던 시대의 소설에 대해 제가 터무니없이 너무 오랜 향수를 지녀온 것 같았어요. 어쩌면 그 자기 속임수에 불과했을지도 모르는 낡은 소설의 향수 속에 전 정말 어림없는 백일몽을 꾸고 있었던 것 같았어요. 하지만 문제는 제겐 아직도 우리 삶과 세상에 대해 하고 싶은 말들이 남아 있다는 점이었어요. 그러니 그걸 말하기 위해서는 이젠 무엇보다 그 소설이라는 비능률적이고 거추장스런 화법을 단념해버려야 할 것처럼 생각되더군요. 사실 그 친구와의 이야기만 해도 이미 그런 식이었지요. 저와 그 친구 사이엔 이미 그런 정도의 말조차 서로 통할 수 없었던 것 아닙니까. 절망이죠. 그런 시대에 소설이 다 뭡니까. 글쎄, 선생만 해도 벌써 그렇지요. 선생께서도 아까 제 육촌형 이야기를 아무래도 잘 이해하실 수 없다셨지 않았습니까. 그래서 전 제 목포행이 바로 그런 점, 어떤 사람에게도 이해가 가능한 말로 제 이야기를 할 수 없다는 것, 그런 문제와도 관련이 있는 거라고 말씀드렸구요. 전 애시당초 선생께 대해선 제 소설의 화법을 빌릴 일이 없었지요. 전 시종 이렇게 직접 제 목소리로 이야기하고 있지 않습니까. 한데 선생께선 그런 생목소리 이야기에서도 아직 납득이 안 가신 모양이셨지요. 그런 지경에 제가 하물며 소설을 쓸 수 있었겠습니까.

그렇지요. 지금까진 물론 그런 저런 사정을 생각하지 않았기 때문에 소설을 써올 수 있었는지 모르지요. 소설이란 어쩌면 그런 걸 생각하지 않거나 잊어버릴 수 있을 때, 혹은 우리의 말이 그 소설이라는 그릇에 넘쳐나지 않을 만큼 적당할 때에만 쓸 수 있게 되는 건지도 모르죠.

하지만 이젠 틀렸어요. 뭐라구요? 그러나 전 결국 소설을 포기할 순 없을 거라구요? 왜 그렇게 생각하시죠? 글쎄 그럴까요? 제가 이렇게 열심히 이런 이야길 떠들어대고 있는 건 이미 소설을 단념해버렸기 때문일 텐데요? 그럼요. 제가 소설을 포기했다는 건 물론 제게 할 말이 없다는 건 아니죠. 오히려 그 반대라고 할 수 있지요. 그렇지요. 그러니까 결국 제 내부의 언어와 욕구는 증가하고 있는데, 거꾸로 소설이라는 화법의 기능은 우리들에게서 자꾸만 더 무기력해져가고 있는 셈이지요. 그래서 전 소설보다 좀더 적절한 다른 방법으로 저의 말을 계속하기 위해 그것을 포기해야 했다는 뜻이 될 수도 있구요. 하지만 중요한 것은 우리들 사이에서 이런 식으로도 또 이만한 이야기조차도 서로 잘 통할 수가 없다는 점이에요. 그만큼 저는 또 늘 이야기가 하고 싶어 견딜 수 없는 지경이 되어가구요.

오늘은…… 글쎄, 오늘은 그 육촌형을 찾아가고 있기 때문에 벌써 어떤 힘이 생기는지 모르겠군요. 그러고 보면 전 역시 다시 소설을 쓰게 될 수도 있을지 모르구요. 육촌형을 찾아보고 오면 말씀입니다. 역시 납득이 잘 안 가시죠? 할 수 없는 일이죠.

한데 그보다도 이젠 우리 그만 객실로 돌아가보기로 할까요. 피곤하실 텐데 말씀입니다. 네, 여간 피곤해 보이시지 않아요. 하긴 이렇게 긴 시간 식당차에만 앉아 있으니 무리가 아니죠. 어느새 이리도 지나버린 모양 아닙니까. 식당차엔 온통 우리 두 사람뿐이군요. 자, 그럼 일어나시죠. 자리로 돌아가서 한잠 주무시고 나면 피로가 좀 풀리실 테니까요.

아, 이제 잠이 깨셨군요. 여간 피곤하지 않으셨던 모양이에요. 시간은 그리 오래지 않지만 아주 달게 주무시던데요. 코까지 골아가며 말씀입니다. 아니 전 조금도 자지 못했어요. 목포가 가까워지니까, 자꾸 긴장이 되곤 하는군요. 네, 송정린 벌써 한참 전에 지났어요. 지금 학다릴 지나고 있지 않습니까. 맞습니다. 학다린 자꾸 착각을 하게 되지요. 저도 처음엔 학의 다린가 했어요.

그렇군요. 그렇게 말해도 역시 구분이 안 되는군요. 학의 다리, 학이 걸어 다니는 다리, 학이 건너다니는 다리 하하…… 그래도 마찬가진걸요. 결국 학교라고 하는 수밖에 없군요. 하지만 이번에는 또 공부하는 학교가 되었지요? 그래요. 저도 어떤 친구가 이 학교를 지도에서 정말 공부하는 학교라는 말로 읽은 걸 본 일이 있어요. 하여튼 이젠 그 학다리도 지났으니 정말 목포가 머지않았군요.

아니죠. 정말 육촌형의 소식을 만나게 될지 어떨지는 저도 알 수가 없지요. 하지만 어떤 식으로든 목포에서 육촌형의 무엇인가를 만나게 될 건 틀림없어요. 이렇게 육촌형을 찾아 나섰다가 정말로 그분의 소식을 만난 적은 여태까지 한 번도 없지만, 그러나 또 어떻게 생각하면 전 그때마다 늘 그 형을 만나고 있었거든요. 글쎄요. 저의 육촌형이 이번엔 어째서 하필 그 목포에서 다시 나타나게 되었는지 사실은 그의 죽음의 소문에 불과합니다만 저로서는 그게 그렇게 받아들여지고 있으니까요. 그것은 저도 알 수가 없어요. 하지만 전 그런 건 별로 이상스럽게 생각질 않았지요. 오히려 당연한 것처럼 여겨지고 있었지요. 목포라는 곳은 항구도시가 아닙니까. 저의 육촌형이 나타났던 곳은 늘 그런 항구도시였거든요. 인천이 그랬고 부산이 그랬고⋯⋯ 서울은 좀 경우가 다르지만 그러나 서울도 어떤 의미에선 일종의 항구도시나 다를 바가 없어요. 그렇지요. 바로 그 항구도시 사람들의 기질을 말한 거예요. 항구도시 사람들은 대개들 기질이 억세고 거칠지요. 특히 목포는 그게 심하다고 들었어요. 아시겠지만 바로 항구도시 사람들이기 때문에 그렇겠죠. 항구도시 앞엔 툭 트인 바다가 있지 않습니까. 천만에요. 전 그 바다를 곧바로 항구도시 사람들의 호연지기로는 보지 않아요. 오히려 탈출로로 생각하지요. 수가 틀리면 금방 어디론가 튈 수 있는 탈출로 말입니다. 목포 사람들은 그 넓은 탈출구를 가진 사람들이지요. 아, 화를 내진 마십시오. 전 지금 그렇다고 그 점을 비난하고 있는 건 아니니까요. 오히려 그 반대예요. 얼마나 좋습니까. 어떤 싸움판에 들어 있는 사람이 수틀리면 훌쩍 건너뛴다는 여유를 가질 수 있다는 게 말입니다.

  문학에서도 그래요. 혼자 느낌인진 모르지만 전 요즘 우리 문학엔 좋은 의미로 낭만이나 정열 같은 게 퍽 부족한 듯싶거든요. 한데 낭만으로 말하면 일제 때의 문학인들 쪽이 훨씬 앞서 있었던 것 같아요. 여러 가지 설명이 가능하겠지만, 그들이 그럴 수 있었던 것은 그들에겐 압록강이나 두만강이 있었다는 게 한 가지 이유가 되지 않을까 싶어요. 압록강이나 두만강 건너편에 넓은 망명지가 있었다는 뜻이지요. 탈출구가 있었다는 말씀입니다. 실제로 그들이 그곳으로 망명을 해갔느냐 안 갔느냐는 문제가 안 되지요. 중요한 것은 그 사람들의 의식 밑바닥엔 자신도 모르게 늘 그럴 수 있다는 가능성이 잠재했으리라는 점이지요.

그래서 그들의 문학도 제법 낭만적일 수가 있지 않느냐는 말씀입니다.

어느 경우에나 탈출구를 가진다는 건 그만큼 어떤 잠재력을 지닐 수 있다는 뜻 아니겠습니까. 그게 비판이나 비난을 받을 일은 전혀 아니지요. 어떤 의미에선 오히려 그것을 가지고 있지 못하다는 것이 비극이랄 수 있지요. 경우가 좀 다를지 모르지만, 그 목포 사람들을 생각해보세요. 되풀이 말씀드리지만 전 항구도시 사람들 가운데서도 유독 목포 사람들의 기질이 거세다고 듣고 있는데, 실제로 이 사람들은 걸핏 하면 '쌍 배 타고 어디 섬으로나 튀어버릴까보다' 하는 소리들을 자주 쓴다거든요. 제가 직접 그런 경우를 보기도 했고 들은 적도 있어요. 배를 타고 어느 섬으로라도 튈 수 있다는 것이 그들에게 그런 잠재적인 힘을 주고 있는 거 아니겠어요. 그래서 그 성깔들이 그렇게 드세질 수 있었던 게 아니겠느냐는 말씀입니다. 드세다는 게 뭣하다면 위대해졌다 할까요. 목포라는 도시가 말씀입니다. 목포는 상징적인 의미에 불과할지 모르지만, 탈출구를 가지고 있는 도시는 그러니까 그만큼 행복한 도시인 거죠. 아까 처음에 제가 목포에 살고 계신 선생께서 축복을 받아 마땅하다는 것도 실은 그런 뜻에서였어요. 그 위대한 목포에 이번 제 육촌형이 나타난 것은 너무도 당연한 일이지요. 적어도 저한텐 그렇게 생각돼요. 당신은 대개 그 항구도시들에서 불사신처럼 나타났고, 목포는 그 항구도시들 가운데에서도 자신의 바다를 가장 사랑해왔고, 지금도 그 바다를 사랑하면서 스스로 위대해져가고 있는 도시거든요.

이제 절 용서하실 수 있으시겠지요. 그리고 제 육촌형이 이번에 그 목포에서 그렇듯 당신다운 방법으로 다시 모습을 드러내셨다는 게 어쩌면 당연한 일로 여겨지실 수도 있지 않겠습니까.

이젠 선생께서도 그렇게 생각되고 계시다구요? 감사합니다. 제 말씀을 이해해주셔서. 선생께서 고갯짓을 하고 계신 걸 보고 저도 벌써 그런 줄 알았지요.

아, 참 그런데 차가 벌써 목포로 들어서고 있군요. 거리와 사람들이 보이기 시작했어요. 아니 그보다도 저 목포의 바다가 보이기 시작하고 있어요. 저쪽을 좀 보세요. 바다 아닙니까…… 드디어 목포예요.

사람들이 벌써 내릴 준비를 시작하고 있군요. 자, 그럼 이제 우리도 그만 내릴 준비를 서둘러볼까요.

(『월간중앙』 1971년 8월호)

문단속 좀 해주세요
―소매치기, 글쟁이, 다시 소매치기 3

열차가 어느새 한강을 건너고 있었다. 나는 비로소 사내의 팔목에서 시선을 거두었다.
형씬…… 어디까지 가십니까.
아직 서른이 될까 말까 한 젊은 사내. 우리가 앉아 있는 4인석의 마주바라기 열차 좌석은 마침 그 사내와 나 두 사람뿐이었다. 그런데 차를 오를 때부터 내 시선은 계속 사내의 저고리 소매 끝에 머물고 있었다. 사내는 그 저고리 소매 끝으로 흘러나온 매끈한 팔목에 스위스제 고급 손목시계를 감고 있었다. 오메가 금딱지였다. 아니 뭐, 그게 그리 대단한 물건이라는 말은 아니다. 나에겐 애초 물건 같은 게 문제가 되진 않았다. 몇 시간 동안이나마 여행을 좀 즐겁게 하고 싶었다. 나는 부러 좀 사내를 긴장시켜주려고 했다. 그래 그의 팔소매 끝에다 계속 시선을 주었다. 그러나 사내는 전혀 그러는 나를 눈치채지 못한 모양이었다.

아, 저 말씀입니까? 물론 목포지요. 이 찬 목포행이 아닙니까.
대답하는 어조에 조금도 구김살이 없다.
하긴 그렇군요. 한데 무슨 일로……?
뭐 별일이 있어선 아니에요. 그저 좀……
그 별일이 아니라는 게 뭔지 궁금해지는군요. 그 뭐, 난 워낙 이런 얘길 좋아하는 데다, 목포까지 동행이 되실 분이라 반가워서 하는 말입니다만.
나는 사내의 주의를 내게로 끌어 잡기 위해 계속 귀찮스럽게 다그쳐 물었다. 그러나 위인은 별로 귀찮아하는 표정이 아니다.
글쎄요. 굳이 말씀을 드린다면 목포의 눈물, 그 멋진 유행가 가락을 찾아가고 있다고나 할까요. 삼학도, 유달산, 목포엔 그런 게 있지 않습니까.
오히려 한술 더 뜨고 나섰다. 나는 계속해서 물었다.
목포가 고향이시던가요?
네, 고향이랄 수도 있지요. 기억은 없지만 전 목포에서 태어났다니까요. 그리곤 일찍 그곳을 떠났다는군요.
그럼 목포엔 이번이 처음 길인가요.
가끔 가보고 싶은 생각이 있었지만 어떻게 이렇게 늦어지고 말았군요.
목포의 눈물 따라 고향을 찾아 가신다…… 하여튼 멋진 여행이십니다. 한데 왜 하필 지금 그 목포엘?
글쎄요…… 이상하게 들리실지 모르지만, 목포에선 이제 곧 그 멋진 노랫가락이 흔적도 없이 사라져버릴 것 같은 기분이 들어서랍니다. 전 어쩐지 요즘 자꾸 그런 생각이 들기 시작하더군요. 목포 요즘 그 노래하군 어울리지 않게 드센 항구가 되어가고 있지 않습니까?

알 만하다. 사내는 나의 간섭에 전혀 신경을 쓰지 않는 것 같은 눈치였다. 긴장을 시켜놓자면 적잖이 애를 먹을 것 같다. 게다가 이 친군 이즘의 목포 돌아가는 분위기가 여간 못마땅하지 않은 모양이다. 아마 위인의 목포행 동기나 목적과도 상관이 있으리라— 사내의 정체를 점쳐낼 수 있을 것 같았다. 얼빠진 녀석. 목포의 눈물이 사라질까 아쉬워서라구? 이런 친구가 쉽사리 긴장을 할 리가 없지. 나는 잠시 낭패스런 표정으로 사내를 건너다보고 있었다. 그러자 이번엔 위인 쪽에서도 뭔지 미심쩍은 기분이 드는 모양.

그런데…… 선생께서는 무슨 일로 목포엘 가시는 길입니까. 목포가 고향이신가요?

나로부터 질문의 차례를 빼앗아갔다.

아, 나 말입니까. 난 목포가 고향이 아닙니다. 고향은커녕 목포는 나 역시 이번이 초행인걸요.

그럼 무슨 일로…… 사업차 가시는 길입니까?

네, 사업이라기엔 좀 뭣하지만, 하긴 그것도 사업이라 할 수 있을 것 같긴 하군요.

잘되었다 싶었다. 자기 이야기를 할 때는 영 신통한 기색을 보이지 않던 사내가 내 쪽으로 화제를 돌리면서부턴 관심이 조금씩 모아지는 듯싶었다. 나는 위인의 궁금증을 돋우기 위해 일부러 말을 알쏭달쏭 얼버무렸다. 그리고는 농기 어린 눈초리로 이윽히 사내를 건너다보았다. 말이 나온 김에 아주 사내를 놀래주고 싶었기 때문이다.

어떻습니까? 내 사업이 어떤 종류인지 궁금하지 않습니까?

글쎄요. 그럼 제가 선생의 일이 어떤 것인지 알아맞혀볼까요?

짐작대로 사내는 내 수작에 쉽게 말려들었다. 위인은 오히려 내 의도를 번번이 한 발짝씩 앞서 가는 형편이었다. 게다가 그는 나이가 얼추 비슷한 나를 한사코 선생이니 뭐니 겸손을 떨고 있었다. 이쪽에선 나, 형씨 정도인데 그는 굳이 저, 선생이다. 아마 몸에 밴 겸양기인 모양이다. 나는 그러는 사내의 말씨까지 신경을 쓸 필요는 없었다. 아무려나, 위인 하고 싶은 대로 내버려두는 수밖에 없었다. 다만 나는 내 일을 가지고 위인과 쓸데없는 게임을 벌일 생각은 없었다.

자신이 만만하시군요. 하지만 형씨로선 어림없을걸요. 쉽게 생각해낼 수 있는 일이 아닐지 모르거든요.

좀더 사내의 비위를 긁고 들었다. 그런데 그는 짐작보다도 단단한 데가 없는 친구였다.

무슨 일인데 그토록 알아맞히기가 어렵습니까?

자신의 제안을 금세 다시 거두어들이려는 눈치였다.

하하…… 거보세요. 금세 항복하려 들 참 아닙니까. 하긴, 항복을 하지 않아도 결관 어차피 마찬가지가 될 테지만요.

하지만 사내가 내 일이 궁금한 건 사실인 것 같았다. 그는 한동안 혼자서 내 속내를 열심히 점쳐보는 낌새였다.

목포처럼 드센 도시에 무슨 흥정을 한다든가, 그런 장사 일을 하러 가시는 건 아닐 테구. 더군다나 이번이 초행까지 되신다니 말씀입니다.

홍정이 끼는 장사 일은 물론 아니에요. 하지만 목포가 드센 도시기 때문에 그렇다는 건 틀린 말입니다. 난 오히려 목포라는 도시의 기질이 그렇게 드센 곳으로 소문나 있기 때문에 그곳을 찾아가고 있거든요. 내 일은 바로 그 성미나 기질이 드센 사람들과 겨루어야 비로소 신바람이 나게 되니까요. 말하자면 일종의 기 겨루기 게임 같은 일이지요.

기 겨루기 게임이라구요?

사내는 알 수가 없다는 표정이었다.

도대체 그게 어떤 일입니까?

그가 이윽고 단도직입으로 물어왔다. 나는 이제 기회가 온 것 같았다.

뭐라고 할까요. 쉽게 말하면 시장 바닥 같은 델 설치고 다니는 소매치기 같은 일이지요.

아무렇지 않은 듯 내뱉고 나서 위인의 표정을 살폈다. 표정을 살피다가 이번에는 짐짓 그의 팔뚝 쪽으로 시선을 끌어내렸다. 예상대로 그는 금세 기분이 썰렁해지는 모양이었다. 목줄기에 벌레라도 기어오르는 듯 흠칫하는 표정이더니, 오메가 시계를 감고 있는 팔목이 자라목처럼 서서히 소매 속으로 기어 들어갔다. 그러면 그렇지. 나는 겨우 일이 되어가는구나 싶었다. 그래 계속 심술스런 소리만 지껄여댔다.

아니 뭐 굳이 소매치기 같은 일이라고 할 필요도 없어요. 그냥 소매치기예요. 거, 남의 물건 이렇게 슬쩍하는 거 있지 않습니까.

손을 들어 사내의 이마 앞에다 심술스런 동작을 해 보였다. 그러나 이번에는 오히려 그게 실수였다. 사내는 얼떨결에 내 손을 눈앞에서 휘저어버리고 나선 다시 천연스럽게 웃고 있었다.

하하…… 왜 이러십니까. 이거…… 손짓까지 슬쩍슬쩍하시구. 이러다간 정말 선생을 소매치기로 곧이듣게 되겠는걸요.

느닷없이 김이 빠지는 소리를 했다.

아니, 곧일 듣게 될 것 같다니요. 물론 곧일 들으셔야지요. 날 진짜 소매치기라고 하지 않았습니까.

나는 정색을 하고 말했다. 그러나 사내는 여전히 빙글거리고만 있다.

원, 농담두. 선생께선 워낙 농담을 좋아하시는 모양입니다만 그렇다구 소매치긴 무슨……

농담이라뇨. 난 지금 농담을 하고 있는 게 아니란 말이에요.

농담이 아니시라면 거짓말이겠죠. 글쎄, 나 여기 있습네 하고, 스스로 광고하고 나서는 소매치길 보신 일이 있습니까.

그렇게 날 믿지 않으셨다간 괜히 후횔 하시게 될 텐데요.

후횔 하게 되더라도 할 수 없죠. 하지만 선생께선 성격이 무척 재미있는 분이신 것 같아요. 아마 하시는 일이 그런 모양이지요? 자꾸 그런 식으로 말씀하시는 품으로 봐선 가령 소매치기라는 말로 비유될 수 있는 어떤…… 한데 그게 무슨 일일까요.

영 먹혀들어갈 기미가 보이질 않았다. 할 수 없었다. 사내는 이제 움츠러들었던 팔목까지 유유히 다시 뽑아 내놓고 있었다.

―이 녀석은 아무래도 안 되겠군. 하긴 이 녀석만이 아니지. 모두가 이런 식이었지. 얼간이 같은 인간들. 하긴, 난 그래서 지금 일부러 목포라는 곳을 찾아가고 있는 게 아니던가……

나는 그만 기분이 몹시 언짢아지고 말았다. 이번 원정 여행이 즐겁기는 아예 틀린 일 같았다. 나는 사내를 내버려둔 채 잠시 혼자 생각에 잠겨들기 시작했다. 물론 나의 자서전에 관한 생각이었다. 지금 이 친구가 아무래도 곧이를 들으려 하지 않는 내 직업은 무엇보다 그 자서전과 깊은 관련이 있기 때문이다.

나는 일찍부터 나름대로 한 권의 자서전을 가지고 있었다. 물론 글로 씌어졌거나 서점에서 팔리는 실제의 책은 아니다. 마음속에 씌어져 있는 것이다. 하기야 그런 식으로 씌어지지도 않은 자서전을 마음속에 지니고 사는 사람이 비단 나 하나만은 아닐 것이다. 누구나 마음속엔 자신의 그런 자서전을 한 권씩 지니고 살아가게 마련이다. 나 같은 주제에 건방진 소리가 될지 모르지만, 사람이 세상을 살아간다는 건 결국 그 마음속의 자서전을 현실 가운데에서 실현시켜가는 과정이 아닐까도 생각된다. 어떤 사람은 구국 성웅 이순신 장군 같은 위인을 자기 자서전으로 삼고 살아가는가 하면, 또 다른 사람들은 그보다 좀 뭣하기는 하지만 오나시스 같은 거부나 카사노바 같은 바람둥이를 그 자서전의 모델로 삼아 살아갈 수도 있다. 페스탈로치, 히틀러, 신성일, 전봉준, 카루소, 나이팅게일, 아인슈타인, 안창호, 슈베르트, 톨스토이, 김희로, 슈바이처, 나폴레옹…… 살아 있거나 죽었거나, 외국인이거나 나라 안 사람이거나, 또는 위대하거나 그렇질 못하거나, 우리 자서전의 인물상이 되어줄 사람은 얼마든지 많은 것이다. 우리는 그렇게 각자의 자서전 속에 알맞은 인물들을 들어앉혀놓고 스스로 그 인물을 닮으려 애를 쓰고 있는 격이다. 내 일의 성격 덕이겠지만, 나는 다행히 일찍부터 그것을 깨달을 수 있었다. 그리고 나 역시 내 나름대로의 자서전을 갖게 되었다.

그런데 나의 그 자서전의 인물이 다름 아닌 어떤 유명한 소매치기인 것이다. 왜 하필 소매치기냐, 비웃으려 들 사람이 있을지도 모른다. 하지만 나는 할 수 없었다. 좋은 것, 위대한 것은 이미 다른 사람들이 먼저 다 차지해버리고 없었다. 평범한 것도 남아 있지 않았다. 남아 있는 것은 겨우 소매치기 정도였다. 그래서 나는 소매치기를 바로 내 자서전의 주인공으로 삼기로 한 것이다. 그렇게 정하고 나니 차라리 잘되었다 싶기도 했다. 나로서는 더 멋진 자서전을 지니게 된다 해도 그것을 실현해갈 자신이 없었다. 그렇게 화려한 꿈도 없었고, 그걸 완성해낼 능력도 없었다. 글쎄, 당찮게 위대한 자서전을 지닌 사람들이 그걸 무리하게 연출해가다가 얼마나 많은 희극과 비극을 낳고 있는가 말이다. 소매치기 정도가 나에게는 차라리 분수에 알맞았다. 거기서나마 나는 내 자서전을 규모 있게 완성시켜나가기로 작정했다.

하지만 어떤 사람이 자기 자서전을 갖는다는 것은 곧 그 자서전을 의지해 자신의 삶도 그만큼 뜻있는 것이 되게 하고 싶다는 말이 된다. 나 역시도 물론 내 삶이 그 자서전만큼 멋있어지고 싶었을 것은 말할 나위가 없는 일이다. 말하자면 이왕지사 소매치기가 되려면 사계의 귀감이 될 만한 빼어난 소매치기가 되어보자는 것이

내 자서전의 동기였다는 소리다. 한데 사람들은 내게 도대체 그 하찮은 자서전조차 완성해갈 기회를 주지 않고 있는 것이다. 바로 이런 친구들이 그러는 셈이다. 지금 내 앞자리에 앉아 있는 위인 말이다. 이 친구 도대체 내 말을 곧이 듣지 않으려 하지 않는가. 내 직업을, 내가 소매치기라는 사실을 곧이듣지 않으려 한다는 건 결국 무엇을 말하는가. 그것은 내가 소매치기가 아니기를 바라기 때문이다. 내가 소매치기가 아니기를 바란다는 것은 또 무슨 뜻인가. 스스로 자신의 신분을 소매치기라고 밝혀주어도 굳이 그 말을 부인하려고만 하는 것은 무엇 때문인가. 그건 곧 나와 떳떳하게 대결을 하고 싶지가 않기 때문인 것이다. 겁이 나기 때문이다. 무기력하고 비겁하고, 못났기 때문이다. 그런 사람들 가운데서는 도대체 소매치기로서조차도 입신다운 입신이 불가능한 것이다.

 하기야 내가 아직 쓸 만한 소매치기가 되지 못하고 있는 것이 그 한 가지 이유 때문만은 물론 아니다. 또 한 가지 다른 이유가 있다. 그것도 물론 내 쪽의 이유는 아니다. 일을 당하고 난 다음—, 사람들은 대개 허술한 자기 방비를 하고 있었던 때와는 다르게 엄청나게 가혹한 복수들을 가해왔다. 악다구리처럼 발악을 해가며 기어코 나를 붙잡으려 날뛰었다. 창피하지만 나는 그때마다 도망을 쳐야 했다. 하지만 도대체 도망갈 구멍이 없었다. 나는 언제나 그런 인간들에게 혹독한 복수를 당해야 할 처지였다. 떳떳하게 상대해 겨루어주지 않는 것, 그리고 일을 당하고 나선 늘 끔찍스런 복수만을 일삼는 것, 결국 그 두 가지 이유가 나를 소매치기다운 소매치기가 되지 못하게 하고 있는 것이다. 뒤집어 말하면 제 물건을 억척스럽게 잘 간수할 줄 아는 사람과 떳떳한 대결을 통해서, 그리고 일단 그 대결이 끝나고 나선 내 노동과 창조의 기쁨만을 누리면서 유유히 자리를 비켜설 수 있는 도피로. 그 도피로가 허용된 싸움을 통해서만 나는 비로소 내가 내 자서전 속에 꿈꾸어온 바 부끄럽잖은 소매치기가 될 수 있다는 말이다. 한데도 내겐 도대체 그 두 가지 조건이 충족된 적이 없었다. 내 자서전에 어딘지 그렇듯 잘못된 데가 있는지도 모른다. 하지만 난 아직 그렇게 생각하고 싶진 않다. 나라는 놈은 이만 자서전조차 용납 받을 수가 없다는 말인가. 그럴 리는 없을 터이다. 그렇다면 잘못된 건 역시 요즘 세상 사람들 쪽일 수밖에 없다. 나는 그 사람들 가운데에 한 번도 무대다운 무대를 마련해 가져본 일이 없었다는 말이다. 지금 내 앞자리의 사내만이 아니라 지금까지 내가 상대해오고 멋진 대결을 벌여보고자 시도했던 사람들 모두가 마찬가지였다.

그렇다면 선생께선 지금 그 목포로 소매치기 사업을 하러 가신다는 말씀입니까?

한동안 조용히 입을 다물고 있으려니 이번엔 사내 쪽에서 먼저 말을 걸어왔다. 아무래도 뭔가 켕기는 데가 있는 모양이다. 그러나 위인은 아직도 내 말을 신용하고 싶은 표정이 아니다. 비실비실 일부러 놓기 어린 웃음을 짓고 있었다.

─빌어먹을 자식. 나는 새삼스럽게 화가 났다. 어떻게든 녀석을 한번 정신이 번쩍 들게 긴장시켜놓고 싶다.

그렇습죠. 한판 멋있게 뛰어보려구요.

나는 제법 진지한 어조로 대답했다. 위인은 여전히 여유만만한 표정이다, 라기보다는 여유만만해지려 애를 쓰고 있는 표정이었다.
그런 일이라면 왜 일부러 그 먼 목포까지 찾아가고 계시지요? 원정을 가시는 겁니까?
그야 다른 곳에서는 모두 실패만 거듭해왔으니까요. 마지막으로 목포에 기대를 걸고 가는 거죠.
실패라뇨. 벌이가 안 되었단 말씀입니까?
천만에요. 오히려 그 반댑니다. 돈벌이로 말하면 여태까진 너무도 내 맘먹은 대로였어요. 너무 작업이 수월하기만 했던 것이 외려 내가 늘 낭패를 보게 된 거란 말입니다.
전 잘 알아들을 수가 없는걸요.
그러실 테죠. 소매치기라면 으레 방법 같은 건 가리잖고 덮어놓고 남의 물건이나 주머니만 털어내는 족속으로 알고 계실 테니까요.
그게 틀린 생각인가요?
틀린 생각이구말구요. 적어도 내게는 말입니다. 난 남의 돈이나 물건만을 탐내서 이 짓을 하는 것은 아니니까요. 난 내 나름의 자서전을 가지고 있단 말입니다. 이를테면 좀 그럴듯한 소매치기가 되어보려는 거죠. 한데 그럴듯한 소매치기란 어떤 것입니까. 돈을 많이 벌어들인 소매치기가 멋있고 잘난 소매치기랄 수는 없지요. 방법이 문제예요. 남의 돈이나 물건을 얼마나 멋진 방법으로 요령 있게 잘 가져오느냐. 거기 따라 소매치기의 진가와 품위가 결정되어야 한단 말입니다……
나는 사내를 설득하기 위해 내가 할 수 있는 한 유식한 말들을 모조리 동원했다. 그것은 물론 거짓말이 아니었다. 나로서는 별로 생소한 표현도 아니었다. 언제나 마음속에 생각을 다져먹고 있는 것들이었다. 사내도 그런 내 설명에 제법 흥미가 도는 모양이었다. 위인의 표정이 아까보단 훨씬 진지해 보였다. 어떤 놀라움이나 심지어 어떤 경외의 빛까지 얼핏 스쳐가는 듯했다. 하지만 그는 아직도 내 말을 모두 신용하는 것 같지는 않았다. 나는 내친김에 이야기를 계속했다.

멋진 소매치기니 뭐니 하고 떠들어대니까 형씬 좀 어이가 없으시겠죠. 하지만 난 그 점도 설명을 드리겠어요. 뭐 다른 게 아닙니다. 가장 쉬운 말로 난 날치기나 들치기 따위를 제일 경멸하고 있어요. 날치기와 들치기가 소매치기와 어떻게 다른진 형씨도 알고 계시겠지요. 그건 전혀 노동이라 할 수가 없는 짓이에요. 노동 말입니다. 노동이 없다는 점에서 날치기나 들치기는 소매치기하곤 전혀 유가 달라요. 그건 순전히 남의 물건이나 탐내는 좀도둑 한 가지지요. 소매치기는 절대로 그와 달라요. 여기에는 분명 노동이 있어요. 떳떳하게 상대방과 겨루어 거기서 응분의 소득을 얻어내는 일이니까요. 훌륭한 노동이 아니겠습니까. 상대방과 떳떳하게 맞서서 그의 허점을 찾아내고 그것을 가장 효과적으로 공략해나가는 일련의 작업 과정이 말입니다. 그러자니 거기엔 자연 어떤 유의 긴장감이나 자기 창조성까지도 요구되는 형편이죠. 하지만 난 그렇다고 지금 소매치기들이 모두가 그처럼 훌륭한 노동의 종사자들이라는 말은 아니에요. 소매치기 가운데도 형편없는 친구들이 얼마든지 많습니다. 슬금슬금 눈치를 보아가며 몰래 상대방의 주머니를 뒤져가는 치들이 있지 않아요? 이런 건 좀 시시한 좀도둑 나부랭이나, 눈 띄어놓고 남의 물건 강탈해 달아나는 날치기 들치기와도 다를 바가 없어요. 하지만 명색 소매치기라는 친구들 가운데선 이보다도 더 못돼먹은 치들이 있어요. 나 자신도 가끔 버스 칸 같은 데서 그런 꼴을 보고는 얼굴이 화끈 달아오를 때가 있지만, 상대방의 주의를 일부러 엉뚱한 곳으로 따돌려놓고 슬그머니 작업을 치르는 친구들이 있지 않아요. 소매치기 가운데선 이게 가장 못된 부류지요. 그 비겁성엔 나 자신도 분노를 금치 못할 지경이에요. 이런 녀석들에겐 애초 노동이니 창조니 뭐 그런 게 있을 턱이 없지요. 물론 소매치기로서의 야심이 설계된 자서전 같은 것도 있을 수가 없구요. 그건 대결이 아니라 비열한 속임수, 흉악한 사기 행위 한가지 아니겠습니까.

나는 잠시 말을 끊고 나서 사내를 바라보았다. 반응을 살피기 위해서였다. 그러나 사내는 이제 함부로 자신의 생각을 나타내려는 기색이 보이지 않는다. 조심스럽게 귀를 기울이고만 있었다. 그러다간 터무니없이 겸손한 어조로 다음 이야기를 재촉해왔다.

그럼 선생께선 어떤 방법으로 그 일을 해나가고 계신 겁니까. 선생 자신의 이야기를 듣고 싶군요. 아까부터 선생께선 자꾸 그 일을 상대방과의 맞서 겨루기를 통해서라고 하셨는데, 그런 대결이 선생께선 어떤 식으로 이루어지고 있는 건지 말씀입니다.

그렇지요. 소매치기란 절대로 그 대결을 통해서만 비로소 노동이 될 수 있는 작업이지요. 그건 옳게 들은 말씀입니다. 그래서 난 아까도 싸움이란 말을 쓰지 않았습니까. 마찬가지 뜻예요.

나는 내 자신의 이야기도 마저 들려주기로 작정했다. 아무래도 위인에겐 그러는 편이 나을 것 같았기 때문이다. 어디 두고 보자 ─ 나는 다시 말을 계속했다.

그럼 내 이야기를 마저 말씀드리지요. 어떤 식이냐 하면 난 상대방의 주의가 흐트러져 있는 틈을 이용하거나, 심지어 그의 주의를 일부러 딴 데로 끌어매놓는 따위의 짓은 절대로 하지 않습니다. 상대방에게 반드시 내 정체를 암시합니다. 아, 물론 형씨에게처럼 내 자신이 소매치기네 하고 말을 하진 않지요. 하지만 어떤 식으로든 그 상대로 하여금 소매치기에 대한 위협을 느낄 수 있도록은 해준단 말입니다. 그렇게 해서 나는 반드시 상대방을 미리 긴장시켜놓지요. 그리고선 상대방과 정정당당하게 대결하는 거예요. 상대방이 잔뜩 긴장해서 눈을 크게 뜨고 나를 경계하고 있을 때, 혹은 나와의 말 없는 대결에서 더 이상 버텨내질 못하고 끝내는 피로한 표정이 되어갈 때, 그런 때 비로소 나는 내 비장의 솜씨로 단일격에 상대방을 꺾어 넘겨버린단 말입니다. 아시겠습니까. 나의 그 팽팽한 노동의 긴장감을 말입니다. 하지만 지금까지 말씀드린 내 방법이란 실상은 한 번도 성공한 일이 없는 셈이에요. 말뿐이지요. 난 언제나 실패만 해왔거든요. 아무리 내가 소매치기라는 점을 암시해줘도 도대체 긴장해서 나와 맞서주는 사람이 없었어요. 아니 처음부터 소매치기 같은 건 자신을 노릴 턱이 없을 거라 믿고 싶어 하는 눈치들뿐이에요. 이상한 일 아닙니까. 소매치기라는 못된 양생이꾼이 있지 ─ 하지만 그런 게 재수 없게 하필 내게 나타날 리가 있나. 그런 식으로 자기 편하게만 생각하려 들어요.

그 소매치기란 놈들은 언제나 자신과는 상관없는 먼 존재로만 생각하고 싶어 하지요. 그래서 직접 한번 떳떳이 대결을 하러 나서질 않는단 말입니다. 그럴수록 난 점점 더 노골적으로 내 정체를 드러내고 싶어 하게 되지요. 내 쪽에서 오히려 일을 벌이기 전에 상대 쪽에 방어의 기회를 마련해주려 진땀을 빼는 격이지요. 그래서 오늘 형씨에게도 멋대가리 없이 막바라기 고백을 해버리게 된 것 같습니다만, 그래도 끝낸 대개 소용이 없었어요.

　맘만 먹으면 사람들의 주머니는 언제나 내 손아귀 속에 들어 있는 꼴이었지요. 그래 놓으니 그게 뭡니까. 재미가 있어야지요. 사람들이 제 것이나 자신을 그만큼 지키고 아낄 줄 모른다는 것까지 내가 상관할 바 아닐지 모르지만, 어쨌거나 난 그래 여태까지 실패만 거듭해오지 않았겠습니까. 그런 사람들을 상대로는 고작해야 시시한 좀도둑이나 날치기, 들치기 꼴이 될 수밖엔 다른 도리가 없었단 말이에요. 하지만 또 어디 그뿐입니까. 사람들은 나와의 맞대결을 달가워하지 않는 대신, 일을 당하고 나면 복수심만큼은 참 대단하지요. 절대로 나를 그냥 도망치게 해주려 하질 않아요. 달아날 데가 없어요. 달아날 퇴로가 없다는 것처럼 소매치기를 소심하고 절망스럽게 하는 것은 없지요. 소매치기에게 그건 아주 치명적인 악조건이에요. 난 항상 숨이 각각 차오를 만큼 뒤가 꽉 막혀버린 답답한 궁지에서 내 싸움을 벌여야 했으니까요. 하니까 나 자신으로서도 늘 여유를 가지고 대결다운 대결을 벌여볼 수가 없었지요……

열차는 어느새 수원을 지나 대전에 가까워지고 있었다. 사내는 저고리를 벗어 창틀 곁에 걸어놓고 있었다. 천장에서 선풍기가 느릿느릿 돌아갔지만 차 속은 역시 후텁지근하기만 하다.
 그래, 목포엘 가시면 거기서 선생은 지금까지의 실패를 만회할 자신이 있으십니까.
 사내는 보아란 듯 팔목을 드러내놓은 채 이죽거리는 투로 물어왔다. 나는 그만 다시 맥이 풀리고 말았다.
 한번 희망을 걸어보는 거죠.
 나는 짐짓 심드렁하게 대답하고 말았다. 그러나 위인은 그런 내 기분 같은 건 짐작할 턱이 없었다.
 어떤 식으로요? 왜 하필 목포에서만은 실패를 만회할 희망을 갖게 된 거죠?
 아무래도 의심쩍은 것이 풀리지 않은 듯 질문을 계속해왔다.
 아, 아까도 말했지만 목포란 도신 사람들 기질이나 풍토가 거세다고 소문이 나 있다지 않았어요. 제 것을 제 것답게 지킬 줄도 알구…… 그래 그런 곳엘 가서 한번 멋진 싸움을 벌여보고 싶어진 거죠. 게다가 목포는 항구도시 아닙니까. 도망칠 곳이 있는 곳이에요. 원체 싸움이 싸움답게 끝나고 난 다음엔 도망질을 치고 말고 할 것도 없는 거지만, 그러나 소매치기에겐 마음속에서나마 그 퇴로라는 게 늘 마련되어 있어야거든요. 그래야 정말 멋있는 싸움을 벌여볼 수 있단 말입니다. 어떻게 생각하면 도망칠 퇴로가 있다는 것이 멋진 소매치기를 길러낸다는 뜻이 될 수도 있지요. 목폰 바로 그런 퇴로가 마련되어 있는 도시지요. 여차하면 배를 타버릴 수가 있지 않아요. 그 사람들이 정말 배를 타고 어디론가 튀어 달아난 일이 있느냐는 건 문제가 되지 않아요. 중요한 것은 마음속에서나마 늘 그렇게 어디론지 튈 수 있다는 믿음을 지니고 산다는 것 아니겠습니까. 하긴 그래서 그 사람들 기질이 그처럼 드세진 것인지도 모르지만 말입니다. 어떻든 목포라는 항구도시는 내가 일테면 그 입지전적 소매치기를 꿈꿔볼 수 있는 두 가지 조건을 다 충족시켜줄 만한 도시인 셈이지요.

이젠 은근히 귀찮은 생각과는 반대로 입을 떼고 나니 또 말이 길어지고 있었다.

한데 선생께선 어째 이제서야 그 목포를 찾아가시는 겁니까. 선생의 실패는 벌써 어제오늘 시작된 일이 아니라면서 말입니다.

그걸 이상하게 생각하시는군요. 하지만 그건 아무것도 상관할 게 없어요. 난 오래전서부터 늘 목포엘 한번 가보고 싶은 생각을 지니고 있었으니까요. 목포가 어떤 도시라는 소문은 옛날에 벌써 알고 있었거든요. 언젠가는 꼭 한번 찾아가볼 작정이었어요. 내 싸움에 낭패를 보고 났을 땐 더욱 그런 생각이 간절해지곤 했지요. 다만 진작부터 그곳을 찾아 나서지 못한 건 오히려 그 목포를 너무 아껴왔기 때문이에요. 어떤 의미에선 내 마지막 탈출구로서 말입니다.

이번엔 결국 그 목포를 찾아 나서게 될 이유가 있었습니까?

이유라기보다, 그런 계기가 한 가지 있었지요. 일전에 우연히 어떤 작자의 소설을 한 편 보았거든요.

소설을요?

네. 그 소설 이야기를 읽고 나니 바로 그걸 쓴 위인도 나와 비슷한 이유로 목포를 찾아간 것 같았어요.

가만……

사내가 갑자기 내 말길을 가로막고 나섰다. 뭔가 생각나는 일이 있는 모양이었다.

아, 그러고 보니 이제 알겠군요. 아까부터도 전 자꾸 그런 생각이 들고 있었는데 이제 겨우 생각이 났어요. 선생께서 바로 그 소설가가 아니십니까?

소설가요? 내가 말입니까?

그렇지요. 틀림없이 알아맞혔지요?

사내는 아주 의기양양해져서 나를 바라다봤다. 이젠 더 이상 이야기를 들을 필요도 없다는 식이다. 말을 끝내고 나서 벌떡 자리까지 일어섰다.

가시죠. 이젠 대전도 가까워졌고 하니 점심 요기를 해야지 않습니까.

그러면서 사내는 이미 창틀에 걸어둔 저고리를 입기 시작한다. 또 실패였다. 위인을 설득하려고 이야기를 길게 늘어놓은 것이 오히려 실책이었다. 빌어먹을. 이 녀석을 도대체 어떻게 해야 정신이 번쩍 들게 한다? 점심을 같이하고 싶은 생각은 추호도 없었다. 실패를 거듭하게 되면 될수록 어떻게든 위인과 한번 정식으로 맞대결을 벌여보고 싶을 뿐—

먼저 갔다 오시죠.

나는 한마디로 싹 거절해버리고 말았다.

아니. 제가 점심을 사고 싶으니 같이 가시죠.

먼저 갔다 오래두요. 난 아직 점심 생각이 없어요. 게다가 난 원래 열차에선 음식을 즐기는 성미가 아니라서요.

하긴 아까 말씀대로라면 열차에서도 늘 바쁜 직업이실 테니까요. 하지만 이거 모처럼 한번 작가 선생님과 점심을 하고 싶어 드리는 청인데 이런 식으로 거절을 하시겠습니까.

개자식!

혼자 갔다 오세요.

나는 퉁명스럽게 내뱉고 나서 유리창 쪽으로 시선을 돌려버렸다. 그러자 사내는 다시 자리로 주저앉을 수도 없어 잠시 어정쩡하게 서 있는 기색이더니,

그럼, 먼저 다녀오겠어요.

쑥스런 웃음을 지으며 미적미적 혼자 식당차 쪽으로 사라져갔다. 빌어먹을 자식! 나는 다시 한 번 사내의 뒤통수에다 저주를 보내곤 그만 눈을 감아버렸다.

참으로 어이가 없었다. 사내는 내가 소매치기라는 걸 확인시켜주려고 하면 할수록 오히려 자꾸 더 곧이를 듣지 않으려 했다. 점점 엉뚱하게 더 점잖은 상상만 하고 있었다. 끝내는 소설을 쓰는 사람으로까지 믿어버리고 나선 턱없이 의기양양해지고 있었다. 뭐? 나더러 소설을 쓰는 작가 양반이 아니냐구? 위인이 아마 너무 오랫동안 고향을 떠나 있었던 모양인가. 하긴 어렸을 적 고향을 떠나고 나서 한 번도 다시 목포엔 찾아가본 일이 없다니까. 내가 기대해온 목포 사람다운 자국이라고는 그림자도 찾아볼 수가 없는

작자였다. 그야 소설을 쓰는 작자들이라고 해서 뭐 그리 대단한 걸 생각하는 인간들은 아닐 것— 심심풀이로 우연히 들춰본 글이었지만, 모처럼만에 그 소설을 한 권 읽고 나니 난 자꾸만 그런 생각이 들었다. 위인들의 고민거리라는 게 이상스럽게도 내 소매치기와 비슷한 데가 많아 보이더란 말이다. 사실은 지금 내가 목포에 대해 제법 자신 있는 체 풍토가 거세니, 탈출구가 있는 도시니 어쩌고 씨부려댄 것도 바로 그 소설쟁이의 이야기에서 얻은 말인 것이다. 그 작자가 목포를 사람들의 기질이나 풍토가 드센 도시, 바다라는 상징적인 탈출구가 있는 도시라 하였다. 그래서 목포는 사랑스럽고 위대한 도시라고도 하였다. 나는 물론 위인의 소설을 읽기 전에도 목포에 대해 그 비슷한 소문을 듣고 있기는 했다. 그리고 언젠가 그곳을 한번 찾아가볼 작정이었다는 것도 거짓이 아니다. 그러다 그자의 이야기를 보고 나선 정말로 목포가 그런 곳인 것처럼 갑자기 이렇게 먼 길을 나서게 된 거란 말이다. 아니, 이렇게 말하니까 아무래도 분명치가 않은 것 같다. 위인의 이야기를 좀더 차근차근 이야기해보기로 하자.

이 얼마 전 어느 날 그는 바로 지금 내가 타고 있는 이 열차를 타고 목포로 가고 있었다. 옛날에 고향을 떠나가버린 육촌형의 소식을 묻기 위해서랬다. 그의 재종형은 한번 고향을 떠나간 이후 그럭저럭 소식이 끊어져버린 채 자꾸만 새로운 죽음의 소문이 전해져오곤 하던 인물. 그런데 그 육촌형의 죽음의 소문이라는 것이 여간 이상스러운 것이 아니었다. 어디선가 육촌형이 죽었다는 소문을 듣고 쫓아가보면, 확실한 죽음의 흔적은 찾을 수 없고, 그러다 보면 또 어디선지 다른 데서 그 형이 다시 죽었노라는 소문이 전해져오곤 한다. 그래서 나중엔 그가 다시 죽었다는 소문은 오히려 그의 앞서의 죽음만을 부인하는 격이 되었고, 주인공에게서 그 형의 모습은 어떤 불사신 같은 거인이 되어가고 있었다.

 그 이야기에서 더욱 흥미로운 것은 주인공이 그 육촌형을 찾아 나서는 동기였다. 주인공은 물론 소설을 쓴 사람 자신이었다. 소설 가운데선 나라는 대명사로 주인공을 삼고 있었지만, 그 주인공 자신이 소설을 쓰는 사람이라 스스로 고백하고 있는 걸 보면, 그 주인공은 어차피 소설을 쓰고 있는 사람 자신이라고 해도 무방한 형편이었다. 한데 이 친구가 어떤 식이냐 하면 꼭 자신의 주변 일에 어떤 낭패를 보고 났을 때만 그 육촌형을 찾아 나서곤 한다는 것이었다. 육촌형이 어디선가 다시 죽었다는 소문을 듣고서도 그때마다 그는 곧 소문을 쫓아 나선 것이 아니었다. 소문을 미리 들어놨다가 어떤 큰 낭패를 만나게 되어야(그리고 그때마다 반드시 심각하게 낭패스런 어떤 일이 소문을 뒤따르곤 했지만) 비로소 그 소문을 찾아 나서게 되곤 하는 식이었다. 그리고 그 소문을 찾아 나섰다가 돌아오고 나면 그는 영원히 죽지 않는(그는 언제나 재종형의 마지막 죽음을 확인할 수 없었으니까) 육촌형으로부터 어떤 새로운 큰 힘이라도 얻어 돌아온 듯 그럭저럭 다시 일을 시작하곤 하는 것이었다.

 그런데 이 친구가 이번에 또다시 그 육촌형이 목포에서 죽어갔다는 소문을 듣고, 그의 죽음을, 아니 불사신 같은 그의 생존을 확인하러 나선 것이다. 소식을 받고 나서 또 심각한 낭패가 찾아왔기 때문이다. 이번에는 아무래도 그의 소설이 씌어지질 않는다는 것이었다.

 이야기는 대략 그런 식이었다. 앞서도 말했듯이 이 작자 역시도 꼭 나와 비슷한 이유로 목포를 찾아가고 있었던 게 분명했다. 그가 소설을 실패하게 된 이유라든가 고민도 어쩌면 나하고 비슷했을 것 같은 생각이 들었다. 일의 성질이나 생각까지 나의 그것과 같았을 수는 물론 없다. 나 같은 소매치기 따위를 감히 소설가에 비견할 생각은 추호도 없으니까 말이다. 다만 그가 자꾸만 실패를 거듭하게 된 경위라든가, 그래서 그가 고민하지 않을 수 없었던 실패의 이유가 어쩌면 의외에도 나의 그것과 비슷한 것이 아니었을까 하는 생각이 들더라는 말이다.

 우선 그는 언제라도 도망갈 구멍을 남겨놓고 있어야만 좋은 소설을 쓸 수 있는 것처럼 말하고 있었고, 그가 자기의 소설을 실패하게 된 것도 마치 자기에겐 그런 것이 마련되어 있지 않은 탓에 그럴 수밖에 없었다는 식의 생각을 하고 있는 것 같았다. 그리고 그는 목포란 도시는 상징적이긴 하지만 바다로 그것을 대신할 수 있으며, 더군다나 목포는 어느 항구도시보다도 그 바다를 사랑해왔고 지금도 그것을 사랑하면서 스스로 위대해져가고 있노라(다시 고백해두지만 나의 앞서 생각들을 그렇게 분명하게 말할 수 있었던 것은 모두가 이 소설에서 얻은 말 덕분이었다) 단언했다. 그래서 그는 지금 바로 그 목포를 찾아가고 있노라고 말이다.

 그런데 그가 왜 이번에 하필 그 목포를 찾아가느냐, 어째서 그 불사신 같은 육촌형이 이번에 다시 그 목포에 나타나게 되었느냐

하는 데 대한 대답을 보면 사정은 더욱 명백해진다. 다름이 아니라 목포는 바로 그 바다 때문에, 바다를 사랑함으로써 스스로 풍토가 드세져버린(그는 이 말이 뭣하면 스스로 위대해져버린이라고 바꿔 말해도 좋다고 했다) 도시인 탓에, 그 위대한 도시에, 바다라는 탈출구를 지니고 있고, 거기서 얻을 수 있는 어떤 잠재적 활력으로 인해 풍토와 기질이 드셀 수밖에 없는 도시이기 때문에, 그곳에 불사신 같은 자기 육촌형이 나타나게 된 것은 너무도 당연한 것처럼 생각된다는 거였다.

  그러니까 그가 그런 식으로 목포를 생각하고 있다는 것, 그리고 그런 목포에 자기 소설의 희망을 걸고 찾아간다는 것은 그의 소설 일이 어떤 이유로 실패를 겪게 되었는가를 넉넉히 짐작하고 남을 수 있게 하였다. 글쎄, 그 친구가 늘 실패를 거듭해왔다는 소설이라는 게 도대체 뭔가. 듣자 하니 소설이라는 게 원래 사람 살아가는 세상일 가운데에서 제법 진실스러운 것만을 골라 이야기하는 거라고들 하는 것 같다. 한데 요즘 사람들 어디 그런 것 좋아할 리가 있는가. 그런 데데한 노릇 오히려 귀찮고 불편스럽게만 여기는 세상판이다. 하기야 요즘 사람들도 더러 그 진실인가 뭔가 하는 것들이 이 세상 어느 구석엔간 아직 살아 있을 게라 생각하고 싶은 눈치들이기는 했다. 누구에 의해선가는 한쪽에서 그런 것이 지켜지기를 바라는 것 같기도 하다. 하면서도 그런 노릇이 자신과는 아무 상관도 없다는 식들이다. 그건 내가 아랑곳하고 나설 바는 아니다. 그런 일과 가까이 상관되다 보면 거북하고 난처한 일들만 만나게 된다. 모른 체해두고 사는 편이 상책이다…… 모두들 그런 식이다.

이를테면 그래 요즘 사람들은 그 소설이라는 걸 달가워하지 않는 것이다. 소설이라는 게 사람들에게 그 진실 찾긴지 지키긴지, 바로 그런 달갑잖은 노릇을 감당시키고 싶어 하는 것이라니 말이다. 하니까 만약 사람들이 그런 이유로 그의 소설을 싫어하고, 그 때문에 그가 실패를 거듭할 수밖에 없었다는 내 추측이 사실이라면, 위인의 고민 역시 나와 비슷한 것이 되지 않을 수 없지 않은가. 도대체 사람들이 지금 그처럼 소설을 달가워하지 않는다는 건 무엇을 말하는가. 그건 사람들이 나와의 싸움에서 한사코 정색스런 긴장과 대결을 피하려는 것과 무엇이 다른가. 소설쟁이가 어떤 진실을 말하고 싶어 하는 건 내가 내 작업 손님들을 상대로 내 진정한 직업 정신을 발휘해 보이고 싶은 것과 한가지일 터이다. 하지만 사람들은 그 도전과 대결을 받아들이기가 싫은 것이다. 그 도전과 대결로밖에 얻을 수 없는 우리 삶의 진실 자체가 싫은 것이다. 소설쟁이라는 귀찮은 부류에게서 공연히 부질없는 아픔을 사기가 싫은 것이다.

그런 위인들을 상대로 해서는 소설쟁이 역시 늘 실패를 거듭했을 수밖에 도리가 없었을 것이다. 오히려 가혹한 복수나 당하기가 십상이었을 것이다. 위인이 그토록 도망갈 구멍을 아쉬워하는 걸 보면 충분히 짐작이 가는 일이다. 그래 그는 아마 마지막으로 목포를 찾아가고 있었을 것이다. 그리고 그가 목포를 다녀와서 바로 그런 이유로 그곳을 찾아갔던 이야기를 소설로 써 내놓은 걸 보면, 그의 목포행은 과연 보람이 있었던 것 같기도 하다.

어쨌든 그 소설쟁이라는 작자—, 위인이 자기 일에 실패를 겪은 경위에서부터, 목포를 찾아가게 된 동기 하며, 모든 것이 나보다 별로 대단할 것이 없는 인간인 셈이었달까. 줄여 말해 그 소설가 님의 여행도 알고 보니 이 소매치기와 비슷한 데가 많아 보였다는 소리다.

사내는 열차가 대전을 지나 논산역이 가까워질 때까지도 아직 돌아오는 기척이 없었다. 나는 사내가 사라진 뒤로 줄곧 감고 있던 눈을 다시 떴다. 그리곤 자세를 좀더 편하게 고쳐 앉았다. 그러다 보니 창틀 아래에서 무언지 번쩍 하는 반사광이 눈앞을 지나갔다. 무언가? 사내의 시계였다. 맞은편 좌석의 창틀로부터는 지금 막 정오를 비끼고 있는 여름 햇볕 한 조각이 걸상 구석으로 내려앉고 있었다. 시계는 그 조그만 볕 조각 속에서 반사광을 빛내고 있었다. 물론 오메가 금딱지였다. 아까는 미처 눈여겨보지 못했지만, 위인이 거기다 부러 시계를 풀어놓고 간 게 틀림없었다. 용용…… 네가 소매치기야? 네가 정말 소매치기야? 시계는 나를 골려대기라도 하듯 번쩍이고 있었다. 농담 좋아하시는 소설가 양반, 여기 제 시계를 풀어놓고 가외다…… 어디선가 사내가 나를 비웃고 있는 것 같았다. 빌어먹을 자식! 나는 다시 한 번 위인을 저주했다. 여유를 보인다는 수작이렷다? 어디 진짜 소매치기라면 한번 손을 써보시라 이거지. 하지만 어림없는 소리. 네까짓 게 아무리 그래 봐도 난 역시 좀도둑 나부랭이가 될 순 없는걸. 그래 여태까지 널 이런 식으로 기다려온 게 아니냔 말이다. 정말로 좀도둑 따위가 될 수는 없지. 하지만 어떻게 한다? 저렇게 건방지게 구는 녀석의 콧대를 어떻게 납작하게 꺾어준다지? 녀석과 어떻게 진짜 싸움을 한판 벌여볼 수가 있지?

궁리궁리하고 있는 동안 어느새 차는 논산역으로 들어서고 있었다. 사내는 그때서야 겨우 자리로 돌아왔다. 한데 자리로 돌아오자마자 위인은 또 짓궂게 자신이 먼저 같은 이야기를 끄집어내었다.

그런데 선생께서는 어째서 자꾸 자신의 직업을 숨기려고 하십니까. 소설가라는 직업이 뭐 어때서요?

그는 식당에서도 내내 그 생각만 해온 모양이었다. 나를 아주 소설쟁이로 치부해버리고 하는 소리다. 위인이 돌아오는 걸 보고 나는 우정 그의 시계에서 눈길을 돌리고 있었는데, 위인은 그렇게 시계가 무사한 것을 보곤 더욱 자신이 만만해진 것 같았다. 거보란 듯 여유 있는 미소까지 짓고 있었다. 나는 차라리 어이가 없었다.

직업을 숨기려 하다니요. 형씨야말로 왜 그처럼 스스로 속으려고만 하지요?

나는 노골적으로 측은한 눈빛을 지으며 사내를 건너다보았다. 위인은 그때서야 뭔지 좀 미심쩍어하는 구석이 느껴지는 듯,

그럼 선생께선 정말로 그 소매치기가 진짜 직업이란 말씀입니까?

모처럼 다소 정색조로 물어왔다.

아니, 같은 말을 몇 번씩 되풀이해야 하지요?

이상하군요. 그렇담 선생께서는 어째서 그런 자랑스럽지 못한 직업을 굳이 제게 확인시켜주고 싶어 야단이시지요?

아까도 얘기했듯이 그게 내 방법이니까요. 그리고 난 그런 내

방법을 포기하지 않는 한엔 내 소매치기라는 직업이 자랑스럽지 못하다고 생각하지도 않구요.

그렇다고 제게 그걸 꼭 확인시켜줄 일이 있을까요?

난 아까부터 선생의 시계를 점찍고 있거든요.

시계는 그냥 여기에 버려져 있지 않았습니까?

그래서 그 시계를 좀 거둬들여 몸에 지녀달라는 거죠.

그러나 사내는 아직도 반신반의. 무슨 짓이든 한번 맘대로 해보라는 듯 비식비식 웃고만 있었다.

좋아요. 선생께서 정 소매치기가 소원이시라면 할 수 없는 일이지요. 한데 그야 어느 쪽이든…… 선생께선 왜 지금 목포를 찾아가신다는 거죠?

사내가 다시 물어온다. 아까 식당차로 가기 전에 물은 적이 있었던 말이다. 하기야 그땐 미처 내 대답을 듣기도 전에 혼자 의기양양해져서 식당차로 가버렸으니까. 그러나 나는 이제 새삼스레 긴 설명을 늘어놓기는 싫다.

그야 목포에라도 가보면 멋지게 한번 일판을 벌일 수 있을 것 같기 때문이지요.

한마디로 간단히 대답을 잘라버렸다.

역시 또 목포라는 도시를 추켜세우시려는 거군요. 하지만 전 선생께서 왜 하필 지금 와서 그 훌륭한 도시를 찾아가고 계시냐는 걸 물은 겁니다.

사내는 이제 제법 나를 비아냥거리기까지 했다. 그러나 아직도 나는 위인을 상대로 그 소설쟁이의 이야기를 늘어놓고 싶은 생각은 나지 않았다.

형씨는 내가 목포를 말하는 방법이 영 맘에 들지 않는 모양이군요. 하기야 형씬 목포에 대해 나하곤 정 반대되는 목적을 가지고 가시는 길일 테니까요.

이야기를 슬쩍 사내 쪽으로 돌려갔다. 위인에 대해선 벌써부터 생각이 지핀 데가 있었기 때문이다. 차라리 그쪽으로 위인을 몰아가는 편이 나을 것 같았다. 그는 과연 얼굴색이 조금 변했다.

선생하곤 제가 정반대되는 목적으로 목포엘 찾아간다구요? 그럼 선생께선 벌써 제 여행 목적을 알고 계시단 말씀입니까?

다시 정색기를 띤 얼굴로 물어왔다.

알고 있다마다요. 형씨가 목포의 눈물을 들으러 가노라실 때부터 벌써 짐작을 하고 있었지요. 그리고 지금까지도 죽 그런 느낌을 바꿀 만한 점을 찾아낼 수가 없었구요.

그렇담 지금 제게 말씀을 해주시겠습니까? 제가 어떤 일로 지금 이 차를 타고 있는질 말씀입니다.

그야 어렵지 않은 일이죠. 형씬 지금 지역감정 해소 청년 협의회라든지, 뭐 그런 어떤 단체의 회원 자격으로 목포엘 가는 길이 아닙니까. 이를테면 목포 사람들의 그 유다른 기질, 바로 말해 그 서슬퍼런 오기 같은 걸 좀 부드럽게 달래주려고 말입니다.

나는 조금도 머뭇거리지 않고 태연스럽게 말했다. 사내는 과연 그 말에 적지않이 놀란 모양이었다. 뜻밖이라는 표정이었다. 한동안 묵묵히 나를 건너다보고만 있었다. 그러다 간신히 한마디 한다는 소리가,

"선생께선 어떻게 절 그런 사람으로 보셨지요? 제게 그런 식으로 보일 만한 데가 있었어요?"

자신의 비밀을 들킨 변명 같은 소리뿐이었다. 하지만 그는 아직 그 지역감정 해소 청년 협의회 같은 단체와의 관련 여부는 밝히지 않고 있었다. 시인도 부인도 아닌 애매한 태도였다. 그러나 반문을 해오는 사내의 태도가 내 말에 꽤 충격을 느낀 것만은 틀림없었다. 나는 그런 위인의 꼴을 보자 다시 기운이 되살아났다.

"그래서 난 직업이 소매치기라고 하지 않았습니까. 남의 직업이나 생각을 점쳐내는 것쯤 문제가 아니지요. 그만한 눈치도 못 가지고 어떻게 감히 입지전적인 멋쟁이 소매치기를 꿈꿀 수가 있겠어요. 게다가 형씬 지금까지 내가 목포를 이야기할 때마다 계속 뭔지 조심스럽고 못마땅한 표정이었지요. 그야 지나치게 목포의 풍토나 그곳 사람들의 기질을 치켜세우고 찬양함으로써 은근히 지역감정을 고취시키고 있는 인상을 주는 건 기분 좋은 일이 아니겠지요."

역시 위인다운 대꾸였다. 하지만 이제 그에게선 나올 말이 모두 나와버린 느낌이었다. 그의 태도, 그의 생각, 그런 것이 실제로 어떤 것이었든 나는 이제 정말로 그를 용서하기가 싫어졌다. 그러나 나는 일단 그의 불만을 묵살하는 투로 말했다.

"하지만 형씨의 여행 목적이 만약 아까 내가 말씀드린 대로라면 형씬 뭔가 착각을 하고 있는 게 아닐까요?"

멀찍감치서부터 말을 우회해 들어가기 시작했다. 사내는 물론 그런 내 속셈을 알아차리지 못했다. 당연한 노릇이었다.

"착각이라뇨? 무얼 말씀입니까?

지역감정이니 뭐니 난 아직까지 목포에 대해 그런 걸 문제 삼을 필요 없다고 생각하고 있거든요. 그렇게 생각하고 싶지도 않구요. 지역감정이 뭡니까.

그럼 지금까지 선생께서 목포에 대해 지니고 계신 어떤 편견의 정체는 무엇이지요? 목포란 도시는 애초에 선생께서 생각하고 계신 것처럼 다른 도시보다 특히 기질이 드세거나 진취적인 도시는 아닐 텐데 말씀입니다. 그런데도……

잠깐…… 형씨는 바로 그렇기 때문에 나하곤 다른 목적을 가지고 계시다는 거죠. 하지만 목포에 대한 내 생각을 반드시 그런 편견으로 해석해야 옳을까요. 난 하나의 도시를 어떤 기질의 상징으로 가지고 싶어 한다는 걸 나쁘다고 생각하지는 않는데 말입니다. 목포를 그런 식으로 이해할 수는 없을까요?

사내는 비로소 내 의도를 눈치채게 된 것 같았다. 그는 어딘지 좀 난처한 표정으로 묵묵히 입을 다물고 있었다. 나는 좀더 말을 계속했다.

물론 목포에 목포다운 어떤 특유의 지역 정서가 없는 건 아닐 테죠. 형씬 아까 그걸 별로 인정하려지 않습디다만, 안팎 사람들 거개가 그렇게 여겨오는 그 유달리 드센 기질이나 풍토 따위…… 하지만 그걸 두고 막바로 지역감정이라 몰아붙이는 건 너무 단순한 폄하지요. 무슨 구호처럼 말이에요. 애초부터 지역감정이라는 말은 간단한 구호 한마디로 세상을 이해하려는 사람들의 입에서 나온 소리가 아닙니까. 한데도 굳이 그걸 지역감정이라는 용어로 말해야 한다면, 난 차라리 그런 지역감정은 좀더 조장될 필요가 있다고 생각하고 싶은걸요. 지역감정이나 향당심으로 말하면 목포야말로 가장 그런 것에 소홀해온 곳이 아닌가 싶으니까요…… 이런 경험이 있어요. 언젠가 어느 대학교엘 찾아 들어가 어슬렁거린 일이 있는데 말입니다. 신학기 등록 때였지요. 아직도 곧이듣지 않고 계실지 모르지만, 내 일은 즐겨 그런 곳을 찾게 되어 있지 않습니까. 그런데 그때 그 대학교 등록 창구 앞을 거닐다가 난 이상한 걸 발견했어요. 그때 등록 창구 옆 벽에는 갖가지 장학금 게시문이 나붙어 있었지요. 정부 지급 장학금, 사회단체 장학금, 학교 장학금, 여러 가지가 많았어요. 그런데 특히 내 눈길을 끈 것은 지역 장학 재단들이었어요. 우리나라 각도 각군에 장학회가 없는 곳이 없더군요. 심지언 이북 5도 월남민들이 모아 만든 장학금도 어느 도 어느 한 군데 빠진 곳이 없었어요. 하지만 기이하게도 하필 목포 출신 학생들을 위해서는 장학금 신청을 요망한 게시문이 하나도 발견되지 않았어요. 이 사람들 자기 고향 사람을 위해선 전혀 투자를 하지 않는구나 싶더군요. …… 한데 기왕 투자라는 말이 나온 김에 다른 얘길 한 가지 더 하지요. 다름 아니라 바로 야구팀 이야기인데, 서울 운동장엘 가보면 늘 야구 경기가 열리고 있지요. 난 거기에도 역시 내 직업 때문에 자주 드나들게 되어 아는 일이지만, 거길 가보면 목포에선 한 번도 야구팀이 올라온 일이 없어요. 목포엔 야구팀이 없다는 얘기더군요. 야구팀이 만들어지지 못했다는 건 곧 그 지방 사람들이 자기 지방 학교에 투자를 하지 않는다는 얘기가 되거든요. 고등학교 야구팀이 어느 학교 체육부

예산으로 운영될 수 있습니까. 모두 그 지방 유지들로 구성된 후원회의 도움을 입고 있다는 거 아니에요. 목포라고 다른 지방보다 살림들이 더 가난하란 법이 없지요. 한데도 이곳 사람들은 야구팀 후원회를 만들지 않는단 말입니다. ……그래 어떻습니까. 이런 식이라면 오히려 그 지역감정이라는 특정 지방의 정서가 여기선 훨씬 더 부양되어야 할 필요가 있지 않겠습니까. 그걸 바탕으로 장학금도 만들고 야구팀 후원회도 조직하고, 그래서 보다 바람직한 어떤 자의식과 자부심의 형태로 발전할 수 있도록 말입니다. 야구팀으로만 말한다면 목포라는 도시는 오히려 다른 지역과 역차별적으로 도전을 받고 있는 셈이니까요…… 그래 내 말은 결국 그 목포의 거센 풍토나 기질이라는 것은 어디까지나 항구도시로서의 목포의 특정 정서이지 지역감정이라는 말과는 도대체 어울리지가 않는다는 겁니다. 그런 목포를 일언지하 지역감정이란 말로 힐난하려 들다니 어디 말이 됩니까.

한참 이야기를 하다 보니 말투가 어떻게 예상외로 심해지고 있었다. 사내도 아마 그걸 느낀 모양이었다. 위인은 뭔가 좀 무안스런 표정으로 내 말이 끝나기만을 기다리고 있었다. 시계는 여전히 의자 한구석에다 내던져둔 채였다. 그러나 사내는 내 장황한 이야기가 끝나고 나자,

역시 선생께선 소설을 쓰시는 분이 틀림없는 것 같아요. 얘길 들을수록 그래요. 모든 걸 소설식으로만 이해하고 계시거든요.

다시 간단히 단정해버리고 나서는 천연덕스럽게 나를 건너다보았다. 끝내 내 부아를 돋아놓고 말겠다는 듯, 자리 구석에 내팽개

쳐둔 손목시계까지 가세해 이젠 나를 거의 녹초로 만들고 있었다.
 나는 마침내 그만 자리를 벌떡 일어서버렸다. 개 같은 자! 뺨이라도 냅다 한대 갈겨주고 싶었다. 이렇게 답답하고 질척질척한 자식이 다 있다니. 여행은 완전히 실패였다. 나는 혼자서 식당차 쪽으로 발을 옮기기 시작했다. 점심 생각이 나서라기보다 녀석의 그 멍텅구리 백치 같은 얼굴을 더 이상 마주하고 싶지 않아서였다.

 식당차에서 내가 다시 자리로 돌아온 것은 이리역을 조금 지나고 난 다음이었다. 사내를 비껴버리고 싶어 식당차로 자리를 피해 갔지만, 거기서도 역시 위인의 일을 잊어버릴 수는 없었다. 아무래도 기분이 언짢았다. 녀석이 내 진짜 정체 때문에 정말로 안절부절못하는 꼴을 보아야만 속이 시원해질 것 같았다. 나는 점심을 드는 둥 마는 둥 다시 서둘러 자리로 돌아오고 말았다. 돌아와 보니 웬걸, 작자가 이젠 뱃심 좋게 낮잠까지 자고 있었다. 양복저고리를 벗어 다시 창틀 곁에 걸어놓은 채였다. 저녁나절 햇볕을 그 양복저고리로 가려놓은 것이었다. 나는 얼른 그 위인의 팔목부터 살폈다. 위인의 팔목에는 아직도 시계가 감겨 있지 않았다. 시계는 여전히 자리 한구석에 내박혀져 있었다.
 ─이건 숫제 절벽이로군.
 나는 멍청하게 잠이 든 사내의 얼굴을 살피면서 맥없이 자리로 주저앉았다 사내의 시계는 계속 모른 체해두기로 작정했다. 그리곤 작자처럼 양복저고리를 벗어 햇볕을 가리어놓고 나도 함께 눈을 감아버렸다. 이젠 방법이 없는 것 같았다. 어차피 목포에 닿기까지는 소매치기이기를 포기한 처지였다. 이런 쓸개 빠진 친구를 상대로 게임을 한판 벌여보려던 생각이 애시당초 가당찮은 희망사항이었던 것 같았다. 목포에 닿으면서 사정이 달라지겠지— 일단은 모든 걸 단념하는 수밖에 없었다. 단념을 하고 나서 나도 녀석처럼 낮잠이나 좀 자둘 작정이었다.

한데 나는 어떻게 생각처럼 곧 잠이 들 수가 있었던 모양이다. 언제부턴지 차 속이 어수선하여 눈을 떠보니 그사이 열차는 천리 길을 거진 다 달려버리고 있었다. 어수선한 소리는 스피커에서 흘러나오는 여객 전무의 작별 인사였다. 아직 시가지가 보이지는 않았지만, 잠시 뒤면 열차가 목포역으로 들어서리라는 거였다. 그런데 알 수 없는 일은 그때 나를 지켜보고 있던 사내의 태도였다. 위인은 벌써부터 잠이 깨어 있다가 언제부턴지 내가 눈을 뜨기를 기다린 모양이었다. 그는 벌써 창틀에서 저고리를 거둬 입고 선반에서 가방까지 내려두고 있었다. 역에만 닿으면 금세 차를 내릴 차비를 모두 끝내놓고 있었다. 그러고 있던 사내가 내가 눈을 뜨는 것을 보고는 이상하게 초조한 미소를 지어 보이는 것이었다.

이제 겨우 잠이 깨시는군요. 전 차를 내릴 때까지 내내 주무시고만 계실까 봐 걱정을 하고 있었지 뭡니까.

농담을 건네는 것도 어딘지 좀 새삼스런 느낌이 들었다. 나는 물론 그러는 사내의 태도가 처음부터 대뜸 수상쩍어 보인 건 아니었다. 그저 내가 잠을 좀 지나치게 길게 자고 있었던 데 대한 실없는 참견이거니만 했다.

아, 그랬던가요? 내가 좀 피곤했던가 보군요. 하지만 아깐 형씨도 썩 달게 주무시던 것 같던데요 뭘.

그저 무심스레 지껄여줬다. 한데 사내는 그게 아닌 모양이었다. 아무래도 다른 말이 있는 것 같았다.

하지만 전 낮잠 덕분에 드디어 선생의 직업이 진짜 말씀대로라는 걸 인정하게 되었는걸요. 하하하.

느닷없이 다시 내 직업 얘기를 꺼냈다.

글쎄요. 이제서야 그런 말씀을 하시니 다행이긴 합니다만 좀 새삼스런 느낌인데요. 너무 늦은 느낌이 들기두 하구요.

이자가 무슨 얘기를 하려는 건가— 방법이 막된 식이기는 했지만, 그래도 내가 소매치기라는 나의 정체를 밝힌 건 차 중에서의 한가한 시간을 위해서였는데, 이제 와서 무슨…… 게다가 이젠 내 정체가 설명대로라는 걸 겨우 확인하게 되었노라구?

그런데 사내는 과연 다른 말이 있었던 게 틀림없었다.

때가 좀 늦긴 했지만, 어차피 선생의 말씀을 이해하게 되었으니 이제 장난은 그만 거두시죠.

여전히 장난기가 배어 있는 투였지만, 얼굴은 완연히 여유가 덜한 표정이었다. 나는 그제서야 편뜩 한 가지 생각이 머리를 지나갔다. 그러자 재빨리 사내의 팔목을 스쳐보았다. 그리곤 다시 위인 쪽 자리와 창틀 밑을 차례로 곁눈질해 보았다. 나중엔 그의 옷 주머니까지 눈대중으로 샅샅이 뒤져 보았다. 그렇구나. 그렇게 되었구나. 나는 자신도 모르게 얼핏 탄성을 발하고 말았다. 그리곤 천천히 사내를 건너다보았다.

사내는 여전히 입가에 웃음기를 띠고 있었다. 여유를 가지려 애를 쓰고 있는 모습이 역력했다. 그러나 위인의 얼굴에는 그럴수록 자꾸 조바심이 어리고 있었다.

어떻습니까. 이젠 금방 차가 닿을 시간도 되어가구 말씀입니다.

끝내는 사내가 정색을 하고 나섰다. 나는 할 말이 없었다. 잠시 차창만 멀거니 내다보고 있었다. 차가 이제 막 목포 근교로 들어서고 있었다. 집들이 보이고 거리를 지나가는 사람들의 모습이 나타나기 시작했다.

글쎄요. 이제 곧 차가 목포역에 닿겠군요. 하지만 나로선 별반 설명드릴 말씀이 없는 것 같군요. 아까 말씀드린 대로 난 좀도둑이 아니라는 말씀을 되풀이하는 수밖에요.

정말 이러시깁니까.

사내의 목소리가 갑자기 거칠어지는 것 같았다. 하지만 그러고 나선 금세 또 울상이 되었다.

왜 이러십니까, 정말…… 여태까진 그저 점잖은 분으로만 알고 있었더니…… 이건 정말 화를 낼 수도 없는 형편이구 말이에요……

그러나 나는 역시 할 말이 있을 턱이 없었다.

이도 저도 끝내 모두 믿질 않으시는군요. 하지만 할 수 없죠. 이제 와선 나 역시 형씨 이상으로 피해를 입은 셈이 되었으니 말입니다. 형씨가 끝내 날 믿지 않으셨기 때문이지요. 그런 탓에 형씨도 나도 모두 엉뚱한 피해를 입게 됐단 말입니다.

뿌우우웅—, 말을 하고 있는 동안 열차는 이제 목포역으로 들어서고 있었다. 사내는 그 소리도 들리지 않는 듯 바보스럽게 얼빠진 얼굴만 하고 있었다.

나는 마침내 자리를 일어섰다. 그리곤 아직도 볼품없이 제자리에 구겨져 앉아 있는 사내를 달래듯이 말했다.

목포에선 설마 그런 식으로는 당할 일이 없겠지요. 이 목포에서마저 그런 좀도둑을 키워놓았을 리 없을 테니까요. 조금 힘이 들진 모르지만 이 목포에나 희망을 가지고 위로를 삼아야죠. 우린 이제 정말 함께 이 목포까지 와버렸으니까 말입니다.

......

자, 일어나세요. 우리도 이젠 내려야지요.

(『현대문학』 1971년 8월호)

들어보면 아시겠지만

　곽수진 청년과 그의 곰 수돌 군과의 불화는 참으로 이해할 수 없는 것이었다. 아니 불화라는 말은 이 경우 표현이 썩 적당치가 않은 것 같다. 착하고 가엾은 수돌 군에 대한 곽수진 청년의 일방적인 박해는 그냥 불화라고 말해도 좋은 정도가 아니었다.
　―미련한 짐승 같으니라구. 거동거지 하며 꼬라지 생겨먹은 것이 원 어떻게 저리 한결같이 둔하고 미련스러워 보일 수가 있담.
　―그래, 그래, 하긴 그러니까 놈은 곰이라지 않나. 글쎄, 오죽했으면 사람 멍청스런 걸 보고도 곰 같은 놈이라는 욕지거릴 하게 됐을구.
　곽 씨 청년은 걸핏하면 그런 식으로 수돌 군을 비방하고 들었다. 수돌 군이 자주 실수를 저지른다거나 특별히 못난 꼴을 하고 다니거나 한다면 또 모를 일이었다. 하지만 수돌 군이 공연 중에 실수를 저지른다는 것은 거의 생각조차 할 수 없는 일이었다. 녀석의 춤은 완벽했다. 곽 씨 청년이 두들기는 북소리에 맞춰 수돌 군은 신기할 만큼 정확하게 그 흥겨운 곰춤을 춰보이곤 했다. 내 트럼 펫이 구슬픈 서커스 노래(사람들이 흔히 정열의 마카레나라던가 하는 그 구슬픈 곡조 말이다)를 연주하고, 곽 씨 청년이 그 구슬픈 트럼펫 선율까지 전혀 구슬프지 않게 들릴 만큼 신나게 북질을 시작하고 나오면, 수돌 군은 그의 북소리를 좇아 금세 그 익숙한 곰춤으로 무대를 가득 채워버리곤 했다. 마치 사람이 탭댄스를 추듯 두 발을 재빠르게 북소리에 맞추면서, 허공에 뜬 앞발 두 개론 역시 두 발로 선 사람처럼 제법 율동적인 동작을 이뤄내는 것이었다. 그러면서도 녀석의 춤은 내 트럼펫과 곽 씨 청년의 북가락에 대체로 어긋남이 없었다. 이를테면 녀석의 춤은 그만큼 완벽한 것이었다. 실수가 전혀 있을 수 없었다.

그렇다면 녀석에겐 곽수진 청년이 특별히 그를 비방하고 박해할 무슨 다른 이유가 있었을까. 따지고 보면 별로 그럴 것도 없었다. 녀석이 지나치게 미련스럽다거나 동작이 굼뜨다는 것은 수돌 군에겐 도대체 흉허물이 될 수 없었다. 녀석은, 곰처럼 미련스럽고 동작이 느리다는(오해 마시라. 사실은 그렇지도 않다) 말 그대로 녀석 자신이 바로 곰인 것이다. 동작이 느리고 미련하다고 말한다면 그것은 수돌 군이야말로 가장 곰다운 곰이라는 소리밖에 되지 않는다. 곰의 곰다운 점이 곰의 허물이 될 수는 없었다. 오히려 그 곰의 곰다운 점으로 수돌 군은 가장 곰답게 곽 씨 청년을 섬겨온 것이라 할 수 있었다. 한 번의 실수도 없이 녀석은 오직 곽 씨 청년을 위해 이 곡마단 무대에 자신의 춤을 바치며 더없이 충직스럽게 곽 씨 청년만을 섬겨온 것이었다.

하지만 수돌 군과 한 짝패가 되어 북을 치고 춤을 추는 곽수진 청년에겐 녀석의 그런 점까지도 도대체 마땅치가 않은 모양이었다.

—글쎄, 오죽 미련하고 못난 짐승이면 북소리가 시킨다고 요량 없이 꺽둑꺽둑 춤을 추고 나설까. 너무 미련해서 그래, 너무 미련한 짐승이라서……

기회만 생기면 공연히 그런 욕설로 수돌 군을 비웃었다. 그것도 혼자서는 영 직성이 풀릴 수 없다는 듯 사뭇 옆 사람의 동의를 얻어내고 싶은 눈치까지 보이면서 말이다. 하나 그 곽수진 청년도 처음부터 수돌 군을 그렇게 못마땅해한 것은 물론 아니었다.

곽수진 청년과 수돌 군이 함께 우리 곡마단으로 합해 들어온 것은 실상 그리 오래전 일이 아니었다.

지난해 늦가을이었다. 그때 우리는 북쪽으로부터 차츰 세력을 뻗치기 시작한 추위에 쫓겨 따뜻한 남도 지방으로 서서히 흥행지를 옮겨 내려가고 있었다. 그렇게 남쪽으로 남쪽으로 자리를 옮겨 앉던 우리가 한번은 전라북도 고창 읍내까지 공연을 들어간 일이 있었다. 우리가 곽수진 청년 일행을 만난 것은 바로 그 고창 읍내의 공연지에서였다.

곽수진 일행을 제일 먼저 발견한 것은 우리 곡마단의 김 단장이었다. 그날은 마침 장날이어서 흥행 성적이 여느 때보다 여간 좋은 편이 아니었다. 모처럼 기분이 흐뭇해진 김 단장은 술이라도 한잔 마셔둘 양으로 슬그머니 혼자 공연지를 빠져나갔댔다. 한데 그 김 단장은 진짜 사람들이 붐비는 장거리로 들어서다 말고 문득 발길을 멈춰 서고 말았다. 장거리 한 모퉁이에 웬 사람들이 곡마단 안마당처럼 빽빽하게 몰려서 있었다. 뿐이랴. 그 빽빽하게 모여 선 사람들 속에서 웬 서른이 될까 말까 한 젊은이 한 사람이 지금 한창 기묘한 연극 놀음을 엮어내고 있었다. 젊은이는 중질 크기나 되는 곰을 한 마리 데리고 있었는데, 그는 방금 그 곰을 향해 열심히 북을 두드려주고 있었고, 그러면 그 미련스럽기로 이름난 곰이란 짐승은 청년의 북소리에 맞춰 경탄스러울 만큼 훌륭히 춤을 춰내고 있는 것이었다. 장거리에는 가위 또 하나의 곡마단이 들어와 있는 셈이었다. 알고 보니 젊은이는 그렇게 해서 구경꾼을 모아놓고 그 사람들을 상대로 나중엔 무슨 한약류의 물건을 팔고 있는 중이었다. 김 단장으로서는 물론 그렇게 희한한 곰춤을 구경하고 난 사람들이 막상 젊은이의 물건을 사주고 돌아가는지 어쩐지에 대해서는 관심이 없었다. 그럴 필요도 없었다. 그러나 김 단장은 이날 우연찮게 그 괴상스런 곰춤을 한번 구경하고 나자 술 생각도 잊은 채 한나절 내내 그 젊은이의 행각에 정신이 팔려 있었다. 서성서성 주위를 맴돌면서 초조하게 파장 때를 기다리고 있었다.

그러자 마침내 해가 설핏해지고 젊은이 일행이 보따리를 챙기기 시작했다.

하지만 젊은이는 이날 자기의 짐짝들을 챙기고 나서도 결국은 장거리를 떠나지 못했다.

그는 그날 밤 김 단장을 만나고 있었다. 그리고 다음 날부터는 장거리 대신 우리 곡마단에서 그의 곰과 함께 춤을 추고 북을 두들기기 시작했다. 그 젊은이와 김 단장 사이에 어떤 거래가 오갔는지는 확실하게 알려진 것이 없었다. 그건 또 우리가 굳이 알아볼 필요도 없는 일이었다. 하지만 우리는 물론 그가 우리 곡마단에서 그의 곰과 함께 춤을 추게 된 것을 진심으로 환영했다. 곡마단이라야 대개는 원숭이나 말 따위 한두 마리의 동물을 부리는 정도가 고작이요, 우리 단체도 물론 그 이상이 될 수는 없었던 형편인데, 그런 단체에 곰놀이가 하나 더 늘게 된 것은 어느 모로나 환영을 받아 마땅한 일이었다. 그 곰이라는 짐승이 다른 단체에서는 거의 잘 찾아볼 수가 없다는 점에서, 더욱이 녀석의 그 능숙한 춤 솜씨가 형편이 늘 좋지 않은 우리 단체의 공동 살림에 여간 보탬이 되지 않으리라는 점에서, 우리는 얼굴이 조금은 계집스런 그 젊은이의 합류를 진심으로 환영해마지않았던 것이다.

어쨌든 곽수진 청년과 그의 곰 수돌 군이 우리와 한식구가 되어 우리 단체에서 북을 두들기고 춤을 추게 된 것은 그런 사연으로 해서였다.

그러고 보면 곽수진 청년이 수돌 군과 단둘이서 시골 장터를 쫓아다니던 시절이나 고창 읍내 장거리에서 처음으로 우리 단체와 만났을 때부터 수돌 군을 그렇게 심하게 핍박해왔으리라고는 상상하지 못한 일이었다. 그는 과연 그렇지를 않았다. 그가 처음 우리에게 합류해 들어왔을 때는 비록 짐승일망정 유일한 옛친구가 수돌 군 하나뿐이라는 데서도 그랬겠지만, 그는 녀석을 유난히 세심하게 보살피고 아껴주는 눈치가 역력했다. 공연이 끝날 때마다 그는 새 고참 동료들의 눈치를 살펴가며 수돌 군에게 이런저런 먹이를 구해다 주고, 어떤 때는 놈을 위해 사람 식구조차 구경하기 힘든 과일 같은 걸 사들여오기도 했다. 뿐만 아니라 그는 녀석의 춤에 대해서도 여간만 자랑스런 눈치가 아니었다.

― 제법 신통하지요? 전 여태 저 녀석의 춤에 매달려 지내온 셈이지요.

녀석이 대견스러워 못 견디겠다는 듯 그런 소리로 은근히 자랑을 대신하곤 했다. 도대체 그가 처음엔 자기 곰을 얼마나 아끼고 대견스러워했느냐는 것은, 적어도 지금처럼 녀석을 학대하지는 않았으리라는 사실은, 그가 녀석에게 수돌이라는 어엿한 이름을 붙여 불러온 것 한 가지만 보아도 넉넉히 짐작할 수 있는 일이었다. 그가 녀석에게 수진이라는 자신의 이름과 수 자를 짝맞춰 수돌이라는 돌림 이름을 붙여주게 된 것은 자신이 의식을 했든 못했든 간에 녀석을 마치 자기 동기간쯤으로나 여기고 있다는 증거가 아니고 무엇이겠는가 말이다.

한데 그러던 곽수진 청년이 어느 때부턴가는 수돌 군과 알 수 없는 불화를 일으키기 시작한 것이다. 불화라니…… 앞서도 말했듯이 사람과 축생 사이의 일을 두고 쌍방이 똑같이 감정이 상했달 수는 없는 일이고, 사실은 그저 곽수진 청년 쪽에서 일방적으로 수돌 군을 괴롭히기 시작했다는 게 옳은 표현이 되겠지만 말이다. 처음에는 알 듯 모를 듯 녀석을 대견스러워하는 말이 사라지더니, 다음에는 동료들의 눈치를 보아가며 공연이 끝날 때면 이따금 구해다 주곤 하던 과일류 따위 별식이 사라졌고, 다시 그다음으론 녀석을 자랑스럽거나 대견해하는 말 대신 거꾸로 그 충직성을 경멸하고 비양거리는 말이 바뀌어 나오기 시작했다.
―세상에서 못난 짐승.
―둔하고 미련스런 짐승.
드디어는 그쯤 되어버린 것이다. 도대체 알 수가 없는 일이었다.

한데 사실을 말하자면, 곽수진 청년의 그런 이상한 변화에 대해 우리 단체 안에서 무슨 낌새를 알았거나 관심을 기울인 사람은 거의 없었다. 그의 변화를 눈치채고 그 속사연을 궁금해한 사람은 아마 우리 단체 안에서 오직 나 한 사람뿐이었다는 게 옳은 말일 것이다. 물론 그에겐 관심을 가져도 좋고 안 가져도 좋은 것이 우리들의 자유였다. 관심을 가져보지 않으면 물론 별달리 궁금한 것이 눈에 뜨일 리 없고, 더더구나 그가 겪고 있는 변화의 소이연을 알고 있을 리는 만무한 것이다. 곡마단 사람들 거개가 그렇듯이 그에 대해서도 사람들은 거의 한결같이 무관심이었다. 하지만 나는 그럴 수가 없었다. 곽수진 청년과 나와의 관계는 그와 다른 사람의 그것과 얼마간 처지가 달랐기 때문이다.
곽 씨 청년이 처음 우리 무대에서 북을 두드리고 춤을 추고 났을 때 김 단장이 나에게 이런 주문을 해왔다.
자네가 나팔을 불어주게. 춤은 좋지만 북소리만 맞춰 돌아가니까 어딘지 좀 싱거운 것 같구먼. 나팔을 불어주면 녀석의 춤이 훨씬 더 흥겨워 보이지 않겠나?
그래서 나는 다음 공연 때부터 꼭꼭 그들의 공연에 합류하여 우리 곡마단 단골 곡목이 되어 있는 그 서커스 노래를 신나게 불어주곤 했다. 무대와 춤이 한결 흥겹고 풍성해진 것은 말할 나위가 없었다. 하다 보니 나는 자연 곽 씨 청년들의 공연에 남다른 관심을 가지게 되었고, 다른 동료들에 비해 어울리는 기회도 많아질 수밖에 없었다. 수돌 군에 대해서도 사정은 물론 마찬가지였다.

요컨대 나는 그런 내 처지 때문에 곽수진 청년에게 처음부터 남다른 관심을 가질 수 있었고, 그 때문에 청년과 수돌 군과의 관계의 처음과 끝을, 그리고 그 처음과 끝 사이의 알 수 없는 변화를 똑똑히 살필 수 있었던 것이다. 따라서 청년과 수돌 군 간의 그 심상찮은 변화에 대해 나름대로의 관심 속에 소이연을 캐어내보려고 한 사람이 우리 단체에서 오직 나 하나뿐이란 것은 당연한 이치였다.

어쨌거나 나의 그런 관심은 결과적으로 무의미한 것이 아니었다. 왜냐하면 내가 그런 식으로 곽 씨 청년에 대해 쏟은 관심은 비록 하잘것없는 호기심에 불과한 것이었다 하더라도, 결국은 거기에서 어떤 해답을 찾아냄으로써 내 나름으로는 최소한의 보답을 얻어낼 수가 있었으니 말이다.

이렇게 말하면 나는 결국 앞서 말한 궁금증, 곽수진 청년의 변화에 대한 소이연을 알아냈다는 소리가 되고 말았는데, 결론부터 말하면 아마 그것은 사실이라고 해도 좋을 것이다.

하지만 그건 물론 그렇게 쉽게 해답이 풀린 일은 아니었다. 그것은 내 식으로나마 제법 많은 노력을 기울인 다음에야 얻어진 결과였다.

나는 청년을 이해하기 위해 먼저 수돌 군부터 관찰하기 시작했
다. 새삼스레 수돌 군의 성미라든가 습성 같은 것을 주의 깊게 살
펴보았다. 하지만 그러고 난 결과는 아무래도 별것이 아니었다.
수돌 군은 역시 한 마리의 곰에 불과했다. 다만 녀석은 춤을 추는
곰일 뿐이었다. 곰이란 짐승은 원래 밀어젖히는 일이 드물고 무엇
이든지 앞으로만 끌어당기는 버릇이 있다든가, 이성이 없는 동물
이기 때문에 특별한 경우가 아니면 눈물 같은 것을 흘리는 법이 없
으며, 어우어우 짖어대는 소리가 마치 독감 환자가 기침을 하듯
끝이 짧고 날카롭다는 따위ㅡ, 또는 가재라든지 작은 갑충류 등
속을 잡아먹는 것 외에 녀석들은 거의 맹수답지 않게 채식주의를
즐겨 살아간다는 상식적 사실들은 나로서도 전부터 들어 알고 있
던 터이었다. 수돌 군은 바로 그런 곰들 중의 한 놈일 뿐이었다.
그리고 녀석이 바로 그런 곰들 중의 한 놈이라면, 그 역시 다른 곰
과 똑같이 세차고 날카로운 발톱을 가지고 있을 터이고, 거칠고
위험스런 혓바닥이 간직되어 있을 것이며, 무엇보다도 그 유명한
동작 모방에 뛰어난 재간을 지니고 있을 것이었다. 하지만 그런
것들은 내가 살피고자 한 수돌 군의 모습이나 속성이 아니었다.
곽수진 청년은 언젠가 녀석에 대한 나의 관심을 비웃기라도 하듯
반 농담 반 진담 식으로 시베리아 사람들의 희한한 곰 사냥 이야기
를 들려준 일이 있었지만, 물론 내가 수돌 군을 위해 알고 싶은 것
은 그런 사냥 이야기도 아니었다. 진짜로 알고 싶은 것은 앞서도
말했듯이 녀석 혼자서만 지니고 있을지도 모르는 어떤 유별난 성
미라든지 습성 같은 것이었다. 녀석에겐 충분히 그런 데가 있을

법해 보였다. 왜냐하면 녀석은 춤을 추는 곰이기 때문이었다. 어떻게 해서 녀석이 춤을 추는 곰이 되었는가. 녀석은 누구로부터 어떤 방법으로 그 춤을 배우게 되었는가. 거기 따라 수돌 군에겐 그 나름의 습성과 성미가 따로 곁들여져 있을 가능성이 농후했다. 그리고 그런 내력이 밝혀진다면 녀석의 습성이 어떤 것인지도 대략 유추될 수 있을 것이었다. 다시 말해 수돌 군이 누구로부터 어떻게 그 춤을 배웠는지, 아니면 녀석이 지니고 있을 법한 독특한 습성이 무엇인지, 그 내력이나 특성 중의 어느 한쪽이 먼저 밝혀진다면 내 궁금증은 한결 해답이 쉬워질 수 있었다. 곽수진 청년과 수돌 군 사이의 비밀은 아마 그 언저리에서 해답의 실마리가 찾아질 수 있을 것이기 때문이었다.

그런데 문제는 곽수진 청년이었다.

나는 뭐니 뭐니 해도 이 점에서만은 작자의 도움을 받아야 했는데 거기에 대해선 이 친구가 도대체 입을 열려고 하질 않았다. 아니 곽 씨 청년도 물론 앞서 말한 곰 사냥이라든지 놈들의 일반적인 습성에 대해서까지 굳이 말을 아끼려고 하지는 않았다. 신중하지는 못했지만, 그런 이야기에 대해선 비방 삼아 곧잘 응대를 보내오기도 했다. 하지만 내 주문이 정작 수돌 군에게까지 미치기 시작하면 그는 금세 꿀 먹은 벙어리가 되고 말았다.

곽 형, 수돌 군은 처음부터 곽 형이 훈련을 시킨 거요?

……

그래 어디 한번 들어봅시다그려. 도대체 어떤 식으로 녀석에게 그런 춤을 가르쳤어요?

......

 원 사람두…… 내가 또 곰 새끼 춤 훈련이라도 시키러 나설까 봐 걱정이 되어 그러오? 그게 뭐 대단하다구 숨기려고만 하기는……
 녀석의 내력이나 춤에 관한 곽수진 청년과 나 사이의 대화는 거개가 늘 그런 식이었다. 작자는 도대체 거기 대해선 입을 열려고조차 하질 않았다. 뿐더러 내가 좀 지나치게 채근을 하고 드는 기색이라도 보이면, 청년은 원래도 좀 신경질스러워 보이는 얼굴에다 비웃음인지 뭔지 알 수 없는, 묘하게 기분이 나쁜 웃음기까지 머금어 보이곤 하였다.
 하지만 청년의 그런 태도는 다른 한편으로 내 호기심을 더욱 세차게 부채질해댈 뿐이었다.
 ─틀림없이 이 근처에 무슨 재미있는 내력이 숨어 있는 게다!
 나는 오히려 자신을 얻기까지 했다. 그래서 더욱 집요하게 그쪽으로 매달리고 들었다.

 그러던 어느 날이었다. 그러니까 이 무렵쯤에는 곽수진 청년의 표정이 갑작스레 더 초조해지고, 수돌 군에 관한 이야기가 나올 때마다 신경질적으로 입가에 번지곤 하던 그 기묘한 웃음기에 새삼 어떤 적의와 노여움기 같은 것이 담기기 시작할 무렵이었다.
 하루는 좀 예상하지 않은 일이 벌어졌다. 다름 아니라 바로 이날 수돌 군의 춤에 관한 비밀이 풀린 것이다. 그것도 여태까지 입을 다물고만 있던 곽 씨 청년의 자발적인 뜻에 의해서였다.
 갑자기 이런 말을 해서 어떻게 생각하실지 모르지만, 이제부턴

내 공연 때 트럼펫을 불어주지 말았으면 좋겠어요.

이날 저녁 마지막 공연이 끝나고 나자 청년은 웬일인지 수돌 군을 후다닥 우리로 처박아놓고는 다짜고짜 나를 끌고 공연장을 나섰다. 우리는 동료끼리 함께 공연장을 나서면 언제나 그랬듯이 무턱대고 근처 단골 주막으로 발길을 향했다. 그런데 주막엘 들어서자마자 청년은 미처 술을 기다릴 겨를도 없이 먼저 불쑥 그렇게 말꼭지를 떼어오는 것이었다.

무슨 얘긴지? 왜 나팔 솜씨가 서툴러서 임자 맘에 들질 않는 모양 아니오?

나는 영문을 알 수 없었으므로 우선 그렇게 되묻는 수밖에 없었다.

아니, 나팔 솜씨가 어떻다는 건 난 알 수가 없는 일이구요……

그럼, 노래 곡목이 맘에 들질 않아서인가? 하기야 늘상 불어대고 있긴 하지만 워낙 이놈의 서커스 노래라는 곡조가 청승맞게 구슬프긴 하지. 하지만 그야 뭐 곡조 죄랄 수가 있나. 우리 신세가 그래서 노래까지 덩달아 구슬퍼진 게지.

하지만 청년은 그런 뜻도 아닌 모양이었다.

아니에요. 곡조야 뭐…… 하여튼 내 공연 때만은 그 트럼펫을 그만둬주셨으면 해요. 다만 내 부탁은 그것뿐이에요. 곡조하고는 상관이 없어요.

내 말을 부인하곤 일방적으로 자신의 주문만 내세웠다.

도대체 이유가 뭐길래?

……

나의 추궁에 이번에는 청년이 아예 입을 다물어버렸다. 그리곤 이상스럽게 절망기가 어린 눈초리로 나를 건너다보기 시작했다.

알 수가 없는 일이군. 하지만 내가 트럼펫을 불지 않으면 단장이 말을 할걸. 어쨌든 단장은 퉁퉁거리는 북소리만으로는 무대가 너무 단조롭다고 생각하고 있으니까. 그리고 사실 나로서도 단장의 그런 생각은 틀린 것 같지가 않아요. 트럼펫 소리 덕에 수돌이 녀석 춤도 훨씬 흥겨운 것 같아 보이지 않아요?

나는 날라 온 술을 잔에다 부으면서 천천히 곽 씨 청년의 눈치를 살폈다. 한데 이때 또 청년의 태도가 뜻밖이었다.

미련한 짐승!

그는 마치 신음하듯 느닷없이 수돌 군을 저주하고 나더니, 자신의 술잔을 발작적으로 집어다간 벌컥벌컥 단숨에 비워버렸다. 그리고는 안타까워 못 견디겠다는 듯 멀거니 나를 건너다보았다.

할 수 없군요…… 한 가지만 고백하겠어요.

그런데 한참 만에 시선을 비끼면서 그가 한 말은 나를 더욱 놀라게 했다. 그는 이제 잠시 전에 비해 목소리가 훨씬 고분고분해지고 있었다. 목소리뿐만이 아니었다. 거동새 전체에서도 풀기를 전혀 느낄 수 없을 만큼 어느새 기가 잔뜩 죽어 있었다. 얼굴에도 아깟번과는 달리 어떤 간절한 애소기가 어리고 있었다. 하지만 내가 수진 청년에게 놀란 것은 그런 어조나 표정 때문이 아니었다. 이자는 지금 어째서 내게 하필 고백이라는 말을 쓰고 있는가. 내게 도대체 무엇을 고백하겠다는 것인가. 그럼 이자는 정말로 내게 무얼 숨겨오고 있었단 말인가. 만약에 그렇다면 그게 수돌 군에 관한 일이 아니고 무엇이겠는가.

나는 긴장하지 않을 수 없었다. 그렇게 긴장한 눈초리로 곽 씨 청년의 다음 말을 재촉하고 있었다.

그의 이야기는 과연 내 예상대로였다.

사실 난 지금까지 별로 이런 이야기는 하고 싶지 않아서 늘 말을 피해왔습니다만 오늘은 어쩔 수 없구먼요. 이 이야기를 해드려야만 내가 왜 트럼펫을 비켜달라는지 이해가 되겠기에 말입니다.

수진 청년은 먼저 다짐 비슷한 말을 전제하고 나서 비로소 별러온 이야기를 털어놓기 시작했다.

하지만 뭐 별다른 이야기는 아니에요. 늘 호기심을 가지고 계셨으니 이미 내가 무슨 말을 할지 짐작이 가시겠지만, 그 미련한 짐승의 춤이라는 것에 대한 건데요…… 먼저 말씀드릴 건 그게 알고 보면 절대로 춤이 아니라는 거예요. 그건 절대로 춤일 수가 없어요. 순전히 훈련의 결과일 뿐이지요. 갑자기 이렇게 말씀드리면 이해가 잘 안 되실지 모르지만, 녀석에게 그 춤이라는 걸 가르치는 훈련 과정을 말씀드리면 아마 납득이 되실 거예요. 그걸 어떻게 가르치는지 아십니까……

그리고서 곽 씨 청년은 지금까지 그렇게도 입을 다물고 있던 곰의 훈련 과정을 하나하나 자세하게 설명해나갔다. 그가 설명한 곰의 훈련 방법은 대개 이런 것이었다.

곰에게 춤을 가르치자면 먼저 커다란 드럼통이나 그 곰 새끼가 (가능하면 어렸을 때가 좋으니까) 들어갈 만한 철판 상자를 하나 구한다. 그래서 곰 새끼를 절대 밖으로 튀어나오지 못하게 철 상자 속에 집어넣고 뚜껑 쪽을 단단히 단속해놓는다. 다음으로 그렇게 곰을 집어넣은 상자를 적당한 높이로 공중에 매달거나 해서 아래쪽에다 공간을 만들어 그 철 상자의 밑바닥 아래에다 불을 지피기 시작한다. 철 상자 밑바닥이 차츰 불길에 뜨거워지기 시작하면 안에 든 곰은 견디지를 못하고 우선 앞발 두 개를 허공으로 쳐들어 뒷발 두 개로 몸을 일으켜 세우게 된다. 그러나 계속해서 철판이 뜨거워지면 놈의 뒷발도 더 이상 견딜 수 없게 된다. 한 발을 철판에서 떼었다가 다른 발로 교대하고, 그 발이 다시 뜨거우면 잠시 동안이나마 또 다른 발과 교대를 할 수밖에 없게 된다. 그래서 안에 든 곰은 두 발을 교대교대로 들었다 놓았다 하는 동작을 마냥 되풀이해나가게 된다. 시간이 좀더 지나면 앞발 두 개도 사정은 뒤지지만 역시 비슷한 곤경을 맞게 된다. 철 상자가 밑바닥만 더울 때는 앞발 두 개를 벽에 짚고 서 있을 수 있지만, 철판이 계속 뜨거워져 올라가 꼭대기까지 이르면 놈은 그 앞발 두 개도 철판을 짚고 있을 수 없게 된다. 그래 결국 이 가엾은 짐승은 앞발 두 개를 허공에 쳐든 채 뒷발 두 개로는 마치 사람이 탭댄스를 추듯 경중대기 시작한다. 처음에는 천천히, 그리고 철판이 뜨거워지면 거기에 따라 동작도 속도를 얻어 차츰차츰 민첩하게……

그것이 곧 철 상자 속에서의 곰의 춤이 되는 것이다. 그러면 그렇게 훈련을 받은 곰이 그 철 상자를 나와서도 어떻게 계속 춤을 추게 되는가. 그건 다시 이런 방법이 있었다. 곰이 철 상자 속으로 들어간 다음 조련사는 철 상자 벽에다 구멍을 뚫거나 상자 뚜껑 쪽을 이용하거나 하여 곰의 동작을 낱낱이 살펴본다. 그러다 발바닥이 뜨거워진 녀석이 철판에서 발을 떼어 올리면 그 동작에 맞춰 규칙적으로 미리 준비했던 북소리를 한 번씩 울려준다. 물론 이것도 녀석의 동작에 따라 처음에는 천천히, 나중에는 빠르게, 곰이 철판에서 발을 뗄 때마다 그 속도대로만 정확하게.

그렇게 곰을 뜨거운 철 상자 속에 집어넣고 일정한 기간 동안 되풀이 그 발동작을 좇아 북소리를 울려주고 나면, 다음부터는 놈을 밖으로 끌어내놓아도 북소리만 나면 그 소리에 맞춰 제풀에 발을 겅중겅중 춤을 추게 된다는 것이다.

말하자면 조건 반사를 하는 거지요. 발바닥을 쳐들 때마다 북소릴 들었으니까 이 미련한 놈이 이젠 바닥이 뜨겁지 않은 데서도 북소리가 나면 발바닥에 뜨거움을 느끼면서 저절로 발을 쳐들게 된단 말입니다. 그게 놈의 춤이 되는 거예요.

곽수진 청년의 설명은 일단 거기서 끝이 났다.

……

나는 청년의 이야기가 끝나고 나서도 계속 조용히 입을 다물고 있었다. 이젠 모든 것이 확실하게 밝혀진 셈이었다. 수돌이 어떻게 해서 그런 괴상한 춤을 배우게 되었는지, 그리고 곽수진 청년이 그것을 굳이 춤이 아니라고 한 내력이라든지, 모든 것이 말이다. 더욱이 그가 어째서 지금까지 그것을 한사코 말하지 않으려 했으며 수돌 군에 대한 그의 태도의 변화가 무엇에 연유하고 있었는지에 대해서도 마찬가지였다. 그건 바로 수돌 군의 춤을 훈련시키는 방법이나 이날 밤 그가 그것을 큰 비밀이나 되는 것처럼 무거운 고백조로(그 자신이 그런 말을 하지 않았던가) 털어놓고 있었다는 사실에서 이미 분명하게 설명되고 있었다.

그래…… 내 나팔 소리가 지금까지 수돌이 놈을 다루는 임자의 북소리에 그만큼 방해가 되어왔단 말인가? 임자가 수돌 군을 다루기가 정말로 불편해질 만큼 말일세.

생각이 일단 한곳으로 모이자 나는 처음으로 다시 입을 열었다. 비로소 이야기가 본래의 줄거리로 돌아가고 있었다. 한데 청년은 나의 그 말에 무언가 자신의 의표를 찔린 듯 대답을 잠시 망설이고 있었다. 하지만 그것은 정말 잠시뿐이었다.

그럴 수도 있지요. 하니까 트럼펫을 그만둬달라는 것 아닙니까.

금세 표정이 가라앉으며 그가 맺고 끊듯 단호한 어조로 대꾸해 왔다.

그런 일이 있고 난 다음부터 수돌 군에 대한 곽 씨 청년의 태도가 나에게 더욱 흥미로워졌을 것은 두말할 나위도 없는 일이었다. 수돌 군에 대한 곽 씨 청년의 박해는 이를테면 그의 녀석에 대한 지배권 행사의 표현이었다. 그는 그런 식으로 곰을 훈련시키고 나서 계속해서 그 북소리로 곰을 지배했다. 그러면서 종당에는 그 자신까지도 차츰 그 지배권의 한 속성에 물이 들어가고 있었다. 그가 그런 식으로 수돌 군을 훈련시키고, 그것을 못내 비밀로 지니고 싶어 하는 것은 바로 그런 지배욕의 한 습성 때문이었다. 그는 이제 단순히 북을 두드려서 수돌 군을 다루지만, 그 북소리는 바로 둘 사이의 혹독한 훈련 과정을 연상시키고 그 반복에 의해 더욱 무성해진 지배욕의 가차 없는 실현 수단이었다.

한데 곽 씨 청년과 수돌 군이 우리 단체로 들어오고 나서는 사정이 좀 달라진 것이었다. 지금까지처럼 곽 씨 청년과 수돌 군 사이는 단둘 간이 아니었다. 주변 환경이 훨씬 복잡해진 것은 물론, 그가 수돌 군을 지배하는 방법에도 새로운 변화가 생긴 것이다. 그의 북소리에는 다시 내 트럼펫 소리가 섞여 들어갔다. 내 나팔 소리가 어떻게 그리고 어느 만큼 그의 북소리를 방해하는지는 사실 정확히는 알 수 없는 일이다. 하지만 그날 밤 곽 씨 청년의 고백으로는 어떤 식으로든 내 트럼펫이 그를 방해했던 게 틀림없었다. 그는 좀더 완벽하게 수돌 군을 지배하고 싶어 했다. 그리고 자기가 얼마나 완전무결하게 녀석을 지배할 수 있는지를 주위에 시위해둘 필요도 있었다. 그래 그는 수돌 군에게 좀더 가혹해지고 놈을 멸시, 비방하기 시작한 것이었다. 하지만 수돌 군은 예나 이제나 다름이 없었다. 주인이 이따금 쓸데없이 매질을 해와도 놈은 그저 그 작은 눈을 순하게 껌벅여댈 뿐 추호도 그를 배반할 기색이 없었다. 충직스럽게 주인에게 복종하고 춤을 추고 그리고 그 모욕과 학대를 의연히 감수했다. 그러나 곽 씨 청년은 아직도 부족이었다. 아니 수돌 군이 잘 복종해오면 올수록 그는 더욱 성이 안 찼다. 그만큼 녀석을 더 완벽하게 지배해주고 싶은 욕망이 커져갔다. 그래 그는 늘 놈의 복종이 부족했고, 한동안 그런 사정이 계속되다 보니 나중엔 공연히 심사가 초조하고 녀석이 불안스러워지기까지 한 것이었다. 그러니까 그가 수돌 군을 비웃고 박해하는 것은 아무래도 녀석에 대한 그의 지배욕의 가승 현상이었고, 녀석에 대한 절대성의 주장이었고, 주위에 대한 완전한 지배 능력의 시위임에 틀림없는 것이었다.

확인된 바는 없었지만, 그날 밤 청년의 고백을 듣고 나서 내가 내린 결론은 대략 그런 식이었다. 내 트럼펫이 어떤 식으로든 그에게 방해가 되었을 것은 당연한 노릇이었다. 그리고 자신의 지배를 완전하게 하기 위해, 또는 그 권위를 위해 그가 내게 그런 요구를 하고 나올 수 있는 것도 충분히 가능한 일이었다. 하지만 나는 그의 요구대로 트럼펫을 그만둘 수는 없었다. 단장이 용납할 리가 없었다. 그리고 내 판단이 잘못이었는진 모르지만, 내가 트럼펫을 그만두고 안 두는 것이 그가 수돌 군을 다루는 데나 놈을 박해하고 지배하는 일에 그렇듯 결정적인 영향을 미칠 것 같지도 않았다. 그래 나는 그날 밤 일이 있은 뒤로도 그의 공연 때마다 계속 나팔을 불어주었다. 하다 보니 본의가 아니었지만 일이 더욱 사납게 꼬여갔다. 그가 수돌 군을 다루는 방법이 더욱 거칠어져갔다. 이젠 녀석을 비웃고 모욕하는 정도를 지나쳐 걸핏하면 녀석에게 심한 매질을 가하는 잔혹스런 버릇까지 생기고 있었다. 그러면서 내겐 마치 그 트럼펫 소리가 자기 북질을 방해하는 이상의 어떤 심각한 적대 행위라도 된다는 듯 노골적인 적의를 드러내기 시작했다.

— 우리 이젠 끝장을 볼 수밖에 없겠구먼요.

— 좋을 대로 합시다. 하지만 그래 봐야 나로선 뭐 후회할 일이 없을걸요.

알 듯 모를 듯한 말을, 그러나 속이 몹시 불편스런 비소(鼻笑)기를 머금은 그의 얼굴 표정으로 보아 어딘지 나를 저주하고 있음에 틀림없는 소리를 곧잘 내뱉곤 하였다. 그런 곽 씨 청년의 거동은 이제 곡마단의 다른 동료들도 거의 눈치를 채고 있는 형편이었다.
　―허, 그 친구 요즘 왜 수돌이를 그리 못살게 굴어대지? 괜히 녀석을 미련하다 미련하다 하고 이죽거리지만, 정작 미련한 건 철없는 축생보고 그런 소릴 하는 인간이 진짜 미련스럽지.
　―왜 비웃고 업신여기는 정도뿐인 줄 아나. 매질이 보통이 아니라니까. 그 친구 가끔 들린 사람처럼 채찍을 휘둘러댄단 말야. 언젠가 보니까 수돌이 놈 채찍을 맞으면서 어우어우 짖어대는 게 정말 안 되었더구먼. 그래 매질을 좀 말리려 드니까 이 친구 글쎄 채찍으로 갑자기 사람을 치러 들 기세가 되지 않겠나. 아무래도 뭐가 좀 이상해졌어.
　―왜 제 새끼가 너무 커가니까 이젠 다루기가 힘들어졌나. 아니면 놈이 차츰 두려워져서 그런단 말인가. 내가 보기엔 수돌이 놈이 말을 듣지 않은 것 같지는 않던데 말야.
　그런 말들을 수군거리게끔 되어버린 것이다. 그러나 곽 씨 녀석은 그런 주위의 수군거림도 전혀 아랑곳하지 않았다. 수돌 군을 맘껏 경멸하고 학대했다. 그리고 마치 그 싸움의 상대가 절반쯤은 내 트럼펫 쪽이기라도 하듯 맹렬하게 나를 적대시하면서 저 혼자 알 수 없는 조바심에 쫓기고 있었다.
　한데 그러던 어느 날이었다. 하니까 그 무렵엔 아마 곽수진 청년의 수돌 군에 대한 학대나 그 자신의 조바심이 극도에 달한 느낌이 들 때였는데, 그러던 어느 날 그는 다시 나를 주막으로 끌고 가선 이번에야말로 정말 엄청난 음모를 털어놓는 것이었다. 그의 토설인즉, 이제 그는 수돌 군을 그만 죽이고 말겠다는 것이었다.

그 미련한 짐승을 더 이상 견딜 수가 없어요. 난 놈을 죽이고 말 겠어요.

참으로 소름이 끼치는 일이었다. 그리고 거기까진 도대체 납득할 수가 없는 일이었다. 아니, 나는 그가 자기 곰을 죽이겠다는 말을 했다고 해서 그가 정말 수돌 군을 살해하게 되리라고는 믿을 수가 없었다. 그것은 지금까지 그가 수돌 군과 내 트럼펫을 두고 나와 겨루어온 어떤 대결의 한 방법이거나 계략이라고 볼 수도 있었다. 하지만 아무리 그렇다고 해도 그가 하필 지금까지 함께 지내면서 정들여온 수돌 군(정말로 수돌 군에게 무슨 허물이 있었던가 말이다)을 죽이겠다고까지 선언을 한 것은 끝내 납득할 수가 없었다. 그것은 마치 곽 씨 청년이 바로 나를 죽이겠다고 한 것만큼이나 내게는 끔찍스럽고 소름이 끼치는 소리였다. 쉽게 말해 곽 씨 청년이 수돌 군을 죽이겠다 한 것은 그에 대한 자신의 지배권을 영구히 완벽한 것으로 만들겠다는 깊은 욕망이 숨겨져 있는 소리였다. 이제 그의 수돌 군에 대한 지배욕은 그만큼 깊어져 있었고, 그에 비례해 수돌 군에겐 더욱더 완전한 복종을 주문하게끔 되어버린 것이었다.

하지만 그것 또한 그의 불안감의 끝없는 연장일 뿐이었다. 그는 마침내 수돌 군에 대한 자신의 불안감을 씻고 그의 지배권을 영원한 것으로 완성시켜버리기 위해 수돌 군을 죽일 생각을 하게 된 것이었다. 아마 틀림없이 그랬을 것이다. 하지만 수돌 군에 대한 그의 불안감이 그런 식으로 씻어질 수가 있는가. 수돌 군을 죽인다고 놈에 대한 그의 지배가 완성될 수 있는가. 정녕 그렇게 되지는 않을 것이다. 그것은 자신의 불안감을 지우고 지배력을 완성하는 길이기보다 거꾸로 자신의 파멸만 자초하는 길이기 쉬울 것이다. 그는 여전히 자기 지배욕에 목마르고 그로하여 더욱 큰 불안감만 키워가는 꼴이 되기 쉬울 것이다.

하고 보면 애초 문제는 수돌 군에 대한 그의 지배욕 바로 그 자체였다. 그리고 그런 달갑잖은 깨달음은 나를 새삼 진저리치게 하였다. 인간의 지배욕이라는 것은 이미 알려진 속성에도 불구하고 그처럼이나 무한하고 철저하며, 그래서 마침내 그 자신의 열망 때문에 불안 속에 스스로 파멸을 자초할 만큼 지독스러운 것인가. 나로서는 아무래도 납득이 가지 않는 일이었다.

한데 어쨌든 그런 일이 있고 나니, 이제부터 그와 나 그리고 수돌 군 사이의 싸움(이젠 그렇게 말해도 좋을 것 같다)은 더더욱 치열해져갈 수밖에 없었다. 나는 모른 척 더욱 신나게 트럼펫을 불어젖혔고, 그는 또 그대로 무대만 나서면 수돌 군을 끊임없이 못살게 굴었다. 그러면서 나는 이 친구가 어느 순간엔가는 정말 수돌 군을 해치게 되지나 않을지 늘 주의를 게을리하지 않았다.

— 말은 그랬지만 녀석이 정말로 수돌 군을 해칠 수가 있을까. 도대체 어떤 방법으로?

— 아니 천만의 말씀, 절대로 그럴 리는 없지. 뭐라고 해도 그는 역시 누구보다 수돌 군을 지키고 아껴야 할 처지니까. 그리고 그가 조금만 올바로 생각한다면 수돌 군을 정말 그리 박해할 이유가 없으니까.

아닌 게 아니라 작자가 정말 수돌 군을 죽인다 해도 그것으로 놈에 대한 지배가 영원해질 수는 절대로 없는 일이었다. 수돌 군은 어쨌거나 그의 가엾은 동반자였다. 그의 지배욕은 애초 수돌 군의 순종에서 싹트기 시작했고, 거기에서 자양을 얻어 자란 것이었다. 그리고 그 수돌 군에게서 그것은 지금까지 거의 완벽한 실현을 보이고 있었다. 수돌 군은 주인의 학대와 폭압을 묵묵히 감내함으로써 그의 지배욕을 훌륭히 충족시켜주고 있었다. 수돌 군은 눈에 보이지 않는 녀석의 공범이었고, 그의 지배욕의 소리 없는 동반자였다. 수돌 군이 살해되고 나면 작자의 지배욕 또한 외롭고 허무한 추락을 면치 못할 것이었다. 그것은 당연히 그의 지배의 완성이 아니라 무참한 파멸이었다. 위인이 그것을 모를 리 없었다. 그것을 모른다면 녀석이 너무 어리석었다.

죽이고 싶어도 죽일 수가 없는 수돌 군이었다. 죽여서는 안 될 수돌 군이었다.

하지만 그것으로 나는 작자와 수돌 군의 불화를 끝내 안심해버릴 수가 없었다. 그런 생각을 하면서도 나는 역시 작자와 수돌 군 사이에서 계속 어떤 이상한 긴장감을 겪고 있었다. 작자가 정말 수돌 군을 죽일지도 모른다는 두려움에서만이 아니었다. 위인이 죽이고 싶은 것은 실상 수돌이 놈이 아니라 어쩌면 트럼펫을 불어대는 내 쪽인지도 모른다는 생각이 이따금 뇌리를 스쳐가곤 했다. 녀석이 수돌 군을 죽일 수 없다는 것을 알고 있다면, 그가 정작 처음부터 없애버리고 싶은 쪽은 그의 북 소리를 방해하는 내 트럼펫 소리일 가능성이 충분했다. 그의 곁에서 나와 내 트럼펫 소리를 제거하여 마음 놓고 혼자 수돌 군을 부리게 되기를 원해왔을 수 있었다.

—수돌 군을 참을 수 없다면 그건 나를 죽이고 싶은 거야. 그는 정말로 나를 죽일 수도 있어.

음모의 숨소리가 귀에까지 들려오는 듯했다. 엉뚱하게도 수돌이 놈이 불시에 내 등 뒤를 덮쳐드는 것 같은 착각 때문에 괴로움을 당할 때도 있었다.

수돌 군마저 이미 위인의 음모에 끼어들고 있는 셈이었다. 위인이 그 수돌 군으로 하여금 교묘하게 자기 음모를 앞장서 나서게 하고 있는 꼴이었다. 녀석의 음모에 꾀어들기만 하면 우직스런 수돌이 놈은 충분히 나를 해치러 덤빌 수도 있는 일이었다.

나는 치를 떨었다.

내 트럼펫 소리가 사라진 무대 위에서 군호처럼 압도적인 녀석의 북소리에 맞춰 오래오래 춤을 추고 있을 수돌 군의 모습이 좀처럼 머리에서 지워지질 않았다.

수돌 군의 생사를 가운데 한 작자와 나 사이의 눈에 보이지 않는 싸움은 그러니까 그가 그런 말을 지껄이고 난 다음에도 한 달 이상은 넉넉히 계속되고 있었다. 그사이 우리 단체는 전라북도 일대를 모조리 돌아다니고 나서, 다시 마지막 추위를 피하기 위해 남도 바닷가의 어느 조그만 항구도시로 찾아 들어가 있었다. 한데 작자와 나의 싸움(구체적으론 물론 녀석과 수돌 군과의 싸움이 되겠지만)은 바로 그 바닷가의 흥행장에서 결말이 나게 됐다. 하지만 그 싸움의 결판은 참으로 예상치 못한 이상한 방법이었다.

그 마지막 싸움은 그러니까 저녁 8시부터 시작된 이날의 마지막 공연장에서 벌어졌다. 아니, 그들의 싸움은 이날 저녁 공연 중에서도 그 괴상한 곰춤을 보게 되는 청년과 수돌 군의 공연 때였다고 해야 더 정확할 것이다. 하지만 이날 일은 처음부터 그것을 마지막 결판의 시간으로 정하고 있었던 건 물론 아니었다. 결과적으로 그렇게 된 것뿐이었다.

수돌 군의 순서가 시작되자 나는 여느 때와 마찬가지로 무대 한쪽에 숨어 서서 열심히 그 서커스 노래의 구슬픈 멜로디를 불어 넘기기 시작했고, 작자도 또한 평소와 다름없이 수돌 군을 데리고 나와 놈을 상대로 열심히 북을 두들기며 돌아가기 시작했다. 하니까 나는 이 무렵에도 여전히 작자의 주문에는 아랑곳없이 더욱더 흥겹게 트럼펫을 불어주었고, 작자는 작자대로 나팔 소리의 방해를 받지 않으려 무대 전체를 휘돌아가며 맹렬한 속도로 북소리를 울려대기 일쑤였는데, 이날 저녁도 그런 사정은 물론 모두가 똑같았다. 더욱이나 수돌 군의 춤은 나무랄 데가 없었다. 수돌 군은 마치 그 주인에게 보다 나은 충직성을 바치기로 결심한 듯 그즘 들어선 춤 솜씨가 점점 더 볼만해지고 있었다. 작자가 북소리를 아무리 빠르게 울려대도 수돌 군의 발동작은 전혀 실수가 없었다. 북소리와 발동작이 너무 신통하게 잘 맞아떨어져 어떤 때는 북소리가 발동작을 이끄는지, 그 발동작에 북소리가 끌려가고 있는지, 분간을 하기가 어려울 때도 있었다. 이날도 물론 마찬가지였다. 아니 이날 저녁 내가 나팔을 불면서 겪은 느낌으로 말하면 수돌 군은 오히려 그 이상이었다. 어찌 된 일인지 이날 밤 나에게는 작자와 수돌 군의 조화가 여느 때보다도 훨씬 완벽한 것처럼 보였으니까 말이다.

그 조화는 정말 위인이 수돌 군에 대한 영원한 지배권을 확신해도 좋을 만큼, 그리고 이젠 잠시나마 황홀한 승리감을 여유 있게 즐겨도 좋을 만큼 완전한 것이었다. 옆에서 나팔을 불고 있던 나까지도 숨이 막혀올 지경이었다.

―저건 작자가 곰을 다루는 게 아니라 곰이 작자를 다루고 있대도 상관없겠군. 하긴 작자에게도 전부터 이미 그런 느낌이 들었는지 알 수 없지. 그래서 그토록 더 불안해하면서 수돌이 놈을 학대했을 법도 하구.

나는 자신도 모르게 내 은밀스런 전의를 상실해가고 있었다. 그리곤 녀석들의 그 황홀스런 춤판 쪽에 넋을 홀랑 빼앗겨가고 있었다. 그리고 그러다 나는 어느 한순간 나의 악기를 입술로부터 떼어 내렸다. 그것은 나의 그 은밀스런 전의가 아주 사라졌거나, 또는 녀석들의 춤판에 너무 깊이 빠져들었다 넋을 잃은 나머지 무심중에 저지른 행동이라 할 수 있었다. 그런데 문제는 바로 그 순간이었다. 그 순간 무대에선 참으로 괴상한 일이 벌어졌다. 지금까지 그렇게 열심히 두 발을 경중대며 춤을 춰나가던 수돌 군이 무슨 변인지 그 순간 갑자기 멈칫 발을 멈춰서버린 것이었다. 무대에선 일순 그 곽 씨 청년의 북소리만이 혼자 미친 듯이 울려퍼지고 있었다. 하지만 그것은 정말 그 일순간뿐이었다.

수돌 군은 그렇게 잠시 동작을 멈칫하고 정지했다 계속되는 북소리에 놀란 듯 금세 다시 경중경중 춤을 추기 시작했다. 그리고 나 역시 금방 다시 나팔을 입술로 가져갔다.

하니까 일이 그것으로 끝났다면 이날 저녁 내가 나팔을 잠시 멈춘 순간 수돌 군도 똑같이 동작을 잠시(그것은 정말 잠시 동안이지만) 멈칫거리게 된 것은 전혀 우연의 일치였다고 할 수 있는 일이었다. 나의 순간적인 휴지(休止)와 수돌 군의 그것은 전혀 상관이 없는 것으로 보일 수도 있었다. 그리고 적어도 이날 저녁 안으론 그 끔찍스런 결판도 이루어질 수 없었을 것이다.

그런데 일이 그렇게 끝나질 않았다. 나는 잠시 전 수돌이 놈이 금세 다시 작자의 북소리를 따라 춤을 추기 시작했다고 말했지만, 사실은 사정이 조금 달랐다. 수돌 군은 미처 제대로 춤을 출 겨를이 없었다.

사실은 이러했다. 경중경중 놈이 다시 발을 움직이기 시작했을 때 곽수진 청년이 북을 두들기며 재빨리 놈에게로 달려들어가고 있었다. 그가 마침내 수돌 군을 죽이려 덤벼든 것이었다. 아니, 곽수진 청년이 정말로 그때 수돌 군을 죽이려고 그렇게 덤벼들어갔는지 어쨌는지는 아무도 확실한 말을 할 수 없다. 그것은 나도 물론 마찬가지다. 아무도 그가 수돌 군에게로 다가들 때 그의 동작에서 어떤 살의 같은 것을 볼 수는 없었으며, 가령 그런 것을 본 사람이 있었다 해도 그것이 어떻게 가능할 것인지 감히 상상이나 할 수 있었을 것인가 말이다. 하지만 어쨌든 곽 씨 청년이 그 순간 수돌 군에 대해 무작정 어떤 살의를 품고 덤벼들고 있었다는 것은 아마 틀림이 없었을 것 같다. 나는 그렇게밖엔 말할 수가 없는 것이다.

그것은 아마 사실일 것이다. 곽수진 청년으로 말하면 그가 정말로 수돌 군을 죽일 방법까지 생각해두고 있진 않았다 해도 언제부턴가 늘 마음속에 살의 같은 걸 품어온 것은 사실이었다. 그것은 꼭 수돌 군에 대해서가 아니라 해도 좋고, 어떤 막연한 망념 같은 것이라 해도 좋을 터이다. 하지만 어쨌든 작자가 늘 그 비슷한 느낌을 숨겨온 것만은 틀림없었다. 그러면서 작자는 그 살의만큼이나 불확실하고 음험스럽게 어떤 기회를 기다려왔음이 틀림없었다.

한데 그는 이날 뜻밖의 순간에 수돌 군의 배반을 목도하게 된 것이었다. 바로 기회를 만난 셈이었다. 그래 그는 그 순간 자신도 모르게 불쑥 그 수돌 군에게로 덤벼들어버린 것이었다.

하긴 이렇게 말해도 나의 그 짧은 휴지가 정말로 이날 밤의 결판과 어떤 관련이 있는지 어떤지는 확실하게 밝혀지지 못할 것 같다. 하지만 나로서는 이제 더 이상은 설명할 도리가 없다. 이날 밤 사고의 발단이 된 수돌 군의 반역(적어도 곽 씨 청년에게는 그렇게 여겨졌을 것이다)이 나의 휴지와 정말 어떤 관련이 있는지에 대해서는 그 이상 아무도 정확한 말을 할 수 없기 때문이다.

하지만 이제 어쨌든 곽수진 청년과 수돌 군 간의 일은 그 남해안 항구도시의 무대 위에서 이날 밤 마지막 결말을 짓고 만 것이다. 끔찍하고 불행한 결말이었다. 그러나 또 한편으로 생각하면 그것은 이상하다거나 끔찍스러울 것이 아무것도 없는 당연한 귀결처럼 생각될 수도 있었다.

다름 아니라 이날 저녁 곽수진 청년이 그의 곰 수돌 군에게 덤벼들었을 때, 그는 그 둔하고 못생긴 짐승으로부터 자신이 먼저 불의의 일격을 당하고 만 것이었다. 눈 한 번 깜짝할 사이의 일이었다. 그리고 그 순간적이고 치명적인 일격으로 얼굴이 온통 피투성이가 된 곽 씨 청년은 다음 날 새벽까지도 채 기다리지 못할 형편이었는데, 그가 그런 식으로 고통을 받으면서 마지막으로 내게 속삭인 말은 그때까지도 아직 석연치가 못하던 나의 몇 가지 궁금증에 대해 중요한 암시를 주고 있었다.

결국…… 결국 이렇게 되었군요.

그는 이날 밤 숨이 넘어가는 마지막 순간까지 끝내 그 야릇한 비웃음기 같은 것을 얼굴에서 잃지 않은 채 더듬더듬 속삭이고 있었던 것이다.

당신이 이렇게 되어야 했었는데…… 하지만 이젠 모든 걸 알게 됐겠지요. 녀석이 이렇게 나를 배반하다니, 당신의 나팔 소리 때문이었어요…… 아…… 그 나팔 소리…… 아깐 내가 북을 그치고 그 대신 당신이 트럼펫을 계속했더라면 녀석은 아마 그대로 춤을 계속했을 거예요…… 아마 틀림없이 그랬어요. 그리고…… 그리고, 아, 이제부턴 당신이 놈을 부리게 되겠지요……

(『월간중앙』1972년 3월호)

해설

진술의 불가능성과 소설의 가능성

이광호
(문학평론가)

 이청준 문학의 넓이에 대해 말하는 것은 그 깊이에 대해 말하는 것과 같다. 이청준 문학이 다양성과 다원성을 확보하는 이유는 그 것의 양적인 집적 때문이 아니다. 이청준은 자기 시대와 자기 세대의 가장 뜨거운 질문법을 만들어낸 작가이고, 그 질문을 단순화시키지 않고 그 질문의 내부와 배후를 탐문한 작가이다. 이청준의 소설에서 현대적 내면성의 원리가 중요한 문제로 부각되는 것은, 자신의 원체험과 상처의 근원으로부터 자신에 대한 질문법을 만들어내기 때문이다. 그런데 이청준의 인물들의 내적 의식은 그 상처에 대한 피해자 의식이 아니라, '피의자의 의식'을 함께 갖고 있다.[1] 이 점이 이청준 소설의 자기 성찰의 치열성을 확보하는 것이

---

1) 이를테면 그의 대표작 중의 하나인 「병신과 머저리」가 그러하다. 이 소설의 갈등 구조를 '가해자와 피해자의 양가 논리를 맞세운 것'으로 분석한 것은 우찬제이다. 우찬제, 「'틈'의 고뇌와 종합에의 의지」, 『타자의 목소리』, 문학동네, 1996, pp. 300~01.

며, 여기서 이청준 소설의 자기의식은 현대적 주체성의 원리를 보존하는 수준을 넘어서 시대에 대한 비판과 소설 쓰기의 밑자리에 대한 반성적 의식이라는 중층적인 겹을 가지게 된다. 4·19 이후의 작가들에게 중요한 의미를 가졌던 '자기의식'은 이청준에게는 자기 탐구와 그것을 언어화하는 문제라는 두 겹의 층위를 갖게 되었다. 문학 언어의 틀 자체에 대한 질문이라는 측면에서, 개인 주체의 자율성과 문학의 자율성은 동시에 반성적 질문의 대상이 된다.

소설집 『소문의 벽』이 처음 출간된 것은 1972년이다. 중편 「소문의 벽」과 여기에 실린 단편들은 이청준의 초기 문학의 치열한 문제의식을 압축적으로 보여준다. 여기에는 이청준 문학의 필생의 질문들이 날카롭고도 집요한 방식으로 드러나 있다. 「소문의 벽」이라는 중편이 이청준 문학 세계에 드리운 상징성은 저 유명한 '전짓불의 공포'라는 이 소설 속의 강력한 이미지 때문일 것이다. 하지만 이 소설을 이분법적 선택을 강요하는 권력의 억압과 정직한 진술 주체와의 갈등을 다룬 것으로만 이해하는 것은, 이청준 문학이 보유한 질문법의 다층성을 이해하기 어렵게 한다.[2] 이 소설이 제기한 질문법의 복합성은 4·19 세대의 대표적인 작가인 이청준 문학이 근대적 주체의 형성을 둘러싼 지향성과 그 반성적 성찰을 동시에 보여준다는 측면에서 문제적이다.

이 소설은 '박준'이라는 작가에 대한 '나'의 관찰자적인 시점으로 진행된다. '나'는 잡지사 일을 하는 사람이다. '나'와 박준은 모두

---

[2] 이런 문제의식을 가장 날카롭게 보여준 글로 김진석의 「짝패와 기생: 권력과 광기를 가로지르며 소설은」(『작가세계』 1992년 가을호)을 꼽을 수 있다.

'언어'에 연관된 일을 하는 사람, '자기진술'을 업으로 삼고 있는 사람이고, 모종의 정신적인 질병을 앓고 있는 박준에 대한 '나'의 관심도 이에 연관되어 있다. 박준이 미쳤는가 혹은 미친 척하는 것인가? 혹은 박준이 '노이로제'인가 아니면 진짜 분열병을 앓고 있는가 하는 점은 이 소설에서 분명하게 밝혀지지 않는다. 그것은 박준이라는 문제적 개인을 보는 관점에 따라 달라질 수 있다. 문제는 '광인'처럼 행동하는 박준을 그렇게 만든 상황에 관한 이 소설의 질문법을 읽는 일이다. 박준이 외형적으로 앓는 것은 '진술 공포증'이고, 자기 이야기를 하지는 않으려는 문제이다. 소설은 박준의 '진술 거부증'의 기원을 찾아가는 탐색의 구조를 가지고 있다. 그 탐사의 과정에는 박준이 쓴 세 편의 소설이 액자소설적인 구조로 들어가 있다. 이 액자소설들은 박준의 정신적 억압의 기원을 밝힐 수 있는 일종의 정신분석 텍스트라고 할 수 있으며, 동시에 소설 쓰기의 근원적 성격에 대한 질문을 포함하고 있다. 이청준 소설에서 두드러진 것은 현실과 개인의식 사이의 문제만이 아니라, 그 관계에서의 '언어'의 문제이기 때문이다. 작가의 표현을 빌리면 액자소설은 '반성의 언어'로서의 '진실의 장치'에 해당한다.[3] 일종의 소설가 소설로서의 이청준 소설 쓰기의 특징은 자의

---

[3] "격자소설이라는 것은 간단히 말해 진실의 장치라고 할 수 있겠지요. 진실의 소설적 표현이라는 게 어떤 것이겠습니까? 어떤 징후에 대한 예감과 암시 같은 것이 아니겠습니까? 소설의 언어는 기본적으로 반성의 언어입니다. 어떤 것을 선택해서 그린다는 것, 그것 자체가 반성으로서의 의미를 갖는 것이지요. 이처럼 반성이라는 특성을 지닌 언어가 할 수 있는 것은 삶의 진실에 대한 암시 정도일 뿐이겠지요. 직접적으로 드러내 보이는 경우에 있어서도 그것은 하나의 예시일 뿐 최종적인 진실의 실체는 아닐 것입

식을 따라가는 것이 아니라, 그것을 반성적으로 대상화한다는 점이다. 그곳에서 작가의 자의식은 독자 위에 군림하는 것이 아니라, 독자와 함께 제3의 탐구의 장소를 마련한다.

첫번째 소설은 '죽은 사람 시늉'을 하는 남자의 이야기인데, 주인공은 결국 영원히 그 '가사의 잠'에서 깨어나오지 못하게 된다. 그의 '진지한 휴식술'은 타인과 사회의 억압으로부터 자신을 보호하려는 위장의 방식이었다고 할 수 있다. 두번째 소설은 사장의 은밀한 비밀을 알고 있지만 그것을 절대로 발설해서는 안 되는 운전기사의 사건으로서, 신경과민 증세와 결국 그에 따른 주의력 결핍으로 회사에서 쫓겨나는 이야기다. 앞의 소설이 '내면의 비밀'을 다루었다면, 뒤의 소설은 말할 수 없는 것을 둘러싼 '시대의 요구'를 다룬다. 박준이 소설 속의 인물들을 통해서 '작가적 양심'과 현실의 비극을 우화적으로 소설화하고 있다면, 작가 스스로 진술을 방해받는 상황이야말로 가장 큰 억압일 것이다. 박준이 겪는 억압은 이중적이다. 진술을 강요하는 권력이 있고, 진술을 방해하는 권력이 있다. 문제의 핵심은 '진실'을 진술할 수 있는 '자유'가 주어지지 않았다는 것이다.

아마 그 자유로운 진술의 박탈이라는 측면에서 박준의 갈등의 핵심인 '전짓불의 공포'가 등장하는 세번째 소설을 말해야만 할 것이다. 여기에는 박준의 진술 공포증의 핵심을 이루는 장면이 등장

니다. 그러니까 나로서는 이것이 진실이다라고 말하는 대신에 일정한 넓이를 마련해주고 그 안에서 진실을 찾아보기를 권하는 것이죠." 권오룡 엮음, 『이청준 깊이 읽기』, 문학과지성사, 1999, pp. 28~29.

한다. 6·25라는 상황에서 그 정체를 알 수 없는 전짓불 앞에서 죽음을 무릅쓰고 어떤 편인가를 선택해야 하는 공포에 관한 이야기. "전짓불은——그의 작품 속에 뚜렷이 암시된 그의 작가로서의 진술의 권리를 깊이 간섭 방해하고, 마침내는 자신의 의식에까지 어떤 장애를 초래케 한 갈등 요인의 구체적인 내용물이었다"(p. 215). 박준의 입장에서 "소설을 쓰고 있는 것이 마치 그 얼굴이 보이지 않는 전짓불 앞에서 일방적으로 나의 진술만을 하고 있는 것 같다는 말이다. 문학 행위란 어떻게 보면 한 작가의 가장 성실한 자기 진술이라고 할 수 있다. 그런데 나는 지금 어떤 전짓불 아래서 나의 진술을 행하고 있는지 때때로 엄청난 공포감을 느낄 때가 많다"(pp. 219~20).

박준의 소설 속에서 등장하는 전짓불 뒤의 신문관은 주인공에 대해 전짓불의 "정체에 대한 불요부당한 의혹, 그리하여 끝끝내 정직한 진술이 불가능했던 위구심과 망설임, 그것들은 용서받을 수 없는" 것이라고 판정한다(p. 237). 주인공을 탄핵하는 신문관의 논리는 이렇다. "당신의 전짓불과 나에 대한 두려움, 그것은 이미 스스로 선택한 당신의 수형의 고통이지요. 그리고 당신은 스스로 선택한 수형의 고통 속에 이미 반쯤 미친 사람이 되었거나 앞으로도 계속 미쳐갈 게 분명합니다. 당신은 우리들의 심판에 앞서 자신의 형벌을 그렇게 스스로 선고받고 있는 것입니다……"(p. 238). 신문관의 논리는 부당한 것이지만, 여기에는 '전짓불의 공포'에 대한 중요한 반성적 성찰이 들어 있다. '전짓불의 공포'는 진술 주체가 스스로 선택하고 만들어낸 것이고, 그 공포에 대처하기 위해 진술 주체는 광기를 연기한다는 것. 전짓불 없는 진술이 불가능하다면, '정직하고 자유로운 진술'은 처음부터 불가능하다는 것이다. "정직하려고 하면 할수록 오히려 실패만 거듭하게 될 수밖에 없는 한 작가의 슬픈 파멸"(p. 239)은 그렇게 진술의 근원적인 불가능성을 날카롭게 암시한다. 전짓불은 특정한 시대의 특정한 권력의 문제가 아니라, 편재(遍在)하는 것이며, 진술 주체의 내부에도 있다. "누구나 자신의 전짓불을 가지고 있게 마련이다. 그리고 그 진짓불은 이쪽에서 정직해지려고 하면 할수록, 그리고 진술이 무거우면 무거울수록 더욱더 두렵고 공포스럽게 빛을 쏘아대게 마련이다"(p. 252) 이 전짓불 권력의 편재 앞에서 진술 주체는 그 전짓불의 탄생과 함께하는 것이다.

문제는 작가가 계속해서 세상을 향해 자기진술을 해야만 하는 위치에 있다는 것이다. "작가란 괴로운 일이지만 그 정체가 보이지 않는 전짓불의 공포를 견디면서도 끝끝내 자신의 진술을 계속해나갈 수밖에 다른 도리가 없는 운명을 짊어진 사람"(p. 251)이기 때문이다. 그런데 결국 작가 이청준은 진술의 공포와 소설 쓰기의 어려움이라는 문제를 가지고 결국 한 편의 '소설'을 써냈다. 진술의 공포와 소설 쓰기의 불가능성을 동시에 껴안은 소설 쓰기의 가능성을 메타적인 방식으로 보여주었다. 소설 속의 박준의 인터뷰에 등장하는 말 "작가에겐 소설로 말을 하게 하라. 그렇지 않을 경우 문학은 한낱 소문 속의 소문이 될 수 있을 뿐이다. 문학은 적어도 소문 속에 태어난 또 다른 소문이 될 수는 없다"(p. 248)라는 문장이 향하고 있는 곳도 결국 진술의 불가능성을 꿰뚫고 가로지르는 소설 언어의 마지막 가능성이다. '소문의 벽' 속에서 '정직하고 자유로운' 진술은 불가능하지만, 소설은 그것의 불가능성마저 '소설화'할 수 있다.

이 소설의 문제적인 비판적 성찰의 지점은 진술의 공포와 광기의 문제를 둘러싼 현대적 의료 권력의 시선이다. 정신병원의 김 박사는 광인을 대하는 현대적 의료 권력의 시선을 선명하게 보여준다. 김 박사는 임상의학적 분석을 통해 박준의 정신적 문제를 해결할 수 있다고 생각하며, 그에게 진술을 받아내는 것이 치료의 방법이라고 생각한다. 그러나 '진술 공포증'을 앓는 박준을 치료하는 방법이 자기진술을 통해서만 가능하다는 논리는, 그 진술 공포의 사회적 차원과 연관된 현대적 의료 권력의 '야만'을 정확하게 보여준다. 김 박사는 마지막에는 결국 그 전짓불의 공포를 직접적으로 사용하는 폭력을 저지른다. 소설 속의 '나'는 박준이 "처음부터 미쳐 있었던 게 아니었단 말입니다. 그가 진짜로 미치기 시작한 것은 이 병원을 들어오고 난 다음부텁니다"(p. 257)라고 김 박사를 비판한다. 박준은 "이 병원 안에서 자신을 광인으로 심판받음으로써, 그 전짓불과 불안한 소문들과 모든 세상일로부터 자신을 해방시키고 싶었던 것이지요. 그런데 불행하게도 그가 피난처로 찾아온 병원이야말로 진짜 전짓불, 더욱더 무서운 전짓불의 추궁이 기다리는 곳이었어요"(p. 258)라는 아이러니야말로 광기를 둘러싼 현대적 의료 권력의 문제를 선명하게 부각시킨다. 여기서 시선과 광기의 정치학이 성립된다.

전짓불의 공포란 다른 식으로 말하면, 진술 주체가 마주하게 되는 시선의 공포이다. 진술 주체는 자유로운 '자율적 주체'로서 자신을 위치 지으려 하지만, 그것이 정체를 알 수 없는 시선의 대상이 될 때, 그 시선 앞에서 주체는 한낱 사물과도 같은 '대상'으로 전락한다. 전짓불 공포의 기저에는 이런 시선의 불평등이 가로놓여 있다. 보는 자는 모습을 드러내지 않고 보이는 자에게는 전짓불이 비추인다. 가시성과 비가시성의 이러한 비대칭적 구조야말로 진술 주체의 공포의 근원이다. 푸코에 의하면 근대 이후의 임상의학에서 가장 중요한 것은 시선의 특권이다. 의사의 시선은 말하는 시선이다.[4] 박준이 전짓불의 공포와 김 박사의 진술의 강요를 비슷한 공포로 느낀 것은 이런 시선의 비대칭성 때문이다. 그렇다면 박준의 광기는 그 시선의 폭력 앞에서 어떻게 자신을 보존할 수 있었나? 박준의 광기는 소설 안에서는 적어도 자신을 자율적 주체로 보존하는 데 실패할 수밖에 없는 것이지만, 그것은 박준을 미치게 하거나, 미치지 못하게 하는 이 세계를 문학적으로 탄핵하게 만든다. "예술작품과 광기가 함께 탄생하고 함께 완성되는 순간은 세계가 예술작품의 탄핵의 대상이 되고, 따라서 예술작품 앞에서 자신의 모습에 대해 책임을 져야 하는 시기의 도래를 의미한다. 이것이 광기의 책략이며, 광기의 승리이다."[5] 박준의 광기는 서사의 내부에서 진술의 불가능성을 보여주는 광기이면서, 동시에 소설의 가능성을 극한으로 보여주는 광기이다. 서사의 내부에서 박준의 광기는 소설 쓰기를 불가능하게 하는 것이지만, 그 광기를 이야기

---

4) 미셸 푸코, 『임상의학의 탄생』, 홍성민 옮김, 이매진, 2006 참고.
5) 미셸 푸코, 『광기의 역사』, 김부용 옮김, 인간사랑, 1991, p. 370.

함으로써 이 소설은 광기를 둘러싼 세계를 탄핵하는 소설 쓰기를 실현한다.

이 소설집에서 소설 쓰기의 가능성을 확인할 수 또 다른 테마는 고향 혹은 유년의 근원적 이미지를 둘러싼 소설들이다. 단편 「가학성 훈련」에서 자가용 운전수로 일하는 '현수'는 셋집의 주인집 계집아이가 자신의 딸의 머리끄덩이를 꺼드는 것을 좋아하는 이상한 놀이를 묵인할 수밖에 없다. 딸아이의 머리카락을 자르는 극단적인 방법도 취해보지만, 상황이 달라지지는 않는다. 그에게 이와 같은 상황은 아버지의 모습을 떠올리게 만든다. 아버지는 옛날 송아지의 코를 잘 뚫어 매기로 소문난 사람이며, 송아지에 굴레를 씌워 쟁기질 길을 들이는 솜씨도 대단했다. 자신의 딸이 주인집 딸에 머리채를 끄들리는 것과 아버지가 송아지의 굴레를 다루는 것과 자신이 자동차의 주인의 명령에 복종해야 하는 굴레는 동궤의 이미지이다. 그런데 이청준 소설의 사유는 여기서 굴레를 씌우는 자와 굴레를 쓴 자의 관계에 대한 보다 깊은 성찰로 나아간다.

"아버지가 그 목매기들에게 씌워준 수많은 굴레들이 바로 아버지 자신의 굴레였으리라는 사실을 옛날부터 알고 있었다. 뿐더러 아버지는 그 자신의 굴레를 누구보다도 사랑했음이 분명하다"(p. 26). "굴레에 대한 아버지의 사랑은 그러니까 바로 아버지 자신의 굴레에 대한 사랑"이었으며, 현수 자신의 가려움증의 증세는 "바로 그 굴레의 자국이었다. 유전이었을까. 어느새 그 아버지의 굴레가 이번에는 현수의 콧잔등 위에서 헐떡거리고 있었다"(p. 31). 그러나 아버지와 현수는 굴레에 대한 태도가 같을 수 없었다. "현수는 아버지처럼 자신의 굴레를 사랑할 수가 없었다. 너무 헐렁거리고 귀찮고 거추장스러웠다. 그리고 그를 불안하게 했다"(p. 35). 현수는 자신의 굴레를 사랑할 수도 벗어던질 수도 없는 존재이다. 여기서 굴레의 정치학은 "남에게 굴레를 씌움으로써 스스로 그 굴레를 쓴 자(그들은 처음부터 그것을 사랑할 수 있을 터이다)와 어쩔 수 없이 쓰게 된 자" "어떤 기회에 고삐를 쥐듯 익숙해져서 그것을 사랑할 수 있게 된 자와 그러지 못해 끝끝내 벗어던지고 싶어 하는 자"(p. 38)의 차이에 의해 성립된다. 아버지가 보여준 송아지에 대한 열성은 자신이 쓰고 있던 진짜 자신의 굴레에 익숙해지고 그것을 사랑할 수 있게 되려는 노력이었다고 할 수 있다. 소설의 마지막에 현수는 스스로 자기 딸에게 머리채를 내맡긴 채 '가학성 훈련'을 시킨다. 이 지점에서 소설은 굴레를 둘러싼 가학성과 피학성의 내적 윤리를 질문한다. 그 질문은 굴레의 '유전'에 관한 실존적 질문을 포함한다.

　소설 「목포행」은 독특한 면모를 가지고 있다. 이 소설의 본문은 목포행 기차를 타고 가는 화자의 대화체로 구성되어 있다. 소설의 장르적 특징이 여러 등장인물들의 대화가 교차하는 다성악적인 공간이라면, 이 소설은 1인칭 화자의 고백적 담화 자체가 소설의 본문이 되는 비소설적 구조를 가지고 있다. 이 1인칭 화자는 끊임없이 대화의 상대자의 존재를 의식하면서 자신의 목포행의 목적과 육촌형을 둘러싼 기이한 이야기를 펼쳐놓는다. 화자에게 목포는 고향은 아니지만, 육촌형이라는 존재를 확인하러 가는 곳이다. 육촌형은 누구인가? 아주 어렸을 때 고향을 떠나 객지에서 돌아간 사람이다. 그런데 육촌형의 죽음에 대한 소식은 한 가지가 아니었다. 일제 때 학도병으로 갔다가 죽었다는 소식과 6·25 때 인민재판으로 돌아갔다는 소식, 전쟁 중에 부산에서 교통사고로 죽었다는 소식과 4·19 때 종로에서 총에 맞아 죽었다는 소식, 그리고 최근에는 다시 목포에서 돌아갔다는 소식을 계속해서 듣게 된다. 육촌형의 죽음은 여러 번 되풀이되면서 죽었다는 사람이 다시 죽고 또 죽는 기이한 사태가 벌어진다. 그래서 육촌형은 "그 죽음들에도 불구하고 어디선지 늘 다시 살아난다는 느낌"을 주는 사람이고, 목포행이란 "언젠가는 또다시 죽게 될 형, 그러니 어디엔가 다시 살아 있어야 할 육촌형을 찾으러 가는 길"(p. 269)을 의미한다.

  1인칭 화자의 삶에서 어떤 낭패스러운 일을 당할 땐 그전에 육촌형의 죽음과 관련된 소식이 전해져 있었고, 그 때문에 '나'는 육촌형의 소식을 확인하러 나서게 되는 것이다. 육촌형의 소식을 확인해나가면서 삶의 암울한 상실감과 무력감을 벗어나게 되고 그 '불사신 같은 환상'에서 힘을 얻게 된다. 목포라는 도시의 상징성 역시 육촌형의 상징성에 결부되어 있다. 육촌형이 죽었다는 소식이 전해진 곳은 대개 항구도시이고 항구도시는 '탈출구'와 '망명지'가 있는 공간이다. 그러니까 탈출과 망명의 잠재력을 가진 곳이라는 것. 죽음으로써 거듭나는 육촌형의 이미지는 그 끊임없는 탈출의 잠재력을 상징한다. 여기서 한국 현대사를 관통하는 육촌형의 죽음의 지점들은 문학적 망명의 가능성과 조우한다.

  이 1인칭 화자의 가장 최근의 낭패는 자신의 소설 쓰기에 관한 것이다. 자신의 소설에 대한 근원적인 의구심으로 10년 동안 써오던 소설을 갑자기 쓰지 못하게 된 화자는, 세상은 소설이 아닌 다른 화법을 찾고 있어서 소설은 낡고 무용한 유물이 되었다고 생각하게 된다. "제 내부의 언어와 욕구는 증가하고 있는데, 거꾸로 소설이라는 화법의 기능은 우리들에게서 자꾸만 더 무기력해져가고 있는 셈이지요. 그래서 전 소설보다 좀더 적절한 다른 방법으로 저의 말을 계속하기 위해 그것을 포기해야 했다는 뜻이 될 수도 있구요. 하지만 중요한 것은 우리들 사이에서 이런 식으로도 이만한 이야기조차도 서로 잘 통할 수가 없다는 점이에요"(p. 285). 바로 이 지점에서 이 소설의 목포행은 소설 쓰기의 문제와 일거에 겹쳐진다. 진술의 욕구는 많아지는데 기존의 소설의 화법으로는 그것을 감당할 수 없을 때 작가는 어떻게 해야 하는가? 이 문제는 「소문의 벽」의 박준의 딜레마를 거꾸로 세운 듯하다. 그러나 결국 문제는 똑같이 소설 쓰기의 가능성이다. "제 목포행이 바로 그런 점, 어떤 사람에게도 이해가 가능한 말로 제 이야기를 할 수 없다는 것. 그런 문제와도 관련 있는"것이고, "전 애시당초 선생께 대해선 제 소설의 화법을 빌릴 일이 없었지요. 전 시종 이렇게 직접 제 목소리로 이야기하고 있지 않습니까"(p. 284). 1인칭 화자는 이런 방식으로 자신의 담화가 소설의 화법이 아니라 직접적인 목소리라고 주장하지만, 아이러니하게도 이 소설은 기존 소설의 화법을 넘어서는 1인칭 화자의 직접적인 목소리를 '소설화'하고 있다. 소설이 아닌 화법을 소설화함으로써, 소설 쓰기의 무기력은 소설 쓰기의 다른 가능성과 역설적으로 만난다.

이청준 소설의 탁월함은 현대적 주체성과 자율성의 원리가 자기 정당화의 요구에 귀결되지 않는다는 점이다. 개인적 주체성과 현실과의 관계를 이분법적으로 대립하는 방식으로 현실을 재단하는 것이 아니라, 현실의 일부로서의 자신에 대한 반성적 성찰을 끝까지 밀고 나감으로써, 다른 층위의 미적 주체를 재구성한다. 시대에 대한 비판과 자기비판이 조우하는 지점에서 소설 쓰기 자체에 대해 질문하는 심미적 주체가 탄생한다. 문학 언어의 한계와 무기력과 정직하게 대면함으로써, 오히려 소설 쓰기의 다른 가능성을 열게 된다. 자유로운 진술을 불가능하게 하는 것은 단지 현실의 권력이 아니라 이미 그것의 일부인 자신의 문제이다. 그것을 투철하게 인식하고 끈질기게 탐구해나갈 때, 그 진술의 불가능성을 소설 쓰기의 가능성으로 만드는 이청준 소설의 기적이 일어난다. 그것이 이청준만의 문학사가 이룩되었던 이유이다.

〔2011〕

자료

텍스트의 변모와 상호 관계

이윤옥
(문학평론가)

「가학성 훈련」

| **발표** | 『신동아』 1970년 4월호.
| **최초의 단행본 수록** | 『가면의 꿈』, 일지사, 1975.

1. 텍스트의 변모

1) 『신동아』(1970년 4월호)에서 『가면의 꿈』(일지사, 1975)으로
 - 11쪽 19행: 어떻게 괴상한 것인지는 확실치 않았다. → 〔삭제〕
 - 13쪽 3행: 미처 그런 일이 생각날 틈이 없었다. → 〔삭제〕
 - 13쪽 13행: 한데 그 아내는 돌아오질 않고 있었다. 돌아오기는 커녕 전화조차도 없었다. → 한데 그 아내는 좀처럼 돌아올 기미가 안 보였다. 일이 어떻게 되어가는지 가부간에 전화조차도 없었다.
 - 16쪽 23행: 전화를 받게만 되어있는 것이다. → 전화는 일방적으로 저쪽의 의사를 전해 받게만 되어있는 것이다.
 - 17쪽 8행: 앉아 → 구부리고 서서

---

* 텍스트의 변모를 밝힘에 있어 원전의 띄어쓰기 및 맞춤법을 그대로 살렸음을 밝혀둔다.

- 17쪽 22행: 기묘한 방법이었다. → 〔삭제〕
- 26쪽 7행: 어이가 없었다. → 〔삭제〕
- 32쪽 12행: 반갑진 않지만 → 〔삭제〕
- 40쪽 17행: 그 소리가 들려오자 현수는 문득 이상한 예감이 들었던 것이다. → 그 소리에 현수는 가슴이 덜컥 내려앉았다.
- 40쪽 22행: 현수는 가슴이 덜컥 내려앉았다. → 〔삭제〕

2) 『가면의 꿈』(일지사, 1975)에서 『가면의 꿈』(열림원, 2002)으로

  * 동사의 시제가 현재에서 과거로 바뀐 문장이 많다.
  예) 전화벨이 울린다. → 전화벨이 울렸다./몸을 일으킨다. → 몸을 일으켰다./마루를 건너온다. → 마루를 건너왔다./쓰러져버린다. → 쓰러져 누웠다.

- 13쪽 7행: 생각 → 무력한 바람
- 16쪽 21행: 꼼짝없이 나가야 한다. → 〔삭제〕
- 20쪽 1행: 퇴근 뒤에 다시 → 〔삽입〕
- 20쪽 8행: 방문을 열고 → 출퇴근이 아닌 비상 호출 전화가 있을 때마다,
- 20쪽 20행: 당부를 했던 것이다. → 기어코 한마디 어중간한 당부를 남겼었다.
- 21쪽 5행: 사장은 자신이 차를 타는 경우 → 만에 하나라도 사장이 성묘길을 나설 경우
- 26쪽 16행: 그만두고 일찍 돌아가시지요. → 이쯤에서 그만 돌아가시지요.
- 29쪽 13행: 송아지가 몇 번 뒷발을 허우적거리더니 풀썩 주저앉아 버렸던 것이다. → 썰매를 끌고 앞으로 나아가야 할 녀석이 이번엔 힘이 몹시 부친 듯 몇 차례 뒷발질만 허위적대다 그 자리에 풀썩 주저앉고 만 것이었다.
- 29쪽 17행: 앞쪽에서 녀석의 고삐를 바투 말아 쥐고 → 〔삽입〕
- 30쪽 16행: 그런 식으로 → 〔삽입〕

- 30쪽 17행: 뿐만이 아니었다. → 〔삽입〕
- 36쪽 14행: 그 굴레들은 당신에게 무엇이었던가. → 〔삽입〕
- 37쪽 18행: 그는 어차피 운전수였고 또 앞으로도 운전수일 수밖에 없다는 것을, 운전수로서 자신을 살아갈 수밖에 없다는 것을 누구보다 잘 알고 있었다. → 그는 어차피 운전사일 수밖에 없다는 것을 누구보다 똑똑히 알고 있었다.
- 37쪽 22행: 자의대로 → 〔삽입〕
- 38쪽 10행: 자신은 없었다. 그러나 현수는 그런 것 같았다. → 그걸 함부로 말할 자신은 없었다. 그러나 현수는 분명 그런 것만 같았다.
- 38쪽 15행: 아아, 아버지는 얼마나 그 굴레를 사랑하려고 했었던가. → 〔삭제〕
- 39쪽 20행: 굴레를 → 〔삽입〕
- 40쪽 17행: 버릇처럼 제풀에 → 〔삽입〕
- 40쪽 22행: 한동안 대책없이 → 〔삽입〕
- 41쪽 12행: 자신도 모르게 그렇게 되었다. → 〔삭제〕
- 42쪽 9행: 분풀이로 여자가 그를 곯리고 있는 소리로만 들렸던 것이다. → 여자의 분풀이쯤으로 들린 것이었다.

2. 인물형

1) 현수: 「마스코트」와 습작 「엄숙한 유희」의 주 인물도 현수다. 「엄숙한 유희」에 따르면 어질 현(賢) 빼어날 수(秀) 자를 쓰는 현수는 건방진 이름이다. 이청준이 자가용 운전수에게 이 이름을 준 까닭을 한번 생각해 볼 일이다.

2) 선희: 『이제 우리들의 잔을』에서 윤희의 동생이 선희다.

3) 고용주 사장과 자가용 운전수: 정 사장과 현수의 관계는 「벌거벗은 사장님」에서 반복된다. 「벌거벗은 사장님」은 「소문의 벽」에서 박준이 쓴

소설이다.

3. 소재 및 주제

1) 얼굴 찾기: 「퇴원」 이후 초기작에서 보여주던 자아회복, 자기 정체성 찾기와 같은 것이다.

2) 굴레: 현수가 되찾은 얼굴, 자기 정체성은 굴레를 쓴 소로 나타난다. 굴레의 의미는 굴레라는 말이 한 번도 나오지 않는 작품 「굴레」와 「날개의 집」을 보면 잘 알 수 있다. 운명의 다른 이름인 굴레는 세 작품에서 모두 아버지와 관련이 있다.

- 「굴레」: 불문율 같은 게 있지. X지방 출신과 아버지가 생존해 있지 않은 사람은 첫 번째로 제외되고 있어.
- 「날개의 집」: i) 아버지 또한 그만큼 그 쇠고삐와 지게의 멍에에 얽매이고 부대껴온, 한 마리 짐승의 삶을 닮고 있었다. ii) 하지만 그때 그런 삶의 고삐나 멍에의 아픔은 세민 자신의 것이 아니었다. 자신과는 큰 상관이 없는 아버지 혼자의 것이거니만 하였다. 그저 그런 막연한 느낌뿐이었던 탓에 그때는 그 아픔을 제대로 느낄 수가 없었고 고삐나 멍에도 확연히 알아볼 수가 없었을 뿐이었다./그러나 이제 세민은, 자신의 아픔을 통하여 아버지에게서 그것을 분명하게 보게 된 것이다. 그리고 다시 그 아버지의 모습을 통하여 자신의 모습과 새 인생 행로의 본색을 확인하게 된 것이다.

3) 소가 된 사람: 「날개의 집」의 세민은 「가학성 훈련」의 현수처럼 굴레를 쓴 사람, 소가 된 사람이다.

- 「날개의 집」: i) 그는 이제 갈 데 없이 자신의 고삐에 매여 끌려다니는 한 마리 짐승의 형국이었고, 벗을 수 없는 굴레에 힘든 멍에를 짊어진 가엾은 가축 신세 한가지였다. ii) 일종의 가위눌림 꿈이었다. 어렸을 적 이미 아버지에게서 보았던 괴로운 소의 형상, 그리고 그 무렵 세민 자신에게서도 완연하게 느껴지곤 하던 쇠짐승의 형상이 이번에는 직접 그 자신의 모

습을 화신해 보인 것이었다.

「전쟁과 악기」

| **발표** | 『월간중앙』 1970년 5월호.
| **최초의 단행본 수록** | 『가면의 꿈』, 일지사, 1975.

1. 실증적 정보
1) 이전 발표 작품과의 연관성

이청준은 「마기의 죽음」 등 알레고리 기법을 사용한 작품을 많이 썼다. 「전쟁과 악기」도 그 연장선에 있다. 이청준이 알레고리를 사용한 것은 사회에 대한 직접적인 비판을 용납하지 않던 시대적 상황 때문이었을 것이다.

- 『씌어지지 않은 자서전』: 말썽을 피할 길은 아예 그 등장인물들의 사회 환경과 성격을 부여하지 않는 방법뿐일 게다. 아니면 음풍명월, 전원을 읊고 바람을 노래하고 달을 영송하는 길도 있겠지. 경우에 따라 우화 소설이나 환상적 수법을 택할 수도 있겠고.
- 『조율사』: 아무도 글을 쓰려고 하지 않았다. 누구나 조율만을 일삼았다. 그러나 우리는 알고 있었다. 왜 사정들이 그렇게 되어가는가를. 사고가 왜 그토록 정체되고 발상이 환상과 우화류에 흐르고 이야기가 핵심을 우회하는가를. 그리고 우리는 지금 바야흐로 어떻게 되어가고 있는가…….

2) 「전쟁과 악기」와 『조율사』: 이 작품에는 장차 발표될 『조율사』의 핵심 이야기가 들어 있다. 『조율사』는 「전쟁과 악기」를 장편으로 다시 쓴 작품이라 할 수 있다.

3) 수필 「폭력 욕망의 유희화」: 1994년 간행된 산문집 『사라진 밀실을 찾아서』에 실린 수필로, 왕이 칠현금의 무현(武絃)을 제거하는 옛이야기

로 시작된다. 이 수필이 2001년 작품집에 「전쟁과 악기」의 '작가노트'로 수록된다.

2. 텍스트의 변모

1) 『월간중앙』(1970년 5월호)에서 『가면의 꿈』(일지사, 1975)으로
   - 54쪽 16행: 애숙이라는 → 〔삽입〕
   - 70쪽 14행: 노오. → 아니지.

2) 『가면의 꿈』(일지사, 1975)에서 『예언자』(열림원, 2001)로
   - 44쪽 22행: 연장 → 확대
   - 45쪽 13행: 고지문 → 문면
   - 46쪽 8행: 정말로 이들이 놀랐던 것은 당국에 의해 이번 계획이 처음 발표된 공청회 등에서 그 의도가 확실히 드러났을 때였다. → 이들이 처음 놀란 것은 당국에 의해 갑자기 이번 계획이 발의되면서부터였다.
   - 46쪽 19행: 반응 없는 → 〔삽입〕
   - 47쪽 19행: 말 → 음칭
   - 47쪽 20행: 절대 개념 → 절대적 음가 개념
   - 47쪽 21행: 음의 개념은 독립적이 아니라 다른 음과의 음차(音差) → 음위는 그 자체로서 독립적이 아니라 다른 음위와의 음차관계
   - 48쪽 1행: 음들을 → 음차의 질서를
   - 48쪽 2행: 이 음들 가운데서 어느 하나를 말살한다면 그와 이웃한 다른 음의 개념도 함께 파괴당하기 마련이다. → 이 음차질서 가운데서 어느 한 음위를 말살한다면 그와 이웃한 다른 음위의 개념도 함께 상실 당하게 마련이다.
   - 48쪽 4행: 음들은 → 음차의 질서는
   - 48쪽 7행: 여덟 개의 음을 → 여덟 음위의 음차질서를
   - 48쪽 8행: 음 → 음위

- 48쪽 10행: 음정 → 음정관계
- 48쪽 11행: 상대적인 → 상대적인 음위의
- 48쪽 14행: 음 → 음위(※=音, 이하 다만 '음'으로 표기함)
- 49쪽 7행: 개념 → 음차개념
- 49쪽 16행: 음을 → 절대의 고정음위, 음차의 질서 → 음차질서 또는 음위의 질서
- 50쪽 4행: 파괴되고 만다. → 전혀 아무런 의미도 없게 된다.
- 50쪽 14행: 반음수호자들은 → 〔삽입〕
- 51쪽 6행: 지배하는 기본 질서 → 그를 유지 관리해가는 중심적 지배질서
- 51쪽 17행: 음 → 음이나 음곡
- 51쪽 22행: 아니 문화에 대한 폭행이다. → 우리 인류의 귀한 문화에 대한 무도한 폭행이다.
- 52쪽 1행: 그것은 전문가에게 맡기라. → 음곡에 관한 일은 음곡 전문가에게 맡겨두라!
- 52쪽 10행: 커다란 → 돌이킬 수 없는
- 52쪽 12행: 음 제거의 → 거꾸로 어떤 특정음의 제거
- 54쪽 3행: 그때 2층은 역을 드나드는 손님 → 그 2층엔 전서부터 신촌역을 드나드는 경의선 손님
- 54쪽 7행: 얼굴이 반반한 → 얼굴 반반하고 손발 바지런한
- 54쪽 16행: 애숙 → 미스 홍
- 54쪽 23행: 다방을 나가버리곤 했다. → 어슬렁 시내 나들이를 나서곤 했다.
- 55쪽 6행: 그런데 → 둘이 함께 주점으로 얼려 들어간
- 56쪽 8행: 소란을 → 너스레를
- 56쪽 23행: 소설가 → 소설장이들
- 57쪽 15행: 그들의 습관을 따르고 있는 것뿐이었으니까. → 그런 위인들

의 습관을 뒤좇아 구경하고 다닐 뿐이었으니까.
- 57쪽 19행: 시태 역시 마찬가지였다. 정말로 소설을 쓰려고 하지는 않고 다른 친구들과 마찬가지로 그럭저럭 소설에 대한 이야기만 하고 있었다. 그렇다면 다른 친구들도 모두 그와 마찬가지로 작품 창작을 포기한 자들이란 말인가. 알 수 없었다. → 시태는 말할 것도 없었지만, 위인들 누구도 정말 소설은 쓰지 않은 채 서로 간에 그럭저럭 소설에 대한 이야기만 하고 지냈다. 그러는 다른 녀석들도 모두 시태와 마찬가지로 글쓰기를 포기하고 만 꼴들이었다. 하지만 아직 녀석들은 시태처럼 소설을 아예 집어치우진 못한 터이었을까.
- 58쪽 6행: 구성 → 틀
- 58쪽 8행: 작품 생각하는 거 → 생각하는 이야기
- 59쪽 22행: 꿈꾸듯 깊은 사념에만 → 무슨 혼잣생각에 깊이
- 66쪽 22행: 반음주의자들 → 일부 극렬파 반음주의자들
- 67쪽 4행: 언제 고발당하게 될지 모른단 말야. → 우리는 지금 언제 누구에게 고발을 당하게 될지 모르는 위험한 운명이란 말이오.
- 68쪽 9행: 다만 송 한 사람만이 아직도 희미한 표정으로 천장을 쳐다보고 있었다. → 정작 이야기를 털어놓고 난 송 한 사람만이 아직도 뭔가 미심쩍은 듯한 표정으로 멍청스레 천장을 쳐다보고 있었다.
- 69쪽 12행: 곧이듣지 → 그닥 필요성을 느끼지
- 70쪽 22행: 백방으로 노력을 했었지. → 혼자서 제법 노력을 기울였지.
- 71쪽 1행: 김이 → 좌중의 한 친구가
- 75쪽 16행: 난 아직 나의 행동이 크게 후회되고 있지 않은 탓이라고나 할까. → 이같은 내 무모한 시도가 아직 크게 후회가 되지 않는, 그런 어떤 주제넘은 조바심 같은 것 탓이랄까.

3. 인물형

1) 나: '나'는 소설가 아닌 소설가다. 소설을 쓰지 못한 소설가, 또는 소설가 지망생은 「줄광대」 이후 이청준 소설에 꾸준히 나오는 인물이다. 그들은 때로 단 한 편의 소설을 남기기도 한다. 「전쟁과 악기」의 '나'는 소설가도 소설가 지망생도 아니지만 소설을 쓴다는 점에서 그들과 같은 계열에 있다.

2) 송: '나'가 쓴 이야기는 애초에 시인 '송'이 들려준 것이다. '송'은 자료 제공자라는 점에서 「줄광대」의 트럼펫 사내, 「매잡이」의 민태준, 「가수」의 한치균, 「비화밀교」의 조 선생, 「문턱」의 구정빈과 겹친다.

3) 애숙: 「전쟁과 악기」 발표 당시 다방 〈기적〉의 여종업원은 이름이 없었다. '애숙'은 이 작품이 첫 창작집에 수록될 때 붙은 이름이다. 애숙은 『이제 우리들의 잔을』에서 노명식이 범한 사촌누이이기도 하다.

4. 소재 및 주제

1) 반음 제거: 이청준은 연작 '가위 밑 그림의 음화와 양화' 세번째 글인 「금지곡 시대」에서 '슬픈 노래'에 대한 배타적 선호와 '즐거운 노래'에 대한 금기시 현상에 대해 말한다. 슬픈 노래와 즐거운 노래의 관계는 「전쟁과 악기」에서 온음과 반음의 관계와 같다. 둘 다 '일도양단식 이분법적 선악관과 그에 따른 사물 인식의 획일적 단면성'을 보여준다.

- 「금지곡 시대」: 언젠가 나는 〈전쟁과 악기〉라는 어쭙잖은 소설에서, 그 소리가 아무리 위험하고 파괴적인 것이라 하더라도 한 줄의 소리(音價)를 제거해버린(혹은 유보해버린) 악기의 연주는 온전한 음곡의 연주가 될 수 없음을 말한 일이 있었다. 하물며 그렇게 추방된 음가(즐거운 노래)가 궁극적으로 우리 인간들 개개인의 삶에 있어 추하고 부도덕하기보다 오히려 가장 소중한 덕목이자 아름다운 가치의 표상일 경우에랴. 더욱이 그 부도

덕성의 자의적인 시인과 그로 인한 금계망의 명백한 수락에도 그에 대한 은밀스런 꿈과 향수가 끝끝내 잠들지 못하고 있음에랴.

  2) **음악이 없는 다방**: 여러 작품에 나오는 다방들 중 음악이 없는 다방들이 있다. 「전쟁과 악기」와 『조율사』의 배경이 되는 다방 〈기적〉과 『조율사』의 또 다른 중요한 다방 〈강〉에는 음악이 없다. 음악이 있는 다방일 경우, 그 음악이 어떤 종류인지 잘 살펴볼 필요가 있다. 예를 들어 이청준에 따르면 멘델스존의 '바이올린 협주곡 1번'의 멜로디는 밝고 행복하다. 음악이 없는 다방은 의미심장하다(56쪽 7행).

    - 『조율사』: i) 신촌역 광장을 내려다보는 다방 〈기적〉에는 손님이 별로 없었다. 그리고 손님보다 그 목조 2층 다방에서 찾아볼 수 없는 것은 음악이었다. 가끔 역을 드나드는 기차의 기적소리가 썰렁한 홀 안을 가득 채우다 물러갈 뿐, 다방은 언제나 넓은 공간이 무료스럽게 방치되어 있었다. ii) 다방 안은 언제나처럼 한산했다. 이 다방이 특히 한산한 느낌이 드는 것은 이날 비로소 알게 된 일이지만 신촌의 그 〈기적〉처럼 음악이 없다는 것이었다.

  3) **왜 글을 못 쓰는가**: 「소문의 벽」「전쟁과 악기」「문단속 좀 해주세요」『조율사』 등 여러 작품에서 소설가와 시인들은 글을 쓰지 못한다. 이 작품들이 제기하는 질문은 결국 그들이 왜 글을 못 쓰는가이다(57쪽 16행).

    - 「소문의 벽」: i) 도대체 원고가 잘 거둬들여지지 않았다. 무슨 이유에선지 요새 와선 통 필자들이 글을 쓰려 하지 않았다. ii) —도대체 작자들이 무슨 이유로 그처럼 한결같이 글을 쓰지 않으려고들 하는가.

    - 「목포행」: i) 제가 그 소설을 쓰지 못하게 돼버렸거든요. 글쎄요. 어째서 10년 동안이나 써오던 소설을 갑자기 쓸 수 없게 되어버렸느냐 이 말씀이죠? 하지만 저로서도 거기 대한 대답은 그리 쉽지가 않군요. ii) 제가 소설을 포기했다는 건 물론 제게 할 말이 없다는 건 아니죠. 오히려 그 반대

라고 할 수 있지요. 그렇지요. 그러니까 결국 제 내부의 언어와 욕구는 증가하고 있는데, 거꾸로 소설이라는 화법의 기능은 우리들에게서 자꾸만 더 무기력해져가고 있는 셈이지요.

- 『조율사』: 그런데 이 1년 가까이론 나도 소설 한 편 쓰지 못했을 뿐 아니라, 지훈의 글도 영 찾아볼 수가 없었다. 그런 현상이 지훈이나 나에게만 한정된 것은 물론 아니었다. 가장 예리하고 무게 있는 평필을 자랑해오던 송 교수조차 근래에는 갑자기 침묵을 해버린 판국이다. 도대체 요즘은 글다운 글을 써내는 사람이 없었다.

4) 문학예술활동에 대한 감시자들: 의식이 오염된 소시민 대중과 정치권력은 문학예술활동을 달갑게 여기지 않고 억압하는 감시자들이다(66쪽 15행).

- 『씌어지지 않은 자서전』: 문학예술활동은 당사자 자신의 자기 검열 과정을 제외하고서도 늘상 다른 두 부류의 감시자들로부터 시달림을 당해오고 있었다. 하나는 거의 언제나 그것을 달갑게 생각지 않는 정치권력이었고, 다른 하나는 의식이 오염된 소시민 대중의 자의적 일방적 간섭과 퇴영적 무관심이었다.

5) 다방: 등장인물들이 매일 다방에서 만나는 방식은 습작 「엄숙한 유희」이후 『씌어지지 않은 자서전』『조율사』 등 여러 작품에서 반복된다.

「그림자」

| **발표** | 『월간문학』 1970년 11월호.

1. 실증적 정보

- 우화소설 「복사와 똥개」: 「복사와 똥개」는 1966년 5월 『산업경제신문』에 발표됐다. 이후 이 소설은 '이청준 우화소설'이라는 부제가 붙은

『치질과 자존심』(1980년), '이청준 꽁트집' 『사랑의 목걸이』(1982년)에 차례로 수록된다. 「그림자」는 「복사와 똥개」를 다시 쓴 작품이다. 이청준은 소설 「마스코트」를 길이를 줄여 꽁트 「전쟁과 여인」으로 다시 쓰기도 했다. 그렇다고 두 경우가 똑같지는 않다. 먼저 한쪽은 꽁트류에서 소설로 개작됐고 다른 쪽은 소설에서 꽁트류로 개작됐다. 또한 「복사와 똥개」가 「그림자」로 개작된 뒤, 「그림자」는 창작집에 실리지 않은 반면, 「마스코트」는 「전쟁과 여인」으로 개작된 후 원형 그대로 창작집에 실린다.

2. 소재 및 주제

1) 복서종 개와 똥개: 이청준의 작품에는 개가 꽤 여러 번 나온다. 그런데 수필을 제외하면 개는 복서종과 복서종이 아닌 두 종류로 나뉠 수 있다. 「복사와 똥개」라는 표제가 말하듯 복서종이 아닌 개는 일반적으로 '똥개'다. 복서종 개는 힘과 권력을 지닌 개고, 똥개는 그 그늘에서 억압받는 존재다. 복서종이 '시골 읍에서는 구경하기 힘든' 개라면, 똥개는 시골 개다. 복서종 개와 똥개는 먹이부터 잠자리까지 모든 것이 다르다. 이 작품에서는 복서종 개와 똥개를 한 주인이 갖고 있지만, 개가 그렇듯 개의 주인도 복서종의 주인과 똥개의 주인으로 나뉜다. 「과녁」에서 복서종 개 '폴'의 주인은 스물아홉 살 서울 출신 젊은 검사 석주호다.

- 「과녁」: 그동안 주호는 폴을 하루도 빠짐없이 북호정으로 데리고 왔는데, 뭐 그것은 그가 오랜 습관으로 그러는 것이었고, 그 개를 서울에서 이곳까지 줄곧 데리고 다닌 열성을 생각하면 아무것도 이상할 것이 없었다. 폴은 차라리 주호의 어느 한 부분과도 같았으니까.

2) 사실과 논리의 모순: 형사는 청년에게 사실과 논리를 내세워 거짓 진술을 하지 말라고 추궁한다. 하지만 사실이 논리는 아니다. 더욱이 진술의 논리적 일관성이 사실을 담보하는 것은 아니다. 진술에 있어 사실과 논리의 문제는 「그림자」에서 잠깐 엿보인 뒤 『제3의 현장』에서 보다 심화

되어서, 글쓰기에 있어 사실과 논리의 문제가 된다(84쪽 13행).

　－『제3의 현장』: 그것은 정직한 사실의 진술이 아니었다. 사실 자체는 논리가 아니었다. 모순도 있고 오류도 있었다. 진술이 일사불란하게 완성되어 가면 그만큼 사실과는 멀어질 수 있었다. 한마디로, 그 먼젓번 진술의 기억과 진술의 과정 속에 스스로 완성되려는 문장들의 주장은 사실을 가리는 장애의 벽이었다. 사실은 그 두꺼운 장벽의 너머에 있었다. 나는 장막을 걷어내고 진짜 진상을 만나야 하였다.

　3) 진술서 쓰기: 청년은 형사 앞에서 자기 이야기를 진술서 형식으로 쓴다. 이런 구조는 『씌어지지 않은 자서전』『제3의 현장』에서 반복된다. 뒤의 두 작품에서는 심문관과 검사가 형사 역할을 맡는다. 청년 같은 피고인들은 심문관 앞에 앉아 진술서를 쓰는 데 몹시 곤혹스러움을 느낀다. 그들은 자기 이야기를 하지만 직접 진술을 간접 진술로 바꾸거나 말하기를 글쓰기로 바꾸는 등 여러 진술방법을 시도한다. 그래서 심문관 앞에서 말하기의 어려움은 글쓰기의 어려움이기도 하다. 「마기의 죽음」의 검은 제복들이 원형인 심문관이 무엇을 뜻하는지는 『씌어지지 않은 자서전』이나 「소문의 벽」 같은 작품에 잘 나타나 있다(93쪽 22행).

　4) 분신과 대필: 청년은 자신이 죽인 똥개가 되어 진술서를 쓴다. 말하자면 청년은 똥개의 분신이다. 그래서 대필된 똥개의 진술서는 청년의 자기 고백서라 할 수 있다. 분신은 '나'가 아니지만 타자도 아니다. 분신이 사람을 넘어 글쓰기에서 구현된 것이 대필이다. 「가수」는 인상적인 분신 이야기다.

　5) 도시와 시골: 이청준의 작품에서 도시와 시골은 대립되는 장소로 나타난다. 시골의 삶이 나무처럼 뿌리를 견고히 내린 존재적인 것이라면, 도시의 삶은 뿌리가 없는 관계로만 이루어진다. 그래서 도시는 진짜 고향이 될 수 없다. 고향의 진정한 뜻은 「귀향연습」에 잘 나와 있다(101쪽 14행).

- 「귀향연습」: 아닌게아니라 서울에서 태어나고 서울에서만 자라나고 그리고 아직도 서울에서만 살고 있는 사람들이 고향이라는 걸 가질 수 없다는 것은 옳은 말이었다. 고향이란 게 자기가 나고 어린 시절을 보낸 곳이라는 사전적인 의미를 넘어서 그곳을 지키고 살거나 떠났거나 간에, 어떤 사람의 생활 속에 늘 위로를 받으며 젖줄처럼 의식의 끈을 대고 있는 우리들의 어떤 정신의 요람으로까지 뜻이 깊어진다면 지금의 서울 사람들에겐 진정 고향이란 게 있을 턱이 없었다.

6) **삶과 죽음**: 청년의 말에 따르면 죽음은 삶에 등을 맞대고 있다. 삶과 죽음은 앞뒤에 얼굴이 있는 신화의 인물처럼 하나다. 그러니까 삶의 다른 얼굴, 뒷모습, 그림자는 죽음이다. 똥개의 죽음은 똥개의 삶의 뒷모습이어야 한다. 그런데 복서종 베스의 주인은 똥개를 베스의 그림자로 여겨서, 똥개의 죽음을 베스의 삶의 뒷모습으로 생각했다. 똥개만 죽고 베스가 살거나 베스만 죽고 똥개가 살면 주인의 생각이 맞게 된다. 어느 누구의 죽음도 자기 자신의 삶이 아닌 다른 삶의 뒷모습일 수 없다. 그러니 똥개와 베스 둘 다 살거나 둘 다 죽을 수밖에 없다(114쪽 3행, 9행).

7) **피곤과 외로움**: 도시의 삶은 결국 피곤과 외로움을 낳는다. 뿌리 뽑힌 채 견디기 어려운 것을 견디며 살아가야 하기 때문이다. 피곤과 외로움은 삶의 무게와 동의어다. 때로는 그 무게가 사람을 눌러 질식시킬 수도 있다. 「그림자」의 청년 역시 죽음의 충동에 시달리는 사람이다. 그에게는 삶을 지속하기 위해 피곤을 씻을 곳이 필요한데, 시골, 고향이 바로 그런 곳이다(117쪽 3행).

- 「가수」: i) 다만 저는 그가 철길에 나타나서 아슬아슬하게 차를 비켜나가는 것을 보고 그가 가슴을 두근거리며 제 차에 그 몹쓸 충동을 느끼고 있다는 것만은 분명히 알 수 있었습니다. 그리고 그가 그런 충동 때문에 안타깝도록 자신에게 초조해 하고 있다는 것도요. ii) 자기도 잘 모르지만 무슨 피로감이나 외로움 같은 것 때문에 그랬을 거라고요. 그는 외로움과

피로감이란 말을 같은 뜻으로 쓰고 있었어요.

- 「이제 우리들의 잔을」: 그러나 진걸은 그런 고향이나마 고마워질 때가 가끔 있었다. 그나마도 처음부터 고향이라는 걸 가지지 못한 사람들이 있었다./정말로 피곤해졌을 때 찾아갈 곳이 없는 사람들이었다. 서울 사람들이 그런 사람들이다.

> 「미친 사과나무」
>
> | 발표 | 『한국일보』 1971년.
>
> | 최초의 단행본 수록 | 『가면의 꿈』, 일지사, 1975.

1. 실증적 정보

- **알레고리 기법**: 「미친 사과나무」는 우화소설이다. 앞의 「전쟁과 악기」 주석 참조.

2. 텍스트의 변모

- 『가면의 꿈』(일지사, 1975)에서 『자서전들 쓰십시다』(열림원, 2000)로
  - 119쪽 10행: 사과의 그것 → 사과 꿀
  - 119쪽 23행: 추궁하고 → 허물하고
  - 121쪽 7행: 믿고 있었고, 또 그렇게 믿고 싶어했다. → 믿고 싶어했고, 또 그렇게 믿기 시작한 것이다.
  - 123쪽 13행: 열게 하고 있는 → 익혀내는

3. 소재 및 주제

1) 진짜와 가짜: 이청준의 소설에는 진짜와 가짜 이야기가 많다. 진짜와 가짜는 작품에 따라 실명과 가명, 생화와 조화, 맨얼굴과 가면, 나와

분신으로 변주된다. 이 소설 역시 진짜 배와 가짜 배, 진짜 사과와 가짜 사과 이야기다. 「미친 사과나무」에서 눈여겨볼 것은 진짜와 가짜의 문제가 이름과 긴밀한 관계를 맺는다는 점이다.

2) 이름의 자의성: 이름과 실체의 관계는 필연적이지 않다. 이름이 무엇이든 실체는 변하지 않는다. 여기서는 그 관계가 전도된 상황을 보여준다. 이청준은 『인문주의자 무소작 씨의 종생기』에서 이름과 실체가 맺는 관계의 자의성에 대해 말하는데, 이 문제는 언어에 대한 보다 깊은 성찰로 이어진다.

- 『인문주의자 무소작 씨의 종생기』: i) 읍내 성중이나 다른 대처로 나가보면 그런 대답은 모두 틀릴 게요. 육지부 사람들은 하나같이 우리가 말하는 뿔게를 꽃게라 부르고 이곳의 쭉지미는 주꾸미라 하지요. 이곳의 새고막도 새고막이 아닌 피조개로 부르는 판이고. ii) 이름만 다를 뿐 맛도 모양새도 다 그게 그것 같은 생선맛을 새로 읽히느라 말이오.

「소문과 두려움」

| **발표** | 『월간문학』1971년 4월호.
| **최초의 단행본 수록** | 『가면의 꿈』, 일지사, 1975.

1. 실증적 정보

− **개제**(改題): 이 작품의 표제는 발표 당시와 1975년 『가면의 꿈』에 수록될 때 「발아(發芽)」였다. 그 후 「소문과 두려움」으로 개제되어 1980년 『치질과 자존심』에 실린다.

2. 텍스트의 변모

1) 『월간문학』(1972년 4월호)에서 『가면의 꿈』(일지사, 1975)으로

- 132쪽 7행: 다시 한 번 말하지만 → 〔삽입〕, 절대로 → 맹세코

2) 『가면의 꿈』(일지사, 1975)에서 『치질과 자존심』(문장사, 1980)으로
- 125쪽 16행: 동수놈을 죽이게 된 → 그런 사고를 저지르게 된

3. 소재 및 주제

1) **발아**: 소문은 사실이 드러나 고정될 때까지 끝없이 움직이며 커져 큰 힘을 갖는다. 이 소설의 원제 '발아'는 소문의 속성을 축약해 보여준다. 애초 씨앗에 불과했던 소문에 싹이 트면, 그 싹은 무섭게 크게 마련이다. 소문이 커지면, 소문과 갈등을 먹고 자라는 두려움 같은 것들도 커진다. 그런 것들의 대표가 전깃불이다.

- 「소문의 벽」: 그리고 그 정체불명의 소문과 갈등을 빨아먹으며 전깃불은 그의 의식 속에서 엄청나게 크게 확대되어갔다. 그 전깃불은 바로 어렸을 때부터 그의 속에서 은밀히 발아를 기다리고 있던 그 갈등과 불안의 씨앗이었다. 이제 그 씨앗이 발아를 시작한 것이다. 그리고 그것은 박준의 마지막 소설 속에서 한 작가로 하여금 끝끝내 정직한 진술을 할 수 없게 만든 방해 요인의 상징으로 훌륭하게 완성되고 있었다.

2) **거인**: 이청준의 작품에는 거인이 많다. 장인들과 투철한 신념가들, 신화 속 아기장수처럼 끝없이 부활하는 「용소고」의 털보 같은 사람들, 키 작은 자유인들이 모두 거인들이다. 「소문과 두려움」의 거인은 장인이나 신념가 같은 일반적인 거인과 달리 소문이 키운 두려움이라 할 수 있다 (130쪽 13행).

> 「소문의 벽」
> | 발표 | 『문학과지성』 1971년 여름호.
> | 최초의 단행본 수록 | 『소문의 벽』, 민음사, 1972.

1. 실증적 정보

1) **초고**: 작가의 육필 초고가 부분적으로 남아 있다. 초고에 덧붙인 메모를 보면 박준은 처음에 고준(태)이었다.

2) **소설 연재 중단**: 이청준은 이 글을 쓰기 전에 잡지에 연재하던 『6월의 신화』와 『선고유예』 두 편의 소설이 모두 중단되는 경험을 한다. 그중 『선고유예』는 1972년 『씌어지지 않은 자서전』으로 출판되지만 『6월의 신화』는 영구 미완성작으로 남는다. 이 경험과 출판사 서랍에서 오랫동안 잠자야 했던 다른 작품 이야기가, 「소문의 벽」에서 박준이 겪는 작품 발표의 어려움으로 나타난다.

3) 『**씌어지지 않은 자서전**』: 이 작품에는 잡지에 『선고유예』로 연재되다 중단된 『씌어지지 않은 자서전』의 내용이 많이 들어 있다. 특히 『씌어지지 않은 자서전』의 '제3일'은 거의 전부 들어 있다.

4) 「**괴상한 버릇**」: 박준의 소설 「괴상한 버릇」은 이청준이 1971년에 발표한 작품이다.

2. 텍스트의 변모

1) 『소문의 벽』(민음사, 1972)에서 『황홀한 실종』(나남, 1984)으로
 - 142쪽 5행: 없다고 생각한 모양이었다. → 없는 노릇이었다.
 - 145쪽 3행: 광인의 그것이 아니고는 → 정상인의 그것으로는
 - 148쪽 14행: 입장이었다. → 한 사람이었다.
 - 153쪽 9행: 의사의 관심은 환자의 보호자나 주소가 아니라 환자의 병증

자체에 있어요.' → 〔삽입〕
- 153쪽 15행: 바로 그 점이 그 환자에 대해 내가 특히 개인적인 흥미를 가지고 특혜적인 치료와 관찰을 맡아 온 이유이기도 하지만, → 〔삽입〕
- 154쪽 6행: 말하자면 그 자기 병식(病識)이 없다는 게 이 병증의 공통된 특징이에요. → 〔삽입〕
- 154쪽 7행: 스스로 미쳤다고 믿고 그렇게 생각하고 싶은 것뿐이었지요. → 스스로 미쳤다고 말하는 사람은 정말 미친 것은 아닙니다. 그 환자는 다만 자기가 미쳤다고 믿고 그렇게 생각하고 싶은 것뿐이지요.
- 176쪽 14행: 양보할 수는 없었다. → 지울 수는 없었다.
- 178쪽 18행, 20행: 박준 → 작자
- 187쪽 4행: (따라서 자기 병식도 있을 수 없는) → 〔삽입〕
- 210쪽 16행: 그는 언젠가 그가 박준에게 그토록 특혜적인 치료와 관심을 기울여 온 것은 박준의 특이한 병증에 대한 개인적인 흥미 때문이라고 한 일이 있었다. → 〔삽입〕
- 217쪽 12행: 시작하기가 싫은 걸. → 시작할 수가 없는 걸.
- 219쪽 4행: 모양이었다. → 부분 같았다.
- 219쪽 15행: 지독한 → 무서운
- 221쪽 3행: 좀처럼 보이지 않았다. → 아직 잘 보이지 않았다.
- 226쪽 8행: G는 다만 자신의 생애에 관해 그가 기억해 낼 수 있는 모든 것을 진술할 것을 심문관으로부터 요구받는다. 그 음모사건이라는 것과 상관이 있거나 없거나, 또는 자신이 중요하다고 생각하고 있거나 말거나 기억해낼 수 있는 모든 것을 가식 없이 진술하라는 것이다. → G는 다만 자신의 생애에 관해 그가 기억해낼 수 있는 모든 것을 가식 없이 진술하라는 것이다.
- 227쪽 2행: 장신구 → 패용물
- 236쪽 11행: 죄악을 → 금기를

2) 『황홀한 실종』(나남, 1984)에서 『소문의 벽』(열림원, 1998)으로
   * 1)의 변모가 2)에서 하나도 남김없이 원래대로 환원된다.
   - 133쪽 15행: 박준은 아무리 그가 → 그가 아무리
   - 133쪽 19행: 아무래도 무슨 이유가 있었을 것만 같다. → 분명히 무슨 이유가 있었을 터이다.
   - 137쪽 10행: 아무 생각이나 대책도 없이 → 〔삽입〕
   - 137쪽 12행: 그리고 가엾게 떨고 있는 사내를 말없이 나의 하숙방까지 안내해 들이고 말았었다. → 〔삭제〕
   - 138쪽 6행: 그 사람의 이야기인 것이다. → 자신의 이야기가 되어야 한다.
   - 138쪽 15행: 자초지종 → 곡절
   - 139쪽 21행: 거동 → 행투
   - 142쪽 4행: 그러나 사내도 사람이었다. → 그러나 사내는 네 발을 버티고서 자는 말짐승이 아니었다.
   - 153쪽 2행: 얼마간 → 충분히
   - 160쪽 11행: 광기 → 병태
   - 160쪽 21행: 힐난기가 → 방심기 같은 게
   - 161쪽 19행: 한데 그가 걸핏하면 광 속 같은데서 잠이 들어버린 척하는 것은 그저 그런 식으로 잠을 자는 척하고 있는 것만도 아니었다. 잠을 자는 척하는 요령이 더 괴상했다. → 그저 그런 식으로 잠을 자는 척하는 것만으로는 또 괜찮다. 그 꼴이 더 괴상했다.
   - 166쪽 14행: 자기 쪽에서 미리 설정한 이념이라든가 어떤 일정한 의도 → 잡지 쪽에서 설정한 어떤 일정한 편집의도
   - 166쪽 19행: 의도 → 필의(筆意)
   - 168쪽 16행: 의도 → 문지(文志)
   - 172쪽 21행: 그의 취향을 비난하지 않을 수 없었다. → 그의 태도가 의심스럽지 않을 수 없었다.

- 179쪽 19행: 그를 아주 미친놈 취급해 주는 것이 오히려 좋을 일인지 모른다. → 〔삽입〕
- 185쪽 4행: 보호조처 → 자위행위
- 187쪽 2행: (분열증) → 〔삽입〕
- 204쪽 20행: 몰라야 했을 것을 알게 되어버린 것이다. 실수였다. → 보지 않고 듣지 않을 일들을 보고 들어 버린 허물. - 주인공 자신도 이미 모르고 지냈어야 할 일을 알게 돼버린 처지였다. 실수였다. 그러나 그 실수는 물론 주인공 자신의 책임은 아니었다.
- 206쪽 10행: 회사를 쫓겨나지 않기 위해서다. → 〔삭제〕
- 208쪽 9행: 나는 그 빈 사무실에서 혼자 박준의 소설을 읽고 있었던 것이다. → 〔삭제〕
- 208쪽 17행: 도출 → 탐색
- 221쪽 2행: 아직 잘 보이지 않았다. → 좀처럼 보이지 않았다.
- 225쪽 7행: 도대체 전짓불은 어째서 늘 이쪽에서 대답할 수 없는 것만 묻고 있는가 원망스럽기만 했어요. 하지만 제가 아직도 계속 가슴을 떨고 있었던 것은 → 〔삭제〕
- 226쪽 13행: G 역시 그 요구를 수락한다. → G 역시 차라리 그 편을 다행스럽게 여긴다.
- 226쪽 15행: 하지만 그건 막연한 기분뿐이다. → 하지만 그건 일종의 신문관 앞에서의 자격지심 같은 것일 수 있었다.
- 237쪽 4행: 점 → 위구심과 망설임
- 258쪽 11행: 다른 사람 아닌 바로 박사님이 말입니다. → 〔삽입〕
- 259쪽 10행: 그저 인간적인 성실성 그것만으로는 물론 → 물론 단순한 인간적 동기나 성실성만으로
- 259쪽 20행: 모든 것이 한꺼번에 끝나버리고 만 느낌이었다. → 가슴속에서 일시에 썰물이 빠져나간 듯 모든 것이 막막하게 멀어져 간 느낌이었다.

- 261쪽 12행: 금세 → 어둠 속으로

3. 인물형
1) 준: '준'은 작가 자신이 투영된 이름이다. 이 이름은 등단작 「퇴원」을 비롯해 「공범」 『씌어지지 않은 자서전』 「소문의 벽」 등에 나온다.
2) 나: 『선고유예』(『씌어지지 않은 자서전』)가 중단된 뒤 씌어진 「소문의 벽」은 내용과 인물에서 『선고유예』와 겹치는 부분이 많다. 『선고유예』의 이준은 잡지사에 근무하지만 사표를 내고 나중에 소설가가 된다. 이준은 「소문의 벽」의 나와 박준을 합한 인물이다. 마찬가지로 심문관에게 끝없이 진술을 요구받는 광인(狂人) 박준은 『선고유예』의 왕과 이준을 합한 인물이다.

4. 소재 및 주제
1) **이유 없는 행동**: 우리는 때로 가수 상태에 빠진 것처럼 뚜렷한 동기나 이유 없이 중요한 행동을 할 때가 있다. 이런 행동의 절실함과 진실은 글쓰기와도 연계되며, 「가수」는 거기에 대한 이야기다(133쪽 19행).
  - 「가수」: 가수에 빠져서도 절대 실수는 하지 않는다고 하지 않습니까. 스스로 납득한 정확한 행위를 한다거든요. 다만 뒤에 가서 그것을 잘 생각해 내지 못할 뿐이지요. 역설적으로 말해서 생의 가수 상태란 그러니까 그가 열심히 그리고 정직하게 그것을 살고 지키려고 했다는 말이 될 수도 있지요.
  - 수필 「왜 쓰는가」: 하지만 이 말은 우리가 글을 쓰는 옳은 이유가 없다는 것도 아니고, 그것을 말하거나 생각할 필요가 없다는 것은 더욱 아니다. 그것을 간단히 말하기는 너무도 길고 넓고 그리고 미묘한 부분이 많기 때문에 그것을 단정적으로 말하려 하기보다는 옳게 생각하고 느끼려고 애를 쓰는 편이 낫지 않은가 하는 생각에서 하는 말일 뿐이다. 왜냐하면 우리

주변에서 가끔 우리를 놀라게 한 일 가운데는 그가 그 일을 그렇게 하지 않을 수 없었던 어떤 강한 자기 충동이나 의지 같은 것을 분명히 느낄 수가 있음에도 불구하고, 당사자나 우리 가운데 누구도 그의 동기나 목적 같은 것을 명징하게 설명해낼 수가 없고, 그러기에 오히려 그의 깊은 진실을 훼손하는 짓이 되지나 않을까 싶은 기이하게 감동스런 사건들이 많기 때문이다.

2) **왜 글을 못 쓰는가**: 앞의「전쟁과 악기」주석 참조(135쪽 15행, 208쪽 17행).

3) **눈**: 박준과『씌어지지 않은 자서전』의 왕은 미치지 않았지만 다른 이들에게 광인으로 여겨지는 사람들이다. 그런 박준과 왕은 같은 눈을 갖고 있다(140쪽 23행, 147쪽 21행).

- 『씌어지지 않은 자서전』: i) 깊고 검은 왕의 눈은 얼핏 보면 어두운 동굴처럼 확실치 않은 윤곽 속에 껌껌해 보였다. 그러나 그 눈은 또한 깊은 우물물 속처럼 한 꺼풀 어둠 속에서 맑게 번득이는 차갑고 날카로운 빛이 있었다. ii) 아니다. 그는 미치지 않았을 것이다. 윤이 잘못 알고 있으리라. 그의 눈동자가 너무 조용하다. 너무 깊이 가라앉아 있다. 광인의 눈은 그런 것이 아니다.

4) **분신**: '나'는 박준에게 매달려 아무것도 하지 못한다. 내 일은 이미 잊은 지 오래고 박준의 문제가 해결되지 않으면 계속 그럴 것이다. '나'와 박준은 마치 분신인 듯 긴밀히 연결되어 있다. 이청준의 소설에는 「병신과 머저리」의 나와 형, 「씌어지지 않은 자서전」의 이준과 왕처럼 이런 관계의 인물들이 많다(157쪽 15행, 245쪽 6행).

- 「병신과 머저리」: 문제는 형이 이야기를 멈추고 있는 동안 나는 나의 일을 할 수가 없는 사정이었다. 이야기의 결말을 생각하는 동안 화폭은 며칠이고 선(線) 하나 더해지지 못하고 고통스러운 넓이로 나를 괴롭히고 있는 것이다. 이야기의 끝이 맺어질 때까지 나는 정말로 아무것도 할 수

가 없는 것이다.
- 『씌어지지 않은 자서전』: 그러나 수미들 말대로 나는 정말 왕을 닮아가고 있는 듯한 생각이 들었다. 아니 우리는 처음부터 두 개의 몸으로 머릿속 상태가 하나로 닮은 두 몸 한 머리 사이인 것 같기도 했다.

5) **거인**: 앞의 「소문과 두려움」 주석 참조(200쪽 11행).

6) **소설의 예언적 기능**: 이청준은 「마기의 죽음」을 시작으로 소설의 예언적 기능과 소설가의 예언자적 속성에 대해 여러 작품에서 언급한다. 진실을 도출해내고도 그것을 자유롭게 말할 수 없는 소설가의 고통은 예언을 할 수 없는 예언자의 고통이다(208쪽 17행, 246쪽 16행).
- 「매잡이」: 물론 민 형이 그 소설을 썼을 무렵에는 곽 서방의 죽음이 아직은 미래에 속하는 일이었을 것이기에 말이다. 말하자면 민 형의 이야기는 곽 서방의 운명에 대한 일종의 예언이었다. 게다가 그 예언은 너무도 정확했다.
- 「조율사」: 그렇다면 이때 그 지식인의 실천성이라는 것은 무엇인가. 그것은 곧 그 시대 상황에 대한 예언자적 각성이며, 그 각성 속에 이루어지는 과감한 결단이다.
- 「예언자」: i) 그렇다면 당신은 그 소설로도 이미 예언을 하고 있었던 셈이구료. ii) 우현이 비로소 깨달은 바로는, 진실을 알고도 그 진실을 말하지 못하는 불행한 예언자도 많을 것 같았다.

7) **소문의 벽**: '진실만이 숨 쉬는 세상을 바라며'라는 부제가 붙은 수필 「소문에 대하여」를 보면 소문의 벽이 무엇으로 만들어졌는지 알 수 있다. 문학이 소문 속의 소문, 소문 속에서 태어난 또 하나의 소문이어서는 안 된다(248쪽 18행).
- 「소문에 대하여」: 진실이 은폐된 곳에서 소문은 번지기 시작한다. 그리고 그 소문은 우리의 주위에 편견과 거짓과 오해의 높은 벽을 만들기 시작한다. 소문꾼들은 진실이 밝혀지는 것을 달가와하지 않을 뿐 아니라 필요할

때는 짐짓 거짓 소문을 만들어 퍼뜨리는 일까지도 사양하지 않는다./우리들 자신도 때로는 진실을 보려는 노력에 게을러져서 스스로 소문의 소용돌이 속으로 자신을 내던져 버리고 마는 수가 허다하다. 그런 사이에 소문꾼들은 사실 아닌 거짓과 편견과 오해거리를 전염병처럼 퍼뜨리고 다니면서 쉴새없이 자기의 이득을 얻어내려고 기도한다.

8) 진술의 문제: 이청준의 소설 속에서 소설가는 대부분 두 경우에 소설을 쓸 수 없게 된다. 소설의 질서나 화법이 문제가 되거나 권력 같은 감시자들이 있을 경우다. 소설가가 소설을 쓸 수 없거나 발표할 수 없을 때 내부의 진술 욕구는 그만큼 커갈 수밖에 없다. 그 극한에 이른 소설가가 박준이다.

9) 의사와 환자와 관찰자: 신념에 찬 의사와 환자와 그들을 관찰하며 이야기에 개입하는 사람은 다른 작품에도 나온다. 김 박사와 박준과 나의 관계는 「황홀한 실종」의 손 박사, 윤일섭, 윤일섭의 은행 동료의 관계이고, 「조만득 씨」의 민 박사, 조만득, 간호사 미스 윤의 관계이기도 하다.

- 「조만득 씨」: 몇 번씩 되풀이되는 말이지만, 민 박사는 누구보다 신념이 강하고 확고한 의사였다. 그리고 환자를 장악해 나가는 데 실패가 거의 없는 유능한 의사였다.

10) 전짓불: 등단작 「퇴원」 이후 전짓불은 『씌어지지 않은 자서전』「전짓불 앞의 방백」「잔인한 도시」 등 여러 작품에 반복해서 나타난다. 전짓불은 양심에 따른 선택과 정직한 자기 진술을 불가능하게 만드는, 자기 정체를 감춘 모든 폭력의 원형이다. 얼굴을 숨긴 채 들이대는 전짓불 앞에서는 일방적인 진술과 선택만 있을 뿐이다. 그 결과 정직한 선택이 불가능한 상태에서 누군가의 편에 서야 하는 절망적 상황, 선택을 강요받지만 실제로는 어떤 선택의 여지도 없는 상황이 연출된다. 전짓불은 이청준의 작품 속에 나오는 작가들이 점점 글을 쓸 수 없게 되는 이유이기도 하다.

11) 사표: '나'는 평소 무턱대고 사표를 주머니에 넣고 다닌다. 그러다 박준을 통해 내가 사표를 쓴 이유를 알게 된다. 나에게도 박준처럼 자신을 진술할 길이 막혀 있었던 것이다. 「보너스」의 나, 『씌어지지 않은 자서전』의 이준도 사표를 쓰는 사람들이다(253쪽 1행).

12) 금계망(禁戒網): 이청준은 「금지곡 시대」에서 '임금님의 귀' 설화를 인용하면서 '금계망의 절대화'를 비판한다. 박준의 소설 「벌거벗은 사장님」은 이 설화의 변형이다.

- 「금지곡 시대」: 먼저 결론부터 말한다면, 그 같은 불가피성과 덕성에도 불구하고 한 사회의 활력까지 억압하는 금계망의 절대화는 우리에게 적지 않은 갈등을 야기시킴도 사실이다. 그 같은 묵계나 금계 체계들은 본시 우리 본성의 일부의 억제나 조절을 전제로 하고 있는 것인 데다, 한 사회의 금계 체계는 시대의 변천에 따라 그 요구와 도덕적 구속력이 달라지기 때문이다.

「목포행」

| 발표 | 『월간중앙』 1971년 8월호.
| 최초의 단행본 수록 | 『병신과 머저리』, 삼중당, 1984.

1. 실증적 정보

1) 초고: 작가의 육필 초고가 남아 있다.

2) '소매치기, 글쟁이, 다시 소매치기' 연작: 「목포행」은 '소매치기, 글쟁이, 다시 소매치기' 연작의 두번째 작품이다. 이 연작의 다른 작품은 「소매치기올시다」와 「문단속 좀 해 주세요」인데, 세 작품이 처음부터 연작으로 묶였던 것은 아니다. 「소매치기올시다」 주석 참조.

3) 수필 「풍속에 대하여」와 「상황과 문학」: 두 수필에는 「목포행」과 관

련한 대목이 있다.
- 「풍속에 대하여」: 이런 식으로 보자면 나의 「목포행」도 또한 비슷한 작의가 작용한 글이라 할 수 있을지 모르겠다. 「목포행」이란 단편도 그 〈장소〉라는 것에만 관련해 말한다면, 이 좁은 땅덩이 안에 우리도 한 곳쯤 기질 있는 도시의 이야기를 가지고 싶었고, 그 기질로 인하여 우리 모두가 그 목포라는 도시를 사랑할 수 있게 되기를 바랐던 게 나의 작은 희망이었던 것이다.

2. 텍스트의 변모
1) 『병신과 머저리』(삼중당, 1984)에서 『가면의 꿈』(열림원, 2002)으로
   * 작품 전체에 걸쳐 대폭 수정되었다. 그중 의미 변화가 크지 않은 부분은 생략했다.
   - 265쪽 1행: 당숙모님도 물론 마찬가지였지요. → 〔삭제〕
   - 266쪽 4행: 어머니께서 목포를 다녀오신 후로도 육촌형에게서는 영 소식이 없었거든요. → 〔삭제〕
   - 266쪽 17행: 남양군도 → 그 시절 남태평양
   - 266쪽 18행: 남지나해 → 남중국해
   - 268쪽 21행: 하지만 그게 바로 저에게는 그 육촌형의 죽음이 아니라 그 반대의 것을 확인하러 가는 게 된단 말씀입니다. 게다가 그 육촌형이 일본 군대도 가지 않고 그간 계속해서 그 목포에서만 살고 있었다는 건 더욱 아니에요. 육촌형의 죽음은 그만큼 간단치가 않아요. 그저 유령이라고 말해 버릴 수 없는 묘한 데가 있어요. 왜냐하면 육촌형의 죽음은 그 남지나해의 일본 군함과 목포 이외에도 수없이 여러 번 되풀이되고 있었거든요. 그래서 저에게는 그 육촌형의 죽음을 물으러 가는 것이 오히려 그 반대의 것을 확인하러 가는 게 되지요. 육촌형을 찾으러 가는 거나 마찬가지란 말씀입니다. → 하지만 그게 당신이 일본 군대엘 가지 않고 그간에

도 계속 목포에 살고 있었다는 건 아니에요. 한마디로 목포를 떠나 일본 군대엘 들어갔다가 남중국해 항해 중에 전사했다는 그 형이 뒷날 다시 그 목포에서 돌아가셨다는 것이지요. 한번 죽었다는 사람이 다시 죽었다니 곧이 들릴 일입니까. 하지만 이건 제 육촌형의 죽음이 그만큼 간단치가 않다는 얘기에요. 왜냐하면 육촌형의 죽음은 그 남중국해와 목포 이외에도 수없이 여러 번 되풀이되어 왔거든요. 죽었다는 사람이 다른 곳에서 뒷날 다시 죽고 또 죽고……. 하다 보니 형은 그 죽음들에도 불구하고 어디선지 늘 다시 살아 있었다는 느낌, 그 수많은 죽음의 소식을 통해 죽음보다도 불사신처럼 다시 살아난다는 느낌이 확연했지요. 그래 이번 길이 제게는 형의 죽음이 아니라 그 반대의 것을 확인하러 가는 격이 되고만 거지 뭡니까. 언젠가는 또 다시 죽게 될 형, 그러니 어디엔가 다시 살아 있어야 할 육촌형을 찾으러 가는 길 한가지가 아니겠느냔 말씀입니다.

- 270쪽 22행: 육촌형이 배를 타고 남양군도로 떠나간 인천이 그가 처음 고향을 떠나간 목포처럼 항구 도시였다는 점, 그리고 그가 다시 나타났다 죽어간 곳이 바로 그가 거기서 배를 타고 떠났다는 인천이라는 점들이 이상스럽게 어떤 연상을 불러일으키더군요. → 먼젓번 전사 통지서를 보내 온 사람도 육촌형이 배를 타고 남태평양으로 떠나간 곳이 인천이랬다지 않았어요. 그렇게 당신이 뱃길을 떠나갔다 다시 살아 나타나 죽어간 곳이 인천이라는 데다, 그곳이 그가 처음 고향을 떠나간 목포처럼 항구 도시였다는 점들이 어떤 그럴 듯한 연상 속에 혹시나 하는 생각을 품게 한 거지요.
- 271쪽 17행: 잊을 만하면 밑도 끝도 없이 또 그런 소식이 전해오곤 했어요. → 〔삭제〕
- 272쪽 2행: 그럼 얘기 값으로 콜랄 마시게 된 셈이군요. 하여튼 감사합니다. → 〔삭제〕
- 272쪽 10행: 이번엔 인천과 정반대 쪽 부산에서였지요. → 〔삽입〕

- 272쪽 17행: 한데 이 사람이 나이하며 생김새가 아무래도 저의 육촌형 같더라는 것이었어요. 물론 부산에 가 있던 저의 마을 사람 하나가 친절하게 써 보내온 편지였지요. → 그 역시 6·25전란 중에 부산까지 흘러 들어가 살고 있던 우리 마을 사람 하나가 아심찮이 전해온 편지 사연이 대략 그런 식이었는데……. 하니까 그 사람이 우리한테 굳이 그런 편지를 써 보내게 된 동긴즉, 그날 그렇게 억울한 비명횡사를 당해간 사람의 연배나 약국 주인이 말한 얼굴 인상이 아무래도 저의 육촌형 같더라는 것이었어요.
- 273쪽 1행: 선생도 짐작하시겠지만 이번엔 거꾸로 우리 쪽의 반신반의 속에 한동안 그의 다음 소식을 기다리는 식이었지요. 물론 이후론 그 부산 쪽에서도 더 이상 소식이 없었구요. → 〔삽입〕
- 274쪽 14행: 그러다 보니 제겐 언제부턴가 그 육촌형이 늘 먼젓번 죽음에서 다시 살아나 버리곤 하는 꼴이었지요. 그러는 동안 제게는 그 육촌형이 늘 불사신처럼 죽지 않고 살아있게 된 것입니다. 다음번 죽음의 소식이 전해져 오는 한 적어도 그 사이에는 육촌형이 죽지 않았다는 것이 되거든요. 육촌형이 죽었다는 소식은 곧 그 육촌형이 다시 살아나서 아직까지 살아 있었다는 게 되지요. 육촌형은 그렇게 수없이 죽으면서도 언제나 다시 살아나곤 했던 거예요. 그리고 그렇게 되어 육촌형은 제게 죽음을 모르는 거인이 되어버린 것입니다. → 그래 당신이 죽었다는 소식은 거꾸로 그새 어디선지 당신이 다시 살아계셨다는 소리가 될 밖에요. 그렇듯 수없이 죽으면서도 언제나 다시 살아나는 육촌형은 그러니까 제게 죽음을 모르는 불사신, 불멸의 거인이 되어버린 것이구요.
- 277쪽 14행: 아마 선생께서는 그 말을 제가 소식을 받은 즉시로 늘 그런 줄로 들으셨겠지요. 그런데 사실은 그렇지를 않았어요. 소식을 받고 나서도 한참씩 시간이 지난 다음이었지요. 물론 인천만은 달랐지요. 인천을 갔을 때는 아직 저의 어머니가 살아계셨기 때문에 그럴 수가 없었지만,

다음번 소식들은 늘 한두 달씩 시간이 지난 다음이었어요. → 부산 쪽에 대해선 시기가 늦어진 사연을 이미 말씀드렸지만, 아마 선생께서는 그 부산을 제외한 다른 곳들은 소식을 받은 즉시 늘 그런 줄로 들으셨겠지요. 그런데 사실은 그렇지를 않았어요. 부산 이외에도 대개는 소식을 받고 나서 한참씩 시일이 지난 다음이었어요. 물론 첫 번째 목포나 인천만은 달랐지요. 첫 목포행은 그 형의 죽음 소식 때문이 아니었지만, 어쨌거나 그 목포나 인천엘 갔을 땐 아직 제 어머니가 살아계셨기 때문에 그럴 수 없었지만, 다음번 소식들은 늘 한두 달씩 시일이 지난 다음이었어요.
- 278쪽 17행: 형편없는 벽지 학교 → 〔삽입〕
- 280쪽 19행: 하지만 전 결국 이제 제가 다시 그 소식을 쫓아 나서게 되리라는 걸 알고 있었어요. 물론 제게 또 어떤 암담한 사건이 일어나리라는 예감 때문이었지요. 하지만 사실을 말하자면 실은 그뿐만이 아니었어요. 제게도 이젠 어떤 타성이랄까, 그 노릇에 어떤 이상한 이력이 생겨 있었거든요. → 〔삽입〕
- 282쪽 15행: 정신이나 언어의 질서 → 정신이나 말의 그릇
- 284쪽 4행: 저의 소설이야말로, 그 소설이라는 화법이야말로 그들에게서는 이미 오래 전에 망각되어 버린 가장 비능률적이고 원시적인 방법인걸요. 전 고아 같은 생각이 들었어요. 한데도 저에게 하고 싶은 말이 있다면 그걸 말하기 위해서는 무엇보다 우선 먼저 그 소설이라는 비능률적이고 거추장스런 화법을 포기해버려야 할 것처럼 생각되더군요. → 하지만 문제는 제겐 아직도 우리 삶과 세상에 대해 하고 싶은 말들이 남아있다는 점이었어요. 그러니 그걸 말하기 위해서는 이젠 무엇보다 그 소설이라는 비능률적이고 거추장스런 화법을 단념해버려야 할 것처럼 생각되더군요.
- 285쪽 14행: 하지만 이런 식으로도 이야기를 할 수가 없어요. → 〔삭제〕

3. 인물형

1) **나(소설가)**: 나는「전쟁과 악기」「소문의 벽」『조율사』 등에 나오는 소설을 쓰지 못하게 된 소설가에 속한다.

2) **육촌형**: 나의 육촌형은『조율사』의 외종형과 같은 계열의 인물이다.

4. 소재 및 주제

1) **불사신**: '나'는 육촌형의 '거인적인 불멸의 생존'을 확인하러 목포로 간다. 육촌형에게 죽음은 새로운 탄생이다. 나는 세상살이에 지칠 때마다 육촌형에게서 새로운 힘을 얻어 다시 일어선다.『조율사』의 사촌형과「용소고」의 용(털보),『신화를 삼킨 섬』의 아기장수는 모두 불사신들이다. 그들은 매번 죽음에서 부활해 사람들에게 삶을 살아가게 하는 꿈과 힘을 준다(274쪽 16행).

- 『조율사』: 그렇게 하여 규혁 형은 내게 어떤 불사조 거인 같은 신비한 존재가 되고 있었다. 언제나 죽었다는 소문이 있고, 그리고는 또 살아 있다는 풍문과 함께 새로운 죽음이 전해지곤 하는 그였다.
- 『신화를 삼킨 섬』: 하지만 사람들은 끝내 그 구세의 영웅 이야기를 잊지 못했고, 언제부턴지 그 아기장수와 용마가 다시 태어나기를 기다리기 시작했다. 그 이야기 속의 꿈과 기다림이 없이는 아무래도 세상을 살아갈 수가 없었기 때문이다.

2) **외로움**: 앞의「그림자」주석 참조(279쪽 14행).

3) **진술 욕구**: 앞의「소문의 벽」주석 참조(285쪽 7행).

4) **닫힌 상황**: 우리는 상상으로나 실제로 탈출구를 가진 열린 상황일 때 힘을 얻을 수 있다. 목포는 바다를 탈출구로 가진 도시다. 이청준은 수필「상황과 문학」에서 탈출구가 없는 닫힌 상황이 바로 현대문학의 특징이자 운명이라고 말한다(287쪽 9행, 20행).

- 수필 「상황과 문학」: i) 항구도시 사람들은 일반적으로 성격이 활달하고 거친 것으로 되어있다./ "한판 붙어 보고 수틀리면 튀지 뭐."/무슨 일판을 벌이려 할 때 이 사람들이 곧잘 뇌까리는 소리가 그것이다. 일이 안 될 때 이 사람들이 튈 곳이란 대개 바다 쪽을 가리킨다. 바다는 이를테면 이들에게 열려진 숨통이다. (중략) 일정 때의 우리 문인들은 식민통치의 규제와 탄압으로 고초가 심했지만, 그러나 그들에겐 압록강이라는 대륙에로의 문이 있어 그나마 다행이었지 않았나 싶다. 압록강과 두만강은 그 시절 끝없는 중원대륙과 시베리아로의 탈출을 가능케 한 망명의 문이었다. ii) 튈 곳이 없는 곳——마음속에서나마 밖으로 통하는 문을 가지지 못한 사람들의 생존의 조건 그것이 곧 닫혀진 상황이다. 그리고 그곳에서의 문학이란 물론 닫혀진 상황의 문학이다./그런데 바로 이 상황의 문학이야말로 현대문학의 한 중요한 특징이자 운명이 아닌가 생각된다.

「문단속 좀 해주세요」
| 발표 | 『현대문학』 1971년 8월호.
| 최초의 단행본 수록 | 『가면의 꿈』, 일지사, 1975.

1. 실증적 정보
- 「목포행」: 본문에 '소매치기, 글쟁이, 다시 소매치기' 연작 두번째 작품인 「목포행」이 나(소매치기)가 읽은 소설 내용으로 들어 있다.

2. 텍스트의 변모
1) 『현대문학』(1971년 8월호)에서 『가면의 꿈』(일지사, 1975)으로
 - 294쪽 7행: 빛이 날 수 있는 것이니까요. → 신이 나게 되니까요.
 - 300쪽 17행, 18행: 위대한 → 그럴듯한

- 301쪽 1행: 평소에 늘 생각하고 있었던 것을 위대한 소매치기니 소매치기의 품위니 하고 요란한 어휘를 골라 말하고 있는 것뿐이었다. → 〔삭제〕
- 314쪽 18행: 자, 그러니 이젠 그 시시한 농담일랑 그만두시는 게 어떻소? → 〔삭제〕

2) 『가면의 꿈』(일지사, 1975)에서 『가면의 꿈』(열림원, 2002)으로
- 292쪽 7행: 아마 그의 목포행과도 관련이 있으리라. → 아마 위인의 목포행 동기나 목적과도 상관이 있으리라.
- 293쪽 16행: 자신의 제안을 금세 다시 취소해 버리려는 눈치였다. → 〔삭제〕
- 294쪽 7행: 싸움 → 기 겨루기 게임
- 297쪽 3행: 내 일의 성격 덕이겠지만 → 〔삽입〕
- 297쪽 22행: 위대한 소매치기가 되어보자는 것이 → 이왕지사 소매치기가 되려면 사계의 귀감이 될 만한 빼어난 소매치기가 되어보자는 것이
- 298쪽 12행: 위대해질 수가 없는 것이다. → 입신다운 입신이 불가능한 것이다.
- 298쪽 22행: 위대하지 못하게 하고 있는 것이다. → 소매치기다운 소매치기가 되지 못하게 하고 있는 것이다.
- 299쪽 4행: 위대한 소매치기가 될 수 있다는 말이다. → 내가 내 자서전 속에 꿈꾸어온 바 부끄럽잖은 소매치기가 될 수 있다는 말이다.
- 299쪽 10행: 물론 이 사내 하나만이 아니다. 내가 지금까지 상대해 오고 싸움을 벌이고자 했던 사람들은 모두가 마찬가지다. 그런 사람들 속에서는 소매치기로서도 도저히 위대해질 수가 없었던 것이다. → 나는 그 사람들 가운데에 한 번도 무대다운 무대를 마련해가져 본 일이 없었다는 말이다. 지금 내 앞자리의 사내만이 아니라 지금까지 내가 상대해오고 멋진 대결을 벌여 보고자 시도했던 사람들 모두가 마찬가지였다.

- 303쪽 14행: 상대방을 이겨 넘겨버린단 말입니다. → 내 비장의 솜씨로 단 일격에 상대방을 꺾어 넘겨버린단 말입니다.
- 304쪽 4행: 상대를 설득하려고 진땀을 빼는 꼴이지요. → 일을 벌이기 전에 상대 쪽에 방어의 기회를 마련해주려 진땀을 빼는 격이지요.
- 312쪽 20행: 하지만 그런 것이 이 세상 어느 구석에서 지켜지고 있다든 가 또는 지켜져야 한다는 생각과 → 하면서도 그런 노릇이
- 313쪽 3행: 그 진실 찾긴지 지키긴지, → [삽입]
- 313쪽 10행: 소설장이가 어떤 진실을 말하고 싶어 한다면 그건 마치 이 세상에 대해 선전포고를 하고 나서는 거나 마찬가지다. 사람들은 그 선전 포고를 받아들이기가 싫은 것이다. 겁이 나기 때문에 모른 체 외면을 해 버리는 것이다. → 소설쟁이가 어떤 진실을 말하고 싶어 하는 건 내가 내 작업 손님들을 상대로 내 진정한 직업 정신을 발휘해 보이고 싶은 것과 한가지일 터이다. 하지만 사람들은 그 도전과 대결을 받아들이기가 싫은 것이다. 그 도전과 대결로밖에 얻을 수 없는 우리 삶의 진실 자체가 싫은 것이다.
- 316쪽 6행: 그래서 그 시계를 좀 거둬들여 달라는 거죠. 난 좀도둑 나부 랭이가 되고 싶진 않으니까요. → 그래서 그 시계를 좀 거둬들여 몸에 지 녀 달라는 거죠.
- 319쪽 7행: 위대한 → 기질이 드세거나 진취적인
- 319쪽 18행: 하지만 지역감정이라는 말은 너무도 단순한 표현이예요. → 형씬 아까 그걸 별로 인정하려지 않습디다만, 안팎 사람들 거개가 그렇게 여겨오는 그 유달리 드센 기질이나 풍토 따위…. 하지만 그걸 두고 막바로 지역 감정이라 몰아붙이는 건 너무 단순한 폄하지요.

3. 소재 및 주제
1) **마음속에 간직한 인물과 자서전**: '나'에 따르면 자서전은 닮고 싶어

서 늘 마음속에 간직한 사람이다. 『이제 우리들의 잔을』에도 나와 같은 인물이 나온다(296쪽 9행).

- 『이제 우리들의 잔을』: 정치가라는 사람들은 씌어졌거나 씌어지지 않았거나 반드시 자기의 자서전을 한 권씩 가지고 있다. 시저나 링컨 같은, 또는 김춘추나 세종대왕 같은 인물들 중의 하나를 정치가들은 마음속에 지니고 흔히 자기와 비교하기를 게을리하지 않는데 그게 곧 그 사람의 자서전이다. 정치가란 미리 그렇게 자기의 자서전을 마음속에 써놓고 그것을 실현하고자 노력하는 사람들이다.

2) **숙명적인 이상주의자**: 위대한 소매치기가 되는 싸움에는 두 가지 조건이 따른다. 먼저 떳떳한 대결이 있어야 하고, 다음으로 노동과 창조의 기쁨만을 간직한 채 자리를 비켜서는 도피가 있어야 한다. 이 위대한 소매치기의 조건은 진정한 소설가의 조건과 같다. 이것이 이청준이 소매치기와 소설가를 하나로 묶어 연작을 쓴 이유 중 하나다. 그는 연작 '언어사회학서설' 세번째 작품인 「지배와 해방」에서 소설가를 '숙명적인 이상주의자'로 규정한다. 소설가 역시 소매치기처럼 세상과 떳떳한 대결이 끝난 뒤 그 자리를 떠나야 한다. 그래서 소설가에게도 탈출구는 꼭 필요하다. 하지만 「목포행」에서 말하듯 지금은 소설가에게 떳떳한 대결(글쓰기)도 탈출구도 없는 닫힌 상황이다. 앞의 「목포행」 주석 참조(298쪽 20행, 313쪽 8행).

- 「지배와 해방」: 작가는 근본적으로 어떤 새로운 이념을 창조해내고 그것을 자신의 몫으로는 실현하려 하지 않는다는 점, 그의 질서로써 현실적으로 세계를 지배하려 하지 않는다는 점, 그가 창조해낸 세계 안에선 언제나 자신의 자리를 마련할 수 없으며, 다만 그러한 세계의 가치를 승인받기를 기대할 수 있을 뿐, 그는 언제나 자신이 도달한 세계에서 또 다른 다음번 이념의 문을 향해 끝없이 고된 진실에의 순례를 떠나야 하는 숙명적인 이상주의자일 수밖에 없다는 점에서, 작가는 혁명가와 다르고, 사회

개혁 운동가와도 다르고, 목사와도 다르고, 정가의 야당 당수와도 다를 것입니다.
- 『자유의 문』: 소설은 그 증거 행위 자체의 순간을 향유할 수 있을 뿐, 그것이 이룩해낸 어떤 현상세계의 절대 지배질서, 더욱이 그것이 우리 삶의 자유와 사랑을 부인하는 반인간적 계율화의 길을 갈 때는, 그것을 누리거나 돌아서기보다도, 거기 대해 새로운 증거를 행해나갈 준비를 서둘러야 하거든요.
3) 예술 활동의 감시자들: 앞의 「전쟁과 악기」 주석 참조(313쪽 17행).

「들어보면 아시겠지만」

| **발표** | 『월간중앙』 1972년 3월호.
| **최초의 단행본 수록** | 『가면의 꿈』, 일지사, 1975.

1. 실증적 정보
1) 초고: 작가의 육필 초고가 극히 일부분 남아 있다.
2) 수필 「배신의 결말」: 이 수필은 「들어보면 아시겠지만」에 대한 글이다. 그에 따르면 이 작품은, 배신을 진술의 방법으로 택해 '권력이라는 것의 속성과 그 권력의 파국에 관해 생각해본 글'이다.
- 「배신의 결말」: 그것을 어떻게 보여주느냐 하는 선택의 문제는 참으로 그 작품을 쓴 글장이의 가장 기본적인 능력에 속하며 또한 그의 권리가 아닐는지 모른다. 가령 그 「들어보면 아시겠지만」의 경우, 곽씨 청년이 수돌군을 죽이게 함으로써 독자의 일반적 기대를 배반하고 나선다 하더라도 그러한 배신 또한 그의 진술의 한 방법에 속할 터이므로 해서 말이다.

2. 텍스트의 변모

1) 『월간중앙』(1972년 3월호)에서 『가면의 꿈』(일지사, 1975)으로

- 328쪽 3행: 마카레나라든가 하는 어려운 말로 부르는 → 마카레나라든가 마카레나의 처라든가 하는
- 329쪽 17행: 고창지방의 어떤 면소재지로 공연지를 정하고 → 고창읍내까지 공연을
- 331쪽 2행: 김단장과 거래가 이루어진 것이다. → [삭제]
- 337쪽 20행: 느닷없이 → 좀 예상하지 않은 일
- 348쪽 23행: 녀석이 정작 죽이고 싶은 것은 수돌이 놈이 아니라 어쩌면 내 쪽이었는지도 모를 일이지./그런 생각을 하면서도 나는 역시 녀석과 수돌군 사이에서 늘 어떤 이상한 긴장감을 경험하고 있었다. → 도대체 녀석이 정말 수돌군을 죽여 버린다 해도 그것으로 놈에 대한 지배가 영원해질 수는 없었다./수돌군은 어쨌거나 가엾은 그의 동반자였다. 그의 지배욕은 애초 수돌군의 순종에서 싹트기 시작했고, 거기서 자양을 얻어 자란 것이었다. 그리고 그 수돌군에게서 그것은 지금까지 거의 완벽한 실현을 보아 오고 있었다. 수돌군은 녀석의 학대와 폭압을 묵묵히 감내함으로써 그의 지배 욕망을 훌륭히 충족시켜 주고 있었다. 수돌군은 눈에 보이지 않는 녀석의 공범이었고, 그의 지배욕의 소리 없는 동반자였다. 수돌군이 살해되고 나면 녀석의 지배욕 또한 외롭고 허무한 추락을 면치 못할 것이었다. 그것은 지배 행위의 완성이 아니라 그것의 무참한 자기 파멸이었다. 녀석이 그것을 모를 리는 없었다. 그것을 모른다면 녀석은 바보였다./죽이고 싶어도 죽일 수가 없는 수돌군이었다. 죽여서는 안 될 수돌군이었다./하지만 그것으로 나는 녀석과 수돌군의 불화를 끝끝내 안심해 버릴 수는 물론 없었다. 그런 생각을 하면서도 나는 역시 녀석과 수돌군 사이에서 계속 어떤 이상한 긴장감을 겪고 있었다./녀석이 정말 수돌군을

죽일지도 모른다는 두려움에서만이 아니었다. 녀석이 죽이고 싶은 것은 실상 그 수돌이놈이 아니라 어쩌면 트럼펫을 불어대는 내 쪽인지도 모른다는 생각이 문득문득 치솟아 오르곤 했다. 녀석이 수돌군을 죽일 수는 없다는 것을 알고 있다면, 그가 정작 처음부터 없애 버리고 싶은 것은 그의 북소리를 방해하고 있는 나의 트럼펫 소리일 가능성이 충분했다. 그의 곁에서 나와 나의 트럼펫 소리를 제거하여 마음 놓고 혼자 수돌군을 부리게 되기를 그가 원하고 있을 수 있었다./──수돌군을 참을 수가 없다면 그건 나를 죽이고 싶은 거야. 그는 정말로 나를 죽일 수도 있겠지./음모의 숨소리 같은 것이 귀에까지 들려오는 듯했다. 엉뚱스럽게도 수돌이놈이 불시에 나의 등 뒤를 덤벼들고 있는 것 같은 착각 때문에 괴로움을 당할 때도 있었다./수돌군마저 이미 녀석의 음모에 끼어들고 있었다. 녀석이 그 수돌군으로 하여금 교묘하게 자기 음모를 앞장서 나서게 하고 있었다. 녀석의 음모에 꼬여들면 우직스런 수돌군은 충분히 나를 해치러 덤벼들 수도 있는 일이었다./나는 치를 떨었다./나의 트럼펫 소리가 사라진 무대 위에서 군호처럼 압도적인 녀석의 북소리에 맞춰 오래오래 춤을 추고 있을 수돌군의 모습이 좀처럼 머리에서 지워지질 않고 있었다.

- 353쪽 8행: 이날 저녁 곽수진 청년은 끝내 그 사나운 짐승의 발톱에 할퀴어 목숨을 잃고 만 것이다. → 〔삭제〕
- 353쪽 23행: 그 순간 수돌군이 그의 앞발로 먼저 사정없는 일격을 청년에게 가해 왔다는 것이 그렇게 말할 수 있는 가장 좋은 증거가 될 수 있는 것이다./이렇게 되고 보면 나도 이젠 아까 그 나의 순간적인 휴식이 이날 밤의 결과와 아무 상관도 없는 것이라고는 말할 수가 없게 된 셈이다. → 〔삭제〕
- 354쪽 22행: 다름 아니라 이날 저녁 곽수진 청년은 그의 수돌군으로부터 얼굴과 목을 너무 심하게 할퀸 탓으로 미처 → 다름 아니라 이날 저녁 곽수진 청년이 그의 곰 수돌군에게로 덤벼들었을 때, 그는 그 둔하고 못생

긴 짐승으로부터 자기가 먼저 불의의 일격을 당하고 만 것이었다. 눈 깜짝할 사이의 일이었다. 그리고 그 순간적이고 치명적인 일격으로 얼굴이 온통 피투성이가 된 청년은
- 355쪽 11행: 아마…… → 당신이 이렇게 되어야 했었는데……
- 355쪽 12행: 당신은 항상 녀석에게 관심이 많았으니까…… 지금 생각하면 내가 녀석을 너무 심하게 다룬 것이 잘못이었는지도 모르겠어요. → 〔삭제〕

2) 『가면의 꿈』(일지사, 1975)에서 『조율사』(홍성사, 1984)로
- 328쪽 3행: 마카레나의 처라든가 → 〔삭제〕
- 335쪽 10행: 거의 완전한 채식주의자들이라든가 → 채식주의를 즐겨 살아간다는
- 337쪽 8행: 노기인지 → 〔삭제〕
- 338쪽 6행: 말 → 말꼭지
- 339쪽 2행: 공연 때 흘린 것이 아직 마르지 않고 있었는지 그 곽씨 청년의 이마에는 땀방울까지 배어나와 있었다. → 〔삭제〕
- 345쪽 14행: 매질을 가하는 버릇까지 → 심한 매질을 가하는 잔혹스런 버릇까지
- 352쪽 16행: 그 다음 순간 → 이 순간

3) 『조율사』(홍성사, 1984)에서 『가면의 꿈』(열림원, 2002)으로
- 328쪽 10행: 북질 → 북가락
- 329쪽 5행: 미련해서 → 미련한 짐승이라서
- 334쪽 21행: 간단히 그렇게 되어진 일 → 그렇게 쉽게 해답이 풀린 일
- 337쪽 18행: 어떤 증오감 같은 것을 내뿜기 시작하고 있을 때였다. → 새삼 어떤 적의와 노여움기 같은 것이 담기기 시작할 무렵이었다.
- 343쪽 22행: 실상 곰의 훈련 바로 거기서부터 유발되고 → 바로 둘 사이의 혹독한 훈련 과정을 연상시키고

- 345쪽 12행: 하니까 일은 더욱 재미있어질 수밖에 없었다. → 하다 보니 본의가 아니었지만 일이 더욱 사납게 꼬여갔다.
- 345쪽 21행: 싸늘한 웃음기를 품은 → 속이 몹시 불편스런 비소기를 머금은
- 347쪽 21행: 하지만 수돌 군에 대한 그의 불안감이 그런 식으로 씻어질 수가 있는가. 수돌 군을 죽인다고 놈에 대한 그의 지배가 완성될 수 있는가. 정녕 그렇게 되지는 않을 것이다. 그것은 자신의 불안감을 지우고 지배력을 완성하는 길이기보다 거꾸로 자신의 파멸만 자초하는 길이기 쉬울 것이다. 그는 여전히 자기 지배욕에 목마르고 그로하여 더욱 큰 불안감만 키워가는 꼴이 되기 쉬울 것이다. → 〔삽입〕
- 348쪽 6행: 그리고 그런 달갑잖은 깨달음은 나를 새삼 진저리치게 하였다. → 〔삽입〕
- 353쪽 12행: 사실은 이러했다. → 〔삽입〕

3. 인물형

1) **수진**: 이 이름은 「침몰선」「여름의 추상」「가해자의 얼굴」에도 나온다. 수진은 작품에 따라 남자이기도 하고 여자이기도 하다.

2) **트럼펫 연주자**: 곡마단 트럼펫 연주자는 「줄광대」와 「이상한 나팔수」에도 나온다. 트럼펫 연주자는 「이상한 나팔수」에서는 주 인물이고, 나머지 두 작품에서는 주 인물의 곁에서 큰 역할을 하며 그의 이야기를 우리에게 들려주는 사람이다.

3) **수돌**: 수돌은 곰이지만 사람처럼 돌림자를 딴 이름을 갖고 있다. 「예언자」에는 수진의 채찍에 부림을 당하는 수돌 같은 사람이 있다. 홍마담의 채찍을 맞는 곰탈을 쓴 우덕주는 사람이면서 곰이다.

4. 소재 및 주제

1) 곰을 춤추게 하는 방법: 「무서운 토요일」에는 개구리를 춤추게 하는 방법이 나온다. 그 방법이 이 작품에서 곰을 춤추게 하는 방법과 같다 (340쪽 21행).

- 「무서운 토요일」: 개구린 할 수 없이 앞발을 깡통 벽에다 몇 번 붙였다 뗐다 하다가 나중엔 아주 깡통에 닿지 않으려고 뒷발로 서서 앞발을 쳐들고 기우뚱거린단 말이에요. 훌륭한 춤이 되지 않겠어요?

2) 지배권 행사: 완벽한 지배권에 대한 욕망은 더욱 철저한 복종을 요구하게 되고, 결국 지배자는 피지배자를 살해하기에 이른다(347쪽 12행).

- 「예언자」: 살인은 저 여자의 지배력의 완성을 뜻하기 때문이오. 가장 완벽한 지배의 방식은 죽음 이상의 방법이 없는 거요. 저 여잔 살인으로 그녀의 지배력을 완성시킬 것이오.